LES VOILES
DE L'AU-DELÀ

OUVRAGES DU MÊME AUTEUR

Les structures neuro-anatomiques du comportement réactionnel : le Prosphérencéphale, Thèse de doctorat en médecine, Médaille d'Argent de la Faculté, Paris, 1961.

Maisonneuve éditeur

Traité d'Acupuncture, 3 volumes, sous la direction de J.E.H. Niboyet, avec P.G. Regard (épuisé), 1970.
Médecine Manuelle et Ceinture Scapulaire, 2 volumes, 1972.
Traité d'Irido-Diagostic, avec la collaboration de Marc Péré, 1975. Traduit en allemand.
Loci Auriculo-Medicinae, 2 planches murales, sous la direction de P. Nogier, avec F. Bahr, 1977.
Les Dysmorphies Podo-Somatiques, 1 planche murale, 1979.
Pied et Statique, avec la collaboration de F. Capelus, H. Nguyen Tan et P. Hatoum, 1980.
Éléments d'Auriculothérapie, 1980. Traduit en anglais et en japonais.
L'Auriculo-Somatologie. 1981.
Réflexothérapie Somatique, 1983.
L'Esthétique Réfléchie, avec la collaboration de F. Méreau-Bourdiol et A. Bourdiol, 1984.
Homéopathie et Réflexologie : une approche neuro-embryologique, 1985. Traduit en italien.
Somatotopia Autozeugopodale Inferior, 2 planches murales, 1985.
Podo-Réflexo-Cinésiologie, 1986.
Neurothérapie Céphalique Réflexe, 1987.
Iono-Négativo-Thérapie, 1988. Traduit en anglais.

Éditions SIMEP

Neurothérapie du rachis cervical supérieur, Atlas-Axis, 1992.

Dr RENÉ J. BOURDIOL

LES VOILES
DE L'AU-DELÀ

L'Homme et l'Univers

ÉDITIONS DU ROCHER
Jean-Paul Bertrand
Éditeur

ISBN : 2268 01385 5

Ce livre est dédié :

à celle dont je porte nom et prénom,
à ma tante Renée Bourdiol,
morte à quatorze ans
en toute béatitude ;

à tous ceux qu'elle a aimés,
qui l'ont aimée et déjà rejointe,

à la mémoire de mon frère Christian.

Il est si bon de savoir mourir...

Ultimes paroles de Renée Bourdiol.

Mes remerciements vont à tous ceux, nombreux, qui ont jalonné mon existence de leurs exemples, de leurs leçons, de leurs sentiments exaltants : toute ma famille, tous mes maîtres et tous mes amis.

Un merci particulier s'adresse à tous ceux qui ont bien voulu lire, commenter et corriger mon manuscrit, à savoir, chronologiquement, ma femme Françoise, André et Monique Laurent, Catherine Haran-Livignac, Géraldine Carer, Maïté Chaudron, Maurice et Brigitte Serfati, Robert et Arlette Méreau, Madeleine Weill, Danièle Moundouris et, plus particulièrement, Jean-Pierre Bernier.

INTRODUCTION

Il ne s'agit pas d'un livre médical, mais d'un livre d'Amour et d'Espoir.

Certes, le neuro-anatomiste que je suis n'a pu s'empêcher de relier aux données rationnelles de cette discipline toutes les expériences surprenantes et révélations déconcertantes sur l'agonie, la mort et l'au-delà. Mais, si mon approche reste scientifique et s'efforce de demeurer impartiale sur le plan dogmatique, je me suis attaché à ne développer aucune argumentation trop spécialisée, et ai cherché à n'utiliser que les mots usuels du *Petit Robert* [40] *.

Tout d'abord, pourquoi ce titre *Les Voiles* ?

Et pourquoi avoir écrit tout cela ?

Ce titre répond à trois ordres de faits.

En premier lieu, il reprend le terme, masculin singulier, qu'a utilisé de nombreuses fois, pour définir ce qui empêche tout vivant de connaître l'au-delà, un officier de vingt-trois ans tué au champ d'honneur en Argonne, le 8 janvier 1915, et qui entretint durant dix-neuf années une correspondance posthume avec sa mère. Il s'appelait Pierre Monnier. Il dénombrait trois voiles, qu'il ne nomma jamais, mais qui peuvent être d'abord celui qui ternit les yeux de l'agonisant, dorénavant ouverts sur la seule éternité ; puis celui du linceul qui masque la décomposition prochaine des chairs ; enfin celui qui dissimule le mystère de l'après-vie. En outre, « Voile » souligne la ténuité de la séparation entre vivant et trépassé, en dépit des convictions courantes.

* Les numéros dans le texte renvoient à la bibliographie placée en fin d'ouvrage.

En second lieu, si mon subconscient méditérranéen assimile toujours la traversée des fleuves infernaux à la barque du sombre Charon, d'autres représentations symbolisent le défunt par un navire aux « voiles » gonflées, qu'un vent pousse vers d'autres rivages. Certains enseignements affirment en effet que la mort est une nouvelle naissance dans un plan différent. Et « Voile » devient en ce cas féminin, puisque désignant le vecteur de la propulsion et de l'évolution dans d'autres sphères.

Enfin, il faut bien avouer qu'un carabin sommeille toujours en tout médecin. « Mettre les voiles », au féminin pluriel alors, s'impose pour marquer la fin de notre vie terrestre et notre départ définitif d'ici-bas, de notre pauvre monde.

Pour éviter cependant toute confusion avec un traité textile ou maritime, je précise que cet ouvrage concerne l'agonie, la mort et l'après-vie envisagés, quand même, sous l'angle de la neurologie.

L'unique certitude du vivant est qu'il lui faudra mourir.

Cette évidence est, le plus souvent, sinon étrangère, du moins subconsciente ou, mieux, « subliminaire » chez la plupart d'entre nous. Ce seuil décroît avec l'âge, d'ailleurs. Des circonstances bien particulières sont cependant nécessaires pour accéder à ce que Vladimir Jankélévitch nomme la « mort en troisième personne », qu'il définit comme : « La mort en général, la mort abstraite et anonyme [16]. » En somme, la mort qui frappe l'« autre ».

Elle est habituelle au médecin, qui s'y trouve confronté.

Cette « mort en troisième personne » ne fut que pour très peu dans ma motivation.

La « mort du proche », que Jankélévitch nomme la « mort en deuxième personne » exerça sur moi, en revanche, une action bien plus puissante, car ancienne et profonde. Je porte en effet le prénom et le nom d'une jeune tante morte à quatorze ans. Toute mon enfance et mon adolescence furent confrontées à son souvenir : mes caprices étaient opposés à sa constance ; mes incartades, à son obéissance ; mes insuffisances scolaires, à son application et à son sérieux... Chaque soirée se terminait par son évocation spécifique lors de la prière au pied du lit. Chaque dimanche nous voyait monter au cimetière, pèlerinage que mon grand-père effectua quotidiennement tant que son état physique le lui permit... La réitération obsessionnelle de toutes ces pratiques, jointes aux répétitions de ses nom et prénom semblables aux miens, produisent à la longue une « sublimation », au sens alchimique du terme, développant en moi un mysticisme et une recherche d'absolu que je tâcherai d'objectiver par la médecine, ainsi que, très tôt, par des recherches gnostiques. Cette « mort en deuxième personne » ne me détermina pourtant pas davantage à étudier plus spécialement la mort et tous les problèmes qui s'y rattachent.

Le 4 mars 1981, un infarctus de myocarde me terrassa : cette véritable « mort en première personne » fut la cause réelle, l'origine, le germe de toutes mes recherches actuelles.

« Le moi est haïssable », je le sais. Mon hospitalisation explique cependant tout le reste !... Entré pour un « syndrome de menace », c'est-à-dire un soupçon-de-début-de-petite-atteinte-cardiaque, je basculai d'un coup dans un monde de tourment et d'effroi : un jeune externe, affolé, me prévenait, minute après minute, que mon état s'aggravait, alors que mes doctes confrères, au pied de mon lit et de mes tubulures, se concertaient à voix basse, ne réalisant pas – ou ne voulant point réaliser – combien leur attitude augmentait encore mon angoisse. La douleur dans ma poitrine aidant, je me crus vraiment perdu... seul, loin des miens... et contre tous. Je connus alors les cinq fameuses étapes observées par Elisabeth Kübler-Ross [19], sur lesquelles nous reviendrons, bien sûr. J'en ignorais tout, à l'époque. Et je me souviens fort bien de mes réactions... !

Après une première période de dénégation-réflexe du genre : « Ils se trompent tous » (tenant à rester convenable, je passe sur ce que m'inspira cette phase initiale), l'annonce de la « montée des transaminases », signe biologique de mon aggravation lésionnelle cardiaque, me causa une violente et ridicule rage. J'eus envie de tout casser, de tout arracher et, surtout, surtout, de fuir, fuir, fuir... Je pris heureusement assez vite conscience de l'impossibilité de ce comportement. Je connus alors le moment du « Ça y est ! C'est moi qui y passe ! », le *mea res agitur* de Lucrèce, où l'on se sent désespérément esseulé, misérable, petit. Mais avec des sursauts de colère, des accès de fureur impuissante, entrecoupés de nouvelles périodes d'anxiété de plus en plus longues. Avec un élément supplémentaire qui, curieusement, se met à supplanter tout le reste : un certain détachement de soi-même s'oppose à une fixation de plus en plus exclusive, envahissante, concernant ceux qu'on aime, qu'on va devoir laisser, abandonner, ne plus aider, ne plus aimer. Je suppose que l'angoisse cardiaque, thoracique, est telle que, pour souhaiter échapper à sa terrible griffe qui vous lacère la poitrine, à ce souffle qui attise chaque fois la brûlure pulmonaire, à ce malaise intense, on ne peut plus penser à soi : l'instinct de conservation s'évanouit.

Je le répète car c'est tellement vrai : convaincu de vivre mes derniers moments, j'étais très bizarrement partagé entre un certain désir de mourir, pour que cessât l'intolérable angoisse, et le regret de laisser tous ceux que j'aime. Il ne s'agissait probablement pas d'un sentiment égoïste, de type possessif, mais bien du chagrin sincère de ne plus pouvoir désormais subvenir au désirs, aux besoins, aspirations de ceux dont on la charge et que l'on sait devoir abandonner. Tout s'apaisa en effet – et de façon aussi brutale qu'inattendue – lorsque Philippe Bazire vint me prévenir qu'il prenait ma suite... Je revois encore mon élève, accompagné de sa jeune femme enceinte (elle devait accoucher quelques jours plus tard), s'approcher lentement, précautionneusement, des tubulures de perfusion et des fils électriques qui définissaient mon espace encore vital. « Je ferai le séminaire de podologie avec Jean-Pierre Mion samedi et dimanche », commença-t-il. Et il ajouta : « J'ai pris toutes les dispositions pour pouvoir vous remplacer légalement. Lundi, je serai à votre cabinet et je ferai tout mon possible pour assumer vos charges du mieux que je le pourrai, tant auprès de vos malades qu'auprès de vos parents. »

Comme je l'écrivais plus haut, le miracle eut alors lieu. Sans le secours d'aucune drogue, je jure que tout s'apaisa en moi : non seulement l'appréhension et les affres, mais également la gêne respiratoire ainsi que les brûlures et constrictions de ma gorge et de ma poitrine. Et cette angoisse ne se manifesta plus.

Cette libération soudaine, somato-psycho-émotionnelle, me marqua profondément, on s'en doute. Elle est à l'origine de cet ouvrage. J'ai en effet voulu savoir ce qui motivait une séparation aussi nette entre le monde de la sensation et celui de l'esprit.

J'y viens donc.

Le domaine psycho-émotionnel m'avait été progressivement révélé au cours de mes études de neuro-psychiatrie, puis par ma « didactique » psychanalytique. Je m'y étais en outre spécifiquement intéressé dans ma thèse de doctorat, portant sur les structures cérébrales impliquées dans le comportement réactionnel de l'individu [4].

Je connaissais, certes, ce que les neuro-physiologistes nomment « aires suppressives ». Il s'agit d'aires corticales jouxtant les localisations motrices. Nous avons en effet, sur notre cortex cérébral, des zones très exactement définies d'où partent tous les influx nerveux commandant un muscle ou un groupe de muscles. On appelle ces zones les « aires motrices », et leur organisation cartographique une

« somatotopie ». Au niveau cérébral, nous possédons deux zones motrices distinctes :

– une, dite « motrice primaire », sur le lobe frontal. C'est la fameuse « aire frontale ascendante », ou « pyramidale » parce que les corps des neurones qui en partent ont la forme d'une pyramide. C'est de cette aire que partent les ordres déterminés, volontairement effectués ;

– l'autre, « motrice émotionnelle », à la face interne, cachée, du cerveau, là où les deux hémisphères se font face. Surmontant la lame « calleuse » qui unit ces deux hémisphère cérébraux, elle se nomme « circonvolution cingulaire » ou « circonvolution du corps calleux ». C'est d'elle que partent tous les influx émotionnels, pas toujours tellement conscients ni tellement volontaires, et qui trahissent nos expressions, notre attitude, notre démarche, nos tics, nos passions, etc.

Or ces deux aires motrices possèdent chacune une « aire suppressive », dont la stimulation empêche tout passage à l'acte. Il existe donc en nous une possibilité *de ne pas agir*, même si tout s'y prête. C'est, en somme, le garant de notre liberté. Mais rien de semblable n'existe dans le monde de la *pensée, qui est*, même quand on dort, puisqu'on rêve !... Et rien n'empêche jamais de penser. Et *sentir* ou, mieux encore, *ressentir*, comment se l'interdire, à moins d'une anesthésie ?

Je venais de découvrir la réalité de deux mondes distincts que je pensais, jusque-là, être interdépendants : celui des sens et celui de l'esprit.

Définir la pensée n'est certes pas tâche aisée. On sait qu'elle procède de réactions biochimiques cérébrales, comme le prouvent les modifications psychiques engendrées par l'absorption de diverses substances pharmacologiques. Mais on sait qu'il existe aussi une rétroaction positive, sensorielle, que Dominique Laplane, professeur de neurologie à la Pitié-Salpêtrière de Paris, décrit comme « des événements physiques extérieurs, transformés en messages par nos récepteurs sensoriels, inscrits dans notre cerveau en informations, par l'intermédiaire d'un support neuronal qui peut être lui-même décrit en termes physicochimiques de masse et d'énergie [21] ». Ainsi, le neuro-physiologiste que je suis devenu ne pouvait concevoir le processus intellectuel que comme le simple résultat de la sécrétion d'un liquide, le neurotransmetteur, qui « fait le pont » entre un neurone et un autre. Ainsi s'organisent des circuits complexes, multiples, simples ou réverbérants, et reliant entre elles toutes les structures nerveuses, où qu'elles siègent dans le corps humain.

J'ignorais encore le rôle très particulier, anesthésiant et euphorisant (on les dit « morphinomimétiques », c'est-à-dire agissant comme la morphine), de neurotransmetteurs très spéciaux, les « enképhalines » sur lesquelles je reviendrai longuement dans toute la première partie de cet ouvrage. Or, sur mon lit d'hôpital, je venais de constater que l'esprit avait le pouvoir de « couper » toutes les sensations, même celles provenant d'un organe aussi noble que le cœur !

Renouant brusquement avec les traditions yogiques que j'avais oubliées depuis bien longtemps, entre mes tubulures et mes fils électriques, dans la verte pénombre des oscilloscopes – et alors que je croyais mourir –, *je connus la sérénité.* A cet instant s'imposa en moi le souvenir de ma jeune tante, Renée Bourdiol, agonisant sur son lit de bois clair, dans sa chambre de Rivoli, et proférant ses dernières paroles d'une voix mélodieuse : « Il est si bon de savoir mourir. »

Les issues fatales auxquelles j'avais assisté, en tant que médecin, m'avaient démontré le caractère non douloureux du « Passage ». Mais je n'avais pas vu – ou pas su remarquer – cette espèce d'euphorie que je ressentais, avec une qualité subtile, indéfinissable et, je crois, indescriptible pour qui ne l'a pas ressentie, parce qu'à nulle autre comparable.

Médecin, neuro-physiologiste et mystique de surcroît, une nouvelle mission s'imposa désormais à moi, dont ce livre est l'actuel aboutissement.

Il comporte deux parties et une très courte conclusion.

La première partie concerne *la mort et les morts* : elle traite des faits objectivables, que je tâche d'expliquer par la neurologie. A partir de tous ces exposés s'imposera dès lors la crédibilité de la logique de ces messages réputés provenir de l'« au-delà ».

Je commence par l'agonie, telle que chacun d'entre nous peut l'observer chez autrui. Les travaux d'Elisabeth Kübler-Ross y sont décrits et commentés. Je donne les raisons neurochimiques probables qui en expliquent l'analgésie, voire l'euphorie.

J'en arrive alors aux témoignages des « rescapés de la mort » : j'entends par là les millions d'individus qui, de par le monde, ont présenté une mort clinique franche et irréfutable. Leurs rapports, au retour de pareils « voyages », sont assez convergents pour qu'on puisse en déduire le processus neurologique sous-jacent, toujours logique. Je signale immédiatement que je conserve – une fois n'est pas coutume – le sigle américain N.D.E. (*Near Death Experiences*

= Expériences de quasi-morts), parce qu'il a le double avantage d'être bref et international. Je conforte tous ces témoignages par les conceptions des anciens Égyptiens et celles des lamas tibétains. En effet, le papyrus d'Ani et, surtout, le *Bardo Thödol* décrivent des événements fort semblables à ceux des N.D.E. précédents. Ils confirment aussi la valeur « qualitative » psycho-émotionnelle et sensorielle des « passages ».

J'en arrive enfin aux messages venus de l'au-delà. J'emprunte à Jean Prieur son titre *Les Témoins de l'Invisible* [38] pour qualifier ces entités qui communiquèrent avec des vivants durant de longues années. Chez chacun d'entre eux nous retrouvons les mêmes descriptions, les mêmes propos, la même spécificité psycho-affective.

Des problèmes demeurent à leur sujet. Et je ne nie pas qu'ils dépassent de loin tout ce que notre science peut expliquer et, même entrevoir. Il n'en demeure pas moins que, dès la fin de cette première partie, nous possédons une base solide pour définir ce que me semble être la pensée et, à la lumière des assertions précédentes, en tirer des conséquences pratiques.

La seconde partie concerne les *messages de l'au-delà* : elle traite des enseignements délivrés par ces fameux « témoins de l'invisible ». Débordant d'amour, ils sont singulièrement en avance sur les connaissances scientifiques de l'époque où ils furent délivrés. Certains mentionnent même des théories et des sytèmes inconnus de nos jours.

Dans un préambule, j'insiste sur la hiérarchisation qu'ils révèlent tous. Cette caractérisque neurologique domine en effet dans tous leurs propos, tant au niveau des instructions qu'ils nous délivrent jusqu'à celui de l'éducation qu'eux-mêmes continuent à recevoir. Ils nous révèlent une organisation en sept « royaumes », « sphères » ou « plans », distincts sinon superposés. J'entame la description des quatre « royaumes visibles ». Il s'agit, bien sûr, des règnes minéral, végétal, animal et enfin humain. J'utilise les définitions que les messages en donnent pour en démontrer l'extraordinaire valeur universelle et scientifique, y retrouvant des faits que j'avais empiriquement définis. Je décris ensuite les trois « royaumes invisibles », à savoir le Purgatoire, l'Enfer et le Paradis. Il va sans dire que je me borne à rapporter les assertions des messages. Mais, encore une fois, tout est si logique !

Une brève conclusion termine le texte, mais non l'ouvrage.

Des amis ont lu mon manuscrit. Si les médecins n'eurent aucune difficulté à parcourir le texte, il n'en alla pas de même pour les autres. Ces derniers me firent donc l'amitié de signaler les termes anatomiques ou les mots savants qu'ils avaient eu du mal à trouver dans un dictionnaire, voire à comprendre. Un glossaire existe grâce à eux en fin d'ouvrage. Les mots qui y figurent sont suivis dans le texte d'un astérisque.

Une bibliographie finale renvoie aux auteurs que je cite.

PREMIÈRE PARTIE

LA MORT ET LES MORTS

Fidèle à l'enseignement catholique traditionnel, j'évoque souvent saint Paul, dans sa IIe Épître à Thimothée [52] : « Dans les derniers jours, écrit-il, surviendront des moments difficiles : les hommes seront égoïstes, cupides, vantards, orgueilleux, diffamateurs, rebelles à leurs parents, ingrats, sacrilèges, sans cœur, sans pitié, médisants, intempérants, intraitables, ennemis du bien, délateurs, effrontés, aveuglés par l'orgueil, plus amis de la volupté que de Dieu, ayant les apparences de la piété mais reniant ce qui en est la force » (III, 2 à 5).

Les temps sont-ils venus ? Tout me porte à le croire, dans les comptes rendus des fameux et innombrables mass-media. Dans cette exacerbation de pouvoir et de puissance lucifériens, même la science paraît devenir inhumaine : l'homme ressemble chaque jour davantage à une machine un peu particulière, je l'accorde, toujours délicate, certes, mais dont on peut – presque à loisir – changer tel ou tel organe défectueux ou défaillant. On peut même greffer un cœur, cette source de vie ! « Et pourtant, comme l'écrit Patrick Van Eersel [47], de la mort, nous avons tout oublié, tout ce que notre culture avait érigé en sagesse. »

Cette première partie traite justement du problème objectif de la mort. Sous tous les angles possibles. Elle comporte, nous l'avons dit, quatre chapitres, étapes réelles du processus thanatique, mais également progression dans la connaissance de ce même processus :

– le premier chapitre est l'étude de l'agonie. Il considère le moribond au moment où celui-ci sent arriver le terme de son existence, dans l'isolement psycho-affectif d'une assemblée familiale repliée sur son chagrin introjeté ; ou muré dans la solitude imposée par une drogue « anesthésiante » dont on augmente la posologie de façon insensible mais inexorable ;

– le deuxième chapitre étudie ce que les auteurs anglo-saxons ont nommé les *Near Death Experiences* (N.D.E.), c'est-à-dire les nombreux cas d'agonisants qui ont erré aux lisières même de la mort, et en sont revenus enrichis d'une expérience nouvelle et, le plus souvent, enthousiastes ;

– le troisième chapitre concerne les *Bardos*. Ce terme indien s'applique aux décédés qui ont réussi à témoigner du « passage dans l'au-delà » et qui, de la sorte, accréditent la réalité des phénomènes précédents ;

– le quatrième chapitre se rapporte aux « témoins de l'invisible », dont les manifestations posthumes sont en général rapportées par des parents.

Chacun de ces chapitres sera confronté à l'explication neurologique qui éclaire, sinon explique, chacun des phénomènes rapportés.

CHAPITRE 1

L'AGONIE

Ce chapitre comprend trois parties : la thanatologie, dont Elisabeth Kübler-Ross fut l'incontestable pionnier ; l'explication encéphalique de la qualité agonique ; enfin, l'explication biochimique centrale de l'analgésie terminale.

LA THANATOLOGIE

ELISABETH KÜBLER-ROSS

Elisabeth Kübler-Ross fut, à ma connaissance, le premier médecin thanatologue, c'est-à-dire ayant spécialement étudié tous les aspects de la mort, tant du point du vue clinique, biologique, que sociologique.

En France, Patrice Van Eersel semble son biographe le plus authentique, d'autant plus qu'en 1984 il participa à un séminaire, près de New York, au cours duquel « E. K.-R. », comme il simplifie son état civil, fit face à une bonne centaine de sujets plus ou moins moribonds. Je me réfère donc à sa *Source noire* [47] pour tout ce qui suit *.

> Elisabeth naquit triplée le 8 juillet 1926 près de Zurich – aînée de trois filles dont personne n'espérait plus la naissance, sept ans après celle d'un unique garçon. Cette naissance à trois joua sans doute un rôle déterminant, car le père, M. Kübler, préféra vite « Numéro trois », et la mère « Numéro deux ». « Numéro un » allait grandir solitaire.

* Les passages en petits caractères sont des citations.

À quatre ans, elle bâtit sa première clinique pour animaux, dans la cave de ses parents. Un cagibi où elle allait soigner des chats, des lapins, des moineaux et des hérissons. Pendant des années, elle joua ainsi au vétérinaire toute seule. Ses sœurs préféraient leurs poupées.

Elisabeth avait onze ans lorsqu'on lui demanda, à l'école, ce qu'elle aimerait faire plus tard. Elle écrivit : « Je voudrais être une chercheuse, une exploratrice des zones inconnues de la connaissance humaine. » Et aussi : « Je voudrais étudier la nature de la vie, la nature de la vie de l'homme, des animaux, des plantes. » Et plus loin encore : « Mais, par-dessus tout au monde, je voudrais être médecin. Bien sûr, je sais que faire des études de médecine est un rêve impossible, mais c'est mon rêve le plus cher. »

Impossible ? Elle en avait parlé une fois à la maison. Son père avait répondu tout net : « Pas question ! » C'était un honnête assureur zurichois, mais pas assez riche, prétendait-il, pour payer des études à ses trois filles. La seconde des triplées étant la plus chétive et la plus intellectuelle, il avait décidé qu'elle seule poursuivrait des études au lycée. Les deux autres devraient se contenter de devenir de bonnes mères de famille. On n'avait jamais discuté les décisions du père chez les Kübler ; Elisabeth n'avait plus jamais reparlé de son envie de devenir médecin. Elle se contenta d'en rêver.

Refusant à seize ans la place de secrétaire de son père, elle est mise à la porte de chez elle et dans l'obligation de gagner sa vie toute seule. Après quelques déboires, elle trouve une place d'assistante chez un ophtalmologiste réputé, qui s'occupe surtout d'enfants. Elizabeth les réconforte du mieux qu'elle peut, et d'autant plus facilement que jeunes patients et parents se confient à elle sans hésiter, en dépit de son âge.

Et c'est ainsi qu'elle découvre en quelques mois, et presque par inadvertance, les différentes phases par lesquelles passent les patients et avec eux des familles entières. Cinq phases qu'elle retrouvera tout au long de sa longue route. Les cinq phases du deuil.

Première phase. Tout commence par un choc, un coup de barre de fer sur la tête : Tu vas perdre un œil. Réaction automatique : Non ! Refus, blocage. Vous niez : Ce médecin est fou ! Vite allons en voir un autre ! Docteur, je ne vais pas perdre mon œil, dites ?

Seconde phase : Malheureusement si, répond le second médecin, et il faut même le retirer en vitesse. Alors monte une énorme bouffée d'adrénaline, qu'il faut absolument – c'est vital – laisser se répandre et faire son œuvre. Elle vous rend fou de colère. Elisabeth assiste à des explosions impressionnantes. Le patient (ou, par procuration, un de ses parents) cherche un coupable. C'est la grand-mère, ou la tante, ou la nurse, à qui on avait confié l'enfant. C'est le premier médecin, « qui n'avait qu'à réagir plus vite ». C'est lui, le fautif ! Ou c'est Dieu, ce sadique ! Elisabeth voit des familles au complet entrer en transe. Sa présence n'y est pour rien. Curieusement, son regard calme, son invitante disponibilité les aide à se mettre en colère. Après seulement, Elisabeth les voit passer à une troisième phase.

La phase du marchandage : Mon Dieu ! Mais un œil, c'est mieux que rien. Docteur, je vais le garder, celui-ci, n'est-ce pas ? Parfois le marchandage dure des mois. Mais un jour tombe le verdict : rien à faire, le petit sera *aveugle*.

Alors, quatrième phase : les bras tombent. Tous les muscles se relâchent. Un mutisme s'empare des faces. La dépression abat ses voiles de plomb. Elisabeth n'a pratiquement plus rien à dire aux gens. Elle les fait entrer dans la salle d'attente ou les raccompagne à la porte en silence. Ils sont anéantis.

Enfin se produit le miracle de la cinquième phase : le miracle de l'aveugle. Pour ceux qui ont des yeux, la sérénité de l'aveugle a quelque chose d'incompréhensible. Des mois plus tard, les gens reviennent, définitivement aveugles, ou accompagnant leur enfant aveugle. Et une incroyable tranquillité s'est installée. L'atmosphère reste mélancolique mais belle, comme un paysage sous la pluie quand l'air est clair.

Cette description est importante. Nous la retrouverons plus loin car elle est l'incontestable schème de tout processus agonique, puisque fatal, déterminé par des réactions biologiques immuables. J'ai moi-même connu ces cinq mêmes phases lors de mon infarctus. Mais revenons à Elisabeth Kübler-Ross.

Après d'autres stages dans des laboratoires zurichois, elle quitte définitivement la Suisse pour se rendre en Pologne et s'occuper de la misère qui y règne après le cataclysme guerrier. Elle monte bientôt une infirmerie, avec l'aide de deux étudiantes en médecine polonaises. Puis elle erre jusqu'en Russie, avec des gitans, retourne en Allemagne pour y soigner une typhoïde dont elle ne se tire qu'à grand-peine. De retour à Zurich, elle décide de passer son baccalauréat tout en travaillant à l'hôpital cantonal. En 1950, elle entre enfin à la faculté de médecine. Elle y rencontre Emmanuel Ross, un juif du Bronx, qui étudie, lui aussi, la médecine à Zurich. C'est avec lui qu'Elisabeth apprend à disséquer, ce qui crée sûrement des liens... puisqu'ils se marient et vont vivre en Amérique.

Après bien des péripéties – dont l'une, importante, montre que la proverbiale incommunicabilité schizophrénique peut parfaitement être vaincue sans le secours d'aucune drogue par le seule contact humain et l'intérêt sincère qu'on porte au malade – les Ross s'installent à Denver. Elisabeth devient l'assistante d'un psychophysiologue, qu'elle doit un jour remplacer au pied levé pour une conférence à prononcer devant de futurs psychiatres. Très embarrassée, voire intimidée, se remémorant les « cours de clinique » en usage en Europe où le professeur construit son cours autour d'une consultation publique, elle décide de trouver un malade qui accepterait de venir s'entretenir de sa santé avec elle devant les étudiants.

Aussitôt, elle se met à la recherche d'un volontaire. Le plus ingénument du monde. Oui, à cet instant, elle est, je crois, totalement innocente. Elle ne saisit pas que toute sa vie va brusquement virer de bord. Elle est simplement soulagée d'avoir, peut-être, trouvé une solution. Elle se rend donc à l'hôpital et, tout de suite, guidée par une chance invraisemblable, tombe sur une jeune leucémique en pleine crise de colère. Elle s'appelle Linda. Elle a de grands yeux verts. Derrière sa pâleur et sa maigreur extrêmes, on discerne qu'elle a été très jolie. Quand Elisabeth entre dans sa chambre, la jeune fille est en train de brasser un paquet de cartes postales à pleines mains. Tout son lit est couvert de cartes de vœux : elle a eu seize ans le matin même et des centaines d'inconnus lui ont écrit.

« Et vous savez pourquoi ? » hurle l'adolescente en regardant le médecin qui vient d'entrer, « parce que ma mère, ma mère – oh, celle là ! – a mis une petite annonce dans le journal, disant que *sa pauvre petite fille leucémique allait devoir fêter son anniversaire à l'hôpital* ! Des inconnus ! Qui se fichent bien de moi ! Oh, je la hais, je la hais ! » Folle de rage, elle tire un coup sec sur son drap et toutes les cartes voltigent dans la pièce.

Elisabeth demande à Linda si elle veut bien bavarder un peu. La jeune fille est d'accord, pour continuer à déballer sa rancœur. Sans qu'Elisabeth lui pose la moindre des questions, Linda raconte comment, du jour au lendemain, sa mère s'est mise à la couvrir de cadeaux, à l'embrasser à tout bout de champ... « Pourquoi, maman ? – Mais pour rien, pour rien ma chérie »... Ou bien : « Mais parce que je t'aime, mon trésor. » En présence de Linda, ni son père, ni sa mère, ni aucun membre de sa famille n'a jamais admis qu'elle était condamnée. Elle s'en est pourtant bien rendu compte. Mais toute seule, enfermée dans une sorte de secret maléfique que les autres ne voulaient pas entendre. « Dis, maman, et si je devais mourir... – Veux-tu te taire ! Voyons, ma chérie, tu sais bien que le docteur a dit que tu irais bientôt mieux. »

Pourtant, l'une après l'autre, ses amies ne sont plus venues la voir. Sauf une ou deux, mais avec des mines si coincées...

« Qu'est-ce qui t'a manqué le plus ? demande Elisabeth.

– De ne plus pouvoir jouer au tennis. Un jour, j'ai dû m'arrêter en plein tournoi. J'étais bonne, j'adorais ça. Depuis, je n'ai plus joué.

– Et maintenant, demande la psychiatre, qu'est-ce que tu aimerais le plus ?

– Passer mon bac, répond Linda. Normalement, c'est l'année prochaine. Mais ça me paraît impossible. Bientôt un an que je suis des cours par correspondance. Mais dès que je lis une page, mes yeux se brouillent de fatigue. »

Elle regarde Elisabeth, assise à côté d'elle, et brusquement se met à pleurer. Elisabeth ne dit plus rien, se contente de tenir la main de la jeune fille. Puis elles se remettent à parler. Linda passe par des phrases de grande tranquillité. Son visage se détend, elle raconte ses meilleurs souvenirs d'enfance, et sourit d'une façon terriblement touchante en observant qu'elle ne partira sans doute plus jamais en vacances. Puis la colère la reprend. Elle crie des insultes, ses larmes l'étouffent, elle maudit la terre entière, et Dieu, cet innommable monstre qui veut déjà lui retirer ce qu'il prétendait lui avoir donné. Puis nouvelle accalmie, nouveau sourire... Au bout d'une heure, elle semble apaisée. Elisabeth lui demande alors si elle serait d'accord pour venir parler à des étudiants médecins. Linda est étonnée : que pourrait-elle dire à des étudiants ? Elisabeth lui explique que ce sont des internes, mais qu'ils n'ont certainement jamais discuté avec une personne très malade comme elles viennent de le faire. Linda éclate de rire. L'idée de jouer les profs la ravit.

La suite appartient à l'histoire.

Les auditeurs furent, certes, très étonnés de voir d'abord un petit bout de femme, à l'accent suisse-allemand, remplacer leur brillant professeur. Ils furent ensuite stupéfaits d'apprendre que le sujet traité serait « la mort » et que ce sujet serait débattu devant un moribond. La stupéfaction fit place à l'horreur lorsqu'ils virent arriver une jeune fille de seize ans, très jolie mais horriblement pâle sous son maquillage, assise dans un fauteuil roulant que poussait la conférencière. Et l'horreur se transforma en panique lorsqu'il fut demandé des volontaires pour interroger la malade. Il fallut en désigner une demi-douzaine, qui prirent place autour de Linda, avec une lenteur désespérante et dans un silence poignant.

« Cette jeune fille, dit Elisabeth, est venue pour répondre à vos questions. Qui commence ? »

A grand mal, un étudiant prend la parole. Puis un deuxième. Et un troisième. Mais ce sont des questions techniques : Appétit ? Pouls du matin ? Numération globulaire ? Vitesse de sédimentation ? Pauvres clampins. On dirait qu'ils ont avalé des parapluies.

Dans l'amphithéâtre, le tableau est saisissant. La gamine leucémique a l'air calme. Autour d'elle, par contraste, les internes semblent au martyre. De vrais morts vivants. Jamais Elisabeth n'avait aussi clairement lu la peur de la mort ordinaire sur le visage de gens bien portants. Finalement, elle renvoie les faux volontaires à leur place et c'est elle qui interroge.

Le psychiatre et la jeune fille reprennent leur discussion de l'avant-veille. Linda, très excitée, raconte : le refus de sa famille de s'avouer la vérité ; la faiblesse qui, lentement, la ronge de l'intérieur ; la noire déprime qui l'annihile certains soirs. Les souvenirs. Les rêves. L'espoir aussi. Oui, l'espoir : et si, finalement, elle s'en sortait quand même ? Puis sa voix faiblit. Elisabeth la fait raccompagner dans sa chambre par un infirmier, après l'avoir longuement serrée contre elle.

Suit un interminable silence.

Enfin Elisabeth reprend la parole. Alors, subitement, toute l'assistance se met à bourdonner. L'attention est extrême. La plupart des yeux sont humides. Elisabeth demande s'il y a des questions. Cette fois, trente mains se lèvent. Mais tous disent la même chose : ils n'ont jamais été aussi émus de leur vie.

« Savez-vous pourquoi ? demande Elisabeth.

– J'ai été bouleversé par sa jeunesse, dit quelqu'un, et par son courage.

– Par sa fragilité, dit un autre.

– Par sa beauté.

– Sa transparence...

– Ne pensez-vous pas, demande Elisabeth, qu'au travers de sa jeunesse, de son courage, de sa beauté, de sa transparence, vous venez de voir votre propre mort en face ? Pour la plupart d'entre vous, c'était la première fois, non ? » Et elle ajoute : « Aucun médecin ne peut réellement s'occuper de malades graves ni d'agonisants avant d'avoir pris conscience de sa propre mortalité. Malheureusement, nos écoles de médecine ont oublié cela. Elles jettent chaque année sur le marché des milliers de jeunes docteurs non initiés, qui refusent ne serait-ce que de *penser* à la mort. Les écoles ont oublié de très anciennes vérités. »

La conférence dure excessivement tard. C'est un franc succès. Voilà Elisabeth promise à un brillant avenir.

Elle ne reste cependant à Denver... que pour mettre au monde son second enfant, la petite Barbara. Elle suit son mari à Chicago, où lui est offert un poste d'épidémiologiste. Elle en profite... pour suivre une psychanalyse, tout en travaillant comme professeur-assistant de psychiatrie dans un hôpital de la ville.

Quatre jeunes gens viennent un jour la trouver. Ils ont entendu parler de la fameuse conférence de Denver, avec Linda. Étudiants en théologie, ils lui demandent son aide pour mieux comprendre les mourants dans le cadre de leur sacerdoce. Après moult difficultés, tant administratives que confraternelles, elle obtient les autorisations nécessaires et crée même ce que tous ses étudiants appelleront désormais l'« aquarium » : il s'agit d'une petite pièce de consultation possédant une grande glace sans tain derrière laquelle se trouvent les auditeurs-spectateurs. Les malades sont, évidemment, prévenus de leur présence. Mais ils sont, de la sorte, beaucoup moins intimidés. Et les « consultations » gagnent ainsi en spontanéité et vérité.

Petit à petit, un noyau s'organise : des internes, des séminaristes, des infirmières. Quelques médecins, même. Et, enfin et surtout, les sempiternels journalistes, sans quoi rien ne peut se faire, surtout aux États-Unis ! Quoique... en 1969, *Time* et *Life* assurent à Elisabeth une notoriété très mal perçue par ses collègues. D'ailleurs l'Université la destituera. Ce seront ses livres et ses séminaires qui lui permettront désormais de vivre. Et de progresser. Comme elle l'a elle-même écrit malicieusement dans son ouvrage *La mort est un nouveau soleil* [20] : « Si vous avez bonne conscience et que vous faites votre travail avec amour, on vous crachera dessus, on vous rendra la vie difficile. Et dix ans plus tard on vous donnera dix-huit titres de docteur *honoris causa* pour le même travail. C'est ainsi qu'est ma vie maintenant. » Tout chercheur... pardon ! tout « trouveur » se doit de bien méditer ces trois phrases...

LES CINQ ÉTAPES PRÉ-AGONIQUES

Je les ai vécues dans la salle de réanimation de l'hôpital Boucicaut. Mais sans le savoir.

Dans l'Ancien Testament [52], on retrouve souvent ces fameuses cinq étapes. Ainsi le chapitre VI d'Isaïe, dans le Livre de l'Emmanuel, donne une parfaite description de l'expérience qu'en fait le prophète : il passe en effet du choc et de la dénégation initiaux à des émotions de terreur puis de culpabilité ; enfin, à un marchandage rédempteur ; il lutte contre la dépression en comprenant le véritable coût de son nouvel engagement, et arrive donc à l'acceptation finale de sa tâche prophétique.

Nous avons déjà relevé une progression similaire chez les jeunes enfants ophtalmiques qu'Elisabeth Kübler accueillait à Zurich. Il s'agit en effet d'un paradigme, processsus biologique spécifique, qui s'intègre dans le cadre général du stress. Je vais en indiquer la nature neurologique intime en résumant maintenant ces cinq étapes, selon les propres données de celle qui les a fait connaître, puisées dans son ouvrage *La Mort, dernière étape de la croissance* [19] :

– *dénégation initiale* : c'est la réaction typique, salvatrice, de tout être choqué. Il retire vivement sa main de la plaque de métal qui la brûle, de même qu'il refuse obstinément de reconnaître la réalité funeste. Il est remarquable de constater le parallélisme étroit, salutaire entre l'importance du mouvement qui emmène la main loin de l'objet incandescent et celle de la dénégation initiale du mourant. Le docteur Kübler-Ross déclare en effet qu'une telle réaction est d'autant plus efficace que plus violemment manifestée, car elle « aide à amortir l'impact de la prise de conscience de la mort inévitable ». Cette première étape est ainsi un pur acte réflexe, quasi « médullaire » ;

– *rage et colère suivent* : c'est la phase de réaction orthosympathique * de type thyréotrope *, pour reprendre le schéma classique de H. Selye. Nous connaissons la valeur pronostique de son explosion en pathologie. Elisabeth tient ici le même propos, ajoutant que Dieu est bien souvent la cible de ce stade puisqu'il « semble imposer arbitrairement cette sentence de mort ». Et elle ajoute que « cette fureur est non seulement permissible, mais inévitable ». A ceux qui s'en troublent, elle répond succinctement que « Dieu peut bien s'en arranger » ;

– *le marchandage* intervient au bout d'un temps variable. « Les patients acceptent le fait de la mort, mais essaient de gagner du temps, surtout en marchandant avec Dieu, promettant d'être bon, ou de faire telle ou telle chose en échange d'une semaine, d'un mois ou d'une année de vie. » Et elle remarque : « Peu importe ce qu'ils promettent, d'ailleurs, car ils ne tiennent pas ces promesses, de toute façon. » On retrouve ici les « serments d'ivrogne », les objurgations vaines, passionnelles, de compensation sous-corticale, certainement diencéphalique, avec bouffées pulsionnelles rhinencéphaliques émotionnelles plus ou moins bien vécues et systématisées ;

– *la dépression* s'installe finalement. « La personne pleure d'abord les épreuves passées, les choses pas faites, les torts commis. » Les influx nerveux atteignent ainsi les localisations mnésiques temporales, signant l'envahissement hémisphérique, puis cortical ;

– *l'acceptation* est l'ultime étape. Le mourant devient calme, ne veut plus de visiteur. « Il a réglé tout ce qu'il avait à régler. Il est ni heureux ni malheureux. Il est vide de sentiment. Mais ce n'est pas une résignation ; en fait, c'est une victoire. » Neurologiquement, on assiste sans aucun doute possible à la montée pré-frontale, structure sur laquelle je reviendrai un peu plus loin, car c'est celle qui confère à l'homme sa qualité spécifique, qu'aucun animal ne possède.

« Il est bien certain, ajoute Elisabeth Kübler-Ross, que tous les mourants ne passent pas par tous ces stades, ni dans le même ordre ni au même rythme. » C'est là encore la caractéristique strictement humaine de cette « dissemblabilité » – j'expliquerai plus loin ce mot – absolue. Cependant, ce paradigme, appliqué de façon flexible et intuitive, demeure un instrument irremplaçable pour la compréhension du comportement du moribond.

ORIGINE DE LA QUALITÉ AGONIQUE

Chaque homme est un exemplaire unique, donc irremplaçable, de la création. Toute sa biologie le démontre, qu'il s'agisse de ses empreintes digitales ou génétiques, de ses groupes et sous-groupes sanguins, de ses aptitudes intellectuelles, voire de son profil psychologique, pour ne parler que de ses caractéristiques les plus connues. Il va sans dire que, comme Elisabeth Kübler-Ross vient de le mentionner, chaque mourant doit présenter ses propres étapes agoniques, et les marquer de son sceau particulier.

Massillon a écrit : « On craint moins la mort quand on est tranquille sur ses suites. » Ce qui semble bien impliquer l'influence que peut avoir la foi religieuse. La qualité agonique me paraît répondre à d'autres critères, qui sont d'une part l'évolution phylogénétique, d'autre part le facteur chronologique, enfin et surtout le contexte sociologique.

L'ÉVOLUTION PHYLOGÉNÉTIQUE

L'animal, on le sait, meurt sans histoires.

Nous avons tous perdu un chien, ou tout autre animal domestique familier, que nous avons trouvé étendu, mort, alors que rien dans son comportement ne nous avait paru plus suspect que peu de temps auparavant. Certes, l'éléphant se retire pour expirer en solitaire loin de son troupeau. Il en va de même, paraît-il, de certains cétacés, anthropoïdes, ou même certains chats. Mais nul n'a jamais pu noter, lors de leurs ultimes moments de vie, nervosité ou terreur. Au contraire, ils s'immobilisent, se recroquevillent ou se lovent sur eux-mêmes, comme pour amenuiser encore leur volume somatique avant de pousser un dernier soupir discret.

J'ai trouvé chez Philippe Ariès [2] l'explication historico-légendaire de cette conduite : « Dans l'île de Circé, écrit-il d'après Gelli, Ulysse demande à l'un de ses compagnons transformé en porc pourquoi il ne veut pas redevenir l'homme qu'il était. L'animal qu'il est devenu répond que le grand malheur de l'homme est la connaissance de la mort, la peur qui suit cette connaissance, et le sentiment de la fuite du temps. Les animaux n'ont ni cette connaissance ni ce sentiment. Aussi les meilleurs instants de la vie sont-ils ceux pendant lesquels sa conscience de durée est suspendue, comme le sommeil. »

Le sentiment de la fuite du temps siège dans une aire cérébrale très antérieure, proche du pôle frontal, et que, pour cette raison, on nomme « cortex pré-frontal ». Spécifique de l'homme, c'est, bien sûr, son absence qui empêche l'animal de savoir qu'il est mortel et, ensuite de savoir qu'il meurt.

Le facteur chronologique

La mort subite du nourrisson est un drame qui frappe une famille comme un coup de tonnerre dans un ciel serein. Sans aucun prodrome. Sans que rien ne l'ait laissé deviner. Le nourrisson dort... et puis on le retrouve mort, dans la même position et avec la même expression sur le visage.

Rares sont les enfants qui manifestent un sentiment quelconque de crainte lorsqu'ils savent que leur mort est proche : ils en parlent toujours d'un ton égal, détendu, comme d'un fait inévitable, quelquefois mystérieux mais jamais effrayant. Philippe Joseph [17], qui fut infirmier dans un service pédiatrique de jeunes cancéreux, me disait avoir toujours été stupéfait, sidéré, impressionné par l'attitude spontanée de certains : « Tu ne pourras pas venir m'embrasser demain matin, parce que je serai mort ! » Et tout cela proféré tranquillement, voire en souriant. Tous les services infantiles s'accordent à admettre qu'un enfant peut souffrir. Même d'une façon atroce. Mais les enfants ne craignent pas une mort qu'ils connaissent et dont ils parlent.

Il n'en va pas de même pour l'adolescent. Le cortex pré-frontal évolue en effet. J'ai pu me rendre compte de cette évolution progressive par l'observation d'un « enfant-chien ». Franco, qui a maintenant treize ans, à été élévé jusqu'à l'âge de cinq ans par une chienne, dans une cave. N'ayant jamais connu d'humain, il ne savait ni utiliser ses mains, ni marcher, ni parler. N'ayant jamais vu le jour, il ne fermait pas les yeux pour dormir. Personne ne l'a jamais entendu pleurer, et son rire est actuellement encore mécanique, convulsif et plus sardonique que celui d'un autre garçon de son âge. Les sentiments humains ont été rapides à acquérir. Mais non le nycthémère. La notion du temps existait bien chez lui, puisqu'il disposait ontologiquement d'un pré-frontal humain. Cette structure mit cependant beaucoup de temps à fonctionner correctement. Voici deux ans, ses parents adoptifs nous avaient invités à souper chez eux et, bien sûr, il mangeait juste en face de moi, à la place d'honneur. Son comportement était, à peu de chose près, celui d'un enfant de onze ans, sauf qu'il n'utilisait pas son pouce pour tenir ses couverts. Mais il ne manifestait aucune impatience : son facteur temps était indiscutablement différent du nôtre.

Revenons donc au facteur chronologique de la qualité agonique. Je suis persuadé que si l'enfant ne trahit aucun émoi particulier au moment funeste, c'est le fait d'un cortex pré-frontal encore peu fonctionnel. Sa maturation s'accompagnera de l'angoisse spécifiquement humaine. Un parallélisme existera désormais entre ce « conditionnement » pré-frontal et l'attitude devant la mort.

Le facteur sociologique

Chacun de nous présente avant tout la qualité agonique de sa condition sociale, de son état social et des conjonctures sociales.

La condition sociale importe le plus : le palefrenier ne mourra pas comme le maître d'écurie. Il en va de même de la mort du hobereau, différente de celle de son roi. L'Ivan Illitch de Tolstoï a un comportement essentiellement distinct de celui du vieux paysan de Soljenitsyne. La Traviata et Mimi, toutes les deux phtisiques, ne meurent cependant pas de la même manière. Et nous pourrions multiplier les exemples.

L'état social joue aussi beaucoup : le soldat ne meurt pas comme le civil. Et tout le monde connaît la tradition maritime qui voit le commandant, rasé de frais et en grand uniforme, couler volontairement avec son navire. Danton ne peut pas monter sur la guillotine comme le ferait un voyou. Et, là encore, nous pourrions multiplier les exemples.

Les conjonctures sociales revêtent une portée aussi inattendue qu'irréfutable. La mort du preux chevalier, au Moyen Âge, est significative : il bat sa coulpe, se couche face au ciel, visage tourné vers l'orient, croise les mains sur la poitrine, comme le gisant, de façon cérémonielle et rituelle. Puis il attend la mort. Et celle-ci arrive toujours très vite, sans tarder le moins du monde, en grande dame civilisée. La mort du saint est bien différente. Comme l'écrit Philippe Ariès [2] : « C'est la mort exceptionnelle et extraordinaire d'un mystique que l'approche de la fin remplit d'une joie "célestielle", en laissant son âme s'exhaler du corps. » Que dire alors des morts du siècle dernier, en pleine période romantique ! Ariès relate correspondance et journaux intimes de la famille de La Ferronays, tels qu'ils furent publiés en 1867 sous le titre *Récits d'une sœur*. On demeure confondu devant l'attrait qu'exerce la mort. On peut en effet lire : « La mort est toujours mêlée à la poésie et à l'amour, parce qu'elle mène à la réalisation de l'une et de l'autre. » Ou encore : « Le bonheur, c'est de mourir. » Cela ne s'écrit pas seulement. Cela se met en pratique. Des citations identiques abondent dans la littérature. Et je ne parle pas des traditions familiales, ou des coutumes tribales. Tout un contexte sociologique transmute la conception même de la mort, et en influence donc la qualité agonique.

En somme, la manière de mourir procède de l'éducation, de la façon dont on conçoit et dont on conduit sa vie.

L'ORIGINE FRONTO-ORBITAIRE DE LA QUALITÉ PRÉ-AGONIQUE

L'évolution phylogénétique a démontré que la supériorité de l'homme sur l'animal dépend essentiellement de l'existence du lobe pré-frontal. Celui-ci est impliqué dans l'intégration psychique supérieure qui autorise l'élaboration d'un acte – ou de tout autre processus intellectuel – en vue d'un but non immédiat. Le fait que l'animal meure toujours sans problème indique que l'appréhension terminale humaine procède de cette structure cérébrale. Mais nous savons également que la manière de mourir est strictement individuelle, conjoncturelle, dépendant de qualités psycho-émotionnelles intrinsèques. Chacune des cinq étapes pré-agoniques est spécifique, dépendant de la constitution spirituelle du sujet, avec ses caractéristiques réactionnelles.

Ma thèse de doctorat en médecine [4] était consacrée à ce cerveau comportemental, que j'avais baptisé « Prosphérencéphale », mais que tous les auteurs francophones nomment « rhinencéphale * ». J'y démontrais que tout ce qui régit la constitution neuro-végétative de l'être demeure toujours pré-frontal, en ce sens que cela se cantonne à la partie tout antérieure du lobe frontal, mais intéressant la zone corticale la plus inférieure. On la qualifie d'« orbitaire » car elle repose sur le massif osseux qui forme la paroi supérieure de l'orbite.

Ce cortex orbitaire est à vocation vagotonique * (Lazorthes [23]) : sa stimulation entraîne des réponses cardio-respiratoires, vasculaires et viscérales qui sont celles engendrées par l'excitation du nerf pneumogastrique, nerf générateur d'angoisse, de ralentissement cardiaque et de dépression respiratoire. Or on retrouve toutes ces modifications lors de la pré-agonie.

BIOCHIMIE CENTRALE DE L'ANALGÉSIE TERMINALE

Elisabeth Kübler-Ross a bien noté que la dernière phase de l'état agonique correspondait à l'« acceptation » de l'abandon de notre vie terrestre et de tout ce qui nous y attache.

Certaines pratiques médicales peuvent venir masquer ces réactions. On a en effet trop tendance à utiliser des drogues qui amènent le mourant à son moment fatal dans un état de semi-conscience, pour ne pas dire souvent de réel coma. Attention, il ne s'agit pas là d'un problème d'euthanasie. J'y suis, pour ma part, fermement opposé depuis le jour lointain de 1949 où, stagiaire m'occupant d'une cancéreuse au dernier degré qui me suppliait de bien vouloir lui donner le « médicament libérateur », je montais une petite mise en scène : l'assurant que trois comprimés entraînaient une mort quasi instantanée, je lui en donnai deux (c'était en réalité de la vulgaire aspirine), mais m'arrangeai pour qu'un troisième comprimé semblât s'échapper du tube à mon insu. Je comptais sur le fameux effet placebo. Ma stupéfaction fut grande de trouver, le lendemain matin, ce troisième comprimé bien en vue sur la tablette de nuit. C'est la malade elle-même qui l'y avait placé, n'ayant osé, d'elle-même, franchir le pas fatal.

Je ne me prononcerai pas sur la médicalisation effectuée dans les hôpitaux, surtout chez les grands brûlés, les cancéreux, les cardiaques, ou tout sujet porteur de maladie algogène intense. C'est incontestablement une question de conscience et, surtout, de doigté.

Certaines pratiques religieuses peuvent venir accélérer le processus d'acceptation terminale. Ainsi Benjamin Wyrobnik [50] me relatait que, dans le judaïsme, le bien-être émotionnel du mourant est essentiel. D'ailleurs, la tradition aborde la mort directement et fait de la maladie fatale (*Schechiv Mera*) et de l'instant fatal (*Goses*) des moments d'encouragement, de consolation et de sollicitude. La veille des proches au chevet de l'agonisant est une obligation. Est aussi une obligation celle de l'aider à réciter le *Schema*, pour affirmer sa foi en Dieu au moment précis où elle peut être la plus éprouvée ; mais aussi pour aider le mourant à se concentrer sur les rituels les plus familiers de sa vie, au moment ou il aborde l'expérience la plus mystérieuse et la plus insondable de celle-ci.

Il en va un peu différemment chez les catholiques. Surtout de nos jours, où les prêtres semblent se fondre de plus en plus dans une « syndicalisation » qui les conduit à ne délivrer l'extrême-onctin qu'à des heures bien précises ! Le clergé se montre moins disponible encore que le corps médical. Et le manque de vocation n'explique certainement pas tout.

Quoi qu'il en soit, on doit bien se convaincre que les recours médicamenteux, sacerdotaux, ou la sollicitude familiale adoucissent incontestablement les phases pré-agoniques. Mais ils n'ont aucun pouvoir sur l'agonie elle-même, *car celle-ci n'est pas douloureuse.*

Je présenterai d'abord les divers éléments qui étayent cette affirmation réconfortante. Dans un second temps, j'en expliquerai le substrat anatomo-biochimique.

L'ANALGÉSIE DU PASSAGE

Très jeune, j'avais été impressionné par la mort de l'Aiglon, telle que la relate Octave Aubry. Alors que sa tuberculose ne lui permettait plus guère de respirer, après une violente crise d'angoisse où il s'était adressé en allemand à sa mère pour lui signaler qu'il quittait la vie, il sombra dans un état stuporeux, semi-comateux. Des râles gargouillaient dans sa bouche désespérément ouverte. Se penchant alors sur cette face exsangue, inondée d'une sueur froide, l'Archiduchesse Sophie lui demanda s'il souffrait. Par trois fois, le moribond fit aller de droite et de gauche sa tête sur l'oreiller, pour nier. Et il l'immobilisa peu après avec son dernier souffle.

Plus tard, médecin, il me fut malheureusement demandé d'assister aux ultimes moments d'un malade, d'un voisin ou d'un membre de ma famille. J'ai toujours remarqué que, même sans traitement particulier, au « passage », convulsions et faciès se calment, ce passage s'effectuant toujours avec une déconcertante facilité, sans heurt, sans plainte, sans tressaillement : tout se relâche brusquement, d'un seul coup, en même temps. Et, si l'on tient alors une main, on la sent devenir inerte et lourde, tout simplement. Jacques

Tocreau [46], un kinésithérapeute de mes élèves et amis, me confiait avoir assisté au décès accidentel de sa sœur, broyée dans une carcasse de voiture. Il m'assura que, là encore, le passage s'était effectué en pleine lucidité et sans la moindre plainte.

Tous les ministres des divers cultes qui viennent à mon cabinet et que j'ai interrogés à ce sujet m'on assuré avoir, eux aussi, remarqué l'extrême simplicité de l'ultime minute, la manière toute « naturelle », sans histoires, de « passer le cap ». Ne retenons ici que ce qu'en a écrit le père François Brune [9] : « La mort n'est qu'un passage à une nouvelle forme de vie, comme à une nouvelle naissance. Mais comment ce passage se fait-il ? En quoi consiste cette nouvelle existence ? D'abord, il faut le dire, parce qu'il est toujours utile de savoir, pour le cas où... plus exactement, pour le moment où il faudra bien faire ce passage : c'est merveilleux de mourir ! » A peu de chose près, les mêmes mots que prononça, en mourant, ma tante Renée Bourdiol. Les derniers mots de cette adolescente de quatorze ans furent, en effet : « Il est si bon de savoir mourir. »

Même les trépassés ont signalé l'extrême beauté du passage. Je ne donnerai ici que ce qu'en dit Pierre Monnier, ce lieutenant déjà évoqué, tué sur le front et communiquant par le phénomène de l'écriture * automatique avec sa mère : « La mort, Maman ne la crains pas ! J'en avais peur malgré moi... Je l'ignorais... C'était un visage inconnu que je me représentais voilé de sang. Oui, j'en avais peur ! Mais quand elle est venue, elle avait un clair visage qui ressemblait au tien ! Je me suis endormi dans ses bras : elle me consolait avec une voix qui avait les inflexions de la tienne. N'était-ce pas la tienne, chère maman, vers qui se tendait toute la tendresse de ma pensée ? Tout cela n'a duré que quelques instants... pas le temps d'avoir peur, je t'assure. Le sentiment de la responsabilité, les décisions à prendre... la volonté de défendre mon poste quoi qu'il puisse arriver... puis un grand choc dans la poitrine et dans la tête... comme un coup de poing qui m'aurait empêché de respirer, mais non de crier mes ordres à mes hommes... puis un vertige... puis... plus rien ! Pas même le sentiment de la chute. Et soudain, ta voix désespérée qui appelait : "Pierre, Pierre, mon petit !" Et le réveil complet pour courir vers toi. »

La libération d'enképhalines

On a tout d'abord attribué cette analgésie du passage à une « sidération » cérébrale. Mais il s'agissait là davantage d'un néologisme que d'une explication. Le mot « sidération » provient en effet du verbe latin qui signifie : « se trouver sous l'influence d'une mauvaise étoile » (P. Robert [40]). On a ensuite suspecté l'anoxie * cérébrale. On pensait en effet que le ralentissement respiratoire amoindrissait l'oxygénation des cellules cérébrales et, en outre, créait des métabolites toxiques. Ce qui accentuait le désordre neuronal. Mais les neuro-physiologistes nous enseignent (Lazorthes, Gouazé et Salamon [25], que le gaz carbonique est « le plus puissant de tous les vaso-dilatateurs cérébraux ». Si donc il y a baisse d'oxygène sanguin, il survient une augmentation correspondante du gaz carbonique... qui induit une vaso-dilation ainsi qu'une réelle excitation cérébrale. Ce qui semble infirmer l'hypothèse de l'anoxie comme agent responsable de l'analgésie du passage. Du moins agent responsable direct.

Il est en effet probable que la perturbation liée à cette anoxie induise la production de substances analgésiantes, les enképhalines. Constituées de plusieurs chaînes d'acides aminés (polypeptides), elles possèdent une action à la fois antalgique, sédative, anxiolytique et euphorisante.

Il ne fait aucun doute que, durant la période pré-agonique, une zone cérébrale particulière mette en jeu une libération générale de ces fameuses enképhalines. Cette zone est située dans le tronc * cérébral. Elle forme le véritable quartier général où aboutissent toutes les informations, où convergent toutes les données du milieu intérieur. Mais cette libération ne s'effectue pas à ce seul niveau. Il semble bien que d'autres centres extra-cérébraux soient requis. En effet, agissant comme de réels agents de transmission nerveuse (« neuro-médiateurs »), ces substances infiltrent toutes les synapses, modifiant la transmission des messages nerveux périphériques. Ce qui aboutit à une réelle analgésie somatique totale. Ce même processus s'enclenche lors d'accidents gravissimes mettant en jeu tout un segment somatique, voire la vie du sujet. Telle est l'explication de l'absence de douleurs que manifestent de tels traumatisés.

En somme, le mourant s'auto-morphinise. Ce qui provoque chez lui d'autres phénomènes que nous étudierons bientôt.

CHAPITRE 2

LES *NEAR DEATH EXPERIENCES*

Je n'aime guère employer une autre langue que ma langue maternelle. Non par chauvinisme. Mais parce que je la trouve plus belle, plus précise, plus souple et infiniment plus nuancée. Je fais pourtant ici une exception, en employant une expression américaine. Mais elle est historique. De surcroît, elle est plus concise que ne le serait la traduction française qui serait la plus fidèle. Enfin, elle se prête à la simplification « siglique » : tout le monde écrit maintenant N.D.E.... et je pense que je ferai de même.

Le docteur Raymond A. Moody en est l'inventeur. Il désigna ainsi les phénomènes visuels, sonores, baresthésiques, idéatifs, émotionnels, etc., que rapportèrent tous ceux qui présentèrent les signes objectifs de la mort, à savoir au moins un arrêt respiratoire et cardiaque doublé d'un électro-encéphalogramme plat, démontrant ainsi l'inactivité de leurs structures cérébrales... et qui, pourtant, revinrent à la vie.

Ce chapitre comporte trois parties :

La première veut montrer *l'ampleur du phénomène* en présentant successivement les quatre principaux chercheurs, véritables pionniers, de ces expériences : Elisabeth Kübler-Ross, Raymond A. Moody, Michael S. Sabom et Kenneth Ring. Leurs œuvres et leurs conclusions y sont exposées.

La deuxième est consacrée à *l'analyse neurologique du phénomène* de N.D.E. Je montre le processus létal atteignant d'abord le tronc cérébral et ses annexes, puis arrivant aux formations corticales.

La troisième envisage les *conséquences psycho-émotionnelles* de ces N.D.E. un « homme nouveau » semble ainsi « renaître ».

L'AMPLEUR DU PHÉNOMÈNE

En 1982, une enquête effectuée aux États-Unis par l'Institut Gallup recensait huit millions d'adultes (soit un Américain sur vingt) ayant connu la *Near Death Experience.*

Tout commença dans les années 1970, grâce aux deux pionniers que furent Elisabeth Kübler-Ross et Raymond A. Moody. Je commencerai bien sûr par eux, me basant le plus possible sur leurs textes originaux, afin de ne point les trahir. Je présenterai ensuite les expérimentations réalisées par Michael S. Sabom, puis celles de Kenneth Ring. Je me bornerai à ces quatre personnalités parce qu'elles représentent, ce me semble, l'éventail religieux et humain le plus complet : Elisabeth Kübler-Ross, Suisse allemande d'origine, est luthérienne ; Raymond Moody est un Sudiste jovial qui ne s'embarrasse guère de religion, quoique catholique ; Michael Sabom est un quaker texan ; Kenneth Ring, un juif californien. Et chacun, voulant vérifier sinon contredire l'autre, le confirme finalement toujours.

ELISABETH KÜBLER-ROSS

Nous l'avons déjà longuement évoquée.

Dans son livre *La mort est un nouveau soleil* [20], le thanatologue se transforme en une conférencière si simple, si humaine, si chaleureuse que, ne voulant en rien modifier son texte, je le recopie *in extenso* :

> Nous avons étudié vingt mille cas du monde entier d'hommes qui avaient été déclarés cliniquement morts et qui ont été rappelés à la vie. Quelques-uns se sont réveillés naturellement, d'autres seulement après une réanimation.
>
> Je voudrais vous expliquer très sommairement ce que chaque être va vivre au moment de la mort. Et cette expérience est générale, donc indépendante du fait que vous soyez aborigène d'Australie, hindou, musulman, chrétien ou incroyant ; elle est également indépendante de votre âge ou de votre statut socio-économique. Car il s'agit d'un événement purement humain, comme le processus normal d'une naissance est un événement purement humain.
>
> L'expérience de la mort est presque identique à celle d'une naissance. C'est une naissance dans une autre existence qui peut être prouvée d'une façon tout à fait simple...
>
> Au moment de la mort, il y a trois étapes. Avec le langage que j'utilise pour de très jeunes enfants mourants, je dis que la mort

physique de l'homme est identique à l'observation que nous pouvons faire lorsque le papillon quitte le cocon. Le cocon et sa larve sont le corps humain passager. Ils ne sont toutefois pas identiques à vous, n'étant qu'une maison provisoire, si vous pouvez l'imaginer ainsi. Mourir est tout simplement déménager dans une plus belle maison, symboliquement s'entend. Dès que le cocon est endommagé de façon irréversible, que ce soit par suicide, meurtre, infarctus ou maladie chronique – peu importe comment – il va libérer le papillon, c'est-à-dire votre âme. Dans cette deuxième étape, lorsque votre papillon – toujours symboliquement – a quitté son corps, vous vivrez des événements importants que vous devez savoir pour ne plus jamais avoir peur de la mort.

Dans la deuxième étape, vous serez approvisionné en énergie psychique, alors que, dans la première étape, vous l'êtes en énergie physique. Dans cette dernière, vous avez besoin d'un cerveau qui fonctionne, c'est-à-dire d'une conscience éveillée, pour pouvoir communiquer avec les autres. Dès que ce cerveau – ou ce cocon – est trop endommagé, vous n'avez évidemment plus de conscience éveillée. Au moment où celle-ci vous manque, c'est-à-dire quand le cocon est endommagé au point que vous ne puissiez plus respirer et que vos pulsations cardiaques et vos ondes cérébrales ne puissent plus être mesurées, le papillon se trouve déjà à l'extérieur du cocon. Ce qui ne veut pas dire que vous êtes déjà mort, mais que le cocon ne fonctionne plus. En quittant ce cocon, vous arrivez dans la deuxième étape de l'énergie psychique... Dès que votre âme a quitté le corps, vous vous apercevez tout d'abord que vous voyez tout ce qui se passe sur le lieu de votre mort, dans la chambre de malade, sur le lieu de l'accident ou là où vous avez quitté ce corps. Vous ne percevez plus alors ces événements avec votre conscience mortelle, mais avec une perception nouvelle. Vous enregistrez tout et, ce, au moment où vous n'avez plus de tension artérielle, où vous n'avez plus ni pouls ni respiration, parfois même en l'absence d'ondes cérébrales. Vous savez exactement ce que chacun dit et pense et comment il se comporte. Et vous pourrez par la suite dire avec précision qu'on a dégagé le corps de la voiture accidentée avec trois chalumeaux de découpage. Il y a même eu des personnes qui nous ont précisé l'immatriculation de la voiture qui les avait renversées mais qui avait poursuivi sa route... Beaucoup de gens quittent leur corps au cours d'une intervention chirurgicale et regardent effectivement cette intervention. Tous les médecins et infirmières doivent avoir conscience de ce fait. Cela veut dire qu'auprès d'une personne inconsciente ils ne doivent parler que de choses que celle-ci pourrait entendre de toute manière...

Il faut aussi que vous sachiez que, si vous approchez du lit de votre mère mourante ou votre père mourant se trouvant déjà dans un coma profond, cette femme ou cet homme entend tout ce que vous dites. Et il n'est en aucun cas trop tard pour dire : « Je regrette », « Je t'aime », ou tout ce que vous voulez dire. Pour de telles paroles il n'est de toute manière jamais trop tard, même après la mort, puisque les personnes décédées entendent encore ce que vous dites. Vous pouvez même à ce moment-là arranger des « affaires non réglées », même si elles remontent à dix ou vingt ans, et vous libérer ainsi de votre culpabilité pour pouvoir revivre vous-même.

Dans cette deuxième étape, le « mort » – si je puis m'exprimer ainsi – remarquera également qu'il est à nouveau intact. Les aveugles peuvent voir. Les sourds ou les muets entendent et parlent à nouveau... Vous comprendrez donc que cette expérience extra-corporelle est un événement merveilleux, qui rend heureux...

Nombreux sont mes collègues sceptiques qui disent : « Il s'agit d'une projection de désir. » Dans cinquante et un pour cent de tous mes cas, il s'agit de morts subites. Je ne crois pas que quelqu'un se rende à son travail en rêvant qu'il va continuer à disposer de ses deux jambes en traversant la rue. Et tout d'un coup, à la suite d'un accident grave, il voit sur la rue une jambe séparée de son corps, étant néanmoins en possession de ses deux jambes.

Tout ceci n'est évidemment pas une preuve pour un sceptique. Et, afin de rassurer les sceptiques, nous avons réalisé un projet de recherche en nous imposant comme condition de ne prendre en compte que des aveugles qui n'avaient plus eu de perception lumineuse depuis au moins dix ans. Et ces aveugles, qui ont eu une expérience extra-corporelle et en sont revenus, peuvent vous dire dans le détail quelles couleurs et quels bijoux vous portiez à ce moment-là, quel était le dessin de votre pull-over ou de votre cravate, et ainsi de suite...

Dans la seconde étape, vous vous apercevez également que personne ne peut mourir seul. Lorsqu'on quitte le corps, on se trouve dans une existence dans laquelle il n'y a plus de temps, où le temps n'existe tout simplement plus, de même qu'on ne saurait parler ici d'espace et de distance dans le sens où nous l'entendons, puisqu'il s'agit là de notions terrestres...

Dans cette deuxième étape vous vous apercevez également qu'aucun être humain ne peut mourir seul, non seulement parce que le mort est en mesure de rendre visite à n'importe qui, mais également parce que des gens qui sont morts avant vous, et que vous aimiez, vous attendent toujours. Et puisque le temps n'existe pas, quelqu'un qui, à vingt ans, a perdu un enfant, peut en mourant à quatre-vingt-dix-neuf ans retrouver son enfant comme enfant, puisque pour ceux de l'autre côté une minute peut avoir la durée de cent ans de notre temps...

En général vous êtes attendu par la personne que vous aimiez le plus. C'est elle que vous rencontrez toujours en premier. Chez les tout petits enfants de deux ou trois ans par exemple, dont les grands-parents et parents ainsi que les autres membres de la famille sont encore en vie, c'est en général leur ange gardien personnel qui les accueille, ou ils sont reçus par Jésus ou un autre personnage religieux. Je n'ai jamais fait l'expérience qu'un enfant protestant ait vu Marie au moment de sa mort, alors qu'elle est aperçue par de nombreux enfants catholiques. Il ne s'agit pas là de discrimination, mais ils sont tout simplement attendus de l'autre côté par ceux qui ont eu pour eux le plus d'importance.

Après avoir réalisé dans cette deuxième étape l'intégralité retrouvée du corps et rencontré ceux que l'on aime, on prend conscience que la mort n'est qu'un passage dans une autre forme de vie. On a abandonné les formes physiques terrestres car on n'en a plus besoin. Et, avant de quitter son corps pour prendre la forme que l'on aura dans l'éternité, on passe par une phase de transition entièrement empreinte par des facteurs culturels terrestres. Il peut s'agir du passage d'un tunnel ou d'un portail ou de la traversée d'un pont...

Et ensuite, dès que vous avez accompli ce passage, une lumière rayonne au bout. Et cette lumière est plus que blanche, elle est d'une *clarté absolue*. Et au fur et à mesure que vous approchez de cette lumière, vous êtes rempli du plus grand amour, indescriptible et inconditionnel, que vous puissiez imaginer. Il n'y a pas de mots pour le décrire.

Lorsque quelqu'un a une expérience du seuil de la mort, il ne peut regarder cette lumière que très brièvement. Et il faut qu'il retourne tout de suite sur terre. Mais lorsque vous mourez – je veux dire mourir définitivement –, ce contact entre le cocon et le papillon, que l'on pourrait comparer à un cordon ombilical, est rompu. Après, il n'est plus possible de retourner dans le corps terrestre. Mais vous ne voulez pas de toute façon y retourner car, lorsqu'on a vu la lumière, personne ne veut plus revenir. Et dans cette lumière vous vous rendez compte pour la première fois de ce que l'homme aurait pu être. Vous y vivez la compréhension sans jugement, vous y vivez un amour inconditionnel, indescriptible. Et dans cette présence que beaucoup appellent Christ ou Dieu, Amour ou Lumière, vous réalisez que toute votre vie ici-bas n'est qu'une école par laquelle vous devez passer, que vous devez apprendre certaines choses et passer certains examens. Quand vous avez terminé le programme et réussi les examens, vous pouvez rentrer.

Beaucoup demandent : « Pourquoi de si beaux enfants doivent-ils mourir ? » La réponse est tout simplement que ces enfants ont appris en peu de temps ce qu'ils avaient à apprendre. Et selon les personnes, ce sont des choses *tout à fait* différentes. Mais chacun doit apprendre une chose avant de pouvoir retourner là où il vient, c'est l'amour inconditionnel. Lorsque vous l'avez appris et pratiqué, vous avez réussi le plus important des examens.

Dans cette lumière, en présence de Dieu, du Christ, ou quel que soit le nom que vous lui donniez, vous devez regarder toute votre vie terrestre, du premier jour jusqu'au jour de la mort. En revoyant votre propre vie, vous êtes dans la troisième étape. Dans cette étape, vous ne disposez plus de la conscience de la première étape ou de cette possibilité de perception de la seconde étape. Maintenant vous possédez le savoir. Vous connaissez exactement chaque pensée que vous avez eue à tout moment de votre vie, vous connaissez chaque acte que vous avez accompli et chaque parole que vous avez prononcée. Mais cette possibilité de se souvenir n'est qu'une infime partie de votre savoir total. Car, au moment où vous regardez encore une fois toute votre vie, vous réalisez toutes les conséquences qui ont résulté de chacune de vos pensées, de chacun de vos mots et de chacun de vos actes.

Dieu est l'Amour inconditionnel. Lors de la « révision » de votre vie, ce n'est pas Lui que vous rendrez responsable de votre destin. Vous réaliserez que vous étiez vous-même votre pire ennemi... Nous avons été créés pour une vie simple, belle, merveilleuse.

Je dois ajouter deux choses pour clore cette première partie. D'abord que le texte qui précède est celui d'une conférence qu'Elisabeth Kübler-Ross fit en Suisse en décembre 1982, ce qui explique certaines formes de rythme et certaines tournures de phrase. Ensuite, que ce même ouvrage, *La mort est un nouveau soleil*, contient dans ses dernières pages le texte d'une cassette d'enseignement enregistrée en 1980, dans laquelle elle explique comment elle-même a pu effectuer ce voyage aux lisières de la mort, par pur esprit de recherche, par le biais initial de drogues.

Raymond A. Moody

En 1965, alors qu'il effectuait des études de philosophie à l'université de Virginie, un de ses professeurs, psychiatre, lui fit part d'une expérience fantastique qu'il avait subie durant le temps de deux morts cliniques successives. Devenu docteur en philosophie, certaines circonstances amenèrent un de ses étudiants à lui relater des phénomènes identiques qu'aurait présenté sa grand-mère durant une même mort clinique transitoire. Sa quête de cas similaires commença dès lors, que des études en médecine, en 1972, n'arrêtèrent évidemment pas. Comme, de surcroît, il parlait ouvertement de ces recherches très spéciales, étudiants et confrères lui adressèrent des sujets pouvant relater une aventure analogue, d'autant plus volontiers que, rondouillard, rigolard et chaleureux, il ne donnait jamais l'impression d'effectuer un travail très sérieux. Ce qui ôtait bien des barrières du côté scientifique et, surtout, confraternel.

Après onze ans d'enquête, en s'appuyant sur un échantillon de quelque cent cinquante cas, Raymond A. Moody publia son livre *La Vie après la vie* [32] qui fut un succès mondial. Les composantes des récits rapportés corroborent étroitement celui d'Elisabeth Kübler-Ross qui précède. Elles ne furent jamais controversées par la suite. Certes, comme tout ce qui est humain, donc éminemment fluctuant, chacune des caractéristiques reconnues ne se produit pas dans tous les cas et ne suit pas obligatoirement un même ordre chronologique.

A la suite de la collation de ses trois publications françaises, qui furent *La Vie après la vie* [32], *Lumières nouvelles sur la vie après la vie* [33] et *La Lumière de l'au-delà* [34], j'ai retenu neuf critères que j'ai classés selon l'ordre de l'atteinte neurologique probable. Il s'agit de l'incommunicabilité sensorielle, la paix et l'absence de souffrance, la sortie du corps, le tunnel, les êtres de Lumière, l'Être suprême de Lumière et d'Amour, le bilan de la vie, la montée rapide dans le ciel, et enfin, l'envie de ne pas revenir. Mais je rajoute deux caractéristiques qui sont d'une part, un temps et un espace bien différents ; d'autre part, une transformation psycho-émotionnelle bien particulière. Les raisons de cet ordre apparaîtront mieux encore lorsque j'en entreprendrai l'explication neurologique.

L'incommunicabilité sensorielle

C'est l'élément le plus fréquemment retrouvé : les sujets voient et comprennent tout ce qui se passe autour d'eux, *sans pouvoir capter l'attention de quiconque ni pouvoir ressentir le contact de leur entourage.* Ainsi Moody écrit :

> Ce qui suit m'a été décrit par une femme que j'ai moi-même réanimée. J'étais là quand elle eut un arrêt cardiaque et j'avais immédiatement entrepris un massage cardiaque. Elle me dit plus tard que, pendant que je faisais repartir son cœur, elle montait au-dessus de son corps et le regardait, au-dessous d'elle. Elle se tenait derrière moi, me demandant d'arrêter parce qu'elle se trouvait bien là où elle était. Comme je ne l'entendais pas, elle essaya de me prendre le bras pour m'empêcher de lui faire une intraveineuse. Sa main passa tout droit à travers mon bras. Mais, me dit-elle par la

suite, en faisant cela elle eut la sensation de quelque chose ayant la consistance « d'une gélatine très légère » ; cette gélatine lui donna l'impression d'être traversée d'un courant électrique.

D'autres patients m'ont fourni des descriptions très semblables.

Retenons donc, comme premier critère, cette transformation totale des récepteurs sensoriels des sujets :

– au niveau central, puisque personne ne peut les entendre,

– au niveau périphérique, puisqu'ils ne peuvent toucher réellement personne non plus.

Reste le fait que personne ne les voit. Nous expliquerons plus loin ce facteur car c'est le seul point qui échappe aux lois neurologiques classiques telles qu'on peut les retrouver dans les ouvrages médicaux.

La paix et l'absence de souffrance

Les malades, hommes ou femmes, qui ont une N.D.E. souffrent souvent beaucoup tant qu'ils restent conscients dans leur corps. En revanche, quand « le ruban est coupé », ils éprouvent un sentiment très vif de paix et de bien-être, sans souffrance.

J'ai parlé avec des gens victimes d'un arrêt cardiaque : ils m'ont dit que l'horrible douleur de la crise cardiaque passait de l'agonie à un plaisir presque insupportable.

La sortie du corps

Souvent, au moment où les médecins disent : « C'est fini », les patients connaissent un complet changement de perspective. Ils se sentent en train de monter et voient leur corps au-dessous d'eux.

Le tunnel

L'expérience du tunnel se produit en général après avoir quitté le corps... A ce stade, un portail ou un tunnel s'ouvre devant eux et ils sont propulsés dans l'obscurité. Ils traversent alors une zone de ténèbres et, à la fin, ils débouchent dans cette lumière brillante dont nous parlerons ensuite.

Au lieu de passer par un tunnel, certaines personnes montent un escalier. D'autres personnes ont dit qu'elles avaient franchi une très belle porte, très décorée. Cette porte paraît très symbolique du passage dans un autre monde.

Il y a des gens qui entendent une espèce de sifflement pendant la traversée du tunnel. D'autres entendent une vibration électrique ou un bourdonnement quand ils se trouvent dans la zone obscure.

Les êtres de Lumière

En général, à la sortie du tunnel, les gens rencontrent des êtres de Lumière. Mais il ne s'agit pas d'une lumière ordinaire. Ces êtres brillent d'une luminosité intense et très belle qui semble tout irriguer et remplit la personne d'amour...

Les gens affirment aussi que cette lumière est bien plus brillante que tout ce que nous pouvons connaître sur terre en matière de lumière. Pourtant, malgré sa brillance et son intensité, elle ne fait pas mal aux yeux. Au contraire, elle est chaude, vibrante et vivante.

Arrivés dans la lumière, les gens rencontrent souvent des parents et des amis décédés...

Pendant que la N.D.E. se déroule, la communication ne se fait pas avec des mots comme d'habitude, mais par télépathie, par des moyens non verbaux où la compréhension est immédiate.

L'Être suprême de Lumière et d'Amour

Après avoir rencontré différentes personnes dans la lumière, le sujet rencontre ensuite un Être supérieur de Lumière. Les gens d'origine catholique disent souvent que c'est Dieu ou Jésus. Selon leur appartenance religieuse, ils disent aussi Bouddha ou Allah. Il existe également quelques cas où les gens disent qu'il s'agit de quelqu'un de très saint, mais que ce n'est ni Dieu ni Jésus.

Quel qu'il soit, l'Être rayonne d'un amour et d'une compréhension infinis. C'est pourquoi la plupart des sujets veulent rester auprès de lui pour toujours.

Or ce n'est pas possible. A ce moment-là on leur dit qu'ils doivent réintégrer leur corps terrestre. En général, c'est l'Être de Lumière qui s'en charge, en ajoutant qu'il doit d'abord leur faire revoir toute leur vie.

Le bilan de la vie

Quand les gens revoient leur vie, l'environnement reconnaissable disparaît. A la place, ils voient défiler les moindres incidents de leur vie dans un panorama coloré et en trois dimensions... Les sujets ne peuvent en donner une meilleure description qu'en disant que toute leur vie est là, d'un seul coup.

On ne voit pas seulement tout ce que l'on a fait, jusque dans le plus petit détail. On perçoit aussi, instantanément, les effets de ses actions sur ses proches.

La montée rapide « au ciel »

Je dois signaler que Moody n'a trouvé que 9 % de sujets qui « passaient par le tunnel ». D'où ce qui suit :

> Certains parlent d'une « expérience de flottement » au cours de laquelle ils montent rapidement dans le ciel. Ceux-là voient l'univers sous un angle réservé aux satellites et aux astronautes.
>
> C.G. Jung a vécu ce type d'expérience en 1944 après une crise cardiaque. Il dit qu'il s'est senti monter à toute vitesse vers un point situé très au-dessus de la terre.
>
> Un enfant m'a raconté aussi qu'il avait eu l'impression de monter très loin au-dessus de la terre ; ensuite il dépassait les étoiles, et il a fini par se retrouver chez les anges.

L'envie de ne pas revenir

Pour beaucoup, la N.D.E. est une expérience tellement agréable qu'ils ne veulent pas en revenir. Ils sont en général furieux contre les médecins qui les rappellent à la vie.

Deux de mes amis médecins se sont rendu compte que certains de leurs patients avaient eu une N.D.E. en les voyant devenir hostiles après avoir été réanimés.

Un temps et un espace différents

Les gens qui ont eu une N.D.E. disent que le temps était très condensé sans rien de commun avec le temps donné par nos montres. Ils en parlent comme de l'« éternité ». Une femme à qui je demandais combien de temps avait duré son expérience me répondit : « Je vous dirais aussi bien que ça a duré une seconde que dix mille ans ; ce serait la même chose. »

Au cours de ces expériences, les limites que nous impose l'espace dans la vie quotidienne disparaissent souvent.

Une transformation psycho-émotionnelle bien particulière

Il existe en effet trois facteurs très extraordinaires que je regroupe sous cette rubrique dont je démontrerai l'unicité plus loin :

– une « incommunicabilité » :

La totalité de ceux qui vécurent ces expériences disent que leur vision n'est pas racontable en mots « humains ». Que rien, dans la vie normale, ne peut être comparé à ce qu'ils ont vécu ;

– un sentiment d'amour débordant :

L'amour inconditionnel dont ils parlent tous serait ineffable, déborderait de leurs bouches... Tous les gens qui ont vécu ce bilan en reviennent persuadés que l'amour est la chose la plus importante de leur vie ;

– une grande soif de connaissance :

Ils deviennent des lecteurs avides, même si, avant, ils n'aimaient pas beaucoup lire Parfois, ils reprennent des études pour explorer un domaine autre que celui dans lequel ils travaillent.

Bref, ils sont devenus « autres », et en beaucoup mieux !

MICHAEL S. SABOM

Michael S. Sabom est un cardiologue texan, grand pêcheur de truites, descendant de quaker. Mais la foi de ses ancêtres a bien tiédi dans ses veines : elle se résume à accompagner sa femme au temple, chaque dimanche. C'est là qu'après le culte, une assistante sociale qui a lu *La Vie après la vie* lui demande de tout go ce qu'il en pense. Mais il n'en pense sincèrement rien. Cependant, devant l'intérêt suscité par le sujet, il accepte – à son corps défendant – de se pencher sur la question et d'aider du mieux qu'il le pourra cette assistante sociale pour la conférence qu'elle veut faire.

Il lit d'abord le livre de Moody, auquel il ne croit absolument pas. Il accepte même d'interroger des « rescapés de la mort », qui ne manquent pas dans sa clientèle puisqu'il est médecin-cardiologue-réanimateur. Mais sans aucun enthousiasme. Et, bien sûr, dès son troisième malade interrogé... mais laissons Patrick Van Eersel relater cela, dans *La Source noire* [47], puisqu'il en connaît le héros :

Le troisième patient est une femme d'une quarantaine d'années. Une habitante de la ville de Tampa, qui a failli mourir plusieurs fois d'un arrêt cardiaque. Elle est hospitalisée, cette fois, pour une simple visite de contrôle. Quand le médecin la questionne, elle a une réaction bizarre. Elle demande : « Pourquoi cette question ? » Sabom dit : « Oh, simplement parce que certaines personnes disent se rappeler quelque chose et que ça nous intéresse. » Elle demande alors : « Vous ne seriez pas psychiatre, par hasard ? » Sabom assure qu'il est bien cardiologue, et rien que ça. La dame semble hésiter un instant. Puis elle murmure : « Vous allez me croire folle, docteur, pourtant je vous jure que cette histoire est vraie... »

Sabom n'aurait pas été plus saisi si un cobra venait de lui mordre le mollet.

« D'abord, dit la dame, je n'ai pas compris ce qui m'arrivait. Tout d'un coup, je me suis retrouvée flottant contre le plafond... » Et elle lui raconte une très belle Near Death Experience. A la fin, elle dit qu'elle a « fusionné avec un soleil d'amour », qu'une telle émotion est « inconnue sur terre » et qu'elle est « devenue l'univers entier, mais sans jamais perdre conscience, au contraire ».

Sabom ouvre des yeux démesurés. Il rêve ! Voilà des mois qu'il suit cette malade de près. Elle ne lui avait jamais avoué cette aventure ! C'est une femme toute simple. Il la regarde, incrédule : est-il possible qu'elle soit totalement mythomane ? Où irait-elle chercher tout ça ? Dans la presse populaire ? Possible, sauf qu'il y a son ton, sa voix, le intonations de sa voix. Son regard ! Elle a l'air fatiguée, mais si calmement sûre d'elle quand elle raconte son histoire. Elle y croit ! Sabom en a la chair de poule. Il remercie la dame et regagne son bureau, en proie à une perplexité sans nom...

Et voilà que Sarah Kreutziger (c'est l'assistante sociale) l'appelle : elle aussi vient de tomber sur une N.D.E. exemplaire, dans sa clinique. Sabom se gratte la tête. Il n'a jamais été aussi confus de sa vie. Devient-il fou ? Intellectuellement, il s'en sortirait encore, mais il y a la voix de cette femme, qui revient sans cesse dans son esprit, et ça le trouble abominablement...

Le dimanche de son exposé, la jeune assistante sociale triomphe. Le médecin ne peut que reconnaître les faits : oui, au troisième rescapé de la mort qu'il a interviewé, il est tombé sur un témoignage plus qu'insolite. Non, il n'aurait jamais rien soupçonné de pareil. Et pourtant, oui, il connaissait la malade depuis des mois. Le médecin se contente, à vrai dire, d'opiner du chef. Il demeure sur sa réserve, en proie à un furieux malaise...

Car, enfin, toute cette histoire ne tient pas debout ! La seule idée qu'un phénomène de l'importance de celui que suggère Raymond Moody puisse être passé inaperçu de *tous les médecins du monde moderne* lui paraît hautement farfelue...

Michael Sabom est un Terrien terrien. Il ne croit que ce qu'il peut voir et toucher. Mais quand il touche, ou quand il est touché, la marque reste. C'est un lourd. Il lui serait strictement impossible désormais de planter là cette affaire et de s'en retourner tranquillement à son business, en tentant de l'oublier. Elle le hanterait ! Il lui faut crever l'abcès, l'ouvrir au grand jour et l'arroser d'alcool à 90°. En un mot : enquêter. Pour lui, c'est la seule attitude scientifique correcte. Il *ne peut pas* ne pas chercher une réponse scientifique à l'énigme.

Son enquête va durer quatre ans, de 1977 à 1981. Inutile de préciser qu'elle ne va pas aller dans le sens qu'il espérait. Elle va, en réalité, complètement bouleverser sa vie :

– professionnellement d'abord, car il va très vite se rendre compte qu'il y a des vérités scientifiques qu'il ne faut pas révéler : ainsi, ses divers rapports constatant la réalité des N.D.E. sont inexorablement refusés à la publication ;

– intellectuellement et passionnellement aussi. Il a en effet confié à Moody, qui le rapporte dans son ouvrage *La Lumière de l'au-delà* [34] : « Je suis profondément chrétien et, pour moi, l'existence de l'au-delà fait partie des croyances chrétiennes fondamentales. »

Mais parlons un peu de cette enquête. Elle porte sur cent seize sujets. Il faut remarquer qu'il n'accepta jamais de prendre en compte un « rescapé » ayant fait le moindre séjour en asile psychiatrique, ou ayant seulement présenté quelque trouble psychologique avant l'épisode de la mort clinique.

S'il ne parvient pas à établir de corrélation entre âge, sexe ou race pour tout sujet ayant présenté une N.D.E., il note, en revanche qu'à la différence de tout mortel qui craint instinctivement la mort, le groupe de sujets ayant présenté une N.D.E. semble avoir perdu à jamais la peur de la mort.

Ses cent seize sujets ne présentent pas de caractéristiques différentes de celles que nous connaissons déjà. Mais il a étudié avec beaucoup de soin la « sortie hors du corps ». Trente-deux patients avaient affirmé, d'une part, avoir quitté leur corps et, d'autre part, avoir assisté à leur propre réanimation. Il les interrogea donc très minutieusement, leur demandant :

– de décrire dans les moindres détails ce que faisaient les cardiologues ou l'équipe soignante lors des préparatifs de l'intervention, c'est-à-dire avant toute manifestation de sortie du corps ;

– de décrire dans les moindres détails ce que faisaient les cardiologues ou l'équipe soignante durant la ranimation, c'est-à-dire lorsque les sujets étaient censés avoir quitté leur corps et assisté à la scène comme de réels témoins.

Si quelques-uns se trompèrent pour la période d'avant la manifestation, en revanche aucun ne commit d'erreur pour ce qui concernait la période de réanimation proprement dite. Or il est logique que des sujets en soins intensifs ne portent pas toute leur attention sur ce qui les entoure lorsqu'ils souffrent. J'en sais moi-même quelque chose. Il existe donc de très fortes présomptions pour considérer comme témoins valables « extérieurs » ceux qui connurent une N.D.E.

KENNETH RING

Kenneth Ring est, lui, psychologue.

Laissons-le parler, en reprenant l'avant-propos de son ouvrage *Sur les frontières de la vie* [39] :

> Il y eut une période de ma vie où je fus en proie à la tristesse et à un sentiment de vide intérieur. Je me sentais spirituellement à la dérive, comme si j'avais été désorienté sans savoir pourquoi. Puis j'eus soudain l'impression que je ne savais tout simplement plus quoi *faire*. Dissimulant ma vacuité et ma détresse, je me rendis, cet été-là, offrir [*sic*] mes services « bénévoles » à une maison de convalescense voisine... Ce fut pendant que je cherchais en vain la « réponse » dans la maison de convalescence que je lus « par hasard » le livre de Moody...
>
> J'ai commencé, en mai 1977, une enquête qui allait durer treize mois, pour rechercher, afin de les interroger, des gens qui avaient frôlé la mort... Mon but, en menant cette enquête, était d'apprendre ce que ressentent les gens confrontés à l'imminence de leur mort. Ce qu'ils m'ont révélé est, en un mot, fascinant.

Remarquons au passage combien les motivations de ces quatre chercheurs furent différentes !

L'enquête porta sur 102 sujets de plus de dix-huit ans,
- 52 ayant frôlé la mort à la suite d'une maladie grave,
- 26 à la suite d'un accident,
- 24 à la suite d'une tentative de suicide.

Les résultats ? Laissons Ring continuer :

> Bien que je n'aie personnellement jamais mis en doute les découvertes de Moody ni son intégrité, je dois cependant certifier que nos propres découvertes apportent aux siennes, en toute indépendance, une confirmation éclatante. Si nous avons, lui et moi, des conceptions un peu différentes sur l'organisation de ces phéno-

mènes, il n'existe entre nous aucun désaccord fondamental quant à la forme de l'expérience du substrat en elle-même. Je suis personnellement convaincu que nos enquêtés respectifs nous ont bien décrit les *mêmes* phénomènes.

Il n'existe, en réalité, que deux points mineurs de désaccord :

– aucun des sujets de Ring n'a déclaré avoir réellement « vu » un Être de Lumière. Certains ont perçu une lumière qu'ils qualifiaient de « chaleureuse, affectueuse, et réconfortante ». Certains parlèrent d'une « présence », sans rien notifier d'autre. Mais personne n'a juxtaposé ces deux sensations ;

– en revanche, ceux qui disent avoir été accueillis par des proches décédés avant eux n'ont ressenti ni lumière, ni chaleur, ni présence « divine » d'aucune sorte.

ANALYSE NEUROLOGIQUE DU PHÉNOMÈNE

On a remarqué combien proches étaient résultats et conclusions des quatre chercheurs que je viens de présenter.

Je vais donc reprendre chacun des neuf critères définis d'après les travaux de Moody, dans l'ordre où je les ai donnés. On doit en effet se rendre bientôt compte qu'il s'agit là de la traduction psychique même du processus létal neurologique.

L'INCOMMUNICABILITÉ SENSORIELLE

Il existe indéniablement une transformation de la réceptivité sensorielle. Moody [32] l'exprime très bien : « Les gens comprennent ce que les médecins et les infirmières se disent, bien qu'ils n'aient en général aucune formation médicale. En revanche, quand ils essayent de parler à quelqu'un de l'équipe médicale ou à une autre personne, personne ne peut les voir ni les entendre. Ils essayent alors d'attirer l'attention des personnes présentes en les touchant. Mais, quand ils le font, leurs mains traversent les bras des gens comme s'il n'y avait rien. »

Remarquons que l'on ne trouve *jamais* de tels phénomènes lors d'évanouissements ou d'états syncopaux. On peut ainsi exclure dès maintenant des manifestations hystériques, hypnogéniques ou d'origine médicamenteuse.

En revanche, certaines épilepsies peuvent déclencher des auras quelque peu similaires. Ce qui implique la corticalité cérébrale.

Disons immédiatement que nous pourrons retrouver de tels phénomènes lors de certaines pratiques yogiques. Dans celles-ci certains rythmes respiratoires doivent être exécutés. Or nous savons que le cerveau n'obéit pas aux sollicitations du système sympathique. Son excitateur le plus puissant est le gaz carbonique ; son inhibiteur le plus efficace est l'oxygène [25]. Il est donc tout à fait logique de penser que ces diverses manifestations qui préludent aux N.D.E. sont sous la dépendance des modifications gazeuses sanguines cérébrales. Ou encore de l'apparition de métabolites, liée au processus morbide, s'il s'agit d'une maladie.

L'enquête si minutieuse de Michael Sabom [41] est précieuse ici. On se souvient qu'il testa surtout des cardiaques réanimés. Et il leur fit toujours préciser les faits et gestes du groupe médical qui les réanimait, alors qu'ils disaient être sortis de leur corps et assister, en véritables témoins, à leur propre réanimation ; aucun d'entre eux ne commit la plus petite erreur. Alors que, médicalement parlant, ils étaient inconscients, pour ne pas dire morts. Ce qui veut dire que les qualités d'observation sont facilitées. Mais également que d'autres qualités cérébrales semblent miraculeusement se développer, aucun sujet n'étant médecin - ni *a fortiori* cardiologue pour connaître les gestes nécessaires à une réanimation.

Or certaines drogues (opium, morphine), l'alcool aussi, peuvent donner – du moins de façon éphémère, avant une chute inéluctable – de semblables résultats. Il est curieux de remarquer qu'ils se traduisent tous, comme l'intoxication carbonée, par des signes iriens identiques (myosis), identiques aussi à ceux de l'anesthésie profonde... où des « visions » peuvent apparaître. Leur commun dénominateur réside, justement, dans les modifications métaboliques sanguines cérébrales... que je juge responsables du phénomène d'incommunicabilité sensorielle.

La paix et l'absence de souffrance

Tous insistent sur cette béatitude... que j'ai également ressentie sur mon lit d'hôpital, alors que je n'ai personnellement jamais présenté de phénomène de N.D.E. Il s'agit du résultat de la libération des enképhalines, morphinomimétiques, que nous avons déjà étudiées précédemment, avec l'agonie. Elle suit tout naturellement l'excitation corticale induite par les modifications métaboliques cérébrales. Ou bien en est une conséquence directe.

La sortie du corps

Elle n'est pas un critère des seuls N.D.E. car cette « lévitation » se retrouve dans d'autres syndromes :

– médicaux et c'est le cas de certaines maladies graves (toxémies), de certains états psychiatriques (schizophrénie), ou neurologiques (épilepsie) ;

– hypniques ou hypnogéniques (narcose ou hypnose) ;

– yogiques ou « médiumniques ».

La sortie du corps exige une participation du cortex pariétal (où se situe la projection de notre sensibilité générale) ainsi que des formations cérébelleuses (qui conditionnent notre positionnement dans l'espace et notre organisation antigravitationnelle).

Les atteintes morbides, quelles qu'en soient les étiologies, inhibent ces structures cérébrales. Ici, dans les cas des N.D.E., je pense qu'il s'agit plutôt d'une « libération », comme dans les états hypniques ou hypnogéniques. Souvenons-nous, en effet, que les sujets qui quittent leur corps présentent une particularité supplémentaire : celle de se « retrouver en entier » alors qu'ils pouvaient présenter des amputations chirurgicales ou accidentelles... avant ! Elisabeth Kübler-Ross en parle de façon très précise [20], lorsqu'elle relate que des aveugles « qui n'avaient plus eu de perception lumineuse depuis au moins dix ans » ont pu « dire dans le détail quelles couleurs et quels bijoux vous portiez à ce moment-là, quel était le dessin de votre pull-over ou de votre cravate, et ainsi de suite ».

L'aveugle possédant une rétine ou un circuit optique délabrés ne peut donc voir que si on a activé, de quelque façon que ce soit, son cortex occipital, récepteur visuel. Ce qui me conforte dans mon hypothèse d'une libération de structures cérébrales.

En récapitulant donc ces trois premiers critères, nous remarquons la liaison évidente : atteinte métabolique sanguine corticale, amenant d'une part une hyperexcitation sensorielle, d'autre part une libération des structrures concernant nos « frontières somatiques », pendant que les enképhalines sont libérées, pour procurer calme et béatitude.

Le tunnel

Ce critère, assez rarement retrouvé, est un des éléments neurologiques les plus importants. Qu'on en juge :

– les sujets se sentent « propulsés » (Moody), « aspirés » (Ring). Cela implique la libération de la pesanteur, c'est-à-dire la « désactivation » des formations cérébelleuses que nous venons de voir justement atteintes lors du stade précédent ;

– « ils traversent alors une zone de ténèbres », (Moody, Ring, Kübler-Ross). C'est moins l'atteinte du cortex occipital, aire visuelle, que celle des tubercules * quadrijumeaux antérieurs, au-dessus du cervelet, justement, et toujours concernés par les réflexes lumineux ;

– « des gens entendent une espèce de sifflement... une vibration électrique ou un bourdonnement quand ils sont dans la zone obscure » (Moody) : ce sont maintenant les tubercules quadrijumeaux postérieurs, juste au-dessous, qui sont atteints.

On voit qu'après la mort clinique (atteinte bulbaire, puisqu'il n'existe plus ni pouls ni respiration), l'emprise du tronc* cérébral se confirme.

Les quatre premiers critères concernent donc une zone très restreinte des formations encéphaliques, entièrement située au « centre », bordant le tronc cérébral :

– le premier touché puisqu'il y a atteinte du nerf pneumogastrique, responsable de l'arrêt circulatoire et cardiaque initiale,

– libérant les enképhalines à l'étage supérieur, mésencéphalique,

– affranchissant le sujet de ses limites corporelles, de l'espace et de la pesanteur (cervelet appendu au tronc cérébral et structures pariéto-occipitales le coiffant),

– avec, en dernier lieu, l'atteinte des tubercules quadrijumeaux, en plein milieu de toutes ces formations.

Les structures corticales vont pouvoir maintenant être libérées à leur tour, comme nous allons le constater par l'étude des critères suivants.

Les Êtres de lumière

Moody est le seul à relater aussi longuement et aussi complètement tout ce qui peut se passer « dans la lumière chaude, vibrante et vivante », avec des « êtres de lumière » ainsi que des « parents ou amis décédés ».

Kübler-Ross parle d'abord de la rencontre « avec ceux que l'on aime le plus », et place le stade lumineux plus tardivement, après le passage.

Quant à Ring, il signale que ses sujets ont soit rencontré des êtres chers disparus, soit vu la lumière.

Ce critère intéresse les structures corticales postéro-latérales, juste au-dessus et en dehors des formations jusque-là atteintes, et en relation directe avec les tubercules quadrijumeaux que nous venons de mentionner. Et c'est :

– soit l'atteinte occipito-visuelle, en relation avec les tubercules quadrijumeaux antérieurs. Le sujet voit les êtres de lumière ;

– soit l'atteinte temporale supérieure (gyri* de Heschl), là où se situe l'audition, en rapport avec les tubercules quadrijumeaux postérieurs. Le sujet entend alors ceux qui viennent l'accueillir. Car il existe ici une interférence avec les circuits de la mémoire, qui passent sous le cortex auditif ;

– soit les deux, pour les sujets de Moody.

L'Être suprême de lumière et d'amour

Les « rescapés » de Ring ne l'ont jamais vu. Mais ils ont senti une présence. Et tous les auteurs sont d'accord pour souligner l'ambiance d'« amour et de compréhension infinie » (Moody), « du plus grand amour, indescriptible et inconditionnel » (Kübler-Ross), « chaleureuse, affectueuse et réconfortante » (Ring). C'est l'exaltation rhinencéphalique* ! Ces structures, situées plus en avant et en bas, sont maintenant atteintes par le processus. Elles sont le siège de notre vie affective, émotionnelle, réactionnelle, support de tout ce qui, en nous, est sentiment. C'est le réceptacle biologique de ce que nous nommons l'amour, le beau, le bien, le bon. Mais attention, ce peut être aussi l'inverse : les passions, les névroses, les emportements et aveuglements.

Il est cependant très significatif qu'aucun auteur n'ait *jamais* rapporté de scènes infernales : les enképhalines procurent réellement un climat de béatitude et d'euphorie complètes.

Le bilan de la vie

Tous les auteurs en parlent et de façon quasi identique. On retrouve toujours :

– le film « coloré et en trois dimensions » de toute la vie du sujet, « dans ses plus petits détails ». Les formations ammoniennes sont ici concernées. Situées à la face interne du lobe temporal, elles constituent toute une zone annexée au rhinencéphale, aux structures visuelles occipitales, auditives-temporales, que nous avons déjà vues lésées. C'est donc, là encore, une suite logique ;

– « on perçoit aussi, instantanément, les effets de ses actions sur ses proches » (Moody), « vous réalisez toutes les conséquences qui ont résulté de chacune de vos pensées, de chacun de vos mots et de chacun de vos actes » (Kübler-Ross). C'est là une implication des projections dans le temps, donc du lobe pré-frontal, implication encore davantage soulignée par le dernier critère :

– « cette vision ne se situe pas dans le temps que nous connaissons. » (Moody.) Cette distorsion est justement caractéristique de toutes les atteintes frontales que l'on connaît bien dans les syndromes psychiques, qui font que le temps « se traîne misérablement » pour les dépressifs, alors qu'au contraire il « galope » chez les maniaques.

Et notre schéma neurologique se complète en se refermant.

La montée rapide « au ciel »

Moody n'a trouvé que 9 % des sujets ayant subi l'épreuve du tunnel. Tous les autres, en revanche, racontent cette « expérience de flottement » (Sabom), cette « force qui emporte » (Ring), cette « montée à toute vitesse » (Moody), avec, fréquemment, la vision de la terre se rapetissant au fur et à mesure de leur éloignement. Cet état de micropsie est caractéristique, lui, de l'atteinte du tronc cérébral (troubles accommodatifs de la IIIe paire crânienne). Nous revenons à la sortie du tunnel. Je l'en ai pourtant distingué à cause de certains témoignages retrouvés chez Moody et chez Kübler-Ross, où les sujets assimilaient le « ciel » au « paradis ».

Donc, exaltation rhinencéphalique, et là encore, pré-frontale puisque ces structures très antérieures sont toujours impliquées dans les syndromes cliniques hallucinatoires mystiques. Mais, encore une fois, il faut remarquer qu'aucun « rescapé » n'a jamais mentionné « chute » ou « enfer ».

L'envie de ne pas revenir

Là encore, l'accord est complet chez nos quatre chercheurs : tous les sujets sont dans un tel état de béatitude qu'ils n'ont aucune envie de revenir. « Ils sont en général furieux contre les médecins qui les rappellent à la vie » (Moody). Ce qui souligne l'imprégnation complète de toutes les structures par les enképhalines !

Mais cet état de béatitude est transitoire : « Ce sentiment de frustration ne dure toutefois pas longtemps, écrit Moody [34]. Si on parle avec eux une ou deux semaines plus tard, ils se montrent heureux d'être revenus. »

L'imprégnation n'est pas éternelle... ce que savent tous les morphinomanes, puisque les enképhalines sont, justement, morphinomimétiques.

Nous voyons donc, en conclusion de cette étude, que les phénomènes de *Near Death Experiences* se déroulent en deux phases principales :

– une primitive, grossière, d'atteinte du tronc cérébral et de ses annexes, délivrant le corps de ses attaches gravitationnelles et de ses limites spatio-temporelles ;

– une secondaire, plus « spirituelle » car corticale, de remémoration, de chaleur, de lumière et d'amour.

CONSÉQUENCES PSYCHO-ÉMOTIONNELLES

Dans *La Lumière de l'au-delà* [34], Moody intitule son deuxième chapitre « Le pouvoir de transformation de la N.D.E. ». Et il écrit : « Si les N.D.E. présentent des variations, elles possèdent toutes le pouvoir de transformer les gens chez qui elles se produisent. Cela fait vingt ans que j'étudie la N.D.E., et j'attends toujours d'en rencontrer une qui n'ait pas entraîné un changement puissant et positif dans la vie du sujet. » Il ajoute un peu plus loin : « Tous les universitaires et les médecins auxquels j'ai parlé et qui avaient interrogé des sujets sur leur N.D.E. sont parvenus à la même conclusion : ils se sont “bonifiés” à cause de leur expérience. »

A mon avis, après avoir consulté ce qu'en rapporte chacun de nos quatre chercheurs, trois « effets positifs » peuvent être mis en évidence. Je les exposerai dans un premier temps. Mais la constatation de cette réelle transformation psycho-émotionnelle entraîne des problèmes, que nous examinerons en second lieu.

LES EFFETS POSITIFS

Ils sont au nombre de trois : la disparition de la peur de la mort, une prise de conscience de l'importance de l'amour et, enfin, un éveil spirituel et intellectuel.

Disparition de la peur de la mort

Les chercheurs sont unanimes à mentionner ce trait en tout premier lieu : tous les sujets ayant vécu une N.D.E. présentent dès leur « retour » une libération totale de cette angoisse atavique. Moody explique bien que cela ne signifie absolument pas qu'ils désirent mourir. Bien au contraire, ils trouvent la vie beaucoup plus riche et plus belle. Certains, même, déclarent avoir le très net sentiment de « commencer enfin à vivre ».

Ils sont, en fait, soulagés de cette peur spécifiquement humaine, nous l'avons vu :

– soit parce qu'ils ne craignent plus un « effacement de la conscience », un « sommeil sans fin et sans espoir » voire une « désagrégation » ou une « dissolution éternelle » de leur être ;

– soit, chez les croyants, par la disparition de l'idée de l'Enfer. Ils se sont rendu compte de la bienveillance et de l'amour infinis de l'Être de Lumière, ou de ceux ou « Ce » qui les accueille dans l'au-delà ;

– soit par la connaissance qu'ils ont acquise de l'absence de toute souffrance agonique ;

– soit, plus simplement, parce qu'ils « savent où ils vont ».

Leur volonté de vivre ne s'atténue pas pour autant. Comme le disait un des « cas » de Moody : « Peu après mes crises cardiaques, je suis tombé du haut du perron de ma maison. Tout en tombant, je me sentais désespérément en train d'essayer d'agripper quelque chose pour me retenir. Je me disais bien : "C'est bizarre, tu sais où tu iras si tu meurs et à quel point ce sera merveilleux." Mais cela ne m'empêchait pas de sentir la peur me serrer la gorge. L'instinct de survie. Il ne vous abandonne pas quand vous vivez une de ces expériences. »

Prise de conscience de l'importance de l'amour

Citons encore Raymond A. Moody : "As-tu appris à aimer ?" est une question à laquelle presque tous les gens qui ont une N.D.E. sont confrontés au cours de leur expérience. Quand ils en reviennent, presque tous disent que l'amour est la chose la plus importante de la vie. Beaucoup affirment que c'est la raison pour laquelle nous sommes en ce monde. Pour la plupart, c'est la marque du bonheur et de l'accomplissement. A côté de l'amour, toutes les autres valeurs pâlissent. »

Cette prise de conscience transforme le comportement de ces sujets. Leur échelle de valeurs est bien souvent complètement bouleversée. Comme l'a mentionné Kenneth Ring [39], ils deviennent plus altruistes, s'occupant de leurs proches ou « des autres » sans aucune distinction qualitative apparente. Ils témoignent d'un respect pour l'environnement qu'ils n'avaient jamais ressenti ; non par connaissance nouvelle des nuisances ou par souci écologique, mais par amour pour tout ce qui vit, animaux ou plantes.

Éveil spirituel et intellectuel

A leur « retour », ces êtres se retrouvent transformés sur le plan spirituel. Ce qui ne veut pas dire qu'ils deviennent doctrinaires, dogmatiques ou « grenouilles de bénitier ». Toute bigoterie disparaît chez ceux qui pratiquaient, pour laisser éclore une conduite à la fois plus ardente, plus mystique, mais beaucoup moins formaliste ou sectaire. Les incroyants témoignent de l'apparition d'une spiritualité certaine qui les « éclaire », les incite à s'intéresser à des enseignements plus ou moins traditionnels, mais relevant toujours d'aspirations élevées. La plupart se mettent à étudier l'œuvre de grands initiés.

Car il existe un éveil intellectuel corrélatif. Il n'est pas rare de les voir soit reprendre leurs études, soit en entreprendre de nouvelles. Non pour le seul plaisir de connaître, de savoir. Mais par besoin de « se compléter ». Moody écrit : « Les sujets témoignent d'un nouveau respect pour le savoir. Certains disent que c'est la conséquence de la re-vision de leur vie : l'Être de Lumière leur a fait comprendre que l'on ne cesse pas d'apprendre quand on meurt, que l'on veut emmener avec soi ce que l'on a appris. D'autres font état d'un secteur de l'après-vie entièrement réservé à ceux qui se passionnent pour l'acquisition de nouvelles connaissances... Toutefois, aucun des sujets que je connais n'a cherché à apprendre pour apprendre. Au contraire, tous considèrent que le savoir n'a d'importance que s'il contribue à l'unité de la personne. Encore une fois, ce sentiment d'être connecté avec l'univers joue un rôle déclencheur : le savoir est une bonne chose s'il fait partie d'un tout. »

Comme on le voit, les sujets reviennent de leur expérience transformés de façon telle que l'on peut vraiment penser se trouver en présence d'« homme nouveau ». Ou bien encore parler de la « mort du vieil homme ».

Les problèmes que cela pose

Je viens d'employer sciemment cette expression tirée du domaine ésotérique. Les phénomènes engendrés par les *Near Death Experiences* posent des problèmes qui sont loin d'être résolus.

Il est relativement facile pour un neurologue d'établir d'éblouissants diagnostics. La « science royale », comme la nomment les autres spécialistes médicaux, est susceptible de circonscrire tel ou tel syndrome morbide sur tel endroit du système nerveux central. Déjà les dissections de sujets ayant présenté une pathologie neurologique avaient permis la constitution de cartographies cérébrale et corticale. Chaque jour, celles-ci sont précisées par de nouvelles techniques d'exploration plus ou moins sophistiquées. Il n'est pas d'année (sinon de mois) qui ne voie la science s'enrichir de méthodes non iatrogènes * et permettant les investigations les plus minutieuses et les moins contestables. Par exemple, la thermographie ou l'utilisation de radio-isotopes permettent actuellement de localiser sur le cortex telle ou telle aire fonctionnelle, ou de visualiser le trajet neuronal induit par telle sensation ou action. On peut ainsi connaître l'endroit où se déroule tout événement programmé ou fortuit. C'est ce qui m'a permis de composer l'analyse neurologique précédente des phénomènes présentés et d'en faire ressortir toute la cohérence.

Mais trois questions, au moins, doivent maintenant être posées :

Comment expliquer neurologiquement ces transformations ? Je n'en ai pas la moindre idée. Il n'existe pas, que je sache, de localisation particulière à telle ou telle sublimation. Je puis connaître l'impact cérébral d'une manifestation amoureuse et suivre l'évolution de cette manifestation, pourvu qu'elle comporte des éléments « matériels » nerveux d'ordre quantitatif. Il n'en va pas de même pour tout ce qui est d'ordre qualitatif.

Comment expliquer, d'ailleurs, l'origine des influx nerveux ? On peut, certes, les enregistrer, les décrire, en comparer divers aspects évocateurs. On sait aussi qu'ils sont la conséquence d'une dépolarisation membraneuse, qui se propage comme le courant électrique sur un fil de cuivre. Mais qu'est-ce que cette dépolarisation ? Comment naît-elle ? Quelle est la force qui détermine les échanges ioniques qui l'accompagnent ou la provoquent ? Aucune réponse ne peut être fournie. Quelle est la force qui détermine le passage de l'information, qu'il s'agisse d'espace inter-synaptique ou de réaction biochimique, voire atomique ? Aucune réponse ne peut, là encore, être fournie.

Si, me montrant plus vicieux, je demandais *d'où vient la pensée* ? C'est l'abomination de la désolation neurophysiologique !

Alors ?

Laissons le problème sans réponse pour l'instant, tout en sachant qu'il ne peut en aucun cas être d'ordre atomique, corpusculaire, mais bien d'ordre vibratoire, et très probablement rattaché à l'électromagnétisme.

Et continuons notre quête !

CHAPITRE 3

LES *BARDOS*

Les Tibétains appellent *Bardo* tout état d'inconscience objective, c'est-à-dire dans lequel les seules réponses motrices obtenues sont réflexes. Ainsi le sommeil, le coma sont des états de bardo, au même titre que l'agonie qui nous préoccupe ici. Comme peut devenir bardo toute attitude de concentration psychique volontaire sur un sujet de méditation quelconque, pourvu que le sujet ait perdu l'accès aux sensations extérieures.

Le Tibétain définit, lui, l'état de bardo comme celui où le « corps matériel » ne répond plus aux sollicitations sensorielles, parce que le « corps subtil » qui l'anime l'a quitté. Notons que ce corps subtil peut porter différentes autres appellations. Pour ce qui concerne cet ouvrage nous ne nous intéresserons qu'au seul bardo « terminal », celui qui voit le corps subtil quitter définitivement son corps charnel. Nous allons suivre son périple grâce à deux « livres des morts », l'égyptien et le tibétain.

Ce chapitre comporte de ce fait trois parties :

La première est consacrée au *Livre des morts égyptien*. Après un bref rappel des conceptions mythologiques de cette antique civilisation, je vous commenterai leur enseignement sur la mort d'après le papyrus d'Ani. Celui-ci, long de vingt-quatre mètres, donnait, sous le règne de Ramsès II, non seulement la description des épreuves qui attendaient le trépassé, mais aussi – et surtout – les prières qui permettaient de les éviter ou de les vaincre.

La deuxième partie concerne le *Livre des morts tibétain*. Ce n'est plus un livre révélé mais, là aussi, un recueil qui décrit les épreuves et enseigne les prières adéquates, à partir, de l'expérience de maîtres qui purent communiquer ce qu'ils éprouvaient en mourant à des disciples spécialement formés à cette tâche.

La troisième partie compare les visions ainsi dévoilées à celles des N.D.E. précédentes, et en montre l'étroite similitude.

LE LIVRE DES MORTS ÉGYPTIEN

Je ne suis pas égyptologue. Mais j'ai toujours été attiré par tout ce qui touche cette civilisation dont nous sommes, j'en suis convaincu, les héritiers spirituels.

Depuis une vingtaine d'années, après avoir découvert Schwaller de Lubicz et son *Temple de l'Homme*, je me suis abreuvé à des sources beaucoup plus classiques. Je suis ainsi parvenu, je le pense, à un certain niveau de connaissance qui me permet d'aborder ici, d'une part, la mythologie calquée sur la course solaire – ce qui explique la conception égyptienne de la mort et du devenir ; d'autre part, les affres du voyage *post-mortem* d'après le papyrus d'Ani [12].

Ce sera notre plan.

MYTHOLOGIE SOLAIRE

J'en tente une synthèse dans le cadre strict de cet ouvrage, en fonction de la mort et du devenir.

Fasciné par le renouveau quotidien du soleil dans le ciel, l'Égyptien d'autrefois l'assimila vite au dieu créateur de vie, au dieu de toute transformation, de toute transfiguration, Râ. Et le mort va se référer à lui. En effet, Râ vivifie de ses photons le « monde supérieur », celui des vivants, le jour ; et aussi, quoique de façon beaucoup moins active, le « monde inférieur », celui des ténèbres et de la mort, la nuit. Dans chacune de ces configurations, il porte un nom particulier : Khépri le matin, navigant vers l'ouest ; Amon-Râ au zénith, dans sa barque solaire ; Atoum au coucher, où il parcourt le « monde inférieur » dans sa barque à tête de bélier dirigée vers l'est, d'où il renaîtra. Et l'Égyptien mort veut renaître comme lui.

Mais attention, Râ n'est pas le créateur du monde. La source originelle de toute création – et donc sa propre mère – est Nout, la déesse du ciel, la Grande Mère. Elle « met au monde », puisque le soleil sort de son sein chaque matin, mais elle « dévore » également, puisqu'elle l'avale chaque soir. Elle enfante ainsi la vie, mais la reprend aussi en elle, sous les traits du ciel nocturne étoilé. Voilà pourquoi chambre funéraire et sarcophage sont ornés d'un semis d'étoiles sur fond bleu nuit : placé sous la protection de Nout, le mort se régénérera comme Atoum, mais qui devient Khépri. Ainsi, le but du trépassé est de gagner le ciel, où il veut devenir étoile, pour pouvoir naviguer dans la barque solaire de Râ vers la destinée que je préciserai un peu plus loin.

Le passage dans la terre (dont le dieu est Geb) n'a aucune importance si le corps est bien conservé. Cette condition est essentielle, comprenons-le bien. Sinon, c'est la « deuxième mort », c'est-à-dire le néant définitif où le mort se dissout dans le non-être. Donc, pour ne pas se dissoudre, il lui faut éviter :

– la corruption. C'est l'embaumement, avec ses soixante-dix jours de préparation, pendant lesquels il faut se garder de toutes parts car c'est le moment de la grande vulnérabilité ;

– la dispersion de ses restes par les chacals (comme Osiris le fut par Seth, comme on le verra plus loin). Il doit donc se placer sous la protection d'Anubis, le dieu des morts, à tête de chien puisque le chien chasse toujours le chacal dans le désert ;

– les pièges, car il est entré dans le « monde inférieur », inversé chaotique, pré-originel de Nout. Là intervient le papyrus qui sert de guide, avec l'explication du « parcours », les conseils et les prières spécifiques, comme nous le constaterons ultérieurement ;

– la condamnation par le tribunal que préside Râ. C'est la fameuse pesée du cœur, effectuée par Anubis, mais qu'enregistre Thot, à tête d'ibis à la fois dieu de la lune, de la sagesse, du salut, mais aussi maître scribe et seigneur de la science.

Comment faire ?

Le mort a toutes les possibilités de transformation pendant les soixante-dix jours dangereux que dure la momification. Il va alors s'identifier à Osiris dont voici maintenant l'histoire.

Osiris fut le roi d'Égypte, et apprit à son peuple la culture du limon fertilisé par les crues du Nil, dont le dieu est Hapi. Comme tout être qui réussit, il fut jalousé par son frère Seth. Aidé par soixante-douze complices, Seth tua Osiris, le dépeça en quatorze morceaux qu'il éparpilla dans tout le royaume. La femme d'Osiris, la belle Isis, se mit alors en devoir de retrouver son mari et de le reconstituer. Elle en rechercha chaque morceau et rebâtit le corps. Mais il manquait le phallus, que des poissons avaient mangé. Qu'à cela ne tienne, Isis en fabriqua une copie, qui fut sans doute bien réussie puisqu'elle put concevoir, d'Osiris ressuscité, leur fils Horus.

Devenu adulte, Horus défia en combat singulier son oncle Seth, qu'il considérait comme usurpateur. Mais aucun duel ne put les départager. Ils firent donc appel au tribunal des dieux. Seth prétendit qu'Horus était illégitime et ne pouvait, de ce fait, prétendre au trône. Mais Horus put apporter la preuve de sa filiation. Dans sa sagesse, le tribunal décida qu'Osiris serait dorénavant roi du royaume des morts ; Horus, celui de l'Égypte fertilisée par Hapi ; Seth, celui du désert. C'est ainsi que tous les pharaons prétendirent toujours au titre de « Horus vivant », alors qu'Osiris, mort, dépecé, reformé, ressuscité et régnant à jamais, devint le modèle auquel cherche à s'identifier chaque trépassé, pour en acquérir les pouvoirs.

L'existence ultérieure dans l'au-delà et la résurrection étaient garanties par l'analogie existant entre le destin humain et celui du modèle divin. Devenir « Un-Osiris » conférait au mort le privilège – jusque-là royal – de se transformer en dieu dans sa nouvelle vie.

Le papyrus d'Ani

Dans la conception égyptienne antique l'être humain est défini par trois entités distinctes qui sont le *Bâ*, le *Kâ* et le corps physique.

Le *Bâ* est représenté par un oiseau, souvent un faucon à tête humaine, pour mieux définir d'une part la noblesse et la spiritualité d'Horus, d'autre part le caractère « aérien » et, encore une fois, spirituel qui convient à l'esprit. Car le *Bâ* correspond à cet élément psychique par excellence puisqu'il détermine l'essence même de l'être.

Le *Kâ*, ou « double animique », représente l'âme en tant que qualité animatrice, énergétique du corps, mi-essentielle, mi-substantielle, puisque participant aux deux plans.

Le corps physique est le réceptacle des deux autres. Voilà pourquoi il est primordial de le préserver de toute corruption : sa disparition entraîne irrémédiablement la « seconde mort », justement redoutée puisque empêchant toute possibilité de renaître. Ce qui aboutit fatalement au non-être, au néant.

D'où l'importance, nous l'avons vu, d'une momification effectuée le plus parfaitement possible, pour :

– retenir le *Kâ* grâce à des amulettes ou des rites magiques ;

– et surtout pouvoir accueillir le *Bâ*, seul à effectuer le voyage *post-mortem* qui mène à la purification, et pouvoir, comme Osiris, ressusciter.

Il reste ainsi au *Bâ*, donc à l'esprit, à :

– connaître les embûches des sentiers de l'au-delà ;

– savoir le nom des divinités sous la protection desquelles on peut, dès lors, se placer ; car nommer, c'est faire sienne la vibration spécifique du dieu et, pour ainsi dire, s'immiscer en lui ;

– veiller à ce que, parvenu à l'ultime étape et demandant à être délivré de ses bandelettes de momie, le trépassé ne laisse s'égarer ni *Kâ* ni *Bâ*. Il récitera dans ce but les formules magiques et actions de grâce terminales.

Tout cela est contenu dans le papyrus spécialement composé à son intention et déposé près de la momie, voire dans les bandelettes.

Le papyrus d'Ani [12] a été écrit vers 1300 av. J.-C., sous le règne de Ramsès II. En contemplant les formules et les peintures, Ani était guidé de manière infaillible. A sa suite, nous allons donc pouvoir connaître la métamorphose qu'il subit. Elle s'accomplit en quatre phases : le trajet tombe – monde inférieur, identique à celui d'Atoum ; la résurrection matinale, semblable à celle de Khépri ; le parcours à travers le ciel diurne dans la barque solaire d'Amon-Râ ; la justification finale devant le tribunal divin pour obtenir sa souveraineté sur l'univers.

Phase « Atoum »

Les dix-sept premiers chapitres du papyrus concernent les *ténèbres infernales*, chaotiques, de Nout, que le trépassé affronte tout d'abord. Tout est différent et, d'ailleurs, tout est inversé dans ce monde inférieur. Voilà pourquoi il ne fallait jamais être enterré la tête en bas ; pourquoi aussi le papyrus est écrit à l'envers !

Le mort doit franchir des portes de feu et affronter leurs gardiens effrayants : serpents de feu, crocodiles à tête de bélier, etc. Ceux-ci ne lui permettent de continuer son chemin que s'il connaît la formule spécifique. De surcroît, il ne doit pas s'égarer dans des chemins secondaires qui ne débouchent nulle part, ni s'enliser dans des marécages où veillent des singes munis de filets dans lesquels il peut être pris.

Le papyrus prodigue amulettes et formules magiques de protection et de reconnaissance. Il donne aussi le plan qui permet d'accéder au Champ des Bienheureux.

Phase « Khépri »

Les chapitres XVIII, XIX et XX montrent le soleil triomphant des ténèbres : c'est la *nouvelle naissance* du mort dans la lumière renouvelée de Khépri. Il subit alors l'« ouverture de la bouche » qui lui rend la parole (chap. XXI-XXIII). Revêtu de forces magiques (chap. XXIV), il retrouve son nom (chap. XXV), et même son cœur (chap. XXVI), qui témoignera pour lui, plus tard, devant le tribunal divin. Il est ressuscité comme Osiris, et les derniers chapitres célèbrent sa puissance.

Phase « Amon-Râ »

Elle va du chapitre LXIV au chapitre CXXIX. Elle traite de la *transfiguration* du mort. Il peut désormais maîtriser le temps, puisqu'il se présente à la fois comme hier, aujourd'hui et demain : hier, il était Osiris ; maintenant il est Râ et, en tant que tel, se métamorphosant dans les formes que Râ prend dans sa course quotidienne, devient ainsi le futur demain en redescendant dans Nout. Il aboutit au stade ultime de son évolution.

Cette troisième phase est donc la phase glorieuse de la lumière qu'il est lui-même devenu.

Phase du tribunal divin

Le trépassé est devenu Soleil-Atoum. Il se rend dans le monde inférieur pour comparaître devant le tribunal que préside Râ. La pesée est effectuée, on le sait, par Anubis, et certifiée par Thot. Et si cette pensée lui est favorable, alors il devient dieu lui-même. Mais, rassurons-nous, jamais la pesée n'est défavorable à cet ultime stade. Le périple réussi a déjà justifié le défunt.

Cette quatrième phase est donc, obligatoirement, celle de la *déification* ultime et définitive.

Je rappelle que nous reprendrons la description des épreuves du passage dans la troisième partie de ce chapitre. Nous les comparerons alors aux expériences des N.D.E., ainsi qu'à celles qu'expose le *Livre des morts tibétain*, que nous allons immédiatement étudier.

LE LIVRE DES MORTS TIBÉTAIN

J'ai retenu la traduction et les commentaires de Francesca Fremantle et Chögyam Trungpa [14].

Je rappelle qu'il s'agit de textes élaborés à la suite des expériences vécues par des maîtres qui communiquaient leurs impressions et sensations durant leur agonie par une série de conventions établies avec des disciples spécialement éduqués.

Je me propose de suivre le même plan que celui du livre égyptien : dans un premier temps, j'explique succinctement la conception bouddhique de l'être humain ; je parle ensuite de son évolution « karmique » ; enfin je relate l'expérience vécue lors du bardo funeste par le mort tibétain.

LA CONCEPTION BOUDDHIQUE DE L'ÊTRE HUMAIN

Sans être l'adepte d'aucune religion d'Orient, je me suis également intéressé très tôt aux enseignements hindous. Dès 1948, mon maître George Soulié de Morant, qui m'initia à l'acupuncture traditionnelle chinoise, me fit découvrir certaines techniques respiratoires yogiques. Leur résultat m'incita à approfondir mes connaissances dans ce domaine énergétique, puis dans sa généralisation philosophique. La synthèse personnelle que j'expose ci-dessous est le résultat de tout cet enseignement, puisé à de très nombreuses sources.

Les textes sacrés, ou Védas, indiquent que, au sein des 8 400 000 espèces vivantes réparties dans l'univers, l'être humain se compose d'une triple entité : un corps spirituel, un corps matériel et un corps fluidique, ou animique.

Le corps spirituel est doté des trois éléments psychiques qui sont respectivement :

– la connaissance ; mais les conditions contraignantes de la naissance sont telles que la douleur ressentie efface tout souvenir lors d'une nouvelle réincarnation ;

– la félicité ; mais elle sera vite troublée par la *maya*, ou illusion obligatoire et inhérente à notre monde, qui nous oblige à prendre certains désirs pour des réalités premières ;

– l'éternité, enfin.

Ce corps spirituel est donc à la fois esprit immortel et essence originelle de l'être. Ce *Je* s'incarne.

Le corps matériel est formé, lui, de deux sortes d'éléments :

– les cinq éléments traditionnels de toute pensée orientale, « bruts », grossiers, structurés, qui sont la terre, le feu, l'eau, l'air et l'éther ;

– les trois éléments « subtils » qui sont le mental, l'intelligence et le *Moi* égoïste. Ces qualités intellectuelles permettent de coordonner les cinq éléments matériels en un système harmonieux d'action, de sensations, de sentiments.

En d'autres termes, le corps matériel représente, dans notre langage actuel, notre *soma charnel* et notre *encéphale*, celui-ci dirigeant celui-là grâce au corps animique que nous allons étudier.

Le corps fluidique ou *animique* est une substance énergétique universelle, partie intégrante du tout. Son importance m'oblige à lui consacrer plus d'attention.

Il fait partie du plan matériel, car il constitue la *trame directrice du soma*. On sait en effet que, tous les sept ans à peu près, du fait de la division permanente de ses cellules, le corps matériel « grossier » se régénère totalement. Le corps animique oblige cette division cellulaire à respecter le schéma original. Ainsi s'explique la permanence de la forme tout au long de la vie.

Il fait cependant aussi partie du plan spirituel puisqu'il distille l'état que, dans notre langage neurophysiologique, nous nommons l'« éveil cortical ». Celui-ci permet tout à la fois :

– de rythmer notre activité quotidienne, avec ses phases de repos (« trophotrope * ») et de travail (« ergotrope * »), par action autonome (parasympathique ou *Ying* des Chinois, et orthosympathique ou *Yang*) régie par le système hypothalamique. Il dirige donc le *plan inconscient* viscéral, organique, fluidique ;

– d'harmoniser toutes les réactions vitales de base (métabolisme), tous les besoins énergétiques (influx nerveux systématisé en un système nerveux central d'intégration et de contôle, et un système nerveux périphérique de transmission), ainsi que tout le processus de reproduction gonadique spécifique, avec son cortège pulsionnel, rhinencéphalique * (catharsis et abréactions psychanalytiques). Le corps animique dirige, de ce fait, le *plan subconscient* dynamique et inducteur du comportement réactionnel de l'individu ;

– de créer l'élément psychologique d'appréciation et de comparaison des sensations, donc de discernement objectif, qui donne à l'homme la faculté de connaître sa propre réalité et de la juger. Le corps animique donc dirige également le *plan conscient*.

La manifestation de tous ces plans est à l'origine des « auras » que certains voyants peuvent spontanément visualiser se dégageant du corps matériel.

Le *Je* – qui a toujours été et qui sera de toute éternité, rappelons-le – peut progresser dans la Voie de l'illumination divine, le *Samadhi* *. C'est pour lui la seule manière de devenir « Bouddha de sagesse et de connaissance suprêmes », havre ultime et éternel de félicité absolue. Mais il peut tout aussi bien rétrograder et s'éloigner encore davantage de la forme spirituelle première.

La loi du *karma* veille, inexorable : toute action, bonne ou mauvaise, objectivée ou non, entraîne obligatoirement une réaction dans la *samsara* * ou cycle des morts et des renaissances. On peut résumer ce cycle de la façon suivante : le mental et l'intelligence encéphaliques « matériels » créent la pensée, distillée par le biais du corps animique. Au moment de la mort, *tout* ce que le sujet a vécu sur ses trois plans de conscience va retentir, par voie en quelque sorte rétroactive, sur ce même corps animique, et en faire varier la composante : une nouvelle trame sera ainsi tissée, que devra obligatoirement respecter le *Je* dans sa nouvelle incarnation. Comme l'écrit A.C. Bhaktivedanta Swami Prabhupada dans *La Bhagavad Gîtâ telle qu'elle est* [3] : « Tout comme la chenille passe d'une feuille à une autre en s'agrippant solidement à la suivante avant de quitter la première, l'être vivant, par l'intermédiaire du mental qui recèle tous les désirs, commence à préparer son nouveau corps avant même de quitter celui qu'il habite. »

Il n'y a pas ici, comme dans la tradition égyptienne, un sens unique d'évolution. Car, comme l'affirme la *Bhagavad Gîta* [44], « essence » même de tous les Védas : « Celui qui meurt sous l'emprise de l'ignorance renaît dans le monde animal » (XIV, 15). Il est donc possible que nous mourions humain et que nous nous réincarnions en chien, porc, serpent, voire en insecte, si notre comportement l'a déterminé. Et la *Bhagavad Gîta* [44] d'affirmer encore : « Ce sont les pensées et les souvenirs de l'être à l'instant de quitter son corps qui déterminent infailliblement la condition future » (VIII, 6).

De ce fait, la mort ne sera jamais « transition sans douleur [3] », comme on va s'en apercevoir.

LE BARDO FUNESTE

Le *Bardo Thödol* tibétain a été composé pour faciliter le passage d'une incarnation à l'autre. Il est le seul moyen pour le mourant de ne pas « perdre le droit chemin de la *dharmata* », c'est-à-dire des réalités, alors que « l'ignorance et la souffrance créent des masques de terreur, des bruits d'épouvante et un froid de glace ». Je rappelle que j'ai choisi la traduction et les commentaires de Francesca Fremantle et Chögyam Trungpa [14].

Dans un premier temps, je présente l'enseignement du *Bardo Thödol* dans le cadre de la progression du processus mortel. Dans un second temps, j'expose les affres ressenties lors du bardo funeste.

L'enseignement du *Bardo Thödol*

Son enseignement fondamental peut être déjà connu du sujet, qui doit alors simplement le remémorer. Surtout s'il s'agit d'un « avancé » (*bodhisattva*), car cette expérience fait intégralement partie de sa formation psychologique de base.

Mais il peut également être donné par un assistant, lors de l'agonie et durant les premiers jours qui suivent la mort du sujet qui en ignorait tout. Il contient en effet, en plus du rituel proprement dit, une série d'instructions détaillées qui, à chaque instant, guident le récitant et sollicitent le mourant. En voici un exemple, pris au tout début de la période apnéique.

> A l'arrêt de la respiration, le prahna est absorbé dans la dhuti de la sagesse... Si le prahna se renverse et s'échappe dans les nadis de droite et de gauche, le bardo apparaît soudain. La lecture devra donc avoir lieu juste avant que le prahna ne s'échappe dans les nadis de droite et de gauche. Le temps durant lequel la pulsation interne continue après l'arrêt de la respiration est environ celui nécessaire pour prendre un repas.
>
> Mieux vaut que l'éjection de la conscience soit effectuée juste à l'arrêt de la respiration. Si elle n'a pas eu lieu, prononcez ces paroles : « Ô fils, fils noble (nom...), le temps est venu pour toi de chercher le chemin, etc. »

L'audition est en effet l'élément sensoriel sollicité en premier lieu. Car il est le dernier à disparaître. Elisabeth Kübler-Ross l'a déjà signalé dans *La mort est un nouveau soleil* [20]. Frédéric Dard l'a également écrit dans son livre *C'est mourir un peu* et me l'a personnellement confirmé.

Mais le *Bardo Thödol* s'adresse aussi aux autres sens, passant de l'un à l'autre au fur et à mesure de leurs extinctions. Il existe en effet six libérations successives, qui correspondent aux six « mondes » que parcourt l'esprit lors de la dissolution progressive du « moi égoïste » :

– Les sensations de pression (baresthésie) sont les premières à disparaître : le mourant se sent devenir lourd aux premières affres agoniques. L'explication physiologique tibétaine en est la dissolution de l'élément terre dans l'eau, comme l'illustrent les sueurs froides à l'approche de la mort. Il existe donc des directives à suivre, qui indiquent des pressions à effectuer à des moments donnés sur des points précis réactogènes.

– Goût et odorat s'évanouissent en second lieu avec l'arrêt de toute circulation prahnique, lorsque l'élément eau est volatilisé par le feu. Lèvres et muqueuse bucco-pharyngée se dessèchent sous l'effet du souffle court et précipité du moribond. Lorsqu'on humecte sa bouche d'un peu de jus de fruit, cela lui paraît insipide. On lui demande alors de se souvenir du parfum d'une fleur ou du goût d'un aliment.

– Les capteurs transmetteurs de la douleur externe (nociceptivité) cessent de fonctionner à leur tour lorsque l'élément feu se désagrège dans l'air. Le sujet ne répond plus ni aux piqûres, ni aux pincements, ni aux brulûres.

– Le tact s'efface au stade suivant, lorsque l'air se dissout dans l'éther. L'agonisant perd définitivement tout contact avec le monde qui l'entoure. Son enveloppe charnelle ne répond plus à aucune excitation. Son corps physique, matériel, lié aux cinq éléments « grossiers », est en désagrégation énergétique. Seuls le retiennent encore aux berges de cette vie actuelle les éléments sensoriels « subtils ». Mais leur tour va bientôt venir.

– La vue s'éteint la première. La rétine ne répond plus lorsque les ténèbres infernales s'installent. Mais lorsque l'éther s'annihile au niveau du « Nadi central », c'est-à-dire lorsque toute conscience s'introvertit, une grande clarté intérieure illumine le moribond.

– Seule subsiste l'audition, qui s'anéantira très progressivement. Et le « moi égoïste » devra se dissoudre ultérieurement.

Les affres ressenties

Elles sont signalées dans le texte. Le mourant peut donc en prendre connaissance. Des prières lui sont indiquées pour en triompher.

Il y a d'abord une *intense frayeur :*

> Les parents du défunt pleurent et sanglotent. On ne lui sert plus sa part de nourriture, on a enlevé ses vêtements, mis son lit en pièces. Il peut les voir, mais eux ne peuvent pas le voir ; il peut les

entendre l'appeler mais eux ne peuvent l'entendre les appeler. De désespoir, il s'en va. Trois phénomènes se présentent à lui à ce moment : des sons, des lumières colorées et des rayons lumineux. La terreur le fait défaillir.

Les *sons* qui se présentent à lui font naître des états émotionnels selon leur qualité et leur intensité : coups de gong, apaisants ou angoissants selon leur rythme ; tintements de cloches ou de grelots joyeux ; chants qui transcendent ; plaintes qui glacent d'effroi ; hurlements qui épouvantent...

Les *ténèbres* surgissent, avec leur sinistre cortège de pièges que l'obscurité ne permet plus d'éviter. D'où la prière-guide :

> Ô compatissants, cette personne (nom...) va passer de ce monde à l'autre rive... La lumière de sa vie s'est éteinte. Elle va dans un autre monde. Elle entre dans les ténèbres profondes. Elle tombe dans un précipice. Elle pénètre dans une épaisse forêt. Elle est poursuivie par le pouvoir du karma ; elle entre dans un grand désert ; elle est balayée par un grand océan, entraînée par le vent du karma... Ô compatissants, soyez un refuge pour cette personne sans refuge. Protégez-la, défendez-la, gardez-la des ténèbres du bardo. Retirez-la du grand ouragan du karma.

Les ténèbres se dissipent pour laisser la place à une aube livide, peuplée d'*êtres terrifiants* ou, au contraire, *souriants et bénéfiques.* Le sujet est alors invité à les reconnaître, non comme de réelles entités, mais comme des projections de son fait, de ses fautes ou de ses mérites passés – donc de son propre karma. D'où la prière-guide suivante, qu'il est prié de prononcer :

> Maintenant que le bardo de la dharmata se lève sur moi, j'abandonne toute pensée de peur ou de terreur, je reconnais ma projection dans tout ce qui apparaît, et sais qu'il s'agit d'une vision du bardo. Maintenant que j'ai atteint ce point crucial, je ne crains ni les paisibles ni les terribles, mes propres projections.

La *lumière ultime* arrive enfin. Et cette prière-guide doit être récitée :

> Alors que, mû par de fortes tendances inconscientes, j'erre dans le samsara, puissent les guerriers vidyadharas me précéder, leurs partenaires, les légions de Dakinis, me suivre sur le chemin lumineux de la sagesse innée. Qu'ils m'aident à traverser le dangereux passage du bardo et me conduisent à l'état parfait du bouddha. Alors que j'erre dans le samsara au gré des projections violentes et confuses,

puissent les Bénis, paisibles et terribles, me précéder ; les légions de Dakinis, reines de l'espace, me suivre sur le chemin lumineux de l'abandon de toute peur. Qu'ils m'aident à traverser le chemin dangereux du bardo et me conduisent à l'état parfait de bouddha.

Dès lors, il est dit :

L'espace entier va briller d'une lumière bleue et Vairocana le Béni t'apparaîtra. Il vient du royaume central, le cercle englobant tout. Son corps est blanc. Il est assis, un lion en guise de trône. Il tient à la main la roue aux huit rayons et enlace sa partenaire, la reine de l'espace Vajra. La lumière du skandha de la conscience, dans sa pureté fondamentale, sagesse du dharmadhatu, lumineuse et claire, perçante et éblouissante, jaillira en ta direction, du cœur de Vairocana et de sa partenaire. Elle te pénétrera de façon si intense que tes yeux ne pourront la supporter. En même temps, l'accompagnant, la douce lumière blanche des dieux viendra aussi à toi et te pénétrera... A ce moment, ne sois pas épouvanté par la claire lumière bleue, éblouissante et très perçante de la suprême sagesse. Il s'agit du rayon de lumière du Bouddha, appelé sagesse du dharmadhatu. Sens-toi attiré par elle avec ferveur et foi. Supplie-la en pensant : « Voilà la douce lumière de la compassion de Vairocana le Béni ; je prends refuge en elle. » C'est Vairocana le Béni venu t'inviter, toi qui fus dans le chemin dangereux du bardo. C'est le rayon de lumière de la compassion de Vairocana.

Est atteint le havre ultime de paix. Si le karma l'a permis, bien sûr !

COMPARAISON DES PHÉNOMÈNES

D'étroites similitudes se dégagent des phénomènes :
– ressentis par les sujets qui ont présenté une N.D.E. ;
– révélés par les textes des Livres des morts égyptien et tibétain.
C'est ce que nous allons maintenant détailler. Puis nous en tirerons une conclusion.

LES SIMILITUDES DES ÉPREUVES THANATIQUES

Pour clore cette partie, il manque le quatrième chapitre. Pourtant je ne l'attends pas pour étudier les similitudes des épreuves thanatiques décrites jusque-là. La raison en est que les messages des « témoins de l'invisible », évoqués dans ce quatrième chapitre, confirmeront tout ce que nous venons de relever, sans ajouter aucun élément supplémentaire de valeur. Leur enseignement est autre : il débouchera sur notre deuxième partie.

Avant de reprendre les similitudes existant entre tous les phénomènes du bardo, l'énorme différence que l'on doit noter entre les « anciens » et les « modernes » réside en ce que ni les Égyptiens ni les Tibétains ne nous signalent un quelconque accueil par des parents ou des amis eux aussi trépassés. Je pense qu'il faut voir dans cet « oubli » une différence du comportement affectif dans le cadre socio-familial de l'époque.

Cinq grands groupes de similitudes peuvent être déduits de l'étude de ces diverses expériences. Ils se succèdent dans un ordre immuable. Je vais les décrire dans ce même ordre, à savoir : la sortie du corps, la frayeur initiale, les ténèbres infernales, la lumière retrouvée et le jugement terminal.

La sortie du corps

Tous les « modernes » la notent : l'agonisant sort de son corps, montant au plafond ou s'installant comme témoin. Ils insistent d'ailleurs tous sur l'objectivité des témoignages. Surtout Michael S. Sabom et Elisabeth Kübler-Ross.

Les « anciens », eux, n'en disent rien... pour l'excellente raison qu'ils n'ont pas besoin de le préciser. En effet, ils *savent* :

– l'Égyptien, que le *Bâ* psychique est le seul à effectuer le voyage *post-mortem* qui aboutit à la déification ;

– le Tibétain, que le corps animique conduit le *je* spirituel dans les voies du bardo funeste.

Ces diverses conceptions se rejoignent. Nous verrons en conclusion de ce chapitre ce qu'elles représentent pour moi.

La frayeur initiale

Le *Livre des morts égyptien* parle des « portes de feu » avec des gardiens effrayants, des marécages que surveillent des singes démoniaques, munis de filets pour capturer le mourant qui s'y égare, etc.

La loi du karma plonge le Tibétain dans l'angoisse de ce qu'il doit advenir : d'où les êtres terrifiants – ou, au contraire, bienveillants, car ils ne sont que la projection de ce que fut la vie qu'il quitte.

Les « modernes », eux, sont effrayés par leur incommunicabilité sensorielle qui ne leur permet plus de toucher autrui, ni de se faire remarquer des vivants qui les entourent.

Les ténèbres infernales

L'Égyptien sait qu'il doit, comme Atoum, descendre dans le monde inférieur de Nout, où règne la nuit.

Le *Bardo Thödol* signale les « ténèbres profondes », le « précipice », l'« épaisse forêt » qui attendent le mort.

Moody, on s'en souvient, décrit les fameux « tunnels ».

Et chacun de noter les sonorités qui règnent dans ces ténèbres : chants, gongs, bruits d'éléments en furie, etc.

La lumière retrouvée

Ils sont tous unanimes là-dessus. Ils la décrivent comme évoluant en deux phases successives, avec des qualificatifs identiques :

– d'abord « éblouissante et claire... perçante et éblouissante du skandha de la conscience » du Tibétain ; « renouvelée et éblouissante de Khépri », pour l'Égyptien ; « éblouissante », de Moody ; « absolue » de Kübler-Ross ;

– puis plus tamisée, mais nantie d'un état affectif particulier fait d'amour et de compréhension : « douce lumière de compassion de Vairocana le Béni » du Tibétain, « chaude du soleil levant » de l'Égyptien ; « chaleureuse, affectueuse et réconfortante » de Ring ; « Être suprême de lumière et d'amour » de Moody ; « grand amour indescriptible et inconditionnel » de Kübler-Ross.

Le jugement terminal

La loi du karma est inexorable : le Tibétain voit la sentence immédiatement appliquée par une réincarnation ne dépendant que des erreurs ou des vertus passées.

La pesée du cœur égyptien, par Anubis, a toujours lieu devant le tribunal divin que préside Râ. Et la « grosse » est toujours l'œuvre de Thot.

Les « modernes » parlent du « bilan de la vie » de façon quasi-identique : « On perçoit aussi, instantanément, les effets de ses actions sur les proches » (Moody) et « Vous réalisez toutes les conséquences qui ont résulté de chacune de vos pensées, de chacun de vos mots et de chacun de vos actes » (Kübler-Ross).

C'est bien, là aussi, la loi du karma. Et l'« emballage » d'amour supplémentaire n'en n'adoucit guère la rigueur.

Conclusion

La concordance de tous ces phénomènes en dépit de leur éloignement chronologique, est le plus sûr garant de leur authenticité. Et, je le répète encore, rien n'en sera jamais infirmé par les messages des « témoins de l'invisible », que nous étudierons dans notre prochain chapitre.

L'entité que la plupart des textes religieux nomment « âme » doit effectivement toujours connaître plus ou moins les mêmes stades. Une question dès lors se pose : quelle est l'explication neurophysiologique de cette « âme » ? La réponse forme toute cette conclusion. Elle comporte deux parties : j'expose d'abord ma conception de l'être humain, pour mettre en lumière le corps animique ; je propose ensuite une explication neurophysiologique de tous les phénomènes agoniques que nous avons détaillés.

La triple constitution humaine et la réalité animique

Ma conception de l'être humain est très proche de celle, traditionnelle, des Orientaux, avec leur triple constitution physique, spirituelle et animique.

La réalité « matérielle » du soma ne fait aucun doute. Je ne m'y attarde donc pas.

La réalité spirituelle est évidente. Je ne m'y attarde pas non plus.

La réalité animique est une affirmation que je vais maintenant vous prouver.

Le tout début de ma carrière professionnelle fut marqué par ma rencontre avec mon maître George Soulié de Morant. Dès mon P.C.B., l'année préparatoire à la médecine proprement dite, en 1948, l'acupuncture chinoise qu'il m'enseigna me familiarisa avec la notion du *Tsri* c'est-à-dire de l'énergie vitale. Dix-huit pouls chinois m'apprirent à l'objectiver dans ses diverses manifestations, tant physiologiques que pathologiques. Leur support matériel existait donc, bien que la science officielle le niât, sans l'avoir jamais expérimenté, bien sûr ! Mais j'en éprouvais, moi, toute l'objectivité pratique. Il me fallut attendre près de vingt années pour en saisir toute la réalité « animique ».

A Lyon, le docteur Paul Nogier venait de trouver une nouvelle variation du pouls, très particulière, et qui n'avait plus rien à voir avec les « pouls chinois » que je connaissais par ailleurs. Il s'agissait d'une manifestation réflexe au niveau de la paroi artérielle elle-même. Pour cette raison, je la nommai « réflexe artériel de Nogier », ou R.A.N., dans mon ouvrage *L'Auriculo-somatologie* [5]. Or – comme je l'expose d'ailleurs dans cet ouvrage édité en 1981, mais écrit bien antérieurement – cette manifestation « sphygmique » nous permit de mettre en évidence cette fameuse aura que certains voyants peuvent spontanément distinguer, ce qui est d'ailleurs mon cas. En effet, le R.A.N. peut très objectivement manifester, à une certaine distance du revêtement cutané d'un sujet, variant en fonction de son état de fonctionnement physiologique, se déformant en cas de phénomènes pathologiques, une « limite » énergétique toujours très nette, toujours présente chez tout être vivant, et que, pour cette raison, je dénommai « halo vital ».

Mais il y a plus !

Dans ce même ouvrage d'« auriculo-somatologie », je relate comment Paul Nogier et moi-même avons trouvé sept couleurs pures (monochromatiques), que nous avons pu rattacher spécifiquement :

– à un stade embryogénique humain et au tissu qui le caractérise,
– à un stade fonctionnel physiologique,
– à un processus pathologique précis, enfin.

Grâce à ces sept couleurs monochromatiques « biotiques », nous avons d'ailleurs pu mettre en évidence les limites du halo vital : le R.A.N. se déclenche en effet dès qu'une de ces couleurs, enclavée dans un matériel aisé à manipuler, est amenée sur la limite énergétique qui lui correspond.

Lors d'expérimentations multiples opérées au sein de mon groupe médical de recherche, le G.E.M.M.E.R., j'ai pu mettre en évidence les variations brutales dans la résistance d'un bras tendu à l'horizontale que présente un sujet lorsqu'on place une de ces sept couleurs biotiques sur son halo vital, en cas d'atteinte pathologique. Si le sujet souffre d'une maladie entrant dans le cadre biologique de la couleur en question, il perd brusquement sa force d'opposition : n'importe quel appui sur son bras tendu effondre la résistance qu'il peut alors opposer. Même s'il serre les dents et arcboute sa volonté, il ne peut pas tenir ferme.

Enfin, un troisième type de manifestation, aussi extraordinaire, peut être mis en évidence. Comme je le démontre régulièrement aux élèves de mon enseignement neurologique [7], chacune de ces sept mêmes couleurs monochromatiques, placée devant l'œil non directeur d'un sujet, détermine de façon transitoire soit une brutale cécité (dysamblyopie), soit une modification de la couleur (dyschromatopsie), pour un état pathologique donné.

Ainsi nous est-il maintenant possible non seulement de tester la présence et la modification de l'aura, mais encore d'objectiver, par les réactions même du sujet, et de façon toujours renouvelable dans de mêmes conditions expérimentales quels que soient l'expérimentateur et le lieu de l'expérience, soit des inhibitions énergétiques segmentaires, soit des modifications dans la vision des couleurs comparables à celles qui surviennent chez l'être humain qui défaille (lipothymie ou syncope) ou chez l'agonisant. Or manifestation de l'aura et conservation des qualités motrices et sensorielles d'un individu sont, justement, les attributs de son corps animique.

J'ajoute enfin que ces mêmes réactions sphygmiques, motrices ou visuelles, c'est-à-dire l'objectivation des modifications du corps animique, permettent de diagnostiquer des atteintes de tissus anatomiques particuliers, d'organes spécifiques, voire des atteintes névrotiques ou psychotiques. C'est la « spirale des fréquences » que je décris dans tous mes ouvrages médicaux depuis 1980.

Explication neurophysiologique des phénomènes agoniques

Puisque nous connaissons maintenant l'existence du corps animique tel que les Orientaux l'ont toujours admis, il m'est possible de tenter une explication neurophysiologique des phénomènes agoniques tels que nous les avons étudiés dans l'ordre que nous avons suivi plus haut.

La pré-agonie

Elisabeth Kübler-Ross est la seule à parler de cette période qu'elle divise en cinq étapes, avec leurs variations psycho-émotionnelles particulières.

– La dénégation initiale correspond à l'« onde de choc ». Ce réflexe de négation accompagne toute prise de conscience d'un événement majeur. Depuis la prime enfance jusqu'à l'âge le plus avancé, le : « Non, ce n'est pas possible » est aussi bien notre première réaction de stupéfaction que la manifestation d'un refus sèchement proféré, selon notre façon de ressentir et de réagir au stress, en fonction de la polarité autonome, diencéphalique et rhinencéphalique du moment, lors de la désynchronisation violente que subit notre corps animique, fidèle reflet de notre état nerveux.

– La rage et la colère qui suivent représentent le contre-choc au stress psychologique et physiologique. C'est la « mobilisation générale » avec « mise sur le pied de guerre ». C'est le « défoulement premier » des psychanalystes. C'est la réaction violente (orthosympaticotonique * thyréotrope *) du « syndrome d'alarme » de Hans Selye. C'est enfin l'exacerbation réactionnelle encéphalique du corps animique : il se retire déjà de l'extrémité des membres pour se concentrer au niveau céphalique. Il n'est qu'à se remémorer la plainte des agonisants sentant leurs extrémités se refroidir !

– Le marchandage qui vient après correspond aux fluctuations de plus faible amplitude des ondes réactionnelles qui commencent à s'amortir. Cet artifice cortical de « dérivation » est bien compréhensible : il répond à l'« échappement » des neuro-physiologistes, ou au démarrage d'un circuit de secours. Mais aucun circuit annexe ne peut tenir longtemps. Aussi aboutit-on inexorablement à...

– La dépression. Elle est, d'ailleurs, dans la nature des choses, élément négatif symétrique à l'élément réactionnel positif qu'elle annule ; phase parasympathique secondaire au pic orthosympathique de réponse initiale. Elle correspond, bien sûr, à la mobilisation et à la concentration du corps animique au niveau céphalique.

– L'acceptation est la phase pré-agonique ultime. Elle provient de l'amortissement progressif des réactions autonomes diencéphaliques avec, nous l'avons vu, mise en route des structures fronto-rhinencéphaliques, c'est-à-dire du processus émotionnel enfoui chez chacun d'entre nous, mais que notre « conscience » pré-frontale va accommoder selon notre personnalité et notre vécu. Nous y reconnaissons surtout le processus du dégagement animique. Je ne pense pas que la « corde d'argent » des initiés quitte le corps au niveau du nombril, comme le veut la tradition qui assimile la mort à une nouvelle naissance. Je crois bien que le front est la zone somatique d'où part progressivement le corps animique du sujet qui rêve, de celui qui s'évanouit et de celui qui meurt.

La sortie du corps

La « corde d'argent * » ne se rompt qu'en cas de mort définitive. Ce qui n'est pas le cas de ceux qui vécurent une N.D.E., bien évidemment. Le corps animique reste donc en liaison complète avec les formations encéphaliques – donc corticales – du moribond.

Il est ainsi tout naturel que les aires sensorielles fonctionnent. Et on sait que l'aire auditive sera encore réceptrice longtemps après l'apparition de la mort clinique, alors que l'électro-encéphalogramme sera plat et qu'on ne pourra plus objectiver d'activité électrique cérébrale.

On comprend alors pourquoi Elisabeth Kübler-Ross et Michael S. Sabom ont pu noter l'exactitude des observations faites par ceux qui « témoignaient », comme ils le disaient eux-même, placés à côté de leur corps inerte.

On comprend aussi l'intégrité somatique et fonctionnelle du nouveau « double » ainsi manifesté, que souligne, entre autres, Elisabeth Kübler-Ross. Le corps animique ne peut être en aucune façon affecté par une infirmité ou une amputation quelconque. Les photos obtenues par effet Kirlian, c'est-à-dire effectuées sous une différence de potentiel électrique assez considérable pour modifier le comportement électro-magnétique de ce que l'on photographie, montrent toujours le « fantôme » d'une feuille déchirée. Je m'explique : on prend une feuille dont on arrache une partie ou, en cas de feuille composée, une foliole. Et on photographie la feuille ainsi mutilée, en le soumettant à un champ électro-magnétique très puissant ; le développement de la photographie montre, certes, la déchirure que l'on a faite, mais avec le « fantôme » de la partie manquante très apparent, sous un aspect plus clair, plus haché, plus tremblé, mais incontestablement présent et complet.

De la même façon, tout amputé « sent » parfaitement le membre, le segment de membre ou, toute autre partie de son corps qui lui a été retirée. Et chaque réflexothérapeute sait que l'on doit traiter les terribles douleurs des membres fantômes... comme si ces membres existaient réellement, par action sur les points symétriques adéquats, c'est-à-dire sur les points qui, au niveau du membre ou de la partie symétrique à celle qui a été enlevée, pourraient donner la même sensation. Par exemple, si un amputé de la main se plaint d'une névralgie atroce qu'il compare à l'ongle du pouce qui pénètre sa paume (et je prends là l'exemple précis d'un de mes patients), il faut s'adresser au point qui, sur l'autre main, détermine la flexion du pouce (en l'occurrence, dans ce cas, le point d'excitation du fléchisseur propre du pouce), et le traiter en ajoutant l'excitation supplémentaire de projections particulières (« corps * calleux » pour mes élèves, « grande piqûre » ou « règle midi-minuit » pour les acupuncteurs classiques).

Donc le corps animique, étant le « double » du corps matériel, mais à un niveau de résonance électro-magnétique plus élevé, ne subit pas les modifications congénitales ou accidentelles qui peuvent affecter le corps matériel.

Une dernière remarque avant de clore ce paragraphe. Il est très curieux qu'aucun agonisant – ni aucun sujet ayant présenté une « sortie » hors de son corps – n'ait jamais fait mention de la fameuse corde d'argent. Je suis d'autant plus certain de cette absence que je n'ai jamais vu moi-même la moindre trace de cette corde lors de l'expérience unique que j'ai volontairement vécue.

La frayeur initiale et les ténèbres infernales

Je traite ces deux phénomènes ensemble car ils dépendent, je le crois d'un même mécanisme anxiogène.

Il est toujours choquant pour n'importe quel patient de subir le test de l'abaissement du bras ou l'amblyopie transitoire. Le dyschromatisme transitoire l'est un peu moins – alors que sa constatation clinique signe, elle, une atteinte organique et non énergétique. Beaucoup ont été réellement traumatisés de constater leur brutale inhibition motrice ou leur brusque cécité, tout transitoires qu'aient pu être ces phénomènes.

Leur constance ne peut qu'accroître l'anxiété du mourant, et ce d'autant plus qu'il est dans l'ignorance totale de ce nouvel état et de ces nouvelles manifestations.

L'Égyptien qui, lui, savait devenir Atoum et, de ce fait, descendre dans le monde inférieur des ténèbres, n'a jamais présenté, dans ses textes hiéroglyphiques, le moindre signe d'une quelconque frayeur devant ces ténèbres. Il parle au contraire de « portes de feu », de « fleuves de feu », voire de « bandes de feu », ainsi que sont représentés les « domaines de l'au-delà » sur le « plan du Livre des deux chemins [12] ».

La lumière retrouvée

Elle correspond, je le pense, à l'établissement d'un triple processus :

– d'une part – pourquoi l'occulter puisque tous le ressentent ? – la « présence » chaleureuse et infiniment compréhensive à leur côté, et qui, à mon avis, est beaucoup plus qu'une simple réaction au stade précédent ;

– d'autre part, justement, l'épuisement progressif de l'angoisse qui sévit au stade précédent.

– enfin, le début de la projection de ce que fut la vie passée du moribond, avec retour d'une luminosité « diurne normale », si je puis dire.

Le film de la vie

Comme l'écrivent Anne et Daniel Meurois-Givaudan dans leurs récits un peu psychédéliques [28, 29], je crois que ce film doit se dérouler à l'envers, en remontant le temps. Et ceci pour les deux raisons principales suivantes :

– Les expériences de neuro-physiologie ont bien mis en évidence qu'il existe au niveau des aires projectives de la mémoire (sur ce que les neuro-anatomistes nomment l'hippocampe, à la face inféro-interne du ventricule temporal) une réelle superposition des informations mnésiques : les plus récentes viennent recouvrir les plus anciennes. (Ce qui explique d'une part le gâtisme, où l'on remarque l'oubli des événements actuels avec conservation des souvenirs : le malade demande l'heure... qu'il oublie immédiatement, ce qui le fait réitérer perpétuellement cette question, alors qu'il ressasse « sa guerre de 14 » toujours parfaitement revécue dans ses moindres détails ; d'autre part la mobilisation, sous hypnose ou sous drogue, de souvenirs très anciens, remontant à la toute première enfance, voire à la gestation et, pourquoi pas ? à une vie antérieure.) Il me semble tout à fait justifié que ce soient donc les derniers moments vécus qui sont évoqués en premier ;

– Remontant ainsi dans le temps, le film de la vie retrace la sénescence, puis la maturité, l'adolescence et l'enfance, pour finalement aboutir à la naissance même de l'être... là où tout commence dans un aussi grand mystère, pour le commun des mortels, que celui de la mort.

D'ailleurs, certains ont pensé que le phénomène du « tunnel » pouvait être expliqué ainsi. Ce n'est pas mon avis. Je crois que le tunnel est, comme je l'ai mentionné plus haut, un équivalent des « ténèbres infernales ». Je rappelle que Raymond A. Moody ne l'a retrouvé que dans seulement 9 % des cas [34].

En revanche je suis personnellement convaincu que la « remontée » finale dans le temps de son existence amène obligatoirement aux tout premiers instants de sa vie, justement si obscurs à tous les sens du terme, là où s'effectue *le* passage dont nul ne revient. Les Grecs attribuaient l'effacement de tout souvenir, inhérent à cette « zone frontière » entre ce qui est et ce qui a été, à l'action amnésiante de l'eau du fleuve Léthé légendaire. Cette fin qui rejoint un début et s'annihile ainsi avec elle me semble tellement rationnel, finalement !

Le reste dépend... de tout ce que nous allons maintenant étudier au quatrième chapitre.

CHAPITRE 4

LES TÉMOINS DE L'INVISIBLE : LES MESSAGERS PAR L'ÉCRITURE

J'emprunte le titre général de ce quatrième chapitre et de celui qui le suit à Jean Prieur [38]. Comme dans son ouvrage, il s'agit ici de communication *post-mortem*. Uniquement de tradition judéo-chrétienne. Ce n'est pas un choix. Je n'ai malheureusement pas eu connaissance d'écrits similaires provenant de musulmans, confucianistes ou shintoïstes. Je suppose qu'il en existe.

Étant donné le nombre cependant déjà énorme de tous ces documents posthumes, de la quantité mais aussi de la qualité des messages qu'ils délivrent, je divise ce volumineux chapitre en deux. Le premier concerne les seuls *messagers par l'écriture*. Leurs communications furent en effet établies par le biais de l'écriture * automatique. Je rappelle que ce procédé, qualifié communément de « médiumnique », n'est que la conjonction – sur le plan purement spirituel s'entend – de deux corps animiques : d'où le terme de « communication » que j'ai utilisé pour décrire ces rapports entre un mort et un vivant, toujours en accord essentiel parfait, le plus souvent dans un cadre familial étroit. Les deux documents les plus importants que je possède, et dont j'étudierai longuement les enseignements, proviennent en effet d'une filiation directe enfant trépassé émetteur-mère réceptrice.

Le chapitre suivant se rapportera aux *messagers par enregistrements*, qu'il s'agisse d'enregistrements sonores sur bandes de magnétophone, ou – plus extraordinaires encore – d'enregistrements d'images sur des écrans de télévision. Je me référerai alors à l'ouvrage exceptionnel du prêtre et théologien François Brune, *Les morts nous parlent* [9], ainsi que *A l'écoute de l'invisible* de Monique Simonet [42].

Comme je viens de le préciser, ce premier chapitre se rapporte aux différentes communications qui s'établirent entre un mort et un vivant par écriture automatique. Ce procédé est connu de longue date. Rappelons qu'ils consiste en une *manipulation objective*, la main traçant des mots qui s'agencent en phrases cohérentes, sous l'emprise d'une « *possession* » *psychique* étrangère à la personne qui écrit.

Le scripteur est quelquefois inconscient. Le terme alors employé est « en transe ». Ce ne sera jamais le cas ici, où les scripteurs possèdent toujours toute leur conscience. Mais non sans appréhension, voire réticence. Nous verrons à ce sujet les circonstances pénibles qui marquent souvent la découverte de ces relations posthumes.

Ce chapitre est divisé en cinq parties :

La première partie, « De la pluralité des témoins », montre que ces témoignages sur l'après-vie proviennent de tous les milieux et de toutes les confessions.

La seconde partie est entièrement consacrée à Pierre Monnier, jeune lieutenant de vingt-trois ans, tué sur le front d'Argone aux premiers jours de 1915.

La troisième partie concerne le jeune Roland de Jouvenel, mort à 15 ans d'une probable méningite tuberculeuse, en 1946, à quelques mois de l'introduction en France de la streptomycine, l'antibiotique qui vainquit cette terrible maladie.

La quatrième partie évoque ma tante Renée Bourdiol, bien qu'elle ne se soit jamais manifestée de façon concrète par des messages écrits.

La cinquième partie reprend succinctement les enseignements qu'on peut tirer de toutes ces manifestations.

DE LA PLURALITÉ DES TÉMOINS

Je n'aime pas l'épithète de « mystique » ni celle encore plus dédaigneuse d'« ésotérique » pour qualifier cette littérature. Je préfère le terme de « transcendantale », dans son sens étymologique réel, puisqu'elle s'occupe des rapports de l'homme avec son devenir après la mort.

Je dirai donc que, touchant cette littérature transcendantale, trois faits m'ont toujours surpris :

– le sectarisme et la mauvaise foi des critiques dits « scientifiques » au jugement d'autant plus péremptoire que moins qualifié ;

– l'authenticité et la spiritualié qui émanent de la grande majorité des textes dévoilés ;
– le nombre très important, enfin, d'ouvrages qui s'y consacrent.

Mon propos n'est certainement pas d'en faire l'exégèse, mais d'utiliser les divers enseignements qui s'en dégagent dans un but triple, là encore :
– étudier sans aucun parti pris leur valeur et leur portée morales ;
– vérifier leurs conclusions dans le cadre strictement neurologique qui est le mien ;
– en tirer des déductions pratiques sur les plans diagnostique et thérapeutique médicaux actuels.

Ce sera, bien sûr, la seconde partie de mon ouvrage qui verra ces développements.

Pour l'instant, j'entreprends d'exposer succinctement :
– d'abord la vie des sujets concernés puis la provenance des messages ;
– ensuite l'essentiel des messages, émanant de la catholique Paqui Lamarque, du protestant Albert Pauchard, et enfin du juif Max-Getting.

Je rappelle ici mon regret de ne pas connaître de textes émanant d'autres croyances que les judéo-chrétiennes.

La catholique Paqui Lamarque

Paqui est une jeune fille très belle, intelligente et sensible, qui fut brutalement arrachée à l'affection des siens et à l'amour de son fiancé. Elle avait dix-huit ans. Elle est morte en 1925. Ses messages commencèrent l'année même de sa mort.

Originalité de la provenance des messages

Paqui n'utilisa pas la voie familiale pour ses communications posthumes : celles-ci furent captées par des amis, qui les groupèrent sous le titre évocateur : *Le Missel de Paqui*, tant leur orthodoxie catholique leur parut évidente.

Le caractère le plus étonnant reste cependant la façon dont une personne tout à fait étrangère au cercle affectif de cette jeune fille reçut et publia ses messages. C'est Jean Prieur qui découvrit l'identité de la scriptrice, Mme Godefroy, et la manière dont elle reçut les communications de Paqui. Je donne ci-après les termes de la lettre de Mme Godefroy, telle que Jean Prieur la transcrit dans son ouvrage *Les Témoins de l'Invisible* [38].

> Étant en villégiature à Arcachon en 1926, pour la santé de mon mari, nous étions allés prier sur la tombe de notre jeune hôtelier, qui venait de mourir. J'ai été attirée par une chapelle très particulière, avec des inscriptions gravées dans la pierre sur les murs extérieurs, inscriptions remplies de consolation et d'espoir. L'intérieur de la chapelle était garni de fleurs blanches avec un portrait de jeune fille ; l'autel et les murs étaient en marbre rose. Un coussin de velours jonché de pétales indiquait que la chapelle était fréquemment visitée. J'ai éprouvé à cet instant une émotion très particulière, faite d'une infinie compassion pour la mère douloureuse, émotion qui me donna l'impérieux désir de la connaître. Un jardinier, qui se trouvait là, me donna le nom et l'adresse.
>
> Il s'agissait, ajoute Jean Prieur, d'une couturière bien connue à Bordeaux. Les deux femmes se lièrent d'une amitié qui devait durer vingt-cinq ans et que seule la mort put interrompre.
>
> Le 1er janvier 1928, poursuit Mme Godefroy, à onze heures du soir, j'ai ressenti un besoin d'écrire et le premier message est venu sous mon crayon. J'écris d'un seul jet, sans une rature, sous l'influence d'une sorte de musique intérieure. Les mots viennent sans effort au fur et à mesure de la scription. J'ai la conscience des termes que j'emploie, ou des mots que j'écris.
>
> Depuis cette époque, j'ai écrit environ cinq à six mille pages, parmi lesquelles un choix a été fait pour être édité sous le titre *Entretiens célestes*, titre qui m'a d'ailleurs été inspiré. J'écris en pleine conscience, sans ponctuation, d'une écriture normale. Je ne me suis jamais occupée de spiritisme. Mon mari et moi sommes catholiques pratiquants.

Et Jean Prieur de conclure :

> Mme Godefroy fuyait la renommée littéraire avec un tel soin que son nom est absent d'*Entretiens célestes*, et que beaucoup de temps s'écoula avant que je le découvre.

L'essentiel de ses messages

Ne connaissant pas *Le Missel de Paqui*, je ne puis que synthétiser ici les *Entretiens célestes* [36]. Son message tient aux trois points essentiels que nous retrouverons toujours et qui sont comme le leitmotiv des communications avec l'au-delà : la mort n'existe pas ; les vivants forgent leur propre destinée ; l'amour est la force sublime qui engendre, explique et détermine.

La mort n'existe pas :

Comprenez donc une fois pour toutes que la mort n'existe pas ! Ceux qui partent pour la cité bénie vivent d'une vie active et lumineuse. Ils sont toujours eux-mêmes, plus qu'eux-mêmes dans la vérité, puisque libérés de leur prison charnelle. [...]

Pourquoi ces pleurs, ces lamentations, ces ornements et cérémonies lugubres, tandis qu'au contraire il devrait s'élever ce jour-là un hosanna d'allégresse pour un jour de fête lumineuse. [...]

Je suis toujours ta Paqui, pareille exactement comme tu l'as aimée. Seulement tes sens humains ne te permettent pas de voir mon corps spirituel, incomparablement plus beau que celui que j'ai laissé sur terre.

Les vivants forgent leur propre destinée sur terre :

La vie que nous menons sur terre prépare notre éternité ; nous l'avons déjà dit, mais il est bon de se pénétrer de ces paroles et de les méditer. Oui, les purgatoires existent, les laps de temps douloureux durant lesquels l'âme se détache, s'épure, se dépouille de tout ce qu'elle a emporté de mauvais en quittant la terre, cela existe bien. Il ne faut pas croire que, bon ou mauvais, lorsque vient le dernier soupir, ce qui ne meurt pas, l'âme, s'envole vers la béatitude éternelle sans payer la rançon.

Le purgatoire n'est pas un lieu : il est forgé, créé par l'âme même qui le possède en soi, ressent toutes ses fautes, ses erreurs, et les expie, parce que tout se rachète, tout se gagne, tout se paie.

Je vous répète que ce sont les âmes lourdes qui forgent leurs souffrances, et non Dieu lui-même qui est toute bonté, toute justice. Pour l'enfer, c'est aussi les âmes qui le créent, le forgent avec leur passé horrible, leurs mauvaises actions, la haine qui les anime encore. Ces âmes couvertes de fange ne veulent pas reconnaître leurs fautes, refusant de s'humilier, de se repentir et de demander pardon. L'obscurité qui les entoure, les ténèbres où elles se débattent voilent la lumière que les anges essaient cependant de leur adresser pour qu'elles s'y accrochent.

C'est peut-être l'explication des agonies différentes où certains mourants, on s'en souvient, peuvent se sentir perdus dans des ténèbres ou, au contraire, émerger dans une lumière qu'ils atteindront plus tard, de toute manière.

Pensez que la vie terrestre n'a d'importance que par son évolution, son ascension spirituelle, seule raison, but essentiel de vos épreuves, de vos souffrances.

Je voudrais que vous compreniez que ce voyage terrestre est une étape parmi les étapes, indispensable pour vous conduire, après les évolutions nécessaires, vers notre but : Dieu tout Amour.

Et elle ajoute :

Les grandes vérités vous seront révélées plus tard, beaucoup plus tard, lorsque vous serez en mesure de les comprendre.

L'amour, force sublime :

Paqui voudrait soulever le monde pour l'élever vers le bonheur, la paix, l'amour car l'amour c'est Dieu.

Elle ajoute :

Sourit à ma joie ! Oui, je suis heureuse du bonheur de Dieu. Il n'en est point d'autre, parce que celui-là les contient tous, les dépasse et que voir Dieu c'est tout ! On est en extase et si c'était possible d'expliquer ces joies célestes à ceux d'en bas, le Ciel alors habiterait la terre.

Et elle conclut :

Soyez des témoins du Parfait-Amour.

Mais elle donne d'autres enseignements précieux, parmi lesquels j'extrais les trois suivants :
D'abord qu'on ne pleure pas autant ceux qui viennent de mourir, qu'on ne leur forge pas de nouvelles chaînes qui les rivent plus lourdement à nos contingences matérielles et à notre chagrin égoïste :

Laissez l'âme de celui que vous pleurez et qui vous aime s'envoler vers ces sphères blanches. Couvrez-le de pensées calmes et offrez votre chagrin à Dieu sans troubler davantage en compliquant son départ celui que vous aimez et qui vous aime toujours, mais dans un autre état et sur un plan bien différent.

Elle indique la « mission » des défunts :

Dans nos sphères de lumière, nous travaillons intensément pour influencer sur la destinée de la terre, en vous environnant de nos rayons d'amour, *car* Dieu tout-amour ne punit pas : ce sont toutes les erreurs des hommes, leur aveuglement, qui retardent l'évolution du monde, créent le mal, le déséquilibre, et toutes les souffrances qui en découlent. Tout se paie.

Mais elle indique leurs limites :

> Votre erreur est de croire que, dès que nous sommes partis de la terre, dès que nous avons laissé nos corps pour aller vers des sphères plus légères, nous devenons savants et puissants ; et que nous pouvons, si nous le voulons, vous diriger, vous avertir, et vous prédire l'avenir. Si vous parliez de l'avenir, du seul qui compte, nous pourrions déjà mieux vous répondre ; mais votre avenir à vous, celui qui vous intéresse et vous préoccupe le plus pour le moment, est composé des quelques années qui vont suivre celles que vous vivez. Et, pour nous, il nous est impossible de les prédire.

Elle donne, surtout, la meilleure définition qui puisse être du corps animique, pour sa compréhension intime :

> Nous ne sommes plus que vibrations. Nos corps n'existant plus, nous n'avons plus besoin de mots pour nous exprimer. Nous sentons, nous voyons tout par fluides, par rayonnements, par vibrations.

Le protestant Albert Pauchard

Je ne possède pas le texte des messages d'Albert Pauchard, en dehors de ceux que Jean Prieur donne dans son ouvrage *Les Témoins de l'Invisible* [38].

Sa vie et sa manifestation posthume

Je recopie ici ce qu'en dit Jean Prieur :

> Albert Pauchard (1870-1934), président de la Société d'études psychiques de Genève, se manifesta à sa sœur Antoinette (1873-1963), qui avait été collaboratrice. Elle le vit et l'entendit en esprit dans les six mois qui suivirent sa transition. Ensuite, fatiguée et déprimée, elle n'eut plus de visitations jusqu'au jour où il parvint à l'atteindre par l'intermédiaire d'un petit groupe d'amis, en Hollande. Ses communications ont été réunies en quatre ouvrages. Incisives, parfois nuancées d'humour, elles apportent de remarquables précisions sur l'interaction réciproque de la vie présente et

de la vie future. Le message suivant résume bien son enseignement : « La destinée qu'on est venu accomplir sur terre doit être accomplie. Si ce n'est pas accepté avec une intelligente résignation, c'est doublé ici. Je ne veux pas vous faire un sermon en vous disant cela. Vous-même sauverez vous-même. »

Albert Pauchard naquit, vécut et mourut à Genève. En 1911, il séjourna toute une année à Paris, où il étudia l'ésotérisme avec Papus et développa ses dons de guérisseur-magnétiseur. Il se lia également d'amitié avec Léon Denis (1847-1927), successeur d'Allan Kardec, auteur d'ouvrages désormais classiques.

De son vivant, Albert Pauchard n'a rien écrit. L'intégralité de son temps était requise par ses activités de guérisseur. Ses dons en ce domaine étaient extraordinaires et il les mit libéralement à la disposition de ceux qui souffraient. Afin de pouvoir exercer sans être inquiété, il fit à Genève les études nécessaires pour obtenir son diplôme de masseur. Ses journées de travail furent bientôt pleines, aussi débordantes que celle d'un médecin généraliste. Il ne s'enrichissait pas pour autant : payait qui voulait et qui pouvait.

Mais l'accomplissement de cette tâche n'allait pas sans danger. A la fatigue normale des consultations innombrables s'ajoutait parfois le choc en retour. Il ressentait les maladies de ses patients. Il lui arrivait d'être pris de malaises, de vomissements et d'être obligé de s'aliter. Ce surmenage perpétuel ne fut pas étranger à sa fin subite et prématurée.

Sa nièce, Mme Dunand-Pauchard, à qui je dois ces détails, me reçoit dans l'appartement voisin de celui où Antoinette vécut ses dernières années. Elle me montre, dans sa première édition, le célèbre recueil de messages : *L'Autre Monde, ses possibilités infinies*. J'ouvre le volume, un petit carton s'en échappe et je lis ces mots qu'il avait écrit le 10 novembre 1913 : « Je crois en Ta bonté et je Te promets que je ne me servirai de mon pouvoir que pour la justice et le vrai. »

Toute sa vie, il tint parole. Toute sa vie, il œuvra pour ce qui est juste et ce qui est vrai. Et parce que sa pensée et son action étaient orientées vers le bien, sa parole l'était également.

« Jamais je ne l'ai entendu parler en mal de quelqu'un ! » me dit Mme Dunand-Pauchard, qui insiste sur le fait que cet homme très bon était aussi un bon vivant. Et, songeant à ce couple fraternel si uni dans son affection et son admiration réciproques, dans son œuvre commune *ante mortem* et *post mortem*, cette femme positive, pour ne pas dire sceptique, conclut : « Ils ont été heureux : ils ont vécu leurs idées. »

L'essentiel de ses messages

Nous retrouvons toujours les trois thèmes centraux de toutes les communications avec l'au-delà, dotés de précisions de grande valeur. Ainsi :

Une description détaillée du bardo agonique :

> J'étais conscient de me retirer de mon fourreau physique. C'était un petit moment plus ou moins désagréable. Tout comme si le sang se retirait des membres d'abord, puis du reste de mon corps, pour se concentrer au cœur. Un petit moment d'angoisse tout corporel. Ensuite la sortie du fourreau et... un immense soulagement. – « Ça y est ! » me suis-je dit. [...]
>
> Pour quelqu'un qui commence à vivre ici d'une vie intensifiée et qui, naturellement, désire en faire part aux êtres aimés qu'il a laissés derrière lui, il est plutôt décourageant de se voir ainsi déclaré mort par eux. Quelquefois, il lui arrive de se heurter à des brouillards épais et noirs engendrés par le regret et le chagrin des siens. Ainsi les êtres aimés deviennent, par leur propre fait, inaccessibles pour lui. Je parle de choses vues, je n'oublie pas.

Il relate enfin un cas qui rappelle étrangement l'enseignement du *Bardo Thödol* concernant la genèse des projections infernales. Il cite

> le cas d'un homme qui, sur terre, éprouvait de violentes antipathies. Passé de l'autre côté, il se trouve plongé dans un épais brouillard, qui a une particularité curieuse : il fait miroir. Il ne s'en rend pas compte tout de suite. Il voit bien devant lui une image en mouvement, mais il croit que c'est le spectre d'une personne qu'il avait autrefois cordialement détestée. Il veut regarder ailleurs : inutile ! De quelque côté qu'il se tourne, il la voit encore. Il prend le parti de fermer les yeux... peine perdue : il la voit toujours. Après un certain temps, l'image change. C'est maintenant une de ses anciennes connaissances. Encore quelqu'un qu'il n'aimait pas ! Et cette fantasmagorie se répète, se multiplie ! Tous ceux qui l'avaient jadis horripilé tour à tour apparaissent et disparaissent. Enfin, absolument excédé, il appelle à l'aide son guide. Aussitôt il entend ceci : « Mais regarde bien, mon enfant ! Cesse donc de projeter ainsi ton image sur un autre et de la condamner ! Regarde bien qui sont tous ces fantômes ! »
>
> Alors il les considère avec plus d'attention, et c'est lui-même qu'il reconnaît dans tous ces simulacres. Ces formes exaspérantes étaient enfantées par son attitude envers les personnes qu'il n'avait pas aimées.

Il insiste sur la loi du karma :

Un peu de bonne volonté, le moindre effort, même sans succès, fait une si énorme différence dans ses effets ici. [...]

Ce que vous pouvez liquider sur terre est gagné plus d'une fois. Rappelez-vous ce que je disais au commencement à propos de ces forces ténébreuses que nous apportons avec nous en naissant pour les travailler ici-bas. Forces non régénérées de notre propre passé... Elles doivent... doivent [*sic*] être équilibrées en bas.

Plus on brûle de scories sur terre, mieux cela vaut, car tout ce qu'on doit brûler ici, on le brûle sans l'écran amortisseur du corps matériel. Comprenez maintenant pourquoi il est écrit : « Bienheureux ceux qui pleurent ! » Tous, tant que nous sommes, nous avons eu au fond de nous-même une couche de lie que nous ne soupçonnons pas. Je ne savais pas à quel point cela était vrai avant de venir ici.

Nous récoltons notre moisson personnelle dans le domaine des sentiments et des imaginations... Nous sécrétons nous-mêmes nos conditions tout comme l'escargot sécrète lui-même la matière qui devient sa coquille. Rien n'est perdu de ce qui a été acquis en bas. [...]

La cruauté crée des formes terribles qui menacent et poursuivent celui qui les a engendrées.

Il met en valeur une « loi d'harmonie » qui veut que :

les sentiments et les émotions d'un genre donné attirent leurs semblables et amènent ensemble, pour leur mutuelle joie ou leur mutuel désagrément selon les cas, ceux qui les ont cultivés.

Bien sûr, il célèbre l'amour qui est « le fondement même de l'univers et de tout ce qui vit dans l'univers ».

Il indique même une hiérarchie spirituelle aussi importante qu'originale :

Au-delà du monde de la pensée, et supérieur à lui, se trouve le monde de l'adoration. Au-delà de celui-ci se trouve le monde de la raison pure, celui où naissent les idées et les lois qui régissent la création. Au-delà du monde de la raison pure et du monde des idées, se trouve celui de la volonté de création.

Mais surtout, il formule l'admirable phrase suivante : « Plus diaphane est la substance, plus elle est soumise à la volonté. » Il condense de la sorte toute l'affirmation théologique de saint Augustin qui liait la genèse du péché mortel au respect d'un trépied constitué de :

– la connaissance de la gravité de la faute,
– la volonté de commettre cette faute,
– la liberté du choix.

A ma connaissance, une seule formule aussi lapidaire, quoique plus égrillarde, énonçait une vérité aussi grande : « La vertu devient rigide... lorsque le reste ne l'est plus ! »

LE JUIF MAX-GETTING

Après vingt années d'union parfaite, Suzanne Max-Getting eut la douleur de perdre son mari. Quelques mois après le déchirement de cette séparation, elle le « retrouva en esprit » : elle manifesta des dons médiumniques qu'elle ne cessa de développer. Elle répondait ainsi au désir de l'absent qui voulait qu'elle menât de nouveau une vie normale, tout en contribuant, par ses écrits, à diffuser les preuves de sa survivance dans l'au-delà.

Sa manifestation posthume

De son propre aveu posthume, Max-Getting ne manifesta jamais une existence terrestre particulièrement mystique ni dévote. Les messages qu'il délivra à sa femme témoignent cependant d'une haute spiritualité, comme l'exprime ce qu'il nomme sa « mission » et que je recopie textuellement [26] :

> J'ai l'impression que mes bras s'allongent démesurément pour me permettre d'étreindre l'univers entier.
>
> Je voudrais serrer sur mon cœur toute l'humanité qui souffre et tâcher d'enseigner aux hommes combien la survie est une belle existence.
>
> Je voudrais panser toutes les plaies et calmer toutes les douleurs.
>
> Je voudrais donner du bonheur et de la joie à ceux qui l'ignorent.
>
> Je voudrais éclairer les aveugles et guider ceux dont les pas sont chancelants.
>
> Je voudrais essayer de rendre les hommes meilleurs et leur faire voir la lumière qui rayonne au sommet de toutes les existences terrestres quelles qu'elles soient.
>
> Je voudrais ranimer la flamme qui s'éteint au cœur de chaque mortel, et lui insuffler la force de briller à nouveau de toute son éblouissante et pure clarté.
>
> Je voudrais faire connaître ce que je peux du mystère de l'au-delà et prouver l'immortalité de l'âme.

J'ai tant souffert en vivant sur terre, pendant ma dernière (ma récente) incarnation, de cette ignorance et de cet oubli total de l'existence astrale, que je voudrais, au moins, à beaucoup d'hommes, épargner cette angoisse : la peur du néant après la vie sur terre.

Quel croyant n'adhérerait pas à une prière aussi ardente et aussi complète ? Mais Max-Getting continue l'énoncé de sa « mission » en notifiant le canal qui lui permet de communiquer avec notre monde terrestre. Voici donc la fin du texte :

> J'ai pour me seconder un médium précieux et je sais que, sans crainte de ce qui peut en résulter pour lui, il transmettra fidèlement mes désirs à ceux qui ne peuvent les apprendre que par lui.
>
> Mon médium sait maintenant quelle est sa mission sur terre, et il poursuivra son apostolat, sans défaillir, j'espère.
>
> Dieu nous aidera, car nous croyons en lui et nous savons qu'ils nous a désignés pour essayer de communiquer certains éclaircissements aux hommes.
>
> Dieu a voulu récompenser mon médium et lui adoucir l'existence terrestre qu'il lui reste à parcourir, avant de pouvoir remonter dans les sphères astrales (planètes inconnues des humains).
>
> Maintenant je suis fort, car je crois en Dieu et en sa toute-puissance.

J'ajoute que Suzanne Max-Getting fut fidèle à la mission que lui traça ainsi son mari : elle réunit sous le titre global *Les Missionnaires de l'Astral* (titre qu'elle déclare lui avoir été aussi communiqué), un certain nombre d'ouvrages. Je n'ai pu m'en procurer que deux, qui figurent en fin d'ouvrage, dans ma bibliographie. Ils répondent néanmoins à un très grand nombre de questions et traitent des sujets qui nous occupent d'une manière très profonde. Il me semble donc létigime de prétendre en tirer les lignes essentielles.

L'essentiel de ses messages

Max-Getting prévient : « Moi qui n'étais pas initié, je ne croyais pas à la survie et l'idée de l'inconnu et du néant m'épouvantait, je dois l'avouer, et me causait une profonde angoisse [26]. »

Comme l'énoncé de sa mission nous le laissait déjà prévoir, tout l'enseignement de Max-Getting comporte les réponses à toutes les questions que l'on peut, justement, poser à un « initié ». Il rejoint celui, traditionnel, des bouddhistes, que nous avons précédemment étudié, par la puissance de la loi du karma. Car, pour lui aussi,

« durant sa vie terrestre, le mortel prépare son avenir céleste [27] ». Qu'on en juge par les textes suivants :

> Ceux qui sont cruellement atteints sur terre par certaines douleurs seront récompensés dans la vie future, même si cette existence terrestre est l'expiation d'une vie antérieure ; en triomphant de l'épreuve, ils se sont amendés... Chaque homme possède en lui une étincelle céleste et il ne dépend que de lui de lutter pour l'empêcher de s'éteindre... Les anges déchus sont simplement les âmes châtiées pour avoir, sur terre ou dans l'astral, prétendu être capable de braver tous les dangers, de résister à toutes les tentations, et avoir pensé être des esprits si supérieurs qu'il leur était permis de vivre à leur guise. De ce fait, ces esprits subissent les conséquences de leur orgueil [26].

Tout comme les Orientaux, il insiste sur le passage éphémère parmi nous d'entités très subtiles. On retrouve chez Max-Getting la même image qu'utilisa Elisabeth Kübler-Ross [20], au sujet de la mort de jeunes enfants :

> Les plantes très cultivées, âmes dont on s'occupe et qu'on se plaît à embellir, produisent, grâce aux soins qui leur sont prodigués, des fleurs magnifiques, comparables aux sentiments de l'âme humaine. Ces plantes ont une durée éphémère, se fanent et meurent rapidement, comme les âmes très élevées, d'une sublime beauté, auxquelles une courte existence sur terre suffit pour achever leur évolution [27].

Les messages diffèrent cependant de la *Bhagavad Gîtâ* en ce qui concerne la réincarnation possible de l'homme en animal (métempsycose) :

> Les animaux ne cherchent pas à percer le mystère de l'existence terrestre, et tâchent quand ils sont heureux, de profiter de leur bonheur ; ceux qui sont malheureux ne peuvent pas comprendre qu'ils expient comme les hommes, afin de faire évoluer leur âme. La réincarnation existe également, j'en suis persuadé, dans le monde animal ; elle s'effectue par le passage successif dans les différentes classes qui marquent un développement réel [26]. [...]
>
> Les âmes des hommes, seules, arrivent à l'astral. Celles des animaux évoluent dans des sphères inférieures [27].

L'amour est néanmoins l'élément mystique qui contraste le plus avec les textes sacrés du bouddhisme :

> Dieu est amour total qui n'a jamais condamné personne... Dieu vous aime d'un amour très grand, dépassant l'entendement. Fait à

son image, l'homme doit trouver Dieu dans l'autre homme qu'il croise : l'homme doit aimer l'homme [27]. [...]

C'est par amour et non par connaissance que l'évolution spirituelle s'effectue [26].

Nous retrouverons cette notion chez tous nos « témoins de l'invisible ». Je ne m'y attarde donc pas.

Je termine l'exposé succinct des messages transmis par Suzanne Max-Getting en recopiant ce dernier passage :

> Les âmes qui disparaissent de la terre afin de s'élancer vers l'espace font un échange avec les âmes qui redescendent sur terre pour s'incarner à nouveau... Comme les âmes qui vivent dans les autres planètes reviennent aussi sur terre jusqu'à leur complète évolution, il peut se produire que les incarnés soient en surnombre et menacent ainsi l'équilibre, qui risque de se rompre. C'est alors qu'apparaissent sur terre les fléaux pour faire contrepoids, puisque toutes les âmes, en sortant de la vie terrestre, commencent leur nouvelle migration, à quelque plan qu'elles doivent atteindre, par un séjour dans l'espace. Les permutations continuent ensuite entre les âmes libérées et celles qui sont encore incarnées. Les âmes dégagées regagnent petit à petit les sphères qui leur sont désignées [26].

Ainsi Max-Getting explique-t-il les catastrophes qui s'abattent sur nous. En outre, il répond à certaines objections soulevées par les tenants d'une seule et unique vie, et qui contestent la réincarnation en arguant du nombre toujours plus important des habitants de cette terre.

PIERRE MONNIER

Une thèse pourrait lui être consacrée, étant donné l'importance quantitative de sa correspondance posthume (cinq volumes déjà parus) et la portée qualitative de son enseignement.

Je connaissais déjà une notable partie des textes se rapportant à Pierre lorsque, par le plus grand des hasards, j'appris sa parenté avec ma filleule Catherine Maroger. Elle me fit accéder à la possession d'un vrai joyau, le propre choix de lettres effectué par celle qui les reçut : Mme Monnier. Ce choix a été fait après le 6 décembre 1922, date de la dernière missive ici publiée. Donc dans les quinze années qui précédèrent le 9 janvier 1937, ultime lettre de Pierre.

Je vais vous relater sa vie et tâcher de vous faire partager son enseignement.

Sa vie et sa manifestation posthume

Tout semble destiner Pierre à une situation sociale et mondaine brillante, dans la sphère intellectuelle, bourgeoise et parisienne qui était sienne en 1914. Ce descendant des maréchaux Molitor et Ney, beau garçon, est, comme l'écrit sa mère, « un fils profondément tendre, très droit, très studieux, et en même temps, le plus gai des camarades et le plus fidèle des amis ».

Il fait de solides études. Puis, après son baccalauréat de philosophie, mène de front licence en droit et École des hautes études commerciales. Il fait partie de ce que l'on appelle aujourd'hui la « Haute Société protestante », habite l'aristocratique quartier du parc Monceau, et se prépare à rallier le milieu familial des affaires. Tout l'y prépare. Tout l'y attend. Tout lui sourit.

Il est appelé sous les drapeaux au 46e régiment d'infanterie. Quand la guerre éclate, le 3 août 1914, il est sous-lieutenant à Fontainebleau. Immédiatement envoyé au front, il participe aux tout premiers combats puisqu'il est blessé, lors d'une charge à la baïonnette, dès le 30 août. Et sa blessure est suffisamment sérieuse pour nécessiter son transfert et son hospitalisation à Paris... où l'accueille sa mère. Comme beaucoup de femmes du monde de l'époque, Mme Monnier s'était en effet spontanément engagée comme infirmière bénévole pour toute la durée du conflit qu'on espérait courte.

Mais il est impatient de reprendre le combat. Il se considère – comme beaucoup de jeunes alors – « missionné » pour le triomphe du Bien et du Vrai. Il refuse donc le congé de convalescence auquel il a droit et rejoint le dépôt de son régiment, en Lozère, dès la fin du mois de septembre. Le 1er octobre, il reçoit sa feuille de route pour le front. Le 19, il est promu lieutenant. Je laisse de nouveau parler sa mère :

> Sa vie religieuse avait été simple et sincère ; une phrase la résume, il l'avait inscrite sur sa bible : « Voici ma lampe qui ne s'éteindra point, mais qui brûlera éternellement. »
>
> Sa vie de famille tenait tout entière dans sa tendresse pour ceux dont il était l'unique trésor sur la terre, et auxquels il ne donnait que des satisfactions et des joies. Durant sa courte existence, et pendant les

rudes semaines de sa vie de soldat, jamais il ne laissa passer un jour d'absence sans adresser au moins quelques lignes à sa « maman ».

Grâce à cette correspondance quotidienne, nous connaissons avec précision ses occupations de guerrier et ses préoccupations de chef. Quelques jours avant sa mort, il écrivait :

> L'humanité qui nous entoure est terre à terre, sans jeu de mots. On pense à manger, à dormir, à être autant que possible au chaud et au sec, à ne pas recevoir de mauvais coups, mais à en donner à ceux qui sont devant nous. Ce n'est plus de la vie, c'est de l'animalité où l'instinct irréfléchi a remplacé l'intelligence.

Et le 8 janvier 1915 arriva. Un « tireur d'officier », monté dans un arbre et muni d'une carabine de précision, à lunette de visée, tua le colonel, puis le commandant, puis le capitaine. Le commandement revenant alors à Pierre, celui-ci ordonna un nouvel assaut. Le « tireur d'officier » visa une nouvelle fois, et Pierre Monnier s'écroula, une balle en plein cœur.

Dans sa troisième communication, le 8 août 1918, il relate ainsi son passage : « Tout cela n'a duré que quelques instants... pas le temps d'avoir peur, je t'assure ! Le sentiment de la responsabilité... les décisions à prendre... la volonté de défendre mon poste quoi qu'il puisse arriver... Puis un grand choc dans la poitrine et dans la tête... comme un coup de poing qui m'aurait empêcher de respirer, mais non pas de crier mes ordres à mes hommes... puis un vertige... Puis plus rien ! pas même le sentiment de la chute... et soudain ta voix, ta voix désespérée qui appelait : “Pierre ! Pierre ! mon petit ! mon petit !...” »

On peut parfaitement imaginer le désespoir des parents devant la perte si tragique de l'unique enfant. Cependant, l'orthodoxie stricte de la croyance protestante dans la résurrection du dernier jour était trop vivace au cœur de Mme Monnier pour qu'elle s'abandonne à ce désespoir. Et je la laisse de nouveau s'exprimer :

> La mort ne peut rien contre un amour aussi spirituellement actif et fort ; je n'ai point senti de « brisure » dans notre tendresse, car jamais elle ne me fit défaut, même aux heures les plus déchirantes de la douleur maternelle.
>
> Un jour, dans le silence de mon cœur, j'entendis sa voix me dire : « Maman, prends un crayon... Ne pense à rien... Écris... » Et depuis lors, les messages de l'Au-delà me furent dictés quotidiennement, « parce que, dit-il, comment pourrions-nous laisser dans l'obscurité

les bien-aimés de la Terre ?... Comment ne point leur apporter le témoignage de l'amour immortel ? »

Ses premières lettres sont plus brèves, plus simples, très différentes de celles qui suivirent... l'instrument était encore trop faible et malhabile, mais « devait se perfectionner », affirmer la voix pressante du petit missionnaire d'amour, soucieux d'apporter la lumière et la consolation aux affligés par ignorance.

J'ai fait un choix parmi ces lettres très nombreuses qui traitent de sujets divers (théologie, philosophie, sciences), pour réunir ici, entre les plus douces, celles qui parlent surtout de leur bonheur, de leur tendresse, et qui font appel aux qualités les plus nobles de l'âme humaine. Je n'ai pas voulu supprimer les lettres du début, premiers balbutiements de la communion sainte entre mon cher petit et sa « maman ». Il les avait intitulées : « Initiation. » C'est ainsi qu'elles doivent être comprises.

Lui-même a choisi le titre qu'il me demande d'écrire en tête de ses lettres : « Je suis vivant !... Lettres de Pierre... soldat de France, soldat du Christ ! » Ces mots, qui expliquent sa mission, sont la plus exacte et la plus belle des préfaces. Puissent-ils retentir, comme une réponse céleste, aux angoisses et aux questions douloureuses de ceux qui pleurent » !

Comme vous l'avez compris, il s'agit là de la préface rédigée par la maman de Pierre, et dont je possède le texte manuscrit.

Tout ne fut cependant pas aussi simple que cela le semble à la lecture de ce qui précède.

Les réticences patentes

Je dois tous ces détails à Jean Prieur [38]. Il les tient de la toute première biographe de Pierre, Mme Stuart-Roussel.

Avant de se manifester par l'écriture automatique qui devait être par la suite, leur moyen de correspondance le plus évident, Pierre et sa maman, « communiaient par télépathie ». Comme le confiait Mme Monnier à Mme Stuart-Roussel :

> J'entendais en quelque sorte par intuition. C'était comme une pensée qui émanait de l'extérieur pour jaillir en mon cœur. Ce phénomène, quoique comparable à celui de ma pensée, était cependant très différent, et je sentais avec une absolue certitude que ces pensées n'étaient pas les miennes.

Bien sûr, elle en parla à son mari, qui ne la crut pas une seule seconde, persuadé qu'il ne s'agissait là que d'une manifestation morbide, hallucinatoire, dépressive. Il demeura cependant courtois quoique condescendant, ne cherchant pas à contredire ni à réfuter, convaincu que l'opposition était le plus sûr garant d'un enracinement névrotique.

Ce scepticisme affligeait profondément la mère et l'épouse, qui désirait faire ainsi partager une joie débouchant sur un réel bonheur, parfaitement compatible avec la stricte orthodoxie de leur foi. Elle se tourna vers Pierre qui lui répondit : « Il faut prier. Je prierai avec toi. » L'exaucement devait se réaliser trois années plus tard d'ailleurs. Nous verrons comment et pourquoi un peu plus bas.

Le 4 août 1918, Mme Monnier priait dans sa chambre. Elle eut pour la première – et pour la dernière fois – la perception réelle, « physique » de la voix de son fils. Comme elle en témoigne, il ordonne : « Maman, prends un crayon... » Elle regarde autour d'elle, cherche un crayon. En trouve un. Cherche du papier. Ne met la main que sur un petit cahier de comptes, qu'elle saisit. « Ne pense à rien, poursuit la voix de Pierre. Écris !... » Elle obéit. Et, sans hésiter, sans réfléchir, trace le premier message que voici, dans son intégralité sublime :

> Oui, c'est moi qui t'ai demandé d'écrire ; je crois que nous arriverons, par ce moyen, à communiquer bien plus facilement. Je suis si heureux chère petite maman, de pouvoir te parler comme autrefois...Je le faisais bien, mais tu n'entends pas toujours.
>
> Il y aura parfois des idées changées par ta conception des choses ; mais certainement, plus nous écrirons, plus cela deviendra rare. J'ai des amis qui correspondent ainsi avec les leurs. Ils me conseillent d'essayer, cela se perfectionne assez rapidement.
>
> Laisse ton esprit bien vide de tout ce qui peut te préoccuper...
>
> Il y a quatre ans ! Comme j'étais fier ! Fier d'être un officier, fier d'avoir l'exemple à donner à tous ces hommes, la plupart plus âgés que moi, mais qui m'obéissaient, non seulement avec confiance, mais avec empressement. Le « désir de se montrer à la hauteur de la situation » dominait parmi eux. Beaux soldats de France !
>
> Je me sentais une sorte de fièvre, d'impatience de me mesurer avec le danger.
>
> L'enthousiasme nous soulevait tous à un tel point que le sentiment de la défaite possible ne nous venait même pas. Au milieu de tous ces préparatifs et d'un peu de confusion, ta chère figure contractée m'apparaissait souvent. Petite maman ! Pauvre petite maman ! Chère petite maman ! Si courageuse dans ton silence et ton acceptation ! Cher papa ! que je sentais désolé de ne pouvoir partir avec moi – à ma place ! Oh ! mes bien-aimés, comme la pensée de votre souffrance me faisait mal ! Je l'éloignais, de peur de

m'affaiblir. Malgré tout, il était nécessaire de s'étourdir un peu, tu comprends ?

A demain, maman chérie. Je t'aime, chère maman ! Je t'aime, cher papa !

« Si cela était arrivé à une autre, déclara Mme Monnier à Mme Stuart-Roussel, je n'aurais ressenti, je l'avoue, que méfiance. J'étais par mes goûts si éloignée de tout intérêt occulte que je ne soupçonnais même pas que ces communications puissent exister, et la pensée d'en être moi-même l'objet me plongeait dans l'étonnement le plus absolu. Mais mon fils semblait trouver cette communication si naturelle que, bientôt, je m'y habituai aussi. »

Désormais, après s'être recueillie dans la chambre de Pierre, et y avoir prié, Mme Monnier prend un crayon, tâche de faire le vide requis dans son esprit. Et, chaque jour – ou presque – écrit sans rature, sans se relire, d'un seul jet, ce qu'elle « entend » intimement, confusément se former au fond d'elle-même. Elle montre chacun de ces messages à son mari, qui sent peu à peu son scepticisme entamé par la beauté et la haute tenue spirituelle des écrits qu'on lui propose. Il y trouve des connaissances théologiques et scientifiques qu'il sait être étrangères à sa femme. D'autant plus que celle-ci, afin de n'être qu'une « main obéissante », évite avec soin la lecture d'ouvrages d'occultisme et même de théologie. « Le pire des blasphèmes, dit-elle, serait pour moi de laisser croire que les paroles que je transmets viennent de moi et non de lui. »

M. Monnier finit par être convaincu de la réalité du phénomène. Il devient alors le propagandiste efficace de l'enseignement écrit de Pierre. Il consacre désormais son temps et sa fortune à publier les textes, morceaux choisis ou édition complète : deux mille huit cent soixante-dix-neuf pages en tout !

Et Mme Monnier, durant dix-neuf années, prie Dieu chaque jour pour que chaque communication ne soit *que* le fait de Pierre, et de la vérité que contient alors le message dont elle n'est que la scriptrice.

La dernière « lettre », date du 9 janvier 1937, et les derniers mots en sont : « Il n'y a plus d'ombre, plus de chemins obscurs... tout est lumineux par l'Amour et dans l'Amour. Courage ! Courage. »

Comme on peut s'en douter, ce fut, pour Mme Monnier, comme si Pierre venait de mourir une seconde fois. Ou, plus exactement, comme si une nouvelle séparation s'effectuait. Car, d'une part, tous les mots qu'elle-même avait tracés étaient des messages d'espoir et de certitude d'un « au-delà commun idéal » ; d'autre part, sa « communion » intime avec son fils a toujours continué, jusqu'en 1956 où elle partit le rejoindre.

Honnêteté objective de la scriptrice

J'ai indiqué plus haut combien Mme Monnier tâcha de s'abstenir de toute lecture susceptible d'influencer le comportement de « simple scripteur » qui devait être le sien.

A l'appui de cette détermination – et du respect avec lequel chaque communication fut accueillie et traitée – et il faut faire remarquer que Mme Monnier était protestante. Elle avait même été élevée par un pasteur. Or Pierre s'est parfois exprimé en des termes qui peuvent étonner les fidèles réformés :

> Vous avez un grand enseignement à saisir, en méditant sur la vie mystérieuse de la Vierge Marie qui, pour le salut du monde, apporta son cœur maternel en holocauste. Vous me comprendrez, ô mères... dont les tendresses furent déchirées par la guerre, mais qui, cependant, avez vu la glorieuse couronne de la mort magnifique auréoler les jeunes têtes... La mère du Christ, Elle, vit une couronne d'épines encercler le front de son Fils et la honte des criminels peser sur ses dernières heures de souffrance... et Marie traversa cela pour vous ! mais oui, pour vous ! Car si notre Jésus mourut par amour, c'est aussi cet amour qui brisa le cœur de sa Mère ! Il ne faut jamais oublier cette grande figure de la Vierge-Mère, la « servante du Seigneur » !... Elle connut la plus poignante des douleurs humaines, parce que des frères sont des pécheurs... [...]
>
> A quoi vous servent les révélations des inspirées : les prophètes et ceux que vous nommez les saints : un François d'Assise, un Augustin, une Thérèse, une Catherine de Sienne aux mains trouées par reconnaissance pour son Sauveur ! [...]
>
> Dieu sourit à la pluie de roses qu'une petite sainte Thérèse verse en grâces accordées sur les âmes humaines.

Et que penser alors de ce qui suit, avec sa question finale :

> Nous nous unissons à vos prières. Lorsque vous priez pour nous, des appels plus ardents encore s'élèvent de nos sphères vers le Dieu d'Amour et de Pardon. C'est bien le jour où la communion des saints se réalise de la manière la plus parfaite, la plus conforme à la volonté du Père des vivants, des vivants dans la chair et hors de la chair. Ce serait donc une faiblesse pour l'Église protestante de ne pas s'unir à ces demandes de secours et de bénédictions. Le salut peut être acquis après la mort. Pourquoi l'éducation protestante a-t-elle étouffé une vérité aussi nécessaire, et seule d'accord avec la justice de Dieu ?

Comme l'écrit Jean Prieur :

> Il est très important que Pierre et sa secrétaire n'aient pas été catholiques. Il est très important qu'ils aient grandi dans une religion qui n'a produit aucun phénomène tel que stigmates, lévitations, apparitions (bien que la Bible, dont elle se réclame sans cesse, en déborde), et qui n'a pour les mystiques que défiance et sarcasme.

Si le subconscient de Mme Monnier avait dû être à l'origine des messages, si ceux-ci avaient émané d'un contexte névrotique, sans nul doute auraient-ils dû revêtir les signes les plus évidents des enseignements traditionnels de l'Église réformée.

L'essentiel des messages

Si un mot devait résumer les quelque trois mille pages que forment ses messages, c'est bien celui d'*amour*.

Il n'est pas de page qui ne le contienne, et ce à de nombreuses reprises. Comme il l'écrit : « L'Amour est réellement la pierre angulaire. » Et il insiste : « Le Ciel est une radiation d'Amour et ses habitants spirituels une radiance d'Amour. » On ne peut mieux dire.

De ce contexte transcendant jaillissent les préceptes admirables, les définitions originales et profondes, nanties d'humour, de spontanéité et surtout d'authenticité.

Parmi toutes les révélations qui foisonnent, j'en constitue six groupes, artificiels, en vérité, parce qu'ils me paraissent présenter un intérêt plus particulier dans l'optique de cet ouvrage : la mort, bien sûr, puis, tour à tour, le passage lui-même, la conservation éternelle de l'être, la loi inexorable du karma, certains aspects de l'évolution biologique et, enfin, quelques considérations précises sur un futur scientifique assez prometteur.

La mort

Un fait est certain : il ne faut pas craindre la mort car elle n'existe pas :

> Vous ne mourrez pas ! Votre être spirituel subsiste au-delà du tombeau. La mort est une nouvelle naissance dans le sens suivant : l'âme qui habitait le corps charnel habite dorénavant le corps spirituel : c'est bien une nouvelle naissance.

La mort n'est rien ! La véritable vie commence de ce côté-ci du voile. La comparaison de la chrysalide et du papillon est exacte... L'insecte ailé ne regrette point la prison où il végétait avant le moment qui lui fit rejeter son enveloppe rudimentaire. Avancez donc, sans crainte et sans regret, vers la mort... vers la vie !

Qu'est-ce que la chair ? L'enveloppe du fruit appelée à périr, à se détruire... mais le germe vivant s'y cache et sera vainqueur de la mort.

Et je pourrais multiplier les citations...

Le passage

Il est facile, indolore, exaltant :

Si vous saviez ce que je cherche à vous faire comprendre : à quel point la mort est facile et dans quel monde lumineux, paisible, heureux nous arrivons quand le passage est franchi !

Et Pierre nous décrit avec plus de détails ce qui se produit :

Lorsque l'esprit quittera définitivement son enveloppe inutile, il ne sera pas aussitôt dégagé de la matière ; le sommeil sera nécessaire... sorte de gestation qui précède la nouvelle naissance de l'âme. Mais nous serons là, veillant sur ce sommeil avec la tendresse d'une mère, d'une infirmière vigilante, guettant chaque mouvement annonciateur du réveil, prêts à lui tendre les mains, le rassurer, lui faire comprendre qu'il est entouré d'amour, de bienveillance et de sympathie. Petit à petit les yeux spirituels s'ouvrent à la lumière. Le premier sentiment qui suit ce réveil est mélangé du regret de l'irréparable accompli (la mort). L'âme se souvient de tout ce qu'elle a quitté, de ceux qu'elle aimait sur la Terre, et ne se rend pas compte encore qu'elle n'en est pas séparée. Déjà, elle retrouve les bien-aimés qui l'attendaient, et qu'elle reconnaît : elle se sent accueillie avec une joie réconfortante ; l'ambiance de lumière et de sérénité la réchauffe, la rassure. La bonté de Dieu permet que le souvenir de ses fautes, de son péché, ne vienne pas la troubler dès son réveil. C'est peu à peu, progressivement, que l'âme coupable réalise quel bagage avarié elle porte avec elle. Il semble que ce soient les « charbons ardents » amassés sur sa tête par son Bienfaiteur méconnu, dédaigné et offensé, mais resté miséricordieux et aimant, qui graduellement font éclater son endurcissement.

Au premier abord, le Père, pour recevoir son enfant, envoie à sa rencontre les messagers de son amour. L'âme, dans son nouveau corps spirituel, s'éveille donc dans une atmosphère inconnue, où toutes ses aspirations semblent se délecter, comme les poumons après avoir respiré un air chargé de miasmes se dilatent au contact d'une brise pure et vive. C'est un soulagement, une sensation de contentement intense, intraduisible, et qui dure plus ou moins longtemps selon la volonté de Dieu. L'âme, ayant fait à ce moment-là l'expérience d'une joie infinie et incomparable, conservera le désir intense du retour d'un tel sentiment, que nous pourrions appeler la « possession de l'âme altérée d'amour par un Dieu qui seul peut la désaltérer ». Nous n'oublions jamais cette première impression de ce qu'est le *bonheur du Ciel* ; et c'est une grâce de l'amour divin ! car ce souvenir est le plus puissant stimulant pour nous aider à l'évolution indispensable au retour persistant de cette « volupté de l'esprit », si ces mots pouvaient s'associer.

Ainsi la première impression de l'âme à son réveil est le bonheur... bonheur sans mesure et sans ombre. Mais ensuite, la Terre, les affections de la chair s'emparent à nouveau de cette âme. Elle veut revoir les siens et chercher à les consoler, de la seule manière qu'elle eût connue : par des paroles, des gestes. Elle souffre de voir que ceux à qui elle voudrait prouver sa présence ne s'en rendent pas compte. Pourtant, lorsque ceux qui partent comprennent l'inutilité de leurs efforts, ils retrouvent promptement la paix ; s'ils peuvent pénétrer dans l'esprit de ceux qui les pleurent, « communier » par leur âme consolatrice et aimante, ils sentent, avec un soulagement et une joie sans mesure, le courant psychique s'établir ; ils s'en servent aussitôt pour apporter l'acceptation et l'amour à ceux qui souffrent de la pensée qu'ils sont « morts ».

La conservation éternelle de l'être

Pierre insiste bien sur le fait que notre être, éternel, ne subit aucune transformation majeure immédiate :

> La pensée ne change pas après la destruction du cerveau [...] nous sommes des voyageurs qui avons changé de continents, mais non de personnalité. [...] Je vous vois, je vous aime, je vous entends.

Et surtout, sur la pérennité de notre mémoire :

> Je me souviens de la lassitude de mon corps meurtri... de la soif... de ma souffrance sur les routes brûlantes et poussiéreuses. Je me souviens du verger plein de fruits, et de la grâce charmante de celle qui me fit la charité nécessaire d'un sourire de sympathie et de confiance !... Je me souviens de toute ma tendre anxiété pour vous deux, mes plus aimés... pour ma Patrie menacée, pour mes

hommes ! Et, devant ma faiblesse, je me souviens de mon désir de me montrer fort, digne d'être un exemple, qui se terminait par le balbutiement ardent d'une prière à ce Dieu que je n'avais si bien compris, à son Christ qui m'expliquait Son amour ! Et tout cela serait effacé ?... Vraiment, pourriez-vous concevoir le sens de la vie, la raison de notre séjour sur la Terre, si rien ne demeurait au Ciel de nos luttes, de nos défaites, de nos joies – grandes ou modestes – de nos amours délicates, de nos passions, trop souvent morbides, hélas ! Enfin, de tout ce qui forma notre personnalité, destinée à ne jamais périr ?

La loi inexorable du karma

La vie qui suit la mort est comme un champ où nous cueillons les fleurs que nous avons semées sur la Terre. Nous n'y plantons pas de fleurs *nouvelles* (réfléchissez bien à cela), ce sont toutes celles que firent naître nos semailles durant notre vie terrestre qui composent notre jardin céleste.

Ce que l'homme a semé, il le moissonne. [...]

L'âme ressuscitée demeure elle-même, responsable devant Dieu de toute son œuvre terrestre. C'est pourquoi elle comparaît devant le regard absolument pur et pénétrant du Christ. C'est pourquoi elle subira le jugement de l'humanité, qui souffre par elle dans la solidarité voulue de Dieu.

L'âme traverse les évolutions qui la conduisent à Dieu sans perdre aucune parcelle de son individualité spirituelle. Ce n'est pas une âme amoindrie de son passé, mais accompagnée de son passé, qui sort du tombeau où les frères ont couché sa dépouille, son enveloppe. L'âme ressuscite. Elle est elle-même, avec ses taches, ses fautes, ses ombres, mais aussi sa lumière, le bien accompli, les victoires remportées. Elle est elle-même avec ses haines et ses rancunes, hélas ! mais avec ses tendresses, sa fidélité, ses pardons !... Ce que vous semez, vous ne l'abandonnerez pas dans le tombeau, avec votre corps mortel. Ce que vous semez fait partie de votre âme et *ressuscitera*... ce qui signifie se « perpétuera » avec elle.

Certains aspects de l'évolution biologique

Pas un passereau ne tombe sans la volonté de Dieu. N'était-ce pas vous indiquer la valeur réelle, au point de vue de l'amour, que le Créateur accorde à toute vie née de son souffle ? Je te l'ai déjà dit : ces modestes amis si fidèles ne restent pas non plus dans le tombeau. S'ils n'arrivent jamais aux hautes sphères spirituelles, ils ont, cependant, ce que vous pourriez appeler un paradis qui est fait pour eux. Leurs évolutions les maintiennent toujours dans une place seconde, mais le fait nouveau de pouvoir communiquer leurs pensées est pour eux un incomparable bonheur. Le sommeil qui suit leur mort est d'ailleurs très court, car il y a pour eux une autre conception de la destinée. Ainsi, le petit chien dont, près de toi, j'ai assisté à la séparation du corps infirme, est déjà tout joyeux à mon côté.

Il insiste :

C'est notre ressemblance avec Dieu que n'atteindra jamais l'animal, malgré les partisans illusionnés de la métempsycose. Le chien, par exemple, qui est certes le mieux préparé aux émotions affectives, les ressent dans son âme sensible, mais primaire. Cependant le chien reste un animal jusque dans la vie supérieure où il pénètre à sa mort. »

Et il conclut :

A toutes les créatures, Dieu a donné une âme. Mais l'homme seul pouvait faire fructifier spirituellement cette âme, parce qu'il était esprit avant son stade terrestre.

Là, tout est dit, en effet.

Quelques considérations sur un futur scientifique assez promoteur

Épars dans les quelque trois mille pages de messages, se glissent beaucoup de considérations et d'affirmations scientifiques. Je ne puis pas en faire l'exégèse. Je me borne à en souligner quelques-unes.

Sur la pluralité des mondes

Ne croyez pas que Dieu ait créé une seule race. La terre est peuplée par les hommes, mais les autres mondes sont peuplés par d'autres races qui évoluent de leur côté.

Il y a bien des races créées : l'humanité est une des plus retardataires, comme il apparaît très vite, si vous considérez la véritable nature humaine privée de l'étincelle spirituelle qui, seule, la relève et l'ennoblit.

Sur l'origine de l'homme

L'homme n'a jamais été un singe, ni aucune créature inférieure. Mais, au moment de la naissance de la race, l'homme, comme toute la création, fut un être rudimentaire. Il a évolué, il évolue encore... Je t'ai déjà dit que l'humanité évoluait lentement au-dessus de l'animalité, dont elle avait pourtant toujours été distincte par essence. Lorsque l'homme que vous appelez Adam reçut le souffle spirituel de Dieu, il fut réellement le premier homme. Mais une ascendance avait existé, et cet être primaire qui précédait Adam avait peu à peu pris connaissance d'une forme toute-puissante qui le dominait : Dieu. La certitude de l'existence de Dieu fut autrefois la naissance spirituelle de l'homme en Adam.

L'origine de l'humanité n'est pas la terre, car le corps n'est pas l'être créé par Dieu, mais c'est l'esprit. Or l'esprit de l'homme préexistait, en Dieu, à la terre et à la chair.

Tout est vie

Rien de ce qui se meut n'est privé de l'animation vitale. Or tout se meut. Jusqu'aux forces enfermées dans les rochers de vos montagnes et que, par ignorance, vous laissez improductives. Ces indications doivent vous conduire vers de nouveaux champs de travail...

Tout vibre, tout gravite, tout est composé d'atomes divisibles à l'infini, animés chacun d'un mouvement méthodique, coordonné, réglé sur un rythme éternel, je le dis, éternel et sans variation.

Tout a servi. Tout sert. Tout servira.

La vie répandue comme un courant généreux et lui-même granuleux, dans tout ce qui vous entoure, que ce soit la matière solide ou les espaces, non plus vides pour vos regards confondus, mais parcourus par la vie immanente.

« *Tout ce que la science vous révélera...* »

Tout ce que la science vous révélera, c'est la matérialité de l'effluence spirituelle et la spiritualité de la matière... La matière a reçu la vie, comme l'esprit.

Et il prophétise :

Vous êtes sur la rive de grands océans inexplorés. Partant de la matière impondérable, vous traverserez des espaces aussi remplis de vie immanente que ce qui est infinitésimal... Vous vous emparerez des richesses insoupçonnées de l'infini qui vous entoure, dont vous ignorez tout puisque votre science est remplie d'erreurs... Vous pourrez, par des expériences de plus en plus précises, contrôler les gestes de l'universalité vivante. Vous pourrez changer le cours normal et la suite logique des méthodes divines... Vous irez bien plus loin encore : vous découvrirez en vous une puissance insoupçonnée et des possibilités merveilleuses d'influence consciente sur la destinée de la matière ambiante.

Vous ne connaissez pas encore la géométrie psychologique, les opérations de l'Esprit qui placent la valeur des nombres au-dessus de votre compréhension intellectuelle.

Mais il prévient :

> Une immensité peuplée de découvertes de plus en plus belles, parfois plus déconcertantes, s'ouvre devant la curiosité des chercheurs de la terre. Mais le terme de tout cela, je veux dire le point que vous ne dépasserez jamais, c'est la manière mystérieuse dont cet univers s'anime par la vie... Et ceci, c'est le secret de Dieu.

ROLAND DE JOUVENEL

Je ne possède pas l'intégralité de la correspondance éditée par Mme de Jouvenel. Tout ce que je connais de Roland provient du dernier livre de sa mère : *La Seconde Vie* [18], et des deux ouvrages de Jean Prieur, d'une part *Les Tablettes d'or, autour de Roland de Jouvenel et de ses messages* [37], d'autre part, bien sûr, *Les Témoins de l'Invisible* [38]. Cela représente cependant un assez grand nombre de documents pour pouvoir valablement parler de son enseignement, exceptionnel, lui aussi, de mysticisme et de spiritualité.

Je commencerai par relater la courte vie de Roland ; puis les nombreux signes quelque peu surnaturels qui ont marqué sa vie ; puis ceux qui ont précédé et accompagné ses communications ; avant d'en synthétiser le contenu.

Sa vie

Le milieu famial est celui de l'intelligentsia cossue de l'entre-deux-guerres. Son père est Bertrand de Jouvenel, philosophe et économiste distingué. Sa mère est Marcelle de Jouvenel, romancière d'un Paris mondain un peu conventionnel, et journaliste hardie qui n'avait pas hésiter à enquêter à la prison de la Petite Roquette, au Rio de Oro en pleine guerre de conquête espagnole, ou en Éthiopie près du négus, avant l'assaut final des troupes italiennes. Ils formaient un couple moderne et brillant, autour duquel gravitaient toutes les célébrités de l'époque : le père d'Arsène Lupin, Maurice Leblanc, sa femme Georgette Leblanc et le compagnon de celle-ci, le Belge Maurice Maeterlinck ; Rosemonde Gérard et ses deux fils Maurice et Jean Rostand ; Marcel L'Herbier, Pierre Lecomte du Noüy, Maurice Barrès...

Mais rien de mystique. Les Jouvenel ne pratiquaient aucune religion. Le mariage avait été civil. D'ailleurs le couple n'allait pas tarder à se séparer. Cependant, Roland était bizarre : il aimait aller prier à l'église Saint-Roch, près de son domicile. Et puis il avait des prémonitions. Comme l'écrit Jean Prieur [37] :

> Cela s'était passé sur une plage de Belgique. Soudain, Roland, qui avait quatre ans à cette époque, lâche sa pelle et son seau, court vers sa mère et lui dit tout à trac :
>
> – Maman, la reine est morte !
>
> – Allons, allons, ne dit pas de sottises, va jouer !
>
> – Je te dis que la reine est morte !
>
> Et le voilà qui retourne à ses pâtés. Le lendemain, les journaux annonçaient l'accident qui coûta la vie à la reine Astrid...
>
> Autre exemple de prophétie, mais cette fois c'est le monde invisible qui la formule à son sujet. Un jour, Marguerite Maze, une amie de sa mère, en visite à Saint-Germain, lui propose un bizarre jeu de société :
>
> – Tu vois, je dessine une alphabet sur cette grande feuille de papier. Je vais placer une main sur ce verre et le laisser glisser. Cela va composer un message.
>
> Elle pose sa main sur le verre qui, se promenant de lettre en lettre, ne forma que des mots sans suite. Roland à son tour voulut essayer. Le verre se mit en mouvement d'une allure décidée pour écrire rapidement : *Liaison spirituelle.*
>
> – Lésion spirituelle [*sic*] ? Qu'est-ce que cela veut dire ? demanda-t-il, frappé.
>
> – Ça ne veut rien dire du tout, intervint sa mère, très mécontente. J'ai horreur de ce genre de jeu. Tu ne pourrais pas trouver des distractions plus sérieuses ?

La guerre rapproche la mère et le fils. D'abord le couple s'est séparé. Marcelle a quitté Saint-Germain pour se réfugier en Corrèze. Pendant toute l'occupation, elle eut avec son fils une intimité qu'elle n'avait jamais connue, et qu'elle n'aurait probablement pas eue autrement. La guerre terminée, ils rentrèrent à Paris.

En 1946, Roland a quatorze ans, comme ma tante Renée. Un matin, il se plaint de la gorge. Et le mal empire. On parle de paratyphoïde, puis de syndrome méningitique. On hospitalise le jeune homme à l'hôpital Claude-Bernard. Mais, en dépit de tout, c'est la lente descente, désespérante. On suspecte une méningite tuberculeuse. Et Marcelle de Jouvenel met tout en jeu pour obtenir des États-Unis la toute nouvelle streptomycine, qu'elle ne reçut d'ailleurs jamais.

Cependant Roland sent sa fin approcher. Non seulement il ne se débat pas, mais encore demande-t-il un prêtre. Et je reprends là le récit de Jean Prieur [37] :

« Vite, Man, va chercher un prêtre ! Je veux communier. »

Étrange volonté de la part d'un enfant élevé dans la tiédeur. Marcelle de Jouvenel avait obéi sans conviction, et, quand le prêtre vint, elle était absente.

Une autre fois, dans les couloirs de l'hôpital Claude-Bernard, elle croise un religieux qui sortait de la chambre de Roland.

« Madame, je viens de passer un moment avec votre fils. C'est un prédestiné... Dieu le rappelle à Lui. »

La mère ne répond rien. Une sourde fureur gronde en elle. Qui a convoqué ce prêtre ? D'où sort-il ? De quel droit se fait-il l'interprète des desseins surnaturels ? De quel droit vient-il apporter un message de mort ? Elle n'a qu'une idée : fuir cet émissaire de malheur.

Et Roland ne semble plus aimer la vie. Il ne « s'accroche » pas.

Le 2 mai 1946, à six heures du matin, quand Marcelle de Jouvenel entra dans la chambre de son fils, elle ne vit que du blanc : son visage était aussi blanc que son col de chemise. Un rayon incolore tombait sur ce visage. Dehors, sur la barre d'appui, il y avait un pigeon. Impassible, il fixait le jeune homme. Impressionnée par cet oiseau immobile, elle n'osait plus avancer. Cette présence lui semblait un mauvais présage, mais, voulant espérer contre toute espérance, elle se dit que seules les chouettes étaient symboles de mort. Elle fit un pas vers le lit. Aussitôt le pigeon se mit à roucouler, puis, à tire-d'aile, il monta vers le ciel.

Si la mère, et même le docteur, se refusaient encore à la tragique évidence, Mme Champion, son infirmière, savait à quoi s'en tenir. Voici son témoignage : « La veille de sa mort, il avait les mains tendues, pendant au moins un quart d'heure. Sa figure était transformée, il voyait certainement quelque chose... J'avais beau regarder, je n'apercevais rien, mais je comprenais qu'il implorait Dieu. Ce jour-là, je n'ai rien dit à personne, sauf au docteur Bouvier qui faisait tout pour le sauver. Il adorait ce petit. Je l'ai appelé pendant le déjeuner. Il a vu les mains en haut, implorant quelque chose qu'il voyait. J'ai dit au docteur : « Ce petit ne passera pas la journée. » Il m'a répondu en riant : « Mais nous allons le guérir. » Je lui ai dit : « Les docteurs font des ordonnances, donnent des médicaments, mais ne connaissent pas les symptômes de la mort. » L'après-midi, le docteur était sorti. Il m'avait dit de lui faire une piqûre de solucamphre si son pouls passait à 150. J'ai fait la piqûre et, à sa gouvernante qui était au pied du lit, j'ai dit : « Le petit Roland se meurt ! » C'est alors que je vous ai fait venir près de son lit, disant qu'il vous appelait. Il ne pouvait plus le faire lui-même. Si vous vous rappelez, il eut un râle, dans la poitrine... Vous vous êtes écriée : « Il a attrapé une broncho-pneumonie ! » Je vous ai répondu : « Ce n'est pas cela, madame, ce sont les derniers moments... »

Et Jean Prieur reprend :

L'enfant s'est immobilisé dans un étrange recueillement, comme s'il avait choisi lui-même sa dernière attitude, comme s'il allait dormir jusqu'à la fin du monde. Il ressemble à un gisant. Ses mains tiennent un bouquet de muguet offert par Emmanuel Berl. Toujours lucide, il ne parle pas, il ne peut plus parler. Tout ce qu'il peut faire, c'est caresser les fleurs... Brusquement, les mains trop maigres, trop blanches, lâchent le muguet...

Dans un autre ouvrage, Jean Prieur relate que Roland, ce même 2 mai 1946, émerveillé, voyait venir à lui sa grand-mère, morte depuis deux ans, et « qui venait l'emmener ».

Survenue étrange de ses communications posthumes

Je laisse toujours Jean Prieur s'exprimer [38] :

La révolte de Marcelle de Jouvenel prit au départ la forme de la révolte contre Dieu : s'il existe, c'est Lui qui frappe, c'est à Lui qu'elle doit s'en prendre. Il lui apparaît sans amour et plus dur encore que les hommes qui eux au moins, ont l'excuse de ne pas savoir ce qu'ils font. Ce qui vient des hommes est mauvais, ce qui vient de Dieu est pire. Quant à l'immortalité, ce n'est qu'un mythe inventé par notre désespoir.

Alors monta de ses profondeurs la question terrible, la question qui fait vaciller sur leurs bases toutes les théologies, toutes les philosophies : Pourquoi ? Pourquoi ?

Silence en elle et autour d'elle. La réponse devait lui être fournie par Roland lui-même, mais beaucoup plus tard...

Après la période de révolte vint la période de remords : « Ai-je eu raison de l'emmener à l'hôpital ? N'aurais-je pas dû protester quand on cessait de le nourrir, pour le bourrer de morphine ? Et avant sa maladie, n'aurais-je pas dû m'inquiéter davantage ? au lieu de lui répondre : tu t'écoutes trop, quand il se plaignait d'être fatigué... Pourquoi aimait-il si peu la vie ? S'il l'avait mieux aimée, il s'y serait accroché. Au lieu de cela, il s'est laissé mourir. »

Elle aussi se laisse mourir. Elle reste couchée, n'ouvre plus ses volets, oublie de manger, ne répond pas au téléphone, ne compose jamais un numéro...

La descente aux enfers continue... Marcelle de Jouvenel retourne en elle la pensée du suicide. Elle espère qu'à force de ne rien vouloir, qu'à force de ne rien faire, la vie finira bien par s'éteindre. Comme la mort lente ne vient pas, elle songe à la mort violente. Elle se lève, elle va à son balcon, elle ouvre la fenêtre, elle est au quatrième étage, elle n'a qu'un geste à faire. L'attraction vers le bas est de plus en plus forte. Et en cet instant, elle comprend les suicidés. Elle se sent, comme eux, tirée vers le vide. Elle entend, comme eux, cet appel d'en bas. Entre le lit et la fenêtre, il n'y a plus qu'un tout petit espace. Elle veut le franchir, elle est poussée à le franchir.

C'est alors qu'elle sent une main invisible se poser sur son épaule et la retenir avec autorité.

D'autres manifestations allaient suivre : l'attraction vers le haut commençait.

Le deuxième phénomène étrange se produisit à Saint-Roch, dans la petite chapelle où se trouvait le corps de Roland. Là, au-dessous d'une croix de marbre, on peut lire : « Je suis la résurection et la vie. » Marcelle de Jouvenel s'y était rendue comme chaque jour pour y porter des fleurs, le plus de fleurs possible. Cette fois, elle était accompagnée de Marguerite Maze. Elle se disait : « Il faut que je l'entoure comme s'il était vivant. » Au moment précis où cette pensée la traverse, deux craquements éclatent à l'intérieur du cercueil, comme des coups de tonnerre. Est-ce une réponse ? Ces deux coups ont été frappés avec tant de puissance que Marcelle de Jouvenel croit que le bois est rompu et que Roland va surgir. Son amie, folle à la fois d'épouvante et de joie, se jette dans ses bras et crie : « Il est vivant ! Il est vivant ! »

Une autre fois, dans la chapelle de la Résurrection et de la Vie, les flammes des cierges se mettent à danser, à crépiter bruyamment. Elles filent, s'étirent, s'élancent, deviennent longues comme des épées. Au bout de quelque temps, la féerie cesse, les cierges peu à peu s'éteignent. Un seul pourtant brûle encore. Marcelle de Jouvenel pense : « Qu'il diminue et se rallume trois fois pour que je croie au surnaturel ! » Le cierge obéit. Un grand tremblement la traverse. Mais elle ne croit pas pour autant.

Toutefois, la révolte avait cessé dans son cœur. L'acceptation de la mère succédait à l'acceptation du fils, car Roland, conscient de sa mort, avait consenti. Bien plus, il avait compris qu'il ne devait pas s'attarder sur cette terre. Il avait dit avant sa fin : « Maman, il faut que je te quitte pour aller ailleurs. » Dans cet ailleurs, l'attendait une tâche immense : étabir entre le visible et l'invisible des liaisons spirituelles.

Une amie, la mère d'un camarade de Roland, nommé Pierre H., conseilla à Marcelle de Jouvenel de prendre un crayon et de laisser courir sa main. Elle refusa longtemps : tout ce qui ressemblait au spiritisme lui inspirait épouvante et méfiance. Puis, excédée par l'insistance de Mme H., qui téléphonait presque chaque matin, elle se décida. « Comme cela, pensa-t-elle, je pourrai lui dire que rien ne s'est passé... et elle ne ne tourmentera plus. »

Elle prend un bloc et un crayon. Sa main, comme traversée par un courant électrique, commence à écrire d'une grande écriture penchée, qui est exactement le contraire de la sienne. Mais ce n'est pas non plus l'écriture de Roland. Elle écrit ainsi d'une façon détendue et régulière, sans rature ni hésitation, elle qui a toujours eu tant de peine à trouver la formulation exacte.

Quand sa main s'arrête, elle peut lire ce qui suit : « Puisque tu me demandes de venir, me voici ! Ne te désole pas. Je suis là, tout près de toi. Je t'aime. Tu vas être heureuse. Continue pour Franck, cela me fait plaisir. »

Franck est un soldat américain qui fut le premier camarade de Roland et qui avait montré le plus grand dévouement lors de sa maladie. En automne 1946, il était interné par les autorités américaines en France, parce que, au moment de sa démobilisation, il n'avait pas regagné les U.S.A. Anéantie par son chagrin, Marcelle de Jouvenel, n'avait pas eu la force d'entreprendre les démarches qui devaient obtenir sa libération. Elle avait juste passé quelques coups de téléphone qui demeurèrent sans résultat.

Le lendemain de ce premier message, un officier américain se présente rue de Rivoli. Il cherche un appartement à louer, mais comme il n'a pas de mot d'introduction, Marcelle de Jouvenel se montre très réticente, très froide. Elle a hâte de voir les talons de ce visiteur importun. Au moment où il va prendre congé, elle lui demande :

– Ne connaîtriez-vous pas, par hasard, un Américain influent qui pourrait sortir d'ennui un de vos compatriotes ?

– Peut-être, madame. Quel est le nom de votre protégé ?

– Franck K.

– C'est moi qui le juge.

Désormais Franck pouvait être sans inquiétude : sa libération était en bonne voie.

C'est l'histoire, heureusement, miraculeusement terminée du jeune soldat américain qui emporta les dernières réticences de Mme de Jouvenel. En effet, malgré les trois étonnantes manifestations qui avaient précédé, cette Normande, qui était le contraire d'une mystique, continuait à douter. D'un tempérament foncièrement méfiant et réaliste, elle ne parvenait pas à croire, en dépit des grâces exceptionnelles qu'elle avait reçues. Pour qu'elle crût enfin à la présence agissante et concrète de son fils, il avait fallu que l'officier chargé de juger Franck vînt sonner à sa porte. Il avait fallu surtout que cette visite lui eût été annoncée la veille par Roland...

Encouragée, émerveillée, elle continue donc à écrire chaque soir sous la dictée de son fils qui est aussi son enseignant. Les rôles sont alors inversés. C'est lui qui désormais harcèle sa mère. C'est lui qui lui reproche de ne pas travailler suffisamment, de négliger telle étude qu'il lui avait recommandée. C'est lui qui prend en main sa conversion et son évolution spirituelle.

« Chacun sur terre doit toujours forger sa vie future, car la vie éternelle n'est qu'un prolongement. Dis-toi que ta vie humaine n'est qu'une racine en terre, un grain dans l'argile, et que ton éclosion sera au Ciel. »

Jean Prieur a très bien connu, sinon tous les « acteurs » de ce drame humain, du moins la scriptrice [37]. J'ai strictement recopié de larges extraits pour être certain de ne rien trahir de l'extrême réserve – pour ne pas dire plus – de Mme de Jouvenel devant ces manifestations.

La nature profonde de l'esprit humain est de toujours nier ce qui est trop simple, trop beau, trop clair. Et ce n'est pas la contemplation du monde dit « scientifique » qui modifie cette constatation.

Comme toute âme intransigeante, Mme de Jouvenel fut toujours très troublée par les critiques et mises en garde de toutes sortes. Roland la rassura en ces termes définitifs :

Maman, tout ce que l'on te dit sur nos relations n'a pas plus d'importance qu'un peu de vent. Tu dois considérer cela comme l'épreuve indispensable. C'est maintenant que ta qualité va se révéler. Si tu résistes aux efforts des hommes qui veulent te démontrer que seul ton subconscient est en jeu, il sera évident que tu auras triomphé des courants perturbateurs qui s'attachent comme la lèpre à tout ce qui dépasse l'entendement humain... Mais la qualité, d'où vient-elle ? Toujours de la matière ? Et le génie, et la sainteté, d'où viennent-ils ? Et en toi d'où vient cette abondance de réflexions pures ? Du « subconscient » disent les incrédules. Et pourquoi auraient-ils davantage raison que moi qui te dis : « Maman, c'est ton fils qui te dicte tout ce que tu écris. » Tes pensées touchent le ciel, et c'est sur ces rayons de vibrations que je peux laisser glisser mon propre esprit. Ondes spirituelles que tu captes, parce que ta douleur t'a mise en état de réceptivité céleste. Les incrédules n'expliquent rien puisqu'ils évoquent un état de subconscient, sans arriver d'ailleurs à définir ce qu'est le subconscient !

Ce religieux t'a dit : il y a trois hypothèses pour identifier l'origine de vos communications :

– la première se rattache à la théorie du subconscient ;
– selon la deuxième, vous interprétez l'inspiration de Roland ;

– selon la troisième, Roland lui-même s'exprime.

Que les hommes réfléchissent ! Comment peuvent-ils définir le plan où plongent les racines de l'inspiration ? Ne reçois-tu pas des directives contraires à tes désirs ?

Conclusion : je conduis ta pensée et tes actes en dehors de toi.

L'essentiel des messages

Si Paqui parle d'espérance et de sérénité après la souffrance, si Pierre est le chantre de l'amour rédempteur, Roland me semble poète des Sphères sublimes de l'au-delà. Mais aussi précepteur consciencieux et volontiers tendrement morigénateur. Ainsi :

> Je ne puis être sans cesse à ta disposition. Il est préférable de t'en tenir aux heures de conversation matinales ou nocturnes. Dans le milieu du jour, je suis occupé. [...]
>
> Comment veux-tu que ce soir nous traitions de grands problèmes, puisque tu n'as fait aucune étude préparatoire ? Sur terre, tu n'oserais pas te présenter devant un maître avec une connaissance si mince des sujets mis en question. [...]
>
> Si tu étais moins fatiguée, je te dirais beaucoup de choses. Remettons encore notre conversation. Je m'en vais. Le bavardage est absolument défendu ici.

Et toc !

Je divise l'essentiel des messages dont j'ai eu la connaissance en sept sections. Les quatre premières nous sont habituelles puisqu'il s'agit de l'amour, de la mort, du passage et, enfin, de la loi inexorable du karma. Nous étudierons ensuite certains enseignements très importants puisqu'ils traitent d'abord du corps animique ; puis de la qualité vitale qui emplit tout ; enfin de l'importance absolue du psychisme.

L'amour

Roland emploie la même curieuse définition que Pierre Monnier puisqu'il dicte : « L'Amour est la pierre angulaire de toutes les constructions célestes. » Il insiste : « Redis cette parole à tous ceux qui se croient déshérités humainement : des flots d'amour les attendent au Ciel. » Et il ajoute : « L'amour divin est ce brasier intérieur qui s'allume aux étoiles et réchauffe votre misère. Il est ce qui vous perpétue à travers l'infini. Il est ce feu qui brûle vos mauvaises herbes. »

Il rappelle ce que furent ses derniers moments, en ces termes : « Nous avions encore un jour à vivre ensemble... Le monde chancelait en moi. J'avais réalisé que je te quittais, puisque je te parlais de notre séparation. Je n'avais plus la force que de penser à toi, car tout se brouille au moment de la mort. Sauf le sentiment de l'amour, parce que l'amour divin déjà frissonne en nous. Ce qui nous sert de transition avec la section suivante.

La mort

Elle n'est pas douloureuse : « La mort, lorsqu'elle est attendue et préparée, ne peut signifier qu'une sensation de dégagement, de libération et d'envol qui vous projette à la cime des points ultimes de vos extases les plus hautes. » Il ajoute : « Notre âme est encore reliée aux vibrations de notre corps. Nous ne sommes pas complètement séparés de notre enveloppe. Donc c'est une très grande aide que notre dépouille soit bien. » Il prévient : « C'est dans la qualité de tes pensées que tu seras projetée dès l'instant de ta mort », ce qui nous fait irrémédiablement penser aux errances du *Bardo Thodol*.

Le passage

Pour mieux nous faire comprendre la réalité du passage, Roland nous propose l'exemple du phalène qui « trace des routes dans la nuit afin d'aboutir dans la clarté. Ces chemins sont les mêmes que ceux que nous avons à parcourir après la mort. » En effet :

> Nous arrivons tout de suite dans une sorte de bulle close. Nous sommes emportés dans l'espace, comme des nuages dans l'ombre d'un soir obscur. Sans ligne de conduite, ayant perdu le sens de l'orientation, nous voletons dans des nuées, toujours sans rien connaître. Cela est notre première étape. Puis peu à peu nous apprenons à discerner les courants divins. Et des routes célestes s'ouvrent à nous. La première couche qui surplombe le monde est comme un ciel entier à parcourir.
>
> Cet espace est sillonné de comètes. Nous sommes tout dépaysés dans l'inconnu de cet univers. Sans ailes ou presque, nous voltigeons dans cet éther, aussi maladroitement que des oiseaux nouveau-nés.
>
> Péniblement, nous visons des courants supérieurs que nous ne pouvons pas toujours atteindre, et nous retombons. Puis l'aube

céleste se lève pour nous. Des rayons de plus en plus clairs nous apparaissent. Et nous reconnaissons les voies triomphales qu'il s'agit d'emprunter pour arriver jusqu'à Dieu. Alors la féerie des choses surnaturelles commence... Mais nous sommes encore loin de Dieu, aussi loin que le soleil l'est de la terre. Nous éprouvons la chaleur divine, mais nous ne pouvons regarder la lumière en face : nous ne sommes qu'au royaume des anges. Bienheureux ceux qui, par leurs vertus, ont pu échapper au royaume douloureux, car l'ascension de la vie surnaturelle pour eux commence.

Car, bien sûr, l'inexorable loi du karma existe aussi pour Roland. Nous allons immédiatement l'étudier.

La loi du karma

Il le dit très nettement à Marcelle de Jouvenel :

Le voyage de l'Au-delà est long. Sois prévenante ! Emplis tes mains du pain des anges, sinon tu mourras de faim. [...] Tout l'acquis sert ici. [...] Le paradis, pour chacun, ressemblera à son paradis intérieur puisque, de l'autre côté de vous-même, c'est encore vous-même. Vous n'échapperez pas à votre entité. Tu portes, dans ta pensée, l'infini de tes facultés et la possibilité de vivre ou de mourir pour l'éternité.

Si vous gagnez votre vie avec vos mains, vous gagnez votre éternité avec vos pensées. Accrois chaque jour le champ de tes ravissements, car après ta mort c'est en eux que tu entreras. Le point que tu auras atteint sur terre sera ton point de départ pour ici.

On ne peut pas, je crois, mieux dire.

« Pour ne pas avoir trop froid quand tu quitteras la terre, il faut que ta vie intérieure soit torride », ajoute-t-il.

Du corps animique

Roland en parle en effet. Il dit à sa mère :

Quand tes ferveurs seront arrivées à mon plan, ton enveloppe mortelle périra et tu entreras dans ton corps glorieux. C'est ce corps glorieux qu'il faut construire, jour après jour, étape après étape, point par point, comme on brode une tapisserie.

Qu'est-ce que ce « corps glorieux » ?

C'est cet hôte invisible, fait de vibrations, cette sorte de nébuleuse humaine. Ton double est cet impondérable autour de toi, teinté mais invisible. Voilà pourquoi je te dis sans cesse de travailler à la perfectionner, car c'est lui qui doit te survivre.

Tu dois travailler sans cesse à purifier ton double, c'est-à-dire la partie de toi-même qui communique avec les plans supérieurs.

Nos pensées et nos actions sont de la plus haute importance pour l'édification du double. Si elles sont mauvaises, elles le mettent en sang, elles le couvrent de plaies.

Le ciel ne s'infiltre pas en vous par l'un de vos cinq sens, mais au contraire par l'ultime pointe de votre cerveau. Le cerveau-matière est pourvu parfois de cellules assez fines pour capter des vibrations surnaturelles... La pensée, cet impondérable céleste que tu as en toi, est le seul instrument que tu possèdes, avec ton double pour forger ton futur.

L'âme universelle

Roland retrouve tout naturellement les conceptions énergétiques de la triple constitution humaine et des rapports du corps animique de chacun avec l'universalité. Il dicte :

> La coordination qui règne dans le corps humain est, en réduction, la coordination qui devrait régner entre vous et l'universel. Vous êtes une partie du tout, comme vos mains et vos pieds sont une partie de votre être. L'union règne dans le corps parce qu'aucun de vos membres ne tend à une vie propre ou a des divergences. L'aliment absorbé se répand dans l'organisme pour le bien de l'ensemble. Cette harmonie parfaite devrait exister dans votre conception du monde astral, et ainsi vous prendriez davantage conscience que vous êtes les organes de l'âme universelle.

Là encore, peut-on être plus clair ?

Et plus laconique que dans cette phrase sublime : « L'homme n'est jamais moins seul que lorsqu'il est un. »

La « surconscience »

A la différence des autres entités dont j'ai pu connaître les messages, Roland s'est beaucoup préoccupé du psychisme et des voies nouvelles susceptibles d'être appréhendées par l'homme dans un relativement proche avenir. Il affirme :

> La science sera le véhicule emprunté pour redonner au monde l'idée que l'impensable est une réalité... La science pure en ses prolongements les plus hauts peut parfois expliquer le monde invisible. Déjà les savants ont prouvé la dématérialisation de la matière ;

magiciens sans le savoir, ils ont surmonté des difficultés incroyables, dissocié l'atome, conçu la réalité d'une substance intermédiaire entre le corps et l'éther. Mais ils n'étendent pas leurs recherches à l'âme et ne font pas porter sur elle leurs investigations... L'analyse des radiations lumineuses, l'attraction des particules de la matière les captivent plus que celle du rayonnement fluidique de l'homme. [...]

Le principe de l'antimatière est peut-être la plus grande découverte de l'époque car, psychologiquement, elle vous met en présence d'un nouveau postulat qui vous fait entrevoir ce que peut être l'anéantissement de la matière. Deux tourbillons qui s'annihilent et vous voici en présence de ce que vous appelez « l'antimatière », c'est-à-dire de rien. Mais, au-delà de cette apparence de néant, les savants d'un autre âge, munis d'autres microscopes, arriveront à déceler quelque chose. A l'intérieur de ce zéro absolu, une superstructure foisonne.

Et il applique tout de suite ce postulat : pour lui, il existe deux types de pensées. Tout le monde connaît la première, la pensée « commune », que chacun possède, qui « monte de la terre », explique – ou tâche d'expliquer – le monde créé. Et puis, il y a une autre pensée, qui descend, elle, des sphères supérieures. C'est la « superconscience ». Elle est en relation avec le plan divin, dont elle peut irradier des bienfaits ici-bas.

Nous pourrions aboutir à cette superconscience, et parvenir à une action irréfutable sur la matière. Comme il le dit : « Les êtres qui vivent au niveau de l'ultra-conscience ont des émergences qui se répercutent sur le plan concret. Leurs esprits influent sur la matière d'une façon parfois si éclatante que l'on pourrait dire qu'ils ont une sorte de pouvoir hypnotique sur la marche des événements. » Il a réveillé sa mère, dans la nuit du 22 février 1968, pour lui dicter : « Ceci est très important : sache que la pensée peut influencer la matière. Cela finira par être découvert par la science. » J'aurai à revenir longuement sur cette phrase. Elle résume en effet tout ce que sera un très prochain ouvrage.

Pour l'instant, ajoutons, pour terminer, deux citations, car je les évoquerai, et surtout les développerai, dans notre seconde partie :

– « Dès l'instant où vous faites entrer la notion de mouvement dans la structure psychique, votre champ de connaissance s'élargit car, dans l'invisible, tout est relié à la vitesse. Il vous est donné de voir un champ de coquelicots et il ne vous est pas donné de voir un champ d'atomes. Il vous est donné d'entendre le sifflement d'une balle et il ne vous est pas donné de la distinguer. Pourquoi ? Parce que sa rapidité est trop grande. Une hélice qui tourne devient invisible à partir d'une certaine accélération. Vous ne voyez pas les pensées en raison de la vitesse de leurs vibrations. »

– Et : « Chaque intelligence a sa longueur d'onde. »

RENÉE BOURDIOL

Ma tante n'a jamais fait parvenir le moindre message écrit. Mais elle m'est apparue une fois. J'aurais pu ainsi l'évoquer dans le chapitre qui suit. Je préfère rappeler sa mémoire dès maintenant :

– d'abord parce que sa fin rappelle sur beaucoup de points celle de Roland de Jouvenel ;

– ensuite parce que je ne suis pas très sûr de ne pas ressentir son influence posthume.

Sa vie

Renée est née le 30 juin 1909. Elle était plus jeune de quatre ans que mon père.

Je ne sais en réalité que fort peu de choses authentiques sur sa vie. La légende a certainement beaucoup doré les nombreuses évocations de bonté, de piété et des qualités « exemplaires » que mes grands-parents évoquaient en toutes occasions où mon frère et moi devions faire preuve de quelque mérite particulier. Les lettres que, pensionnaire, elle écrivait – et qui furent, toutes, pieusement conservées – font effectivement preuve de gaieté, d'une certaine aptitude à excuser autrui... et d'une orthographe réellement « exemplaire ». Propriétaires terriens près de Mostaganem, en Algérie, mes grands-parents avaient placé très tôt en pension leurs deux enfants. Ainsi mon père, fut-il, dès l'âge de sept ans, interne au lycée d'Oran. Ma tante, elle, alla chez les sœurs trinitaires.

En revanche, j'ai bien connu l'abbé Carmouze, curé de Rivoli à l'époque, qui lui fit faire sa première communion, qui lui donna l'extrême-onction et qui présida à son enterrement. Il m'en a toujours parlé comme d'une enfant très douce, très pieuse et très attachée aux animaux. Elle possédait d'ailleurs une colombe apprivoisée...

Nous sommes donc au tout début de février 1924. Ma tante tombe brusquement malade. Trois faits sont certains, car corroborés par tous les témoins et même deux médecins, qui me les relatèrent :

– d'énormes crises sudorales dans un tableau fébrile et très rapidement stuporeux, mais avec

– crises de toux et d'étouffement de plus en plus rapprochées et fortes ;

– et périodes d'angoisse, voire de délire avec visions cauchemardesques.

Mes grands-parents sont atterrés. Cinq médecins se succèdent au chevet de leur enfant de quatorze ans, qui lutte de toutes ses forces contre la mort. Elle en a peur, d'ailleurs, comme l'indique la plaquette qu'ils firent éditer, par la suite, sur ses derniers moments, ce qu'elle demanda expressément.

Cinq jours seulement après le début de la maladie, arrive le 12 février funeste. La journée a été très dure pour Renée, entrée en agonie, avec des crises de suffocation ou de délire la faisant émerger d'un état semi-comateux. Soudain, à sept heures du soir, le surprenant « mieux de la fin » se manifeste : jusque-là prostrée dans son lit, elle se redresse, transformée, radieuse. Elle lève la tête, tend les bras et, décrivant sa vision soudaine, s'écrie : « Ô le Ciel... ! Ô la Sainte Vierge !... Ô Jésus ! Ô grand-mère (décédée quatre mois plus tôt) ... Je vais mourir ! Oh que je suis heureuse ! »

Le tableau, dès lors, se transforme. Les témoins sont formels : durant l'ultime quart d'heure, Renée « passe en revue » tous ceux qu'elle a connus et aimés dans un ultime message d'adieu, d'espoir et d'amour. Près d'une quarantaine de personnes sont là, en effet !

Elle avait toujours manifesté une particulière dévotion pour la petite sainte Thérèse de l'Enfant Jésus. Sa dernière pensée est pour elle. Et ce sont ses dernières phrases : « Je vais la voir au Ciel ! Que je suis contente ! Maman, donne-moi son image pour l'embrasser !... Peut-être ne vais-je pas mourir ? » Et, après quelques secondes de réflexion, elle reprend : « Oui, je veux mourir. Vite, vite, que je meure ! C'est trop beau le Ciel ! Je vais compter jusqu'à trois : un... deux... trois... Il est si bon de savoir mourir. »

Et l'épisode de Colombine. Colombine était la colombe que ma tante avait apprivoisée. Elle avait l'habitude de dormir dans sa chambre, sur un perchoir. (J'y pense brusquement : peut-être ma tante est-elle morte d'une psittacose, cette pneumopathie aiguë, et souvent mortelle, dont le germe est, justement, transmis par les perroquets – d'où son nom – et les pigeons !) Durant sa semaine de maladie, Colombine avait été reléguée dans la chambre de mon père. Mais ma tante l'avait réclamée. Colombine assista ainsi à ses derniers moments... comme pour Roland de Jouvenel. Elle vola au-dessus du cortège funèbre, se posant même, une fois, sur le corbillard. On put encore la voir perchée sur la croix du caveau funéraire. Elle y resta, sourde aux appels réitérés auxquels elle répondait toujours, pourtant. Et personne ne la vit plus jamais.

L'influence de ma tante

Il est dur de porter prénom et nom d'un être considéré comme « saint » par toute une famille et une litanie de proches et d'amis. Ma vie fut sans cesse confrontée à l'exemple de ma tante.

Mon grand-père ne se remit jamais de la mort de sa « petite Renée ». Il en porta le deuil toute sa vie, dormant chaque nuit dans la chambre où tout était strictement conservé, comme au matin de ce 12 février 1924 ! Il se réfugia dans son travail. Il n'admettait que très difficilement les manifestations de joie trop intenses, allant jusqu'à couper l'électricité lorsqu'il jugeait que notre électrophone était trop bruyant.

Je passai mon baccalauréat et décidai alors d'entreprendre ma médecine. Sitôt rentré d'Oran pour mes ultimes grandes vacances de lycéen, j'eus la surprise d'être conduit par mon grand-père devant la bibliothèque arabe de son bureau, sempiternellement fermée à clé et dont, durant toute notre jeunesse, mon frère et moi n'avions pu que deviner certains dos de livres rangés côte à côte, derrière la vitre verte grenue. Mon grand-père me remit cette clef et me dit : « Tu peux tout lire, maintenant ! » Et il s'en fut.

Je n'attendis guère pour ouvrir, le cœur battant, cette fameuse bibliothèque... qui contenait l'après-vie ésotérique, de Papus à Allan Kardec, en passant par Flammarion, Graux, voire un curieux bouquin d'Henry Bordeaux, reportage sur les visions qu'avaient eues des mères de leur enfant tué durant la Grande Guerre.

Mes premières séances de spiritisme, tables tournantes et écriture automatique suivirent tout naturellement ces lectures. Je n'en parlai pourtant jamais avec mon grand-père... qui ne m'en dit jamais rien non plus. Mais, à dater de ces jours-là, une sorte de connivence exista entre nous deux, dont j'ai, surtout maintenant, une conscience plus aiguë.

Mais je n'eus jamais de communication – ni ne cherchai à en avoir – avec ma tante Renée. Sauf une fois où je la vis, à Paris, rue du Cherche-Midi où je logeais alors. Je me réveillai en pleine nuit, sans cauchemar, comme on se réveille le matin, tout naturellement. Mais avec l'impression, la certitude obscure d'une présence. J'allumai et je la vis, assise au bord de mon lit, me regardant en souriant.

Sans cesser de sourire, elle se leva, fit lentement le tour du lit et disparut dans l'encadrement de la porte. Ahuri, je me levai... mais j'étais bien seul.

A cette même heure mourait à des milliers de kilomètres de chez moi mon arrière-grand-mère, « sa » grand-mère maternelle, et non l'autre, la paternelle, qu'elle avait vue venir l'accueillir lors de son agonie.

Je pus cependant décrire la tenue vestimentaire de mon apparition, que je « savais » être ma tante Renée, à un membre de ma famille, alors présent à Paris, et qui l'avait vue sur son lit de mort : il s'agissait bien de la tenue mortuaire dont on l'avait revêtue.

C'est tout !... Du moins de sûr et certain, d'objectif... Car comment expliquer mes réveils, vers trois heures du matin, où l'esprit clair et dispos, je sais ce que je dois écrire et où je connais ce que je dois indiquer comme recherches à confirmer ?

« Votre subconscient est incapable de produire. Il ne peut que reproduire », a dicté Pierre Monnier.

Ce sera ma conclusion.

LA CONCLUSION DE LEURS ENSEIGNEMENTS

Dix points particuliers peuvent être déjà soulignés, qui sont :

1. La mort n'est pas douloureuse.
2. La loi du karma est absolue.
3. Le passage dépend de l'évolution karmique.
4. L'être est conservé dans son intégralité spirituelle de l'autre côté du « voile ».
5. Il existe une hiérarchie spirituelle.
6. L'amour est force sublime et absolue.
7. L'esprit animique existe.
8. L'esprit domine cependant.
9. La réincarnation n'est pas obligatoire.
10. Tout est vie ici-bas et dans l'au-delà.

CHAPITRE 5

LES TÉMOINS DE L'INVISIBLE : LES MESSAGERS PAR ENREGISTREMENTS

Qu'ils soient sonores ou télévisés, les messages par enregistrements électromagnétiques sont encore plus extraordinaires que les messages par l'écriture que nous venons d'étudier.

Non pas tant par leur contenu. Il est cependant déjà peu croyable qu'une entité, telle le « technicien » dont nous ferons bientôt connaissance, puisse à la fois affirmer qu'il n'a jamais été « incorporé » sur notre bonne vieille terre, et conseiller utilement un groupe de recherche luxembourgeois permettant ainsi l'élaboration de nouveaux appareils scientifiques.

Ni par la technologie plus poussée, donc plus moderne.

L'audition des « voix qui se sont tues » est incontestablement, émouvante, et l'apparition d'un être que l'on a connu et aimé, s'animant, souriant, et s'entretenant avec le spectateur « de l'autre côté du voile » est bouleversante.

La portée considérable de tels témoignages explique la réelle explosion médiatique de l'ouvrage de leur propagateur français le plus connu, François Brune, prêtre catholique et théologien. *Les morts nous parlent* [9] a été présenté tant dans la presse écrite, radiophonique que télévisée. Et bien sûr, diversement commenté. J'y puiserai une très grande partie de la documentation de ce chapitre.

Celui-ci est divisé en trois parties :

– la première concerne les *enregistrements sonores sur bandes de magnétophone*. Je fais alors appel au livre de Monique Simonet : *À l'écoute de l'Invisible* [42], étayé sur de nombreux enregistrements sonores ;

– la seconde partie traite des *enregistrements télévisés*, recueillis sur vidéocassettes, alors que l'appareil de télévision fonctionne, branché sur une antenne, mais en l'absence de toute émission sur la fréquence choisie ;

– la troisième partie est un *essai d'explication scientifique*, avec arguments tirés des messages de Pierre Monnier et Roland de Jouvenel, principalement.

LES TÉMOIGNAGES SONORES DE L'AU-DELÀ

Des précurseurs européens ont permis l'observation du processus. Nous commençons donc par eux, avant d'entreprendre le récit de l'explosion médiatique qu'une émission radiophonique déclencha. Je relate enfin l'« expérience luxembourgeoise » du révérend père Brune, en insistant sur sa haute portée sur les deux plans historique et philosophique.

LES PRÉCURSEURS

Le « hasard » a toujours été le grand pourvoyeur des choses occultes. Il n'a pas failli à son rôle ici aussi, dans les témoignages de l'au-delà que recueillirent trois « lotharingiens » : Friedrich Jürgenson, Constantin Raudive et Leo Schmid.

Friedrich Jürgenson

Un jour de juin 1959, il veut enregistrer des chants d'oiseaux dans les environs de Stockholm où il réside. Il installe donc son magnétophone dans un endroit bien calme, en pleine campagne, et procède au captage des gazouillis, pépiements et piailleries habituels. Le soir, il veut vérifier sa prise de son. Grande est alors sa stupéfaction d'entendre un solo de trompette en surimpression. Qui plus est, non seulement la trompette se perd dans le jaillissement éclatant d'une fanfare, mais encore laisse la place à une voix d'homme qui, en norvégien – alors qu'on est en Suède – lui parle de cris d'animaux nocturnes, et Jürgenson croit bien entendre un butor – alors qu'il avait effectué son enregistrement en plein jour !

Il pense avoir accidentellement capté une émission radiophonique. Il fait cependant vérifier son appareil, à toutes fins utiles. Et il n'y pense plus... jusqu'au mois suivant.

Il travaille alors à une émission historique et utilise son magnétophone comme machine à dicter. Réécoutant la bande, il entend une voix l'appeler par son prénom et lui parler en allemand. Une autre fois, c'est de l'italien. Il croit comprendre qu'on lui demande de « chercher la vérité ». Mais quelle vérité ? Et puis, d'où viennent ces voix ? Elles sont faibles, très faibles même. De surcroît, elles lui parlent dans toutes les langues, les mêlant même à l'intérieur d'une phrase. Ce ne pouvait donc provenir d'une émission radiophonique. Il pense tout naturellement aux extra-terrestres.

Un soir, il reconnaît la voix de sa mère, morte quatre ans auparavant. Et sa mère utilise, pour lui parler, le tendre diminutif qu'elle utilisait dans son enfance. Il sait dorénavant, de façon intuitive, mais profonde et indiscutable, que son magnétophone capte des voix d'outre-tombe.

Il est fermement décidé à aller de l'avant et à poursuivre cette expérience. Mais il veut s'entourer de collaborateurs sérieux et compétents. Il s'adresse d'abord à un parapsychologue suédois très connu sur place. Il travaille ensuite dans le cadre de l'Institut de parapsychologie de Fribourg, puis au Deutsche Institut für Feldphysik de Norheim et, enfin, à l'institut Max Planck de Munich. Il constitue de la sorte une véritable équipe autour de lui. Il est même rejoint par plusieurs ingénieurs électroniciens du Groupe de recherches acoustiques du Bureau central des techniques en communication de Berlin.

L'origine paranormale de toutes ces voix semble l'explication la plus plausible. Il fait alors paraître un ouvrage pour en témoigner.

Constantin Raudive

Romancier et philosophe connu, il travaille chez lui, un jour de 1964. Il est appelé au-dehors à l'improviste. En regagnant son bureau, il se rend compte qu'il a oublié d'arrêter son magnétophone. Il rebobine l'appareil et recherche la fin du texte qu'il dictait. Il entend alors la voix de sa mère, l'appelant du diminutif qu'elle utilisait lorsqu'il était enfant.

Il connaissait les travaux de Jürgenson. Il se met tout naturellement en rapport avec lui. Il l'invite même. A son tour, il se met au travail pour effectuer des recherches dans cette nouvelle direction si étrange et si poignante. Durant les dix années qui lui restent à vivre,

– il réalise quodiennement de nombreux enregistrements (on parle d'un total de soixante-dix mille !) ;

– il collabore avec un groupe d'ingénieurs, de techniciens et même de théologiens, susceptibles de le faire progresser dans la compréhension d'un tel phénomène ;

– il se lance dans des recherches pour perfectionner les appareils d'enregistrement, notamment avec un ingénieur de l'École technique supérieure de Vienne.

Il publiera trois livres successifs, pour y divulguer les résultats de sa patiente prospection.

Leo Schmid

Ce curé d'un petit village suisse lit les ouvrages de Jürgenson et de Raudive. Sans hésiter, il se rend chez ce dernier pour mieux s'informer, mais aussi pour s'initier au maniement des appareils de captage des « voix de l'au-delà ». Car lui y croit fermement.

À son tour, il enregistre, enregistre, enregistre... et arrive ainsi à comptabiliser près de douze mille cinq cents voix, qui s'adressent à lui en allemand, en anglais, en français, en suisse alémanique, voire... en latin ! Jusqu'à sa mort en 1976, il parvient à s'entretenir avec certaines entités, tel « frère Nicolas », sans que l'on puisse cependant parler de réels messages.

En réalité, il semble bien que d'autres enregistrements aient été obtenus, avant même ceux de Jürgenson, puis contemporains de ceux de nos trois pionniers.

Il n'y a pas de notion d'opposition particulière... Il faut préciser immédiatement *la* caractéristique inexpliquée et encore inexplicable de tous ces enregistrements : – quelle que soit la vitesse d'enregistrement, que l'appareil soit en marche avant, normale, ou qu'on fasse défiler le ruban en marche arrière, le message est toujours audible et reconnaissable.

En effet, comme l'écrit le père Brune : « Si la bande se déroulait lors de l'enregistrement à la vitesse 9,5, à l'audition on pouvait très bien percevoir, aux mêmes endroits, trois et même quatre voix de défunts différentes : une à la vitesse de l'enregistrement, dont 9,5 ; une autre à la vitesse accélérée 19, avec un autre texte, mais parlant à vitesse normale ; une autre encore avec un troisième texte prononcé à vitesse normale en déroulant la bande au ralenti, c'est-à-dire à vitesse 4,75 ; et parfois, ce qui est encore le plus inexplicable, une quatrième voix, normale, avec un quatrième texte, en faisant passer la bande en marche arrière. »

L'EXPLOSION MÉDIATIQUE

Le père Leo Schmid parle, écrit et se dépense en conférences publiques, radiophoniques et même télévisées. Des séminaires et des mini-congrès se tiennent un peu partout. Mais l'explosion a lieu en 1984 lorsque Radio-Luxembourg invite un chercheur, le professeur Hans Otto König, à venir faire une démonstration d'un appareil de son invention, le « Generator ». Et ce en direct !

Bien entendu, des techniciens transportent l'appareil, le démontent et le remontent en studio afin d'éviter tout trucage. L'émission a lieu. C'est un véritable succès, tant par le nombre d'auditeurs que par la qualité du programme : les personnalités invitées par la station peuvent poser des questions. Et les réponses leur parviennent, de façon très claire, après une très courte attente. Deux millions d'auditeurs écrivent trois mille lettres en une semaine. König revient plusieurs fois réitérer cette expérience. Avec toujours un succès égal.

Le mur du silence est abattu. Cette explosion médiatique accélère les recherches bien sûr.

MONIQUE SIMONET

Par une chaude matinée de printemps 1979, en villégiature chez sa mère à Montpellier, Monique Simonet, assise à la fenêtre de sa chambre, feuillette distraitement un illustré de décembre 1978 qu'elle n'avait pas encore lu. Elle tombe alors sur un reportage concernant les expériences de Constantin Raudive.

Elle n'y croit guère. Sa mère non plus. Elles décident cependant d'effectuer une expérimentation avec le vieux magnétophone ayant appartenu au père décédé. Monique enclenche l'appareil alors que sa mère prépare le café. Elles parlent du bon vieux temps, évoquant le goût prononcé du père pour ce café. Monique demande même, jouant le jeu :

– Papa, aimerais-tu boire une tasse de café ? Aimerais-tu ?

Et la mère de répondre :

– En tout cas, Monique, si papa nous entend, il doit se rappeler qu'il l'aimait bien, son café !

Et la conversation continue quelques instants sur ce ton, devant le magnétophone en marche.

Je laisse maintenant Monique Simonet raconter elle-même ce qui arriva [42] :

> Il est à présent midi. Avant de passer à table, il faut que j'écoute ce premier enregistrement. Nous allons nous asseoir toutes deux près de l'appareil. Je ramène la bande magnétique à zéro, et nous commençons l'écoute... C'est immédiat, fulgurant, ren-ver-sant... Comment décrire ce que nous ressentons ?... Le cœur nous bat très fort ; nous avons soudain très chaud ; et nous tremblons : cette bande devient magique... La présence est là ; la réponse est là ; la voix est là !...
>
> – Papa, aimerais-tu boire une tasse de café ?
>
> – OUI !
>
> – Tu aimerais ?
>
> – OUI, JE TE DIS !...
>
> Cette voix masculine, à l'intonation bien reconnaissable, mon Dieu, c'est celle de mon père !... Ma mère et moi ne sommes donc pas seules dans la maison, bien que personne d'autre que nous deux n'y soit visible... Mon père est là ; nous venons d'en avoir la preuve. Cet appareil ne peut mentir ; ce n'est qu'une machine. Ma mère pleure et n'ose y croire. C'est trop beau... Aurions-nous rêvé ? Nous écoutons de nouveau, deux fois, cinq fois, dix fois. Le phénomène se répète, identique... Je suis bouleversée.

Mais ce n'est pas tout ! Monique et sa mère relatent cette expérience à une amie qui leur rend visite quelques heures plus tard. On fait repasser la bande. Stupéfaite, l'amie reconnaît, elle aussi, la voix du défunt. Et Monique raconte :

> – Marcelle, dit soudain notre amie à ma mère, si l'on faisait un essai ensemble ? » J'y pensais justement depuis quelques instants. Je règle donc le magnétophone en position d'enregistrement, et nous continuons de parler de ce sujet brûlant un bon moment. Puis la conversation dévie, les deux grands-mères en venant, comme d'habitude, à évoquer leurs petits problèmes familiaux...
>
> – Et Marielle, comment va-t-elle ? demande Marie-Thérèse. (L'amie, Marielle, c'est ma fille, fiancée actuellement pour la seconde fois après un premier mariage qui fut un échec.)
>
> – Oh, dit ma mère, sur le plan de la santé, cela va. Mais sur le plan matériel, c'est, hélas, tout autre chose ! A ce propos, je voulais lui faire virer un chèque postal sur son compte bancaire, mais... je crois que ce n'est pas possible ?

– Mais si, maman, c'est possible ; qui t'a dit que ce ne l'était pas ?

Elle ne répond pas, cherchant à se souvenir. J'insiste : « Qui t'a dit cela ? » Elle me regarde, perplexe ; elle ne se le rappelle pas.

Les trois femmes parlent encore entre elles, oubliant le magnétophone en marche. Au bout d'un long moment, elles font repasser la bande. Soudain, au moment où le chèque est évoqué :

– Je voulais lui faire virer un chèque postal sur son compte bancaire, reprend le texte de Monique, mais... je crois que ce n'est pas possible ?

– Mais si, maman, c'est possible ; qui t'a dit que ce ne l'était pas ?

– C'EST MARIELLE...

– Qui t'a dit cela ?

– C'EST MARIELLE !...

Entendons-nous bien : ma mère n'a jamais répondu à mes deux questions. Et pourtant, il y a une réponse, prononcée par une voix masculine ; le première fois, tout simplement : « C'EST MARIELLE » ; la deuxième fois, de façon plus autoritaire, comme quelqu'un qui se dit : « mais on ne m'écoute pas ! » : « C'EST MARIELLE » Je reconnais immédiatement la voix de mon père... près de quatre années après son « décès »...

Par la suite, Marielle confirma les dires de son grand-père, dont elle reconnut parfaitement la voix.

Tout fut aussi simple que cela.

Comment s'arrêter en aussi bon chemin ? Monique Simonet continua donc sa quête... et ses enregistrements. Peu à peu, le cercle familial posthume s'agrandit : le grand-père, puis la grand-mère maternelle. Ces communications extraordinaires finissent par se savoir. Sur les conseils d'un ami, Monique Simonet est mise en rapport avec une fraternité chrétienne composée de personnes ayant perdu un être cher, mais convaincues que leurs disparus sont cependant vivants. Elle se met à leur disposition pour établir la liaison entre les trépassés et ceux qui les aimèrent du temps de leur incarnation. Par son entremise, d'autres enregistrements purent être effectués, tissant des liens émouvants entre des cœurs meurtris et l'au-delà. Monique pense qu'on réussi dans leur entreprise au moins 60 % de ceux qui ont tenté d'enregistrer des voix d'outre-tombe.

Elle finit, bien sûr, par « toucher » les précurseurs dans ce domaine : Raudive dès mars 1981. Elles nous transmet son message, que je retranscris fidèlement :

Un substrat immatériel, quel que soit le nom que vous lui donniez, « principe », « âme », « esprit », une parcelle d'éternité échappe à la destruction... Le malheur est que les gens, aujourd'hui ont peur de la mort... Or la mort n'est pas à craindre, mais bien la maladie et ce qui précède la mort... Chers amis, quelle preuve pourrions-nous donner que nous ne cherchons pas à vous duper ? Aucune, sinon la certitude intime, absolue, d'un rapprochement, d'un toucher de l'âme... Chers amis, vous entendez des voix : à vous d'en faire ce que vous jugez nécessaire...

Et Monique Simonet termine son ouvrage sur ces phrases : « La mort n'est plus une fin. *Elle ouvre sur une autre vie* ».

Les témoignages luxembourgeois

Dès les premières pages de son livre [9], le père Brune relate ses rapports avec des chercheurs luxembourgeois qui sont, depuis, devenus ses amis.

En tout premier lieu, ils consultent Constantin Raudive. Celui-ci, en effet, aussi passionné qu'il l'était de son vivant, continue, d'outre-tombe, à les conseiller et à diriger leurs recherches.

Cependant une autre entité intervient de façon assez régulière. Nous pénétrons avec elle dans un domaine quasi mythique. Pour être certain de ne rien transformer, je vais m'en tenir au récit de François Brune, que je recopie fidèlement :

> Un autre interlocuteur intervient régulièrement : quelqu'un qui affirme n'avoir jamais vécu sur notre planète, n'avoir jamais été incarné. Comme mes amis l'avaient un jour pressé de se présenter, il refusa de leur donner un nom, mais leur dit, très poétiquement : « Je suis comme l'un de ceux qui, invisibles, suivent les petits enfants quand ils passent un pont. » Il ajouta : « Vous pouvez m'appeler *le technicien, le bibliothécaire, l'archiviste*. Je suis un peu tout cela pour la planète terre. »
>
> De fait, c'est surtout le « technicien » qui leur a donné les conseils nécessaires pour améliorer la communication. Il fit peu à peu acquérir à mes amis une série d'appareils capables de fournir des ondes de toutes les longueurs. Il les a aussi guidés pour la position de ces appareils. Il précise parfois la place que chacun des participants doit occuper dans une pièce consacrée aux communications. C'est un vrai petit laboratoire aujourd'hui ; avec des lampes à ultraviolet comme en ont les philatélistes ; un clignotant, un appareil émettant des ondes à hautes fréquences, un téléviseur noir et

blanc, branché sur un écran blanc avec bruit de fond, un petit poste de radio. Très important ce poste, car c'est par lui que nous entendons les voix de l'au-delà en direct.

Ils avaient donc consulté Constantin Raudive et le « technicien » sur mon désir de participer, si possible, à une de ces séances. Ils avaient obtenu le feu vert, et nous étions là, tous les quatre, dans le laboratoire. Tous les appareils fonctionnaient, donnant des lumières, des sons bizarres et un assez fort bruit de fond. La jeune femme, à l'aide du micro branché au magnétophone, appelait : « Cher technicien, cher Constantin Raudive, nous vous prions de nous parler, s'il est possible ; lieber Techniker, zwanzig Uhr und sechzehn Minuten, vingt heures seize, le 22 juin 1987, lundi soir, nous saluons tout le groupe... » (Silence rempli des bruits des divers appareils)... « vingt heures, dix-huit minutes, le 22 juin 1987... » (bruits étranges, lumières). Enfin, lentement, émerge du bruit de fond une voix grave, bien timbrée. Celle de Constantin Raudive qui, en mon honheur, parle en français :

« ... un substrat immatériel, quel que soit le nom que vous lui donniez, "principe", "âme" et "esprit", une parcelle d'éternité échappe à la destruction (bruits d'appareils)... Le malheur est, aujourd'hui, que les gens ont peur de la mort. Or la mort n'est pas à craindre, mais bien la maladie et ce qui précède la mort... La mort, chers amis, aboutit à une éternité radieuse, une libération qui met un terme à vos tragédies. La mort est une autre vie. »

Puis intervient la voix du « technicien ». D'abord en allemand ; plus aiguë, plus rapide, hâchée, groupant les mots. Je ne comprendrai bien le texte qu'en repassant les bandes au ralenti. Suit enfin une longue citation de saint Paul, un des grands textes de l'Écriture sur la Résurrection :

Première épître aux Corinthiens, annonce le « technicien » chapitre XV, versets 35-45 :

Mais, quelqu'un dira : « Comment les morts ressuscitent-ils ? et avec quels corps reviennent-ils ? » Insensé ! Ce que tu sèmes ne reprend pas vie si d'abord il ne meurt... Toute chair n'est pas la même chair, mais autre est la chair des hommes, autre celle des oiseaux, autre celle des poissons. Il y a aussi des corps célestes et des corps terrestres. Mais l'éclat des corps célestes est différent de celui des corps terrestres. Autre est l'éclat du soleil, autre l'éclat de la lune, autre l'éclat des étoiles. Et même, une étoile diffère en éclat d'une autre étoile. Il en est ainsi de la résurrection des morts. Le corps semé dans la corruption ressuscite dans l'incorruption. Il est semé dans l'infirmité, il ressuscite dans la force. Il est semé corps animal, il ressuscite corps spirituel. S'il y a un corps animal, il y a aussi un corps spirituel...

Puis le « technicien » ajoute une citation de l'épitre de saint Jacques, chapitre I, verset 12 :

Heureux l'homme qui endure la tentation car, après qu'il aura été mis à l'épreuve, il recevra la couronne de vie que Dieu a promise à ceux qui L'aiment.

Il m'a semblé que notre interlocuteur n'utilisait aucune traduction toute faite, mais, de toutes celles que j'ai pu consulter, la plus proche serait celle de Segond.

Enfin, la voix grave et lente de Raudive reprend :

« Chers amis, quelle preuve pourrions-nous vous donner que nous ne cherchons pas à vous duper ? Aucune, sinon la certitude intime, absolue, d'un rapprochement, d'un échange, d'un toucher de l'âme.

« Chers amis, à moi-même, il a fallu de longues, voire de hautes, luttes pour consentir à me mettre à l'unisson de cette présence que je sentais aux frontières de moi-même, à l'écoute de cette voix qui cherchait à pénétrer jusqu'à ma conscience. Alors j'ai appelé et il m'a été répondu. Chers amis, vous entendez des voix. À vous d'en faire ce que vous jugez nécessaire. »

« Kontakt Ende », dit encore plusieurs fois le « technicien », pendant que nous remercions tous nos amis invisibles et si proches.

Les voix sont claires, nettes. Les mots bien prononcés. Une ou deux fois, chez Raudive, une consonne a un peu résonné dans une syllabe nasale, comme on le fait dans le Midi de la France. Il est vrai qu'il a vécu plusieurs années en Espagne.

Je viens de transcrire ces textes en les réécoutant sur mon petit magnétophone. Je sens la reconnaissance m'envahir pour ces amis de l'au-delà. Ils ont bien choisi leurs textes et leus messages. Je crois que j'ai senti ce *toucher de l'âme*.

Remarquons que Monique Simonet nous a transmis ce même message.

LES PREMIÈRES IMAGES DE L'AU-DELÀ

Elles datent, bien sûr, de la découverte de la photographie, voici donc un siècle.

Dans un premier temps, nous évoquerons cet aspect. Nous insisterons cependant davantage, dans un second temps, sur l'apparition plus récente de sujets décédés sur des écrans d'appareils de télévision d'un type commercial banal.

Tous les milieux métaphysiques ont toujours voulu prouver les manifestations que présentaient leurs médiums. La photographie a ainsi été mise à contribution. On ne compte plus les clichés qui, dans les ouvrages dits « spécialisés », objectivent :

– les formations « ectoplasmiques » que produisent plus ou moins spontanément certains sujets particuliers ;

– les manifestations énergiques ciliaires ou radiaires périsomatiques, dont l'effet Kirlian est l'aspect le plus moderne et pourrait se rapporter au corps animique ;

– voire des « fantômes ».

Certains clichés furent obtenus de façon accidentelle : Jean Prieur relate le cas d'un de ses amis qui, pour conserver un ultime souvenir de la chienne qu'il vient d'enterrer, photographie sa tombe... et a la stupeur de retrouver l'animal familier, très reconnaissable, sur le cliché développé.

Le plus souvent, c'est bien volontairement que les expérimentateurs opérèrent. Parfois même lors de circonstances exceptionnelles. Ainsi, dans leur ouvrage *Au-delà de la mort – Nouvelles Recherches parapsychiques* [43], Alain Sotto et Varinia Oberto rappellent les travaux du docteur Hippolyte Baraduc, en 1907. Convaincu du support matériel de l'âme, ce médecin réalisa ses premières approches en utilisant – déjà ! – des plaques photographiques qu'il disposait dans un champ « électrostatique » spécialement conçu. Il eut le courage de photographier ainsi la dépouille mortelle de son propre fils dès que celui-ci eut poussé son dernier soupir. Il put mettre en évidence une forme nébuleuse blanchâtre qui semblait s'élever au-dessus du cadavre. Six mois plus tard, sa femme mourut. Derechef, il recommença son expérience, photographiant à intervalles très rapprochés, dès le constat du décès. La comparaison des clichés successifs montra effectivement une sorte de formation nuageuse envelopper progressivement le corps de la défunte. On conçoit aisément que cela ait pu émouvoir les milieux concernés de l'époque !

Toutes ces objectivations photographiques sont d'autant plus intéressantes qu'elles émanent de milieux scientifiques, en principe étrangers à tous artifice, falsification ou truquage.

De toute façon, on est fort loin de ce dont fut témoin François Brune, que je vais laisser une fois de plus s'exprimer directement dans le paragraphe ci-dessous.

Les premières images de l'au-delà ! Fantastique, incroyable ! Et pourtant... mes amis du Luxembourg ont, eux aussi, reçu de telles images. Le professeur Ernst Senkowski, de l'École supérieure technique de Mayence, les a aidés à monter dans leur petit laboratoire les appareillages nécessaires. Mais, là encore, ils ont été guidés par leurs amis de l'au-delà. Le bulletin du « Cercle d'études sur la transcommunication », publié par leurs soins, contient un protocole de ces conseils donnés la veille au soir par le « technicien ». Les images parviennent sur un écran de télévision et peuvent être reprises en vidéo par une caméra. Le résultat, je l'ai vu :

Deux vues de paysages boisés, encore un peu floues. Un paysage montagneux avec une vallée. Puis la vue d'une sorte de planète, plus grosse que notre lune, se levant dans le ciel, au-dessus de l'horizon. Ensuite, une sorte de ville, derrière laquelle coulait un fleuve que le « technicien » appela, par la suite, le *fleuve de l'Éternité*. Au centre de l'écran se dressait la silhouette d'un bâtiment plus grand que les autres. C'est là, précisa le « technicien », le centre émetteur pour les transcommunications avec la terre.

Mais la séquence la plus émouvante, et aussi de beaucoup la plus nette, était l'image d'une jeune fille, à mi-corps, au centre de l'écran et face aux spectateurs. Derrière elle, la mer ; l'équivalent d'une mer dans l'au-delà. On voyait parfaitement le mouvement des vagues et les rouleaux qui venaient s'aplatir sur ce rivage de l'au-delà. Cette jeune femme apparaissait, la main droite devant la bouche, et envoyait un baiser aux spectateurs que nous étions, un baiser à ceux qu'elle avait laissés sur terre...

Mes amis du C.E.T.L. (Centre d'études sur la transcommunication du Luxembourg) avaient déjà reçu plusieurs autres images, parmi lesquelles l'une vaut tout particulièrement la peine d'être signalée : le 16 janvier 1987, l'écran de télévision montrait la tête d'un homme assez jeune, complètement inconnu. L'image et le son ne pouvant être obtenus en même temps, il n'y avait aucun moyen de l'identifier.

Cependant, le 2 mai 1987, une nouvelle communication eut lieu chez mes amis du C.E.T.L., phonique cette fois. Étaient présents, en plus du groupe habituel, le père Andreas Resch, docteur en théologie et docteur en psychologie, professeur de psychologie clinique et de paranormologie à l'Alfonsianum de l'université du Latran, à Rome, et aussi directeur de l'Institut pour les problèmes frontières de la science à Innsbruck ; George Meek, ingénieur américain ; [...] le professeur Senkowski et son épouse.

Après la voix de Constantin Raudive, une autre voix déclarait, en anglais, mais avec un assez net accent français (j'ai moi-même entendu l'enregistrement) :

« My name is Henri Sainte-Claire Deville. I left your world in 1881... » « Mon nom est Henri Sainte-Claire Deville. J'ai quitté votre monde en 1881 et je vous parle en mon nom et au nom de toute notre équipe de savants de *Life-Line.* »

Life-Line est le nom de l'équipe qui travaille, dans l'au-delà, en liaison avec George Meek et sa *Metascience Foundation.* Henri Sainte-Claire Deville retrouvait donc à Luxembourg son collaborateur terrestre habituel et lui parlait en anglais. Mais c'était la première fois qu'il se présentait.

Aussitôt l'émission terminée, dans la nuit même, l'un des membres du C.E.T.L. ouvrait son Larousse universel et trouvait les lignes suivantes : « Sainte-Claire Deville (Henri, Étienne), chimiste français, né aux Antilles, mort à Boulogne-sur-Seine (1818-1881) ; auteur de la dissociation et de beaux travaux sur la chimie des métaux. »

Dans une « transcommunication » ultérieure, le « technicien » leur révélait alors que le visage d'homme apparu sur leur écran le 16 janvier était celui de Sainte-Claire Deville. Le voyage que George Meek devait effectuer à Luxembourg était connu depuis longtemps de l'au-delà.

On croit rêver, non ?

Les recherches de ce groupe luxembourgeois ne sont pas isolées. Dès 1980, à Aix-la-Chapelle, Klaus Schreiber obtint des images fantomatiques sur son récepteur de télévision en noir et blanc, en dehors de toute émission programmée. Il crut tout naturellement avoir capté une télédiffusion lointaine et réverbérée. Le renouvellement du phénomène l'amena à cette conclusion différente. Il fut alors rejoint par le professeur Hans Otto König, que nous connaissons déjà. Décidément très entreprenant, ce dernier, en juin 1986, à Milan, présenta devant deux mille deux cents congressistes toute une série de diapositives tirées de ces enregistrements télévisés. On pouvait y reconnaître, entre autres, les acteurs Curd Jürgens et Romy Schneider. Tous ces documents peuvent être consultés sur vidéocassettes, ou en photographie dans l'ouvrage de Rainer Holbe, en allemand bien sûr, *Bilder aus dem Reich der Toten*, Knaut éditeur, R.T.L., 1987.

J'ajoute que, sur T.F.1, une émission de « Ciel, mon mardi », de Dechavanne, a été consacrée au père Brune. A cette occasion, comme tous les téléspectateurs, j'ai pu voir Romy Schneider, parfaitement reconnaissable, sourire et évoluer dans un plan curieux (incompatible avec le fini, le cadrage et le savoir-faire d'un professionnel).

Actuellement, en Allemagne, on a recensé plus de mille chercheurs qui commencent à regrouper leurs résultats. Aux États-Unis, la « grosse cavalerie » est menée par George Meek, dont il a été question dans la longue citation précédente. Ingénieur américain – et mon collègue à l'Académie des sciences de New York – ce pionnier commença dès 1972 à réunir autour de lui médiums, techniciens et chercheurs, pour effectuer les premiers enregistrements vocaux puis télévisés. Il a, depuis, créé la *Metascience Foundation* – dont il a été aussi question ci-dessus – qui s'efforce de publier dans le monde entier toutes les recherches concernant l'homme et son devenir.

Les Russes s'y mettent à leur tour, avec les professeurs Romen, d'Alma-Ata, ou Krokhalev, de Perm ; mais aussi les Anglais, les Italiens (surtout au Vatican où fut instituée la chaire de parapsychologie du père Andreas Resch), les Égyptiens, avec les enregistrements dans la grande pyramide de Gizeh, ou dans la nécropole de Saqqarah, effectués par Sarah Estep, etc. Je pense que ce n'est là qu'un début.

L'EXPLICATION DE TOUS CES PHÉNOMÈNES

Lors de l'émission télévisée à laquelle j'ai assisté sur T.F.1., voici quelques mois, un jeune électronicien convint que, en l'état actuel de la science, on ne pouvait pas expliquer les enregistrements concomitants sur bande magnétique et sur écran de télévision.

Nul ne peut jamais prétendre posséder la preuve absolue, irréfutable de la présence réelle de désincarnés, de missionnés de l'au-delà, ou de trépassés voulant revenir témoigner leur affection à leurs proches par des manifestations objectives. On peut seulement convenir que c'est l'explication la plus simple et, de ce fait, la plus probable.

La question est alors de savoir, après élimination de l'hypothèse frauduleuse, s'il existe une substance énergétique capable de produire ces divers effets. Je me propose d'examiner d'abord le protocole d'examen utilisé, puis d'exposer les explications que Pierre et Roland nous ont données au sujet de ces phénomènes, enfin de les traduire dans notre langage neurologique habituel.

L'HYPOTHÈSE FRAUDULEUSE

Elle a et elle aura toujours ses partisans. Surtout dans les milieux qualifiés de « scientifiques » où la critique a valeur dogmatique. Et l'assurance péremptoire est inversement proportionnelle au degré de l'expérience personnelle vécue. Le domaine passionnel prend ainsi toujours le pas sur le raisonnement purement déductif et « bilatéralement » évoqué.

Pour ce qui concerne les enregistrements phoniques de Jürgenson dès 1964 toutes mesures avaient été prises sous sa propre direction afin d'empêcher toute intervention frauduleuse volontaire ou inconsciente des participants, notamment en :

– inspectant la pièce dans ses moindres recoins et avec tous les moyens techniques connus pour y déceler d'éventuelles sources sonores de toutes origines ;

– isolant le magnétophone utilisé dans une cage de Faraday ;

– plaçant des filtres devant le micro ;

– enroulant même les bandes magnétiques utilisées sur des bobines métalliques pour éliminer toute possibilité d'action due à des charges d'électricité statique ;

– analysant électroniquement chacun des phénomènes sonores enregistrés, etc.

Pour ce qui concerne Raudive, tous les investigateurs ont, par-dessus le marché, non seulement analysé chaque mot, chaque phonème et chaque son, mais encore étudié le contenu verbal de chaque texte.

Le fait qui, pourtant, me paraît le plus probant est l'« esprit farceur » qui se dégage du fait suivant, relaté par A. Sotto et V. Oberto [43] : l'ingénieur en chef d'une société d'enregistrement londonienne s'était promis de faire disparaître ces fameuses transcriptions par l'élimination de tous les facteurs phoniques, y compris les plus insignifiants ou les plus négligeables. Après avoir donc exécuté son programme et pris toutes les précautions voulues, il enregistra... une bande où purent être distinguées plus de deux cents voix !...

Le père Brune, de son côté, a toujours pris soin d'indiquer les noms et qualités des témoins présents à l'enregistrement. Leur autorité scientifique vient ainsi conforter le sérieux du contexte. Je ne vois enfin pas l'intérêt qui pourrait pousser un homme d'Église à mentir sur un sujet qui ne concerne en rien sa foi.

Ma conviction est, bien sûr, évidente. Je ne prétends certes pas que tout ce que l'on touche voit, entend, sent ou goûte soit toujours du seul domaine objectif. Je connais l'existence de la fraude et de l'hallucination. Je sais aussi que l'on peut fort bien se laisser abuser. Mais l'expérience m'a appris que la faculté d'attention est souvent en défaut : beaucoup nient ce qu'ils n'ont pas eu conscience d'observer. Ou su observer.

Les enseignements de l'au-delà

Pour ce qui concerne le « technicien » du C.E.T.L., comment ne pas évoquer cette communication de Pierre : « Nous avons parmi nous de nombreux amis des sciences qui, dans la vie terrestre, contribuèrent à les déchiffrer, à les dégager, et qui s'efforcent désormais d'éclairer les chercheurs de la terre : c'est là leur rôle, c'est leur mission et, pour eux-mêmes, c'est une incomparable joie... » ? Et l'on comprend ainsi la présence occulte, constante, de Constantin Raudive.

Après avoir défini la « mission » qui leur est assignée – aider ceux qu'ils ont laissés –, Pierre ne mâche pas ses mots. Dès le 11 octobre 1918, il fulmine : « Ce qui rend notre tâche si difficile, c'est votre besoin naturel de *preuves matérielles... physiques*, lorsqu'il s'agit de ce qu'il y a de plus immatériel. » Et il ajoute : « Les choses voilées doivent demeurer voilées, et tout en reconnaissant que ce mystère diminue la puissance et la portée de notre message, nous ne pouvons pas, et nous ne devons pas soulever certains voiles. Oh ! Malgré ces obscurités, croyez-nous ! »

Or, s'il faut le croire, comme il le demande, nous relevons deux maîtres mots qui reviennent toujours dans ses messages. L'un est *amour*, et nous l'avons déjà dit. Le second est *pensée*. Et comme il insiste sur sa primauté ! « Cherchez ! Travaillez ! s'exclamait-il. Étudiez tous les phénomènes de la télédynamie spirituelle... Vous êtes très rapprochés de la découverte scientifique de ces courants, comparables à ceux de l'électricité, mais doués d'une vie *intelligente*, tandis que les premiers vivent *machinalement*, si je puis dire. L'autocinésie spirituelle, par contre, vous montrera des lois logiques et raisonnées, dont vous apprendrez à vous servir... en les dirigeant... pour amener des effets, non pas infailliblement semblables à eux-mêmes, mais variables puisqu'ils seront doués d'une volonté propre. En effet, si vous admettez que la pensée est cette énergie vivante qui se transporte et se transmet, il ne peut plus être question ici d'une force mécanique et servile. »

Retenons enfin ce dernier enseignement : « Je résume tout ceci en disant : vous pressentez l'infini de la pensée en durée. Pourquoi la limitez-vous en puissance ? » Et il définit sa condition par cette définition sublime, qui clôt son message du 8 mai 1921 : « Nous que vous appelez *des morts*, désormais nous sommes *pensées.* » Je précise que les italiques ne sont pas de moi.

Nous en arrivons ainsi au maître-mot, *pensée.*

Comme je le disais dans l'introduction de cet ouvrage, les neurophysiologistes n'apprécient guère ce mot : ils savent en définir les conséquences, mais ignorent son processus intime, sa constitution intrinsèque. Ils ont une tendance naturelle à confondre le « donc », le « comment » et le « pourquoi »... et à noyer le poisson.

Or la pensée existe. Tout comme le corps animique. Et tous deux procèdent en partie d'un contexte matériel. J'ai bien connu le général Baranger qui fut professeur de chimie à l'École polytechnique. Il commençait ses cours d'une façon très personnelle, en indiquant qu'il allait peser la fumée d'une cigarette. Devant les étudiants interloqués, il pesait alors soigneusement une cigarette, puis il la faisait brûler entièrement. Il pesait enfin les cendres : la différence de poids constatée était le but recherché. Au début de ce siècle, le docteur Duncan Mac Dougall était persuadé lui, que l'âme possédait un certain poids. Il résolut donc de le déterminer. Pour ce faire, il installa soigneusement un lit – dans lequel agonisait un sujet – sur une balance. Il constata que les dernières heures de la vie s'accompagnent d'une perte progressive de poids, liée à une déshydratation déjà connue. Mais, lors du dernier soupir, la balance enregistra une diminution brutale de 21 g.

Afin de savoir s'il s'agissait d'un hasard ou d'un phénomène constant Mac Dougall renouvela cette expérience sur 92 agonisants. Chaque fois, au moment de la mort clinique, la perte de poids enregistrée fut de 21 g. Je n'ai pas eu connaissance du renouvellement de cette technique pouvant matérialiser un « quelque chose d'objectif » au moment du passage.

Comme je l'ai exposé plus haut, je suis certain de l'existence du corps animique, de sa participation au contexte neurologique, donc au domaine matériel. Et je suis intimement convaincu de sa participation « éthérée », dans l'au-delà, par son contexte électromagnétique. Paqui n'a-t-elle pas dit : « Nous ne sommes plus que vibrations » et « Pour communiquer avec vous, vous croyez qu'il faut beaucoup de forces. C'est vrai, et nous les concentrons, nous nous unissons nombreux pour que *nos pensées, qui sont vibrations*, traversent les couches terrestres et vous pénètrent. »

Donc double concept : *pensées-vibrations*.

Roland intervient alors pour énoncer trois affirmations :

– « Chaque intelligence a sa longueur d'onde » ;

– « Vous ne voyez pas les pensées à cause de la vitesse de leurs vibrations » ;

– « La pensée peut influencer la matière... mais, à l'intérieur de ce phénomène, il y en a un autre : les pensées reliées, c'est-à-dire reliées à nous ».

Je conserve cet ordre pour argumenter ses assertions et en démontrer l'exactitude.

Les enseignements de la neurologie

« Chaque intelligence a sa longueur d'onde »

Pour démontrer cette première affirmation, je vais utiliser trois procédés précis : l'électro-encéphalogramme, l'effet Kirlian et, enfin, le halo vital.

L'électro-encéphalogramme

Sa fonction est de donner, sur du papier, un tracé des ondes produites par l'activité électrique du cortex cérébral, enregistrée à travers crâne et cuir chevelu.

Cette activité cérébrale se manifeste par quatre rythmes principaux :

– alpha, de repos sensoriel et psychique ;

– bêta, plus rapide mais moins ample, d'activité intellectuelle ;

– thêta, à la fois plus lent et plus ample, d'activité émotionnelle ;

– delta, enfin, plus lent encore mais d'amplitude variable. Il est toujours pathologique.

Ces rythmes se succèdent, se mêlent, se déforment, se combinent, s'affaiblissent ou se renforcent, se concentrent ou se dispersent... en fonction de circonstances physiologiques, psycho-émotionnelles, pathologiques de toute sorte et de tout acabit.

Il existe donc une activité électrique corticale, qui se traduit par des phénomènes oscillatoires, dont la longueur d'onde varie en fonction de tous les paramètres biotiques. Ce qui, déjà, confirme l'assertion posthume de Roland de Jouvenel. Mais il y a mieux ! Lorsqu'un électro-encéphalogramme ne met plus en évidence d'accidents graphiques, on dit qu'il est « plat ». L'électro-encéphalogramme plat est, actuellement, le critère de la mort cérébrale. On peut dès lors prétendre que, si l'électro-encéphalogramme d'un mort est plat, c'est que toute activité électrique a bien disparu.

L'ennui est que les quatre rythmes « médicaux » ne sont pas les seuls à se manifester sur un électro-encéphalogramme. En juillet 1974, en présence d'une vingtaine de scientifiques (dont le prix Nobel de physique Brian Josephson), P. Bander et A. Owen mirent en évidence un tout nouveau type d'onde cérébrale chez le médium Mattew Manning, lorsqu'il entrait en transe. Ce phénomène semble bien avoir été retrouvé chez d'autres « voyants », entre autres par le japonnais Motoyama [43]. Des phénomènes médiumniques – donc d'activité corticale très particulière – se manifestent ainsi par des tracés spécifiques. Ce qui renforce d'autant le message de Roland.

Un troisième ordre de faits vient l'étayer encore. A chaque instant de notre vie, des millions d'informations ne parviennent pas à notre conscience. Ainsi en va-t-il de l'action de la pesanteur, du mouvement péristaltique de nos intestins ou des battements cardiaques, lesquels ne deviennent perceptibles qu'en cas de « trouble fonctionnel ». C'est-à-dire lors de circonstances bien particulières. Le cerveau, en effet, « filtre » tout ce qui ne lui paraît ni essentiel, ni habituel, ni connu. Ces informations ne montent pas à la conscience, ni à la corticalité. Elles ne se révéleront jamais sur un électro-encéphalogramme. En revanche, tout ce qui choque, émeut, stimule ou perturbe trop violemment peut se traduire par une anomalie. Et j'écris bien « peut », car cela n'est en rien obligatoire ni absolu.

Cette sélection cérébrale est le fruit d'un apprentissage, ou d'une connaissance innée. Elle est sous la dépendance du contexte héréditaire, mais aussi constitutionnel intrinsèque, donc *individuel* de chacun. Il en résulte l'extrême singularisation de l'être humain. Pour mieux souligner ce fait, j'ai déjà employé plus haut le néologisme de *dissemblabilité*. A tous les sens du terme, cette dissemblabilité humaine est *essentielle*. Comme je le montrerai plus loin, l'électro-encéphalogramme ne dévoile qu'une forte petite partie, énergétique, de cette hyper-spécificité. Car la dissemblabilité se manifeste sur *tous les plans*. Même celui de l'au-delà.

L'effet Kirlian

Cette dissemblabilité a pu être mise en évidence par l'effet Kirlian. Ce procédé utilisant la photosensibilité consiste à placer une plaque photographique au contact de la matière vivante, dans un champ électrique intense, produit par un générateur émettant entre 75 000 et 200 000 oscillations/seconde. On obtient des sortes de flammèches, qui se dégagent de la périphérie du substrat organique. D'où le terme de « bioluminescence » employé pour définir ce qui semble refléter une activité « vitale » de la matière ainsi examinée.

Au sein de mon groupe médical d'études et de recherche, le G.E.MM.E.R., j'ai pu vérifier l'extrême diversité d'aspect de cette bioluminescence. J'ai également pu constater les variations importantes de toutes ces flammèches selon le contexte émotionnel ou fonctionnel, tant normal que pathologique. L'ennui est que ces variations :

– d'une part, ne font preuve d'aucune spécificité réactionnelle ;

– d'autre part, ne correspondent ni à l'« aura » que distinguent les voyants ni aux modifications expérimentales de notre halo vital.

Je pense que l'effet Kirlian est la manifestation d'une certaine réponse biotique à un champ magnétique important. Il n'a rien d'une réaction naturelle, physiologique à l'état pur. Encore moins d'un élément diagnostique. Mais il a l'intérêt de démontrer la dissemblabilité humaine par l'extrême diversification morphologique de ses bioluminescences... et d'objectiver une fois encore l'exactitude du message de Roland.

Le halo vital

Je rappelle avoir ainsi dénommé [5] le seuil réactionnel qu'il est toujours possible d'objectiver chez tout être vivant :

– à une certaine distance de son revêtement cutané, selon la région somatique et, surtout, son degré de repos ou d'activité, normale ou pathologique ;

– par divers procédés d'investigation, magnétique (Théra-hertz 20), lumineuse (filtres monochromatiques biotiques), voire simplement mécaniques (interpositions physiques) ;

– grâce à des réactions objectives parfaitement renouvelables, que nous avons exposées antérieurement.

Les sujets que l'on teste sont toujours très impressionnés par ces réactions brusques, transitoires, reproductibles, pouvant donner lieu à des mesures.

L'étude de ce halo vital fait partie de l'arsenal diagnostique et thérapeutique que je fournis dans mes cours [7] ; notre examen clinique habituel inclut son exploration systématique.

M'appuyant sur plusieurs milliers d'observations recueillies tant dans ma pratique que dans celle de mes élèves (qui dépassent maintenant, eux aussi, le millier) je puis affirmer que le halo vital est toujours spécifique : d'un individu donné, à un certain moment de sa vie, dans des conditions physiologiques bien définies, selon un contexte psycho-émotionnel particulier, et en l'absence de tout processus intellectuel conscient et volontaire. Toute modification d'un de ces paramètres modifie le halo vital de façon instantanée.

« Normalement », un sujet, en état de bonne santé apparente, calme et détendu, confortablement allongé dans une pièce de température agréable, possède un halo vital un peu différent de l'« aura » traditionnelle. En effet, le seuil réactionnel qui l'environne, tout en étant parfaitement symétrique, ne possède pas la forme classique d'amande : l'extrémité céphalique est toujours plus fournie, le seuil se situant à quelque 30 ou 40 cm du revêtement cutané ; le reste du corps se manifeste à un niveau d'une dizaine de centimètres seulement.

Toute activité mentale ou physique se traduit par l'augmentation du halo face à l'organe concerné. Et une dissymétrie en résulte, qui ne cessera qu'avec l'arrêt de l'activité. Il va sans dire que tout état pathologique se traduit par une asymétrie irréductible du halo vital.

J'ai déjà indiqué que celui-ci est l'expression de notre corps animique. J'y reviendrai bientôt, en développant cette thèse. Pour l'instant, remarquons que ce phénomène biotique réagit spécifiquement à toute modification neurologique. L'intelligence dépendant essentiellement de l'état « nerveux », convenons que l'assertion de Roland de Jouvenel trouve ici aussi une confirmation totale.

« Vous ne voyez pas les pensées à cause de la vitesse de leurs vibrations »

Je reprends un peu différemment les mêmes données.

L'électro-encéphalogramme

J'ai déjà signalé que l'électro-encéphalogramme normal présente trois rythmes différents :

– le rythme alpha, de repos, est relativement lent puisque sa fréquence varie de 8 à 14 hertz* ;

– le rythme bêta, d'activité intellectuelle, est plus rapide puisque toujours supérieur à 14 hertz. La logique est ainsi respectée ;

– le rythme thêta, psycho-émotionnel, est, en revanche, celui qui « lambine » puiqu'il est toujours inférieur à 7 hertz.

L'activité intellectuelle se traduit donc bien par la vitesse accrue des fréquences électriques corticales.

Si nous étudions l'électro-encéphalogramme du sujet endormi, l'affirmation posthume de Roland de Jouvenel se trouve même renforcée. En effet, il existe, chez chaque être humain, deux sommeils bien distincts :

– un dit « lent », en raison, justement, du rythme toujours au-dessous de 4 hertz, ce qui est infime. C'est le « sommeil de plomb » du petit bébé qui dort à poings fermés, du sportif qui récupère. Il correspond au délassement physique, au répit intellectuel et à la tranquillité émotionnelle ;

– l'autre dit « rapide », manifesté par une accélération du rythme cortical et cardiaque ; l'apparition de mouvements somatiques et, surtout, oculaires ; une certaine activation des organes sexuels. Si on réveille alors le dormeur, il signale qu'on vient ainsi d'interrompre le cours d'un rêve !

Ainsi le sommeil récupérateur se traduit-il par le rythme le plus bas de toute la série de tracés physiologiques. Quant à l'activité onirique, elle donne lieu à un accroissement toujours très net.

L'élaboration psychique, encore une fois, détermine l'activation corticale. Et ce n'est pas la maturation cérébrale normale qui démentira cela. Chez l'enfant, en effet, l'« éveil » de l'intelligence s'accompagne de l'accélération fréquentielle des enregistrements électro-encéphalographiques. Le nourrisson présente une organisation lente. L'enfant de trois ans manifeste, lui, une organisation progressive d'activité qui atteint 4 où 5 hertz. Le rythme alpha n'apparaît que chez l'enfant de cinq ans. Il est aux alentours de 8 hertz. Les rythmes, graduellement, deviennent ceux de l'adulte. L'augmentation des fréquences est donc la preuve de la mise en place, de l'amorçage puis du fonctionnement normal d'un psychisme élaboré et conscient.

Ajoutons, pour terminer, que les rythmes lents sont toujours, en pathologie, des signes de souffrance cérébrale.

Dans tous les cas, l'électro-encéphalogramme est le témoin du binaire :

– ralentissement du rythme et repos cortical sont proportionnels ;

– augmentation du rythme et activation psycho-émotionnelle sont au prorata l'une de l'autre.

L'effet Kirlian

Il est d'observation courante que les arborisations, flammèches et spicules bioluminescents s'accroissent lors de toute activation. Surtout psychique.

Il existe d'ailleurs un bouton de réglage qui commande automatiquement le pouvoir réactogène de la pellicule, et fait diminuer la couronne réactionnelle en même temps que le champ magnétique d'induction : les constructeurs de l'appareil n'avaient pas été sans remarquer :

– d'une part, le parallélisme des réactions photographiques et psychiques ;

– d'autre part, le caractère quelquefois gigantesque de certaines réactions.

Pensées et états psycho-émotionnels s'accompagnent toujours de réactions plus vives.

Le halo vital

Vers les années 1968-1969, en auriculothérapie, avec le docteur Paul Nogier, nous nous étions rendu compte que chaque innervation du pavillon auriculaire correspondait à une fréquence donnée. La plus basse revient à la conque, dans laquelle se projette tout le système viscéral : la « tripaille » ne vaut en effet que 5 hertz. Tout ce qui n'est pas l'« appareil de carburation » vaut plus ! C'est bien la primauté de l'intelligence sur la matière.

En revanche, le lobule, qui correspond aux projections de l'encéphale et de tous les attributs cérébraux, culmine avec 160 hertz : le siège de l'action et de la pensée répond ainsi – très logiquement – à la fréquence la plus élevée.

Dans un second temps, en auriculo-médecine cette fois, nous pûmes définir, de façon expérimentale, que chacune de ces « plages » auriculaires correspondait à une zone somatique ainsi qu'à une couleur monochromatique bien particulière [5]. Et, comme par hasard :

– la conque, ou zone abdominale, de tonalité parasympathique * viscérale, avec ses 5 hertz, correspond à la couleur rouge... qui possède la longueur d'onde la plus faible du spectre visible ;

– alors que le lobule, ou zone encéphalique crânienne, siège de l'individualité volontaire et consciente, domine avec ses 160 hertz. Il correspond à la couleur violette qui possède, elle, la longueur d'onde la plus élevée du spectre visible.

La couleur spécifique des qualités intellectuelles correspond aux fréquences les plus hautes.

Il est curieux de rapprocher la gradation de ces couleurs monochromatiques avec celle des auras traditionnels. Elle est strictement identique ! Je rappelle ici que, si ces couleurs furent d'abord trouvées de façon purement expérimentale, leur réalité est actuellement prouvée, de manière objective et toujours renouvelable, par les phénomènes de dysamblyopie et de dyschromatopsie que j'ai déjà évoqués.

Il y a pourtant encore mieux. Au sein de mon groupe d'études et de recherche, le G.E.M.M.E.R., l'étude du processus morbide me conduisit à conceptualiser l'évolution vitale comme un cycle hélicoïdal dont chaque pas correspond à un stade donné [7] :

– la première « spirale » est dite « tissulaire », car elle n'intéresse que les fonctions d'organisation cellulaire primitive, en formations plus ou moins spécialisées. La cellule « basale », non différenciée, se trouve à 2,5 hertz, alors que le neurone se trouve tout en haut de l'échelle, à 160 hertz. C'est ici que se détectent et que se traitent toutes les atteintes histologiques primaires ;

– la seconde « spirale » est « fonctionnelle », en ce sens qu'elle s'adresse au fonctionnement des différents appareils qui dérivent des structures cellulaires précédentes. Cette zone est celle des affections somatiques communes, entrant dans le cadre de la médecine générale. Là encore, le processus nerveux domine avec ses 20 480 hertz ;

– la troisième « spirale » est « énergétique », car elle conditionne la spécificité d'innervation intrinsèque de chacun de ces organes. Nous sommes alors au sein des divers « systèmes » morbides. Bien sûr, l'hallucination, en tant que forme d'excitation psychique sensorielle, prévaut avec ses 1 310 720 hertz ;

– la quatrième « spirale » est celle de la désynchronisation, qui débute aux 2 621 440 hertz de la folie schizophrénique dans sa forme dite « dysthymhormique ». Nous évoluons, là, dans le domaine de toutes les altérations psycho-émotionnelles.

Je précise que cette organisation en hélice n'est ni une approche philosophico-médicale, ni un essai de classification *a priori,* ni un système de clarification intellectuelle. Mais une constatation d'abord empirique, corroborée par de très nombreux résultats cliniques, puis affermie par les épreuves dyschromatopsiques.

L'étude corrélative des fréquences et du halo vital permet d'affirmer que le phénomène intellectuel correspond aux fréquences les plus élevées : plus les fréquences sont hautes, plus la pensée est effective, élaborée, constructive... tout au moins dans un cadre organique équilibré et sain.

Nous retrouvons l'éternel problème du rapport et des interactions entre l'essence et la substance. L'essence est toujours caractérisée par la subtilité et la ténuité, c'est-à-dire l'extrême diminution de l'amplitude, compensée par l'augmentation considérable de la fréquence de ses éléments constitutifs.

Et aucun enregistrement matériel ne montre de cycles plus rapides que ceux du domaine psycho-émotionnel.

Or Roland nous affirme, dans ses messages de l'au-delà, que nos pensées humaines ne peuvent être « vues » – comprenons : « distinguées » –, du seul fait de leur vitesse de vibration.

Remarquons alors que nos sens sont incapables de discerner ni le halo vital ni aucune autre manifestation d'ordre énergétique. Ils ne peuvent appréhender que le monde matériel. Pourtant, même les plus matérialistes des scientifiques ont bien cru à l'atome... alors qu'on n'est que très récemment parvenu à la mettre en évidence par la photographie !

« A cause des effets atomiques ! » répondront-ils avec assurance.

Eh oui ! Sans la bombe atomique qui détruisit Hiroshima, que serait-il advenu des théories de Bohr, Einstein ou autres de Broglie ?

Or tout comme l'atome, la pensée peut influencer la matière, comme nous allons le montrer maintenant !

La pensée peut influencer la matière... mais la pensée reliée à nous

On pense tout de suite, bien sûr, aux manifestations « spirites » ou *poltergeist,* avec coups frappés au mur, objets qui volent à travers les pièces, etc. Je n'examinerai pourtant ces manifestations qu'en tout dernier lieu.

Je commence en montrant que, déjà, la pensée crée des substances chimiques neurologiques, les neurotransmetteurs, grâce auxquels elle établit des circuits et conditionne le corps animique. C'est par son intermédiaire qu'elle peut agir à distance sur la matière même. Mais à la condition de trouver la force nécessaire pour pouvoir manifester cette dernière possibilité, par création d'un égrégore. Nous verrons ce que cela représente.

La pensée créatrice de substances biologiques neurologiques

L'influx nerveux ne parcourt pas le nerf comme le courant électrique parcourt un fil de cuivre. Deux extrémités nerveuses ne se touchent pas, mais sont séparées par un intervalle : l'espace inter-synaptique. On appelle en effet « synapse » l'« articulation » ainsi réalisée entre deux neurones.

Arrivé à l'extrémité de l'axone, qui constitue le corps du neurone, l'influx nerveux détermine l'apparition d'une substance liquide, qui naît sous forme de petites gouttelettes. Celles-ci grossissent, migrent vers l'espace inter-synaptique, dans lequel elles se rompent et déversent ainsi leur contenu. Celui-ci vient baigner l'extrémité du second neurone (dendrite), dans lequel il se transforme à nouveau en gouttelettes, qui vont graduellement se fondre et provoquer un nouvel influx, qui poursuit sa course dans le corps cellulaire du second neurone.

L'influx nerveux ne « passe » donc pas comme l'étincelle jaillit d'un fil à l'autre. Il se transforme en « médiateur liquide » inter-synaptique ou neurotransmetteur. Ce neurotransmetteur franchit l'espace inter-synaptique, se transforme à son tour en nouvel influx nerveux, qui poursuit sa mission.

On a longtemps pensé qu'il n'existait :

– qu'un seul neurotransmetteur par synapse, ce qui expliquait la loi neurologique du « tout ou rien ». Ou l'influx nerveux, insuffisant, ne produit pas suffisamment de neurotransmetteur pour vaincre l'espace inter-synaptique... et rien ne se passe. Ou bien l'influx nerveux peut produire suffisamment de neurotransmetteur pour « ouvrir le passage » ; alors, son intensité n'a plus aucune importance, puisque l'influx nerveux peut être transmis ;

– qu'un nombre restreint de neurotransmetteurs. On pouvait ainsi expliquer l'autonomie de certains circuits : le parasympathique * devenait le système régulant les viscères grâce à « son » neurotransmetteur, l'acétylcholine ; le système orthosympathique * prenait en charge tous les dérivés « mésoblastiques » embryologiques grâce à « son » neurotransmetteur, l'adrénaline ; il existait un circuit « gaba-ergique », inhibiteur, au niveau strictement cérébral, grâce à son neurotransmetteur, l'acide γ-amino-butirique, ou gaba ; etc.

Dans les années 1980, on démontra [7] :

– l'existence de *plusieurs neurotransmetteurs*, à des concentrations différentes, dans un même espace inter-synaptique

(T. Hokfelt), ce qui explique la plasticité cérébrale et l'action pharmacologique des remèdes homéopathiques, entre autres ; mais ce qui justifie surtout la dissemblabilité humaine ;

– la présence dans le cortex cérébral, là où justement s'élaborent ces qualités de dissemblabilité, de *tous* les neurotransmetteurs connus et non encore identifiés, *en plus* de ceux particuliers à l'activité encéphalique proprement dite (S. H. Snyder). Et tous ces neurotransmetteurs n'existent jamais ni à une même concentration ni à un même pourcentage.

La conclusion qui s'impose est que l'activité corticale crée le neurotransmetteur biologique, substantiel. Donc que *l'esprit crée la matière.*

On comprend ainsi toute l'importance de la psychothérapie et l'efficacité d'une méthode Coué consciencieusement effectuée. On comprend également l'effet thérapeutique obtenu par l'ingestion d'une drogue que le sujet *croit* active alors qu'elle est inerte et inopérante : c'est l' « effet placebo ». On démontre aussi par ce biais la possibilité de fabriquer des enképhalines grâce à un entraînement psychique particulier, et de pouvoir mieux résister à la douleur ; ou de modifier à volonté le comportement viscéral par création de circuits « volontaires et conscients », ce qui ne l'est physiologiquement pas, et de ralentir à l'extrême, par exemple, ses battements cardiaques ou son rythme respiratoire, comme a pu le vérifier Thérèse Brosse. Là réside la base des rajah prahna ou autres dhyanah yogas.

La pensée crée des circuits neurologiques

L'égalité n'existe pas en biologie. La fraternité est un leurre dans ce monde-ci. En revanche, l'homme est, sur le plan neurologique, un être entièrement et totalement *libre* : tous les neuro-physiologistes sont d'accord pour reconnaître l'existence d' « aires corticales suppressives » qui :

– bordent les aires corticale motrice et réactionnelle générale,

– et peuvent totalement les empêcher d'agir lorsqu'elles sont stimulées.

Elles sont, bien sûr, mises en œuvre par tout ce qui peut conditionner un individu : l'éducation, les préjugés, les habitudes, etc., qui entravent la personnalité.

Il va sans dire que l'organisation et le fonctionnement de ces aires suppressives dépendent de la « libération » ou de la création de neurotransmetteurs singuliers. Des circuits peuvent être ainsi créés de toutes pièces, par des processus psychogéniques bien dirigés, et déboucher sur des comportements individuels ou collectifs :

– d'intolérance et d'exactions politiques ou mystiques – et bien souvent, hélas, politiques *et* mystiques ;

– ou, au contraire, de sérénité et de paix.

Un « circuit réverbérant » se créé à son tour : la pensée (par l'intermédiaire de la foi, du fanatisme, de l'exaltation ou de la révolte) détermine un comportement spécifique qui, à son tour, par une répétition savamment dosée, par un « conditionnement » spécifique, fait naître d'autres besoins, d'autres sensations, d'autres désirs... bref, des motivations créatrices de nouveaux neurotransmetteurs.

On voit là l'explication de certains événements historiques, les uns admirables, les autres horribles.

La pensée créé donc par réaction des circuits neurologiques réverbérants : c'est la loi des cercles, des maillons... Réfléchissons : c'est la loi des karmas. Nous y reviendrons !

La pensée peut agir à distance

Par l'étude du halo vital, nous pouvons démontrer que la pensée crée le corps animique. Et celui-ci peut agir à distance.

Tout le monde a assisté à des spectacles de music-hall où des prestidigitateurs font apparaître ou disparaître, à leur gré, lapins, foulards, colombes ou cigarettes. Et, de plus, à distance !

Il existe des observations scientifiques qui se rapprochent fort de ces spectacles, alors qu'elles furent effectuées selon un protocole minutieux, sous un contrôle rigoureux et permanent. La télépathie est amplement démontrée, entre autres par la célèbre expérience du professeur J.B. Rhine : des télépathes, à bord du sous-marin *Nautilus* en plongée, ont pu décrire des séries de symboles qui étaient, à terre, uniquement contemplés par leurs « complémentaires ». Il semble également que certains cas de télékinésie ne relèvent pas d'un truquage. Mattew Manning exécutait des exercices de psychocinèse sous le contrôle de P. Bander et A. Owen à Toronto, en présence d'une bonne vingtaine de scientifiques dont le prix Nobel de physique ! Cependant, le célèbre Uri Geller est l'objet de polémiques que je me garderai bien de trancher.

Oui, la pensée peut agir à distance. Le problème est de savoir comment et pourquoi. Je vais tâcher d'y répondre.

La pensée agit sur la matière

Je vous vois sursauter. Et pourtant cela est démontré ! Par de nombreuses expériences scientifiques sérieuses, reconnues par les plus prestigieuses sommités professorales et académiques.

Prenons simplement le cas du photon, cet élément énergétique particulier dépourvu de masse… et que nous connaissons tous. On sait, depuis les travaux de Louis de Broglie, qu'il possède la caractéristique d'être :

– soit corpusculaire – et il répond alors à toutes nos lois optiques élémentaires de réflexion, de réfraction, etc. ;

– soit ondulatoire – et il obéit dans ce cas aux lois d'interférences, de diffusion, etc., communes au domaine des vibrations.

Or, savez-vous ce qui conditionne son état ? Ce qui fait de lui un corpuscule ou une vibration ? C'est l'examinateur. C'est nous. C'est notre présence. C'est *notre pensée*.

En reprenant toute la théorie quantique, je pourrais augmenter le nombre d'exemples qui démontrent l'existence de deux mondes scientifiques bien distincts : le « sus-atomique » et le « sous-atomique ». Comme l'écrivent A. Sotto et V. Oberto [43] :

> Au cours des cinquante dernières années, les physiciens ont rejeté les lois de la logique et ont « dématérialisé » la matière, remplacé le déterminisme par un principe d'indétermination, la causalité par la probabilité, découvert des particules fantômes de masse négative, fait passer une particule par deux trous en même temps. Ces chercheurs, qui bouleversent ainsi non seulement le monde de la physique, mais encore celui de la philosophie, ont reçu le prix Nobel pour leurs théories surréelles, pour leurs constructions mentales aux paradoxes déroutants. La science qu'est la physique post-matérialiste rejoint, par le défi qu'elle lance aux règles de la nature, la parascience qu'est la parapsychologie.
>
> Jamais la physique n'a été aussi proche de la métaphysique et du mysticisme. Elle découvre que les processus qui règlent la vie sont des interrelations étroites. L'étude d'un petit bout d'espace renvoie à la totalité indicible. L'univers influence la plus petite des particules. La plus petite des particules influence l'univers.

Et nous pouvons ajouter : « Et la pensée influence la matière. » C'est exactement ce que nous affirme Roland de Jouvenel.

Mais pourquoi ces faits n'existent-ils que de façon si singulière, si infime, si discrète ? Quelles sont les raisons qui font paraître télépathie ou télékinésie si … discutables ?

Nous allons maintenant découvrir la réalité de ce que nous disait Paqui : « Nous nous unissons nombreux pour que nos pensées, qui sont vibrations, traversent les couches terrestres et vous pénètrent. »

« mais la pensée reliée à nous »

Vae soli ! Malheur à l'homme seul, car il ne peut pas profiter de l'entourage des vivants. On sait que le sourd-muet ne peut acquérir la parole parce qu'il ne peut la « recevoir » d'autrui. De même, l'étude du petit « homme-chien » Franco nous a montré qu'il ne savait ni marcher, ni utiliser ses mains, ni rire, ni pleurer, *a fortiori* parler… à l'âge de cinq ans, parce qu'il n'avait jamais vu d'humain.

Mais il y a plus ! Parce qu'il n'avait jamais eu de contact avec un corps animique humain ! Eh oui, *les corps animiques agissent les uns sur les autres*. C'est tout le secret de certaines anomalies pathologiques. C'est tout le secret de nos rapports intrinsèques avec notre environnement. C'est tout le secret de notre parenté « vraie » avec nos « prochains », qu'ils soient proches par le sang, par le voisinage, par les coutumes, par le temps, l'espace… voire l'au-delà. C'est ce que prônent tous les élus. C'est ce que nous enseigne, à son tour, Roland.

Une expérience très significative consiste à étudier le halo vital d'un sujet allongé, tranquille, isolé de tout contact humain, en état de relaxation tant physique qu'émotionnelle. Après avoir bien délimité les frontières de son halo vital, interrogeons ce sujet sur des circonstances de sa vie que l'on sait avoir été pénibles. Par le biais de questions adéquates, amenons-le à se remémorer, à revivre ces souvenirs, et testons-le à nouveau : au niveau céphalique, le halo vital se décentre d'une façon souvent très importante. Faisons-le alors simplement toucher, sur une quelconque partie de son corps, par une tierce personne : son halo vital se recentre. Et cette expérience peut être renouvelée, autant de fois que l'on veut, sur n'importe qui, avec les mêmes résultats : peu importe la durée de l'attouchement : peu importe la région du corps touchée ; peu importe la personnalité du sujet et celle de celui qui le touche – pourvu qu'aucune animosité ne les oppose, j'y reviendrai. Tout contact physique, cutané, entre deux individus en état de syntonie d'humeur réalise une harmonisation sinon une exaltation de leur halo vital.

Cette expérience peut parfaitement être confirmée par effet Kirlian. Je l'ai expérimentée. On prend un premier cliché d'une main, d'un pied ou d'une oreille. Puis on réalise un second cliché sans que le sujet photographié n'ait bougé, mais alors qu'un assistant le touche au front, à la joue ou au bras, peu importe : spicules et flammèches sont amplifiés.

L'ouvrage *Au-delà de la mort* [43] de A. Sotto et V. Oberto contient deux clichés superposés extraordinaires : celui du haut représente une paire de ciseaux, une clé et une pièce de 10 francs. Quelques petits spicules s'en échappent. Mais le cliché du bas montre ces mêmes objets touchés par l'opérateur : une impressionnante couronne de flammèches s'en échappe. N'oublions pas en effet que nos témoins de l'invisible nous enseignent que la matière, même inerte, vit.

On peut en revanche parfaitement observer l'effet inverse, assister à la détérioration d'un halo vital, à son décentrement accru ; ou à l'étouffement, voire à la rétraction de la couronne bioluminescente des clichés Kirlian. L'étude attentive de ces cas démontre l'existence d'un état « dystonique » : soit une rivalité, une hostilité, un ressentiment ou de l'antipathie entre les protagonistes ; soit la colère, les sarcasmes ou simplement l'esprit « négatif » de l'un d'entre eux.

En conclusion, nos corps animiques humains réagissent entre eux. Cette constatation, tout empirique qu'elle soit, n'est pas pour nous surprendre. Des messages de l'au-delà, nous connaissons la nature vibratoire. Il est logique que, comme toutes les vibrations, ils connaissent l'état de *résonance*. Ce phénomène physique se manifestant toujours, dans notre monde, par le biais d'un support matériel, il est normal que ces résonances manifestent leurs effets après *contact*. On pourra ainsi noter :

– soit l'intensification, voire l'exacerbation « syntonique », en accord idéal, pouvant atteindre la très grande amplitude énergétique nécessaire à l'accomplissement des phénomènes qualifiés de « paranormaux » ;

– soit l'amortissement « dystonique », voire l'altération et la dégradation, avec des conséquences impressionnantes touchant l'évolution même du sujet.

On comprend ainsi :

– la « main dans la main » des amoureux, des altruistes, des apôtres, qui est toujours l'apanage de l'harmonie naturelle qui cimente, réconforte, consolide, bref, magnifie ;

– la « chaîne » qui, lors de certaines cérémonies rituelles, préside aux évocations particulières de sublimation spirituelle entre personnalités partageant le même idéal, la même foi et qui, de ce fait, « vibrent à l'unisson » ;

– la « chaîne » des cercles spirites, effectuée non pour déclencher les phénomènes médiumniques, mais pour en faciliter l'apparition, en augmenter la manifestation par la « montée de l'état vibratoire ».

N'oublions pas que toutes nos entités de l'au-delà nous ont assuré de leur nature vibratoire. Il est dès lors tout à fait naturel et judicieux de faire appel à eux pour « mettre en phase » nos « périodes » vibratoires animiques respectives et aboutir ainsi, par synchronisation mutuelle, à une *genèse énergétique* à la fois intense et sublime.

C'est toute l'assertion de Roland de Jouvenel. Elle rejoint les paroles du Christ, rapportées par Matthieu (XVIII, 20) : « Que deux ou trois soient réunis en mon nom et je suis là au milieu. » C'est la foi qui vainc les montagnes, l'esprit qui domine la matière et la pensée qui crée.

Mais, c'est aussi, hélas :

– le « poing sur la gueule », le « coup de pied en vache » des malveillants, des agressifs, des dépravés ;

– la ronde des sorcières, le cercle infernal, les chaînes démoniaques, envers maléfique où les forces négatives se conjuguent ;

– messes noires, cultes lucifériens, vaudou satanique, déterminés à poursuivre leur œuvre de haine et d'abomination de l'esprit par l'enracinement plus prononcé dans le monde de la matière, débouchant sur l'anéantissement funeste.

D'après les enseignements reçus de nos messagers de l'invisible, que la neurophysiologie ne semble guère contredire, notre pensée n'est pas un « résidu » matériel puisque la mort, physique, de notre corps ne l'annihile pas.

Elle participe de ce principe vibratoire, universel, qui se condense en corps animique, mais elle ne se limite pas à ce seul corps animique. Elle est ainsi un élément subtil de nature vibratoire, pouvant entrer en résonance avec d'autres éléments vibratoires de provenances diverses : autres humains, entités supérieures, mais aussi – et c'est un autre problème tout aussi passionnant et tout aussi démontrable – monde astral, animal, végétal, voire minéral.

Notre pensée, lorsqu'elle entre en résonance avec ces autres éléments vibratoires, surtout avec l'aide concertée de sujets ayant les mêmes buts, le même idéal – donc la même longueur d'onde spirituelle – crée un *égrégore*, forme énergétique considérable et extraordinaire, aussi vivante et agissante que notre pensée la fait vivre et agir. Et ce en fonction de la polarité de nos aspirations :

– Toute aspiration altruiste valorisante entrant dans le cadre général de l'amour détermine les phénomènes d'élévation spirituelle, de fonte en unicité sublime (ou divine), d'épanouissement en absolue félicité. C'est le nirvana bouddhique, le samadhi hindou, la béatitude des élus, le Paradis « classique », la vie éternelle chrétienne... Remarquons d'ailleurs qu'« amour », venant de l'*amor* latin, se décompose en *a* privatif grec et *mor*, de *mors* = *mort*. Métaphoriquement « amour » est donc bien l' « anti-mort ».

– Les phénomènes négatifs seront, eux, sous la dépendance de tout égocentrisme exclusif, par orgueil, ambition, présomption, revendication ; toute intolérance d'autrui par sectarisme, fanatisme, intransigeance ; toute aberration psycho-émotionnelle d'introversion par bêtise, asservissement passionnel ou drogue ; toute dégénérescence morale par perversion, dépravation, vice ; en un mot tout *égotisme* qui se place dans le monde matériel, déterminé, ratiocineur, soumis à ses habitudes et préjugés.

Comme je le disais plus haut, les pensées négatives déterminent la manifestation d'un égrégore involutif, qui s'oppose à toute spiritualité altruiste : c'est l'« adversaire », le « Satan » hébreu. Mais c'est aussi le « Lucifer », le « porteur de lumière », ivre d'orgueil et de la puissance illusoire de ce bas monde. C'est enfin le « Diable », étymologiquement celui qui « désunit » pour précipiter l'âme dans les sphères abyssales du *néant* où elle se perd.

Puisque pensée et égrégore involuent dans une même négativité, c'est alors, vraiment, l'anéantissement de l'être. Le corps se désagrège en ses éléments atomiques. Et l'esprit s'anéantit dans l'épuisement des ultimes vibrations... La seconde mort !...

DEUXIÈME PARTIE

LES MESSAGES DE L'AU-DELÀ : LES ROYAUMES VISIBLES

La concordance des récits thanatologiques les authentifie : aucune faille ne se glisse dans la succession des enseignements et des témoignages, non seulement depuis l'ère du Bouddha, mais même mille cinq cents ans avant Jésus-Christ, lorsque les premières formules du voyage des morts furent notées sur papyrus avec des hiéroglyphes. En outre, la neurophysiologie, la biochimie et même la physique des quanta s'accordent parfaitement avec tous ces textes. Or tous ces témoins de l'invisible nous révèlent leur double mission :

– devoir assumer leur propre évolution. Ainsi Roland : « Je suis au cœur d'une grande action, j'évolue, je m'allège encore... Tout un nouveau cycle s'ouvre à moi » ; Pierre : « Je voudrais te faire parvenir, dans sa pureté, la lumineuse instruction que je reçois ici... La résurrection est une suite, non un commencement... Il n'y a point de rupture, mais un bel épanouissement de toutes nos facultés et de toutes nos œuvres » ;

– mais aussi nous aider. Pierre : « Notre mission est tout spécialement une mission de consolation et d'amour... Nous exerçons notre ministère en faveur de nos frères. Nous aussi nous sommes envoyés pour fortifier ceux qui luttent. » Paqui : « Dans nos sphères de lumière, nous travaillons intensément pour influer sur la destinée de la terre, en vous environnant de nos rayons d'amour. » Roland, enfin : « Je te guide, répands la bonne parole. »

Je pense qu'il est important, en effet, de « répandre la bonne parole » à mon tour, en reprenant l'enseignement que leurs messages transmettent. Cette seconde partie s'y emploie donc.

Après le préambule, qui exprime la *hiérarchisation universelle* dont chacun des messagers souligne l'importance, et en fonction de laquelle sept royaumes sont définis, je scinderai cette seconde partie en deux :

– La première concerne les *quatre royaumes visibles.* Je reprends les quatre règnes minéral, végétal, animal et humain, en tâchant d'illustrer toute la valeur des enseignements de l'au-delà par des exemples tirés des données scientifiques les plus récentes en ma possession. Étant médecin, j'insiste davantage sur les données biologiques, domaine dans lequel je suis le plus compétent.

– La deuxième traite des *trois royaumes invisibles.* Il s'agit de notre évolution potentielle dans l'au-delà : le cinquième royaume correspondant au Purgatoire où nous prendrons conscience de notre karma, ce qui nous fera soit rétrograder au sixième royaume infernal ou, ce que je souhaite, bien sûr, au septième royaume des élus.

– Une ultime *conclusion* termine cet ouvrage.

PRÉAMBULE

LA HIÉRARCHISATION UNIVERSELLE

Tout est hiérarchie dans notre organisation vitale nerveuse. Pour s'en convaincre, il suffit de rappeler que le cancer est la perte de la hiérarchisation nerveuse, puisque la cellule se divise et prolifère en dehors de tout contrôle et au mépris de tout l'environnement.

Pour mieux se convaincre de la hiérarchisation qui préside à la connaissance, je vais relater le processus d'organisation ascendante que subit une information externe (stimulus sensoriel), sa montée à la conscience et sa mise en mémoire.

– Le premier élément somatique concerné est le *capteur* * ou récepteur sensoriel (rétine, organe auditif de Corti *, tactile, etc.) qui capte cette information. Il la transforme en train d'ondes d'influx nerveux spécifiques.

– Un *filtre* groupe et oriente ces influx dans la voie neurologique adéquate. Selon le type d'information, il porte un nom différent : « substance gélatineuse de Rolando » pour la moelle et les influx sensitifs externes dits « nociceptifs » ; « couche bipolaire » pour la vision ; « neurone bipolaire de Corti » pour l'audition, etc.

– Un *relais* siège plus haut. Il concentre une fois de plus ces signaux sensoriels et les achemine dans des circuits bien particuliers. Ce relais est toujours une grosse masse nucléaire grise : le « thalamus * » pour les influx sensitifs du corps ; le « corps genouillé externe » pour la vision ; le « noyau cochléaire » pour l'audition, etc. Il a un rôle très important. D'une part, il regroupe tous les influx sensoriels relatifs à un même événement ; d'autre part, il les dirige dans des circuits cérébraux spécifiques, à destination du cortex récepteur qui va les authentifier.

– L'*aire de perception* est en effet toujours corticale. Elle procède à l'analyse du phénomène : pariétale « ascendante post-centrale » pour les influx sensitifs, « scissure * calcarine » pour la vision, « gyri * transverses de Heschl * » pour l'audition, etc. Mais le trajet est loin d'être terminé. Pour ne siéger désormais qu'à l'étage cérébral, il faut encore que le message que contient ces influx soit identifié, rapporté au corps entier et, enfin, mis en mémoire.

– Une *commissure inter-hémisphérique*, c'est-à-dire un faisceau de fibres nerveuses, conduit les influx du côté cérébral qui est, génétiquement et embryologiquement, le plus qualifié pour traiter ce genre d'information. Il s'agit en général du cerveau gauche. Là s'effectue la « généralisation » ou rapport de l'événement au contexte global ; ce qui permet la détection et la localisation exacte du stimulus qui a déclenché la mise en route du circuit.

– Une *aire corticale « associative »* accueille alors tous ces trains d'ondes. Elle siège dans la partie latéro-postérieure du cerveau, à cheval sur les trois lobes pariétal (sensitif), occipital (visuel) et temporal (olfactif, gustatif et auditif). Elle confronte les divers messages à l'acquis du sujet, pour en définir la signification et la portée.

– Une ultime projection sur une *aire temporale de « mémorisation »* (hippocampe ou corne * d'Ammon) permet l'engramme de ce qui devient un « nouveau savoir ».

On voit qu'il existe sept niveaux distincts pour qu'un événement extérieur à nous puisse s'inclure dans notre connaissance.

Il est étrange de retrouver ce *même chiffre 7* revenir de façon constante. On le remarque aussi bien dans les sept jours de la semaine, les sept notes de la gamme, les sept péchés capitaux, le chandelier à sept branches, etc., mais aussi, et cela concerne plus spécialement cet ouvrage :

– La « filiation » de l'Apocalypse [52] de saint Jean, « connaissance des connaissances » comprend les *7 degrés* que sont :

– Dieu ;
– Jésus ;
– L'ange messager ;
– Jean ;
– Les 7 anges des 7 Églises d'Éphèse, Smyrne, Pergame, Thyatire, Sardes, Philadelphie et Laodicée ;
– L'ensemble des fidèles de chacune de ces 7 Églises ;
– Le sujet qui, en fin de chaîne, prend connaissance du message.

Et ce n'est pas tout car ce chiffre revient sans cesse dans cette révélation. Qu'on en juge plutôt : les 7 esprits présents autour du trône de Celui « qui est, était et vient » ; les 7 candélabres ; les

7 Églises, bien sûr ; les 7 sceaux que brise l'Agneau, porteur lui-même de « 7 cornes et de 7 yeux qui sont les 7 esprits de Dieu en mission par toute la terre » ; les 7 trompettes ; la Bête à 7 têtes ; les 7 fléaux des 7 coupes !

Anne et Daniel Meurois-Givaudan, dans *Terre d'émeraude. Témoignages d'outre-corps* [28], indiquent que *7 sages* symbolisent « le son initial et ses 7 modulations exactes, les 7 notes de la gamme ». Ils « rayonnent et initient d'autres hommes vivant sous la lumière solaire, créent la chaîne ininterrompue des initiés et des guides permanents de l'évolution humaine ».

Papus, dans sa *Réincarnation* [35], indique que, d'après son maître Saint-Yves d'Alvevre, la vie humaine s'effectue par *tranches de 7 années*. Il donne lui-même les signes des quatre premières :

– de 0 à 7 ans, l'esprit « s'installe », s'incarne, permettant ainsi au bébé de « vivre sur deux plans », encore dans l'invisible et pourtant de plus en plus dans le réel ;

– de 7 à 14 ans, l'ancrage dans le réel se confirme. Il existe d'abord une phase de crédulité, où l'enfant croit tout ce qu'on lui dit, puis une phase d'opposition et de critique ;

– de 14 à 21 ans, l'adolescent devient homme. Il échappe à son milieu (l'« âge ingrat »). Il peut même se révolter ;

– de 21 à 28 ans, l'être humain développe sa personnalité, sa dissemblabilité.

Les autres stades vont justement dépendre de cette dissemblabilité. Mais ils s'effectueront toujours par « série » de 7 années.

Toutes nos entités de l'au-delà sont unanimes pour nous communiquer dans leurs messages une *gradation évolutive en sept degrés.* Complétant ma documentation par des exemples empruntés à François Brune [9] et Jean Prieur [38], je cite :

– Roland de Jouvenel, et ses « sept plans de conscience intérieure » ;

– Pierre Monnier et Paqui avec, pour eux, des « sphères célestes » ;

– Georges Morranier [9] et ses « sept paliers » ;

– Frédéric Myers [9] et ses « sept plans » ;

– Maryse Bruce-Wallace [38] avec ses « sept plans de conscience ».

Il est cependant bien certain que tous ces plans, sphères ou paliers ne correspondent pas toujours. J'y reviendrai un peu plus loin.

Mais pourquoi ce chiffre 7 ?

L'explication nous en est donnée par la Bible [52] : *sept est le chiffre de la plénitude et de l'épanouissement.*

De toutes les explications qu'il me fut donné de connaître quant au symbolisme de ce nombre, Jean Prieur, encore lui, me fournit celle qui me semble la plus judicieuse. Il remarque que, si on se réfère à la figure obtenue par les sept points ordonnancés, de façon symétrique, dans un plan, on obtient l'« hexagone inscrit et centré », représenté ci-dessous. Cet agencement forme l'image la plus simple et la plus proche du cercle, puisque « le côté de l'hexagone inscrit dans un cercle est égal à son rayon [38] ». Or le cercle est la représentation traditionnelle de la *perfection*, de la *connaissance absolue* du *« plan » universel.*

* *
* * *
* *

Cette deuxième partie et celle qui la suit sont consacrées, on le sait, à la description de sept royaumes hiérarchisés. J'utilise le terme de « royaume » parce qu'il est celui qui me semble le plus indiqué pour parler du règne minéral, du règne végétal, du règne animal, comme il est scientifiquement admis de nommer les grandes divisions de la nature. Alors, j'ai continué...

Mais qu'est-ce que chacun de ces royaumes ? A quoi correspondent-ils ?

J'ai bien spécifié que tous les témoins de l'invisible sont unanimes pour hiérarchiser l'évolution en sept « plans ». Mais aucun ne donne le même point de départ. Ainsi, pour Myers, le premier plan est celui de la mort. Pour Pierre et Paqui, le premier plan est, au contraire, celui qui vient après la mort. Quant à Roland, il parle de « sept zones d'évolution intérieure » avant même d'avoir gravi le premier échelon !

Suivant en cela Jean Prieur [38], j'ai tout bonnement suivi, pour commencer, la division logique des « règnes », en y rajoutant le « règne de l'homme ». Ce qui donne les quatre premiers royaumes visibles. Quant aux trois royaumes invisibles, ils sont, tout naturellement, le Purgatoire, l'Enfer et le Paradis de mon instruction religieuse. Vous verrez que cela correspond très bien aux enseignements des messagers de l'au-delà.

Donc :

– Le *premier royaume* est *minéral* : élémentaire, atomique, à énergie non apparente mais redoutable, comme Hiroshima et

Nagasaki l'ont malheureusement appris à leurs dépens. C'est le magma universel où tout s'organise.

– Le *deuxième royaume* est *végétal* : c'est celui de la transformation énergétique qui permet de vaincre la pesanteur et, par l'action de processus biochimiques, croître et prospérer.

– Le *troisième royaume* est *animal* : il est celui de la motilité et de l'évolution vitale.

– Le *quatrième royaume* est *humain* : c'est le royaume de la prise de conscience et de l'éveil de la spiritualité. Ce devrait être celui de l'amour, alors qu'il n'est que celui de la pensée. C'est le dernier des *royaumes visibles*.

– Le *cinquième royaume* est le premier des *royaumes invisibles*. Il est celui de la transition, que dans la tradition chrétienne nous nommons le *Purgatoire*. Il succède au passage, au bardo final. C'est celui de la prise de conscience de la loi du karma.

– Le *sixième royaume* est celui, inférieur, des *ténèbres infernales*, des puissances du mal, de la seconde mort.

– Le *septième royaume*, enfin, est le *Paradis*, le royaume supérieur, celui des élus. Ce sont les « sphères blanches ».

Il n'y a pas sept chapitres, mais neuf : royaumes visibles et invisibles, qui forment, chacun, une partie, voient, en effet, une *conclusion* reprendre les enseignements pour une synthèse finale.

CHAPITRE 1

LE PREMIER ROYAUME, MINÉRAL

Je me réfère en premier lieu à la Bible [52] pour définir les constituants de ce premier royaume. Mais je confronte toujours les textes sacrés aux données les plus récentes que je puis avoir de la science actuelle, tout en tenant compte de l'enseignement des témoins de l'invisible.

SAINT JEAN ET LE VERBE-PHOTON

L'Évangile de saint Jean débute ainsi : « Au commencement était le Verbe et le Verbe était avec Dieu et le Verbe était Dieu. Il était au commencement avec Dieu. Tout fut fait par lui et sans lui rien ne fut. Ce qui fut en lui était la vie et la vie était la lumière des hommes. »

Verbe vient du latin *verbum*, qui signifie « parole ». Par ce terme, trois facteurs doivent être mis en évidence :

– l'objectivation d'un élément psychique, puisque la pensée devint son. On pense immédiatement alors au grand « bang » qui, pour tous les astrophysiciens, fut l'explosion initiale universelle, d'où notre monde naquit voici quelque cinq milliards d'années ;

– le son est véhiculé par un souffle. On songe d'une part au souffle qui permet au Dieu de la Genèse d'animer Adam... donc d'insuffler la vie ; d'autre part, au souffle purificateur que le prêtre projette sur le baptisé pour le faire renaître à la vie spirituelle chrétienne ; enfin, à l'expansion continue de notre univers, après le big bang originel, comme le démontrent les mesures de l'effet Doppler par les astronomes, comme de vulgaires grains de sable dispersés par un souffle puissant ;

– le son est, enfin, vibrations. On arrive, là, au problème majeur, fondamental, de l'origine même de la vie et de la place de l'homme dans le cosmos.

Saint Jean l'affirme : « Ce qui fut en lui était la vie. » Oui, la vie succéda au tohu-bohu de la déflagration primordiale, dans la fournaise entretenue par la fusion nucléaire de l'hydrogène transformé en hélium, comprimé par la force de gravitation d'une façon très difficilement imaginable.

Le verset de saint Jean se termine ainsi : « La lumière vit dans les ténèbres et les ténèbres ne l'ont point saisie. » La lumière !... c'est-à-dire le photon. Le photon qui vainc la matière et crée la vie. Quelle prédiction remarquable de ce que la science mettra deux millénaires à découvrir ! Il est en effet admis que le photon d'origine solaire est l'élément probable de la genèse de la matière vivante.

Quatre types d'expériences vont l'illustrer, celles de Stanley Miller ; celles, familiales, sur les doliques mougettes : celle du général Baranger sur l'huile de chaulmoogra ; celles enfin de Marcel Violet.

Les expériences de Stanley Miller

En 1952, aux États-Unis, Stanley Miller voulut vérifier le pouvoir de décharges électriques dans un milieu gazeux proche de celui qui régnait aux origines de notre terre. N'oubliant pas que l'oxygène est d'apparition beaucoup plus récente, puisque produit par la réaction de photosynthèse que les plantes développeront dans le deuxième royaume, il enferma dans une cornue un mélange d'ammoniac, de méthane, de vapeur d'eau et, bien sûr, d'hydrogène. Il provoqua alors des décharges électriques, simulant ainsi les éclairs qui sillonnaient l'atmosphère primitive. Au bout d'une semaine, il ouvrit la cornue et analysa son contenu : des acides aminés s'y étaient formés, identiques à ceux que l'on trouve dans tous les tissus vivants.

Des expériences de même type furent tentées depuis, avec des mélanges de composition différente, soumis à l'action de sources d'énergies variées. Dans tous les cas furent obtenus des composés biologiques plus ou moins complexes. Il fut cependant noté une caractéristique générale : les acides aminés n'étaient pas directement « issus » de l'atmosphère, mais devaient « transiter » en solution aqueuse. Ce qui confirme bien l'importance qu'a dû avoir l'eau dans l'apparition de la vie sur terre. Nous y reviendrons. Notons, pour l'instant, que les étincelles électriques, à défaut de vie, ont pu effectuer la synthèse d'éléments précurseurs de la substance vivante.

Les expériences familiales sur les doliques mougettes

Mon grand-oncle Humbert Bourdiol fit une première constatation étrange à propos d'un champ de doliques mougettes (haricots noirs) plantés sur une butte, de telle sorte que le soleil levant en éclairait une partie, et le soleil couchant l'autre.

Il y avait planté des spécimens atteints d'une sorte de cancer, nommé « court-noué » : en effet, si le microscope met en évidence des cellules anormales, à gros noyaux dotés d'un terrible pouvoir de scissiparité (le funeste accroissement des mitoses * cancéreuses), cette atteinte est objectivée moins par l'épaississement des rameaux que par le rapprochement des « nœuds » d'où s'échappent les tiges et feuilles – d'où le nom de « court-noué ». Or il se rendit compte qu'ils guérissaient spontanément lorsqu'ils étaient exposés au soleil levant : les nouvelles ramures se montraient plus élancées, plus minces et les nœuds s'espaçaient.

Cependant, ce phénomène ne se produisait qu'au soleil levant. Il arriva que des doliques mougettes sains présentassent une apparition pathologique de « court-noué ». Mais celui-ci disparaissait toujours à une nouvelle exposition au soleil levant. Une énergie spéciale et bénéfique se dégage donc du soleil lorsqu'il se lève, du Khépri égyptien, que les yogis reconnaissent puisqu'ils effectuent vers lui leur salutation matinale, qui prélude à toutes leurs journées.

Une anecdote qui peut expliquer certains cas curieux de vulnérabilité : mon grand-père cultiva ces mêmes haricots noirs dans deux bacs. Une moitié restait ainsi exposée jour et nuit aux rayonnements photoniques, tandis que l'autre moitié était soustraite aux rayons lunaires par recouvrement du bac dès le coucher du soleil. Il constata, lui aussi, une action divergente dans les deux cas : les cultures qui étaient recouvertes la nuit se développaient plus vite que celles qui restaient soumises à toutes les radiations lumineuses, qu'elles soient solaires ou lunaires. Je ne me souviens pas d'une expérience tentée avec des plants atteints de « court-noué ».

Une certitude se manifeste cependant, qui corrobore les textes anciens où, au soleil vivificateur, à Phœbus triomphant et vivant, s'oppose la triste lune, Phœbé languide et morbide, sinon mortelle.

Le général Baranger et l'huile de Chaulmoogra

J'ai déjà évoqué ce professeur de chimie de l'École polytechnique. Juste après la Seconde Guerre mondiale, il fut requis pour élucider un problème bizarre. On traitait alors la lèpre avec l'huile de chaulmoogra, par injections intramusculaires. Or il s'avérait que les nouvelles livraisons, civiles, faites en Afrique ne donnaient pas satisfaction : elles se montraient beaucoup moins efficaces que les anciennes, militaires. Il lui fallait trouver la raison de cette brusque et singulière inefficacité, d'autant plus étrange qu'un facteur local semblait jouer : dans une zone précise, en effet, ces récentes livraisons n'étaient pas critiquées.

Quelle ne fut pas la stupéfaction de général, lors de son inspection dans ce secteur ! Au mépris de toute hygiène, l'infirmier vidait le contenu de toutes les ampoules délivrées par le laboratoire dans une même cuvette, bien largement exposée et à l'air et à la lumière, puisque les injections se pratiquaient toujours dehors. Il y prélevait ensuite soigneusement la dose prescrite, pour piquer chaque sujet de la file d'attente.

Se souvenant que le conditionnement militaire antérieur se présentait sous forme de grands flacons multi-doseurs à membrane caoutchoutée, et non des petites ampoules individuelles actuelles, le général Baranger pensa que, pour recouvrer son efficacité d'antan, l'huile avait besoin d'être oxydée.

Je me demande si le rayonnement photonique n'était pas le vrai responsable de cette efficacité retrouvée.

De toute façon, l'introduction des sulfones en thérapie lépreuse rélégua l'huile de chaulmoogra dans le lot des médicaments dépassés… et personne ne pensa jamais plus à cette activation extraordinaire, en pleine brousse, d'un médicament stérile, mais alors moins efficace.

Les expériences de Marcel Violet

Le jour où cet ingénieur eut besoin d'une eau particulièrement pure, il résolut d'en fabriquer artificiellement en recueillant, à l'aide d'un cristallisoir incliné, la vapeur d'eau émise par un bec Bunsen brûlant dans son laboratoire : la condensation coulait dans un récipient aseptisé.

Lorsqu'il en eut obtenu une quantité suffisante, il eut la curieuse idée d'y plonger des têtards vivants... qui moururent en quelques secondes. Intrigué, pensant que cette eau artificielle était dépourvue de gaz dissous, il y fit barboter de l'air, puis de l'oxygène pur. Mais en pure perte : cette eau se montrait impropre à la vie.

Par le plus grand des hasards, il se rendit compte que l'exposition au soleil lui restituait ses propriétés biologiques : les têtards pouvaient alors y vivre et s'y développer ! *Les photons possèdent donc un pouvoir « biotique » incontestable.*

Dans une tout autre série d'expériences, Marcel Violet constata qu'un liquide quelconque – de l'eau en l'occurrence – acquérait des propriétés énergétiques singulières s'il était soumis à une irradiation photonique, même artificielle, pourvu qu'elle fût d'une grande intensité. Ces propriétés « biotiques » étaient naturellement acquises par une exposition continue, mais curieusement exacerbées par une irradiation fréquentielle. Il utilisa donc un appareil émetteur d'éclairs lumineux pour fabriquer une eau « dynamisée » qui, effectivement, démontra d'étonnantes propriétés trophiques sur les végétaux : tous ceux qui furent arrosés avec cette eau dynamisée présentèrent une croissance plus précoce, plus rapide et plus importante que le lot témoin. Des expérimentations animales et cliniques humaines confirmèrent bientôt ces résultats.

À la suite de recherches effectuées au sein de mon G.E.M.M.E.R. j'ai pu réaliser avec mon fidèle ingénieur et ami Gool Seedat, un appareil lui aussi émetteur d'éclairs lumineux, le « Thérahertz 2000 » qui, par le biais des fréquences particulières que j'ai déjà indiquées (mais sur lesquelles je reviendrai encore), permet de « potentialiser » des préparations homéopathique ou organothérapiques : des remèdes ou des organes broyés, dilués et dynamisés selon le procédé inventé par S. Hahnemann acquièrent des propriétés thérapeutiques spécifiques, en fonction d'une certaine fréquence d'éclairs lumineux. Les photons émis sont vecteurs d'une énergie inouïe, ce que les résultats cliniques corroborent.

Le photon, émis dans notre monde par le soleil, *est l'élément vital vibratoire absolu.*

Remarquons qu'il est déjà un curieux élément :

– il possède une naissance incontestable, l'incandescence. En revanche, il ne présente pas de mort. C'est en effet grâce à lui, par la mesure Doppler, que nos astronomes ont connaissance de galaxies disparues depuis bien longtemps... mais dont les photons issus de leur explosion ultime ne nous parviennent, à travers le vide sidéral, que maintenant ;

– il est énergie pure, et ne possède aucune masse ;

– et, pourtant, en tant qu'élément « corpusculaire », il obéit à toutes les lois de la physique normale qui régissent tous les corps solides, tout en pouvant se transformer en « éléments vibratoires » et participer ainsi à une tout autre physique, avec d'autres lois et, surtout, d'autres possibilités ;

– il n'a besoin d'aucun support pour se propager, franchissant les espaces aériens ou sidéraux avec la même aisance.

Et il a encore bien d'autres qualités déconcertantes !

Une question se pose alors : avec toutes ses particularités, le photon peut-il être à l'origine de la vie ? Pierre Monnier répond négativement. Et ce de façon péremptoire :

> La vie, qu'est-elle ?... D'où vient-elle ?... Pourquoi quitte-t-elle soudain cette chair, qui se dissout dès qu'elles se sont séparées ?...
>
> La vie retient ainsi, dans ses combinaisons voulues par une intelligence toute-puissante, la création entière, que ce souffle, indispensable à la continuité de tout ce qui existe, rend apte à perpétuer et à agir selon un plan que vous constaterez sans l'expliquer.
>
> Il suffit d'un ordre du Dieu vivant pour rappeler à Lui le souffle vivifique qu'Il dispense à l'être plein de vie.
>
> Expliquerez-vous cela par votre science ?... Vous savez qu'il n'en est rien ! D'ailleurs, Dieu est Lui-même la vie éternelle, et expliquer la vie ce serait expliquer Dieu... Je le répète, cela ne se peut pas encore.
>
> Vous devez donc considérer la vie comme un fruit de l'arbre divin, et ne pas arrêter vos recherches sur la façon dont mûrit ce fruit dans l'immanence céleste, puisque la science des hautes sphères spirituelles apprendra ces secrets, mais seulement lorsque nous y parviendrons, après les évolutions de plus en plus dépouillées de ce qui n'est pas l'esprit.
>
> Devant ce mystère persistant et profond, inclinez-vous et renoncez à l'orgueil de vos pensées : vous ne sauriez déchirer ce dernier voile !

Il est bien certain que toutes les recherches, toutes les expériences effectuées n'ont jamais pu animer la matière, lui apporter cette étincelle divine, cette vibration mystérieuse qui déclenche la vie.

LA GENÈSE ET LES CINQ ÉLÉMENTS

La Genèse débute par l'affirmation que Dieu crée le monde : « Au commencement Dieu créa le ciel et la terre. Or la terre était vide et vague, les ténèbres couvraient l'abîme, un vent de Dieu tournait sur les eaux. » Le fameux tohu-bohu, le chaos – tout comme le vent et les eaux – ne sont ici que des images qui, par leur caractère négatif, préparent la notion de création à partir du néant.

Et la première création advient : « Dieu dit : "Que la lumière soit !" » Le photon surgit donc le premier, du premier jour biblique.

Au deuxième jour, « Dieu dit : "Qu'il y ait un firmament au milieu des eaux et qu'il sépare les eaux d'avec les eaux." Et il en fut ainsi. » Le ciel et l'eau apparaissent.

Remarquons que les éléments les plus extraordinaires – et les plus faussement simples – sont ainsi les premiers créés. J'emploie le qualificatif « les plus faussement simples » à bon escient : leur nature est beaucoup plus complexe que leur aspect ne le laisse supposer. Nous venons d'évoquer le photon, cette énergie sans masse, pouvant être corpusculaire pour mieux frapper, bouleverser, pénétrer ; ou bien vibratoire pour mieux s'immiscer, se fondre, transformer... Que dire de l'eau, ce liquide si étrange qui se décompose en deux gaz, lesquels forment un mélange sacrément détonant. Qui plus est, ainsi réunis à nouveau, ils explosent en libérant quelques gouttelettes d'eau ! Mieux encore, chacun d'eux pris séparément s'enflamme ou attise le même feu que, sous forme aqueuse, ils éteignent !

Avec ses qualités électriques, magnétiques, physiques et... physiologiques particulières, l'eau est vraiment *le* liquide universel, mais encore rempli de mystère. Cette immensité impalpable que limite l'horizon et qu'on appelle le ciel cache en réalité des milliards de galaxies, contenant chacune des milliards de soleils identiques au nôtre, autour desquels gravitent des planètes, tout comme la nôtre.

Sa couleur bleue est illusoire. Elle est liée à deux phénomènes :

– le bleu et le violet, ayant la plus grande longueur d'onde, présentent la diffusion la plus importante en pénétrant notre atmosphère. Alors que les autres couleurs ne sont pas – ou très peu – affectées, le bleu et le violet sont, eux, propagés dans toutes les directions. Ils aboutissent ainsi à notre rétine ;

– mais celle-ci capte mieux le bleu, tout simplement.

En réalité, on sait que l'espace intersidéral est noir, aucune particule ne venant réfléchir la moindre radiation visible. Son aspect actuel même est illusoire : compte tenu de la vitesse finie de la lumière (300 000 km/s), les galaxies lointaines qu'on peut apercevoir au télescope ne sont plus à l'endroit observé et, surtout, ne présentent plus du tout l'aspect sous lequel, pourtant, on les observe. En effet, lorsqu'un objet est situé à des milliards d'années-lumière, cela veut dire qu'on reçoit aujourd'hui seulement la lumière qu'il a émise il y a des milliards d'années, pendant lesquelles bien des événements ont pu se produire.

Son « vide de toute vie » actuel est aussi illusoire. Les probabilités démontrent que nous ne *pouvons* pas être les seuls êtres pensant, discernant et agissant. Mais nos moyens de communication sont encore précaires puisque limités par la vitesse de la lumière ! Certes, nous n'avons reçu ni ne recevons aucune réponse aux messages codés que nous adressons aux étoiles voisines. N'oublions pas que le message met plusieurs années avant de parvenir... aux plus proches. Et leur réponse éventuelle tout autant pour en revenir et être captée par nos radiotélescopes.

Au troisième jour, « Dieu dit : "Que les eaux qui sont sous le ciel s'amassent en une seule masse et qu'apparaisse le continent." Et il en fut ainsi. »

Ainsi, en trois jours, furent créés :

– *Le feu*, puisque le *photon* est énergie et lumière...

– *L'Air*, avec le vent puis le firmament et le ciel, enfin...

– *L'Eau*, bien sûr, du second jour...

– *La Terre* du troisième jour...

D'une certaine façon, Dieu unique, transcendant, créateur et antérieur au monde peut être assimilé à l'*éther*, ce fluide très subtil, d'origine inconnue, existant avant les quatre autres éléments et induisant les conditions intimes qui les transmutent. On peut également le nommer *quintessence*, et c'est le « cinquième élément essentiel » d'Empédocle, ou l'extrait essentiel de toute substance des alchimistes.

En ce qui concerne l'emploi de cette conception universelle, je rappelle que, deux mille ans avant Jésus-Christ, toute la philosophie et la médecine chinoise furent soumises à cette célèbre *loi des cinq éléments*. De nos jours, elle est encore suivie, avec d'excellents résultats thérapeutiques, par des acupuncteurs, pourtant rompus à toutes nos techniques et disciplines scientifiques puisque médecins.

NOTRE UNIVERS VU PAR LES SCIENTIFIQUES

L'astronomie moderne enseigne que notre univers est né voici quinze à vingt milliards d'années, dans une vaste explosion, le « big bang ». L'origine même de cette catastrophe cosmique est totalement inconnue et on se perd en conjectures... d'où une intervention « intelligente supérieure » (pour ne pas dire divine) n'est d'ailleurs pas exclue.

L'explosion projeta dans toutes les directions tous les constituants primitifs. Ceux qui furent éjectés avec la vitesse la plus grande se trouvent maintenant les plus lointains. Le vide intersidéral ne gênant pas leur progression, ils possèdent de ce fait une « vitesse de fuite » plus importante. Ce qui explique l'expansion progressive de l'univers, corroborrée par la mesure de l'effet Doppler, c'est-à-dire par le décalage spécifique des radiations lumineuses que chaque astre émet.

Il y a quatre milliards d'années et demi, une gigantesque boule de gaz se formait. Presque uniquement composée d'hydrogène, – l'atome le plus simple, morphologiquement parlant –, elle se « condensa », par forces centripètes d'attraction, d'une façon difficilement imaginable puisqu'un litre de gaz pouvait – et peut toujours –, en son centre, contenir plus de 100 kg de substance élémentaire. En même temps lui parvenait un rayonnement d'origine, lui aussi, inconnue, puisque provenant de partout, des plus lointaines galaxies, le rayonnement cosmique. Pour notre actuelle terre, il consiste en un trillion de particules primaires (mésons, neutrinos, etc.), qui possèdent une énergie considérable et une force de pénétration énorme. Ils ionisèrent tous les atomes d'hydrogène qu'ils rencontrèrent, coupant des noyaux, faisant « sauter » des électrons, bref, « électrisant » cette masse gazeuse sous pression. Des réactions de fusion nucléaire se produisirent : les noyaux d'hydrogène fusionnèrent pour former des noyaux d'hélium, en dégageant une énergie considérable... À chaque seconde, le soleil – puisque c'est de lui qu'il s'agit – transforme quatre millions de tonnes de sa substance en énergie lumineuse !... Certes, c'est considérable. Mais la masse solaire l'est bien davantage, puisqu'elle « pèse » deux milliards de milliards de tonnes ! Ce qui lui laisse donc, en théorie, une durée de vie de quinze mille milliards d'années. Ouf !

Autour de ce soleil naissant tourbillonnaient des milliards de corpuscules de toutes natures et de toutes origines qui, suivant des orbites irrégulières, s'aggloméraient ou se séparaient au fil des rencontres ou des collisions. Les agglomérats les plus gros attirent les plus petits, puisque leur attraction gravitationnelle est supérieure. Un effet boule de neige s'ensuit. Des planètes se forment, plus ou moins grosses en fonction du « ratissage » qu'elles ont opéré autour d'elles. Elles deviennent sphériques, ce qui est conforme aux loix qui régissent l'équilibre des forces pour tout corps massif.

Afin de mieux nous rendre compte de la dispersion de ces planètes, en gardant les mêmes proportions, précisons que, pour notre seul système solaire si nous figurons le soleil par un ballon de 1 mètre de diamètre :

– Mercure est une petite bille de 4 mm, placée à 200 m ;
– Vénus, une bille de 1 cm, à 350 m ;
– notre terre, une bille de 1 cm également, mais placée à 500 m du ballon central. Quant à la lune, c'est une tête d'épingle de 2,5 mm, à 1 m de la terre ;
– Mars, une bille de 5 mm, à 750 m ;
– Jupiter une balle de 11 cm, donc énorme, sise à... 2,5 km... On saute loin !
– Saturne, une balle de 9 cm, mais à 5 km ;
– Uranus, une petite balle de 4 cm, à 10 km ;
– Neptune, une petite balle identique de 4 cm, mais à 20 km ;
– Pluton, enfin, une bille de 5 mm également à 20 km.

Chaque planète se trouve nantie d'un même « cœur », comprimé et ionisé, dont la température augmente avec la pression de tassement. Lorsque celle-ci est suffisamment élevée, vers cent millions de degrés, des réactions de fusion nucléaire se déclenchent. Les roches se forment alors, composées d'éléments chimiques de plus en plus lourds. Mais aucun élément de masse atomique comparable à celle du fer ne peut être généré de cette façon : il lui faudrait en effet un apport énergétique supplémentaire, qu'il faudrait donc lui fournir... de l'extérieur, ce qui est, bien sûr, impossible.

Le fer étant le vingt-sixième élément du célèbre tableau de Mendeleiev, on voit que la genèse rocheuse est assurée grâce à tous les éléments qui précèdent, à savoir, par ordre de poids atomique croissant : l'hydrogène, l'hélium, le lithium, le béryllium, le baryum, le carbone, l'azote, l'oxygène, le fluor, le sodium, le magnésium, l'aluminium, le silicium, le phosphore, le soufre, le chlore, le potassium, le calcium, le scandium, le titane, le vanadium, le chrome et le manganèse ! Excusez du peu !

Beaucoup d'inconnues subsistent cependant. Notamment comment, du magma central – cette matière première, la *materia mater* des alchimistes, en athanor – fusionnent les éléments en proie aux alliances et aux métamorphoses qui vont déboucher en roches ignées plutoniques (granit), volcaniques (basalte), métamorphiques (gneiss), etc. Les lois qui gouvernent ces réactions sont aussi obscures que les « voies sèches » ou « voies humides » des adeptes, avec leurs fusion, addition, projection, œuvre irisée, au rouge, puis au noir !

Au commencement se retrouve donc le *feu*, les températures de plusieurs millions de degrés... Au commencement se retrouve la lumière, donc le *photon*... Puis l'hydrogène et, bientôt, l'oxygène, c'est-à-dire les constituants de l'*eau* ! Enfin, les autres éléments...

Nous retrouvons la Genèse, certainement plus savants, mieux informés du processus plus intime de la matière... mais beaucoup plus désorientés et... pas plus avancés, dans le fond, n'est-ce pas ?

Qu'en disent nos témoins de l'invisible ? C'est ce que nous allons savoir.

LE PREMIER ROYAUME DES MESSAGERS DE L'AU-DELÀ

On peut scinder le message de nos témoins de l'invisible en cinq points qui sont : la pluralité des mondes ; toute substance vit ; toute substance possède même un embryon de conscience ; la pensée peut dès lors influencer la matière ; l'amour, encore une fois, guide tout !

Nous connaissons, par les messagers « oraux » de Constantin Raudive, la présence du « technicien » qui donne de précieux conseils d'instrumentation et de technique. Il déclare cependant n'avoir jamais été incarné sur terre – ce qui laisse à penser qu'il l'a été ailleurs !

Mais c'est surtout Pierre Monnier qui parle le plus des autres mondes habités. Et de façon fort nette.

> Ne croyez pas que Dieu ait créé une seule race. La terre est peuplée par les hommes, mais les autres mondes sont peuplés par d'autres races, qui évoluent de leur côté. Il paraît que ce n'est que dans les sphères très hautes que se fait la rencontre des esprits venus des mondes différents. [...]
>
> Il y a bien des races créées : l'humanité est une des plus retardataires, comme il apparaît très vite, si vous considérez la véritable nature humaine privée de l'étincelle spirituelle qui, seule, la relève et l'ennoblit. [...]
>
> Je ne veux pas dire que l'homme soit la création unique faite par Dieu pour l'immortalité. Ce serait une grossière erreur ! Car la vie étant effluve divin, la vie, venant de Dieu qui l'a répandue dans toute son œuvre, la vie contient en permanence le germe de l'immortalité. Il est donc évident que tout ce qui est créé survit. Si nous sommes rois, nous ne sommes pas exclusivement des créatures douées de vie, ni même d'une âme... Sachez que ces mondes, ces mondes que vous découvrez au moyen des instruments les plus perfectionnés, représentent en comparaison de l'infini, créé sur un même plan, les infiniment petits de vos études biologiques... Beaucoup de raisons m'empêchent d'aller plus avant dans la révélation que je t'apporte et que de prochaines découvertes confirmeront devant la science.

Nous avons déjà signalé que les scientifiques admettent l'extrême probabilité de formes de vie sur d'autres planètes, dans d'autres galaxies. Elles n'auront peut-être ni la peau verte, ni l'auriculaire raide, ni des tentacules... Notre anthropomorphisme vieux jeu est incontestablement périmé. D'autres formes que la forme humaine sont déjà concevables.

Si pour saint Jean et pour les scripteurs de la Genèse, le premier royaume est celui de la matière inerte, les témoins de l'invisible sont unanimes à affirmer que tout est vivant parmi les minéraux. Ils rejoignent ainsi les scientifiques. Pierre dit :

Les minéraux eux-mêmes ont une vie, qui est la concentration en eux de la pensée divine et créatrice. Rien de ce qui vient de Dieu ne peut périr. Or, son émotion, puis-je dire, demeure fixée dans le règne minéral, telle l'aube de l'instinct. En effet, l'évolutionnisme est une conception exacte en une certaine mesure. Pourtant, il serait plus conforme à la vérité de préciser en l'appelant : le développement du germe sacré déposé en toutes choses par le Créateur. Il n'est pas un atome né par l'ordre de Dieu, et ils le sont tous, qui n'ait conservé le motif éternel. [...]

Rien de ce qui se meut n'est privé de l'animation vitale, or tout se meut. Jusqu'aux forces enfermées dans les rochers de vos montagnes et que, par ignorance, vous laissez improductives. Ces indications doivent vous conduire vers de nouveaux champs de travail... Tout vibre, tout gravite, tout est composé d'atomes divisibles à l'infini, animés chacun d'un mouvement méthodique, coordonné, réglé sur un rythme éternel, je le dis, éternel et sans variation. [...]

La sensibilité de la matière a été prouvée. La matière vit donc. Ainsi les molécules, je dirai même les atomes, dont la réunion constitue la matière, ont des centres vivants, au même titre que toute production de la vie animale ou végétale. Or la matière, devant vos yeux, se prête à des transformations parfois subtiles, souvent aveuglantes, et qui s'opèrent sous les impulsions immatérielles bien que positives... Vous avez enfin compris la similarité de tous les mouvements atomiques dont vous voyez les effets, résultat d'une cause unique : la mobilisation spontanée ou provoquée des atomes. Ce qui vous reste incompréhensible, c'est la provenance de la vie... ou plutôt ce qui produit l'activité de ces corpuscules : c'est le secret de Dieu.

Roland de Jouvenel l'affirme aussi de son côté :

La matière vit, la poussière vit, le fer, le cuivre, le cristal, tout vit ; et cet ensemble d'atomes est mû par le même principe que celui qui régit l'homme... En chaque pierre se sont accumulés des siècles de fluides ; des nappes de vibrations dorment en elle comme des algues au fond de la mer. Le psychisme, pareil aux couches géologiques, dépose sur la matière des degrés de densité d'où s'échappent des frémissements. C'est à cette énergie invisible qu'il faut s'accorder, car elle est imprégnée d'ultra et d'infrasons susceptibles d'influencer la sensibilité de ceux qui possèdent des perceptions subtiles.

Donc, *tout vit* ! La vie est partout ! La vie est toujours ! C'est ce que proclame Pierre :

La vie répandue comme un courant généreux et lui-même granuleux, dans tout ce qui vous entoure, que ce soit la matière solide ou les espaces, non plus vides pour vos regards confondus, mais parcourus par la vie immanente, cette vie que l'homme ne saura jamais expliquer, au moyen des calculs les plus précis, des démonstrations les plus osées, cette vie qui émane de Dieu...

TOUTE SUBSTANCE POSSÈDE UN EMBRYON DE CONSCIENCE

Pierre dit :

Ce que la science vous révélera, c'est la matérialité de l'effluence spirituelle et la spiritualité de la matière, qui suppriment, de fait, toute frontière entre les deux mondes, dissemblables dans leurs résultats apparents, mais identiques en somme. La matière et l'esprit étant une même chose à un degré différent de condensation, l'être spirituel peut les percevoir également, et aussi positivement l'une que l'autre. Dans chacune de ces expressions du geste créateur, il est une ressemblance essentielle ou plutôt une égalité : la vie, don de Dieu. La matière a reçu la vie, comme l'esprit.

Roland déclare :

La plus petite parcelle de molécule, ou poussière d'atome, est en affinité et sous la dépendance de l'attraction psychique contenue dans l'au-delà. Tout objet peut être dévié de sa course par le champ magnétique du plan supérieur ; c'est pour cela qu'il est indispensable d'attacher une très grande importance à la vie de la matière.

On retrouve là la grande théorie bouddhique que tout vit et tout ressent, les cailloux du chemin, comme l'eau de la fontaine...

La pensée peut influencer la matière

On sait que Roland de Jouvenel réveilla brusquement sa mère dans la nuit du 22 février 1968, pour lui communiquer : « Ceci est très important : sache que la pensée peut influencer la matière ; cela finira par être découvert par la science. » Mais il ajoute :

> Mais, à l'intérieur de ce phénomène, il y en a un autre : les pensées reliées, c'est-à-dire reliées à nous. L'important est que la pensée en elle-même soit devenue un instrument assez puissant, un levier assez fort pour déboîter la matière de son opacité, de son immobilité. Par le relais de vos cerveaux émetteurs d'ondes, la matière peut devenir une associée.

J'ai déjà évoqué ce phénomène dans « les enseignements de l'au-delà », à la fin de notre première section. J'y reviens pour aborder un point particulier : nous savons maintenant que :

– une hiérarchie existe dont nous occupons, dans les royaumes visibles, le sommet, la matière étant l'élément le plus inférieur ;

– la matière possède un embryon de conscience, ce qui explique sa position.

Il faut donc beaucoup d'énergie psychique – et orientée dans le même but – pour pouvoir influencer cet état spirituel embryonnaire caché dans l'inertie apparente de la matière. D'où l'union des esprits dans un élan, pour, comme le dit Roland, « déboîter la matière de son opacité, de son immobilité ».

Là aussi, l'union fait la force.

L'amour guide tout

Nous avons déjà longuement parlé de l'unanimité des messages pour célébrer l'universalité et l'omnipotence de l'*amour anti-mort*. Et nous avons vu comment l'union de la pensée et de l'amour pouvait créer un *égrégore* capable d'opérer des manifestations remarquables. Mais, pour en revenir plus précisément au premier royaume et à sa conception par la Genèse biblique, Pierre déclare :

> Lorsque Dieu, le point parfait, infini mais défini, prononça cet ordre : que la lumière soit ! la lumière fut, parce que Dieu, ayant

objectivé sa pensée (s'il est possible de parler ainsi de Celui qui est Esprit impondérable), le rayon lumineux apparut, déjà visible pour les sens dont Dieu méditait de douer ses créatures ; mais, en fait, ce rayon avait toujours été. Il existait en puissance dans l'Être de Dieu. Il y a par conséquent la cause d'amour, dans l'univers pris en bloc ou en détail.

Comme le dit Jean Prieur [38] : « Au commencement était l'amour. » Et Albert Pauchard, ce magnétiseur-guérisseur genevois, confiant à sa sœur : « Jamais encore je n'avais réalisé à ce point combien l'amour est vraiment la base même de la création. Toute création repose sur l'amour de la beauté, et toute créature naît de la joie qui en résulte. »

Ainsi en est-il de la procréation humaine – ou devrait-il en être toujours ! Ainsi en est-il, surtout, de l'œuvre du sculpteur qui « retire patiemment et doucement » la pierre qui entoure la statue que son amour a, déjà, définie au sein de la matière brute. Ainsi devrait-il en être de tout ouvrage, de toute action visant à concrétiser une pensée. Ce n'est plus seulement « siffler en travaillant », comme les nains de Blanche-Neige ; ni même le « travail dans la joie », d'assez sinistre mémoire. C'est « l'ouvrage dans l'amour », comme l'exige la tradition des compagnons du Devoir, les authentiques descendants des bâtisseurs de cathédrales de notre Moyen Age.

Pierre ajoute cette phrase : « La décision est la forme stabilisée de la parole de Dieu, et cette parole, c'est l'amour énoncé. »

Reprenons alors la lecture et, surtout, la méditation de la Genèse en y adjoignant cette nouvelle notion. Le message prend dès lors une valeur incommensurable : chaque « Dieu dit » ainsi transcendé revêt une importance et une signification bien plus profondes et chaleureuses. Je me suis, ainsi, personnellement senti concerné par tout ce processus auquel, je l'avoue, je n'avais prêté jusque-là qu'une attention toute didactique.

Oui, *au commencement fut l'amour... Au commencement doit être l'amour.* C'est la leçon du premier royaume. Que les dirigeants possesseurs de bombes atomiques veuillent bien s'en pénétrer !

CONCLUSION

Saint Jean est le précurseur direct de Louis de Broglie. Celui-ci écrivait en effet : « La matière est de la lumière condensée. La lumière est la forme la plus subtile de la matière. La lumière vient de se révéler à nous comme susceptible de se condenser en matière, tandis que la matière est susceptible de s'évaporer en lumière. » On a peut-être dans cette phrase l'explication biblique de la Transfiguration :

Saint Matthieu rapporte :

> Six jours après, Jésus prend avec lui Pierre, Jacques et Jean, son frère, et les emmène, à l'écart, sur une haute montagne. Et il fut transfiguré devant eux : son visage resplendit comme le soleil et ses vêtements devinrent blancs comme la lumière. Et voici que leur apparurent Moïse et Élie, qui s'entretenaient avec lui (XVII, 1-2).

Saint Marc relate :

> Six jours après, Jésus prend avec lui Pierre, Jacques et Jean et les emmène seuls, à l'écart, sur une haute montagne. Et il fut transfiguré devant eux et ses vêtements devinrent resplendissants, d'une telle blancheur qu'aucun foulon sur terre ne peut blanchir de la sorte. Élie leur apparut avec Moïse et ils s'entretenaient avec Jésus (IX, 2-4).

Saint Luc confirme :

> Or il advint, environ huit jours après ces paroles, que, prenant avec lui Pierre, Jean et Jacques, il gravit la montagne pour prier. Et il advint, comme il priait, que l'aspect de son visage devint autre, et son vêtement d'une blancheur fulgurante. Et voici que deux hommes s'entretenaient avec lui : c'étaient Moïse et Élie (IX, 28-30).

Il faut remarquer que les trois apôtres notent la luminosité particulière, exceptionnelle (saint Luc parle d'une blancheur *fulgurante*) des vêtements mêmes du Christ – c'est-à-dire de la matière qui le vêtissait. Les vibrations psychiques surnaturelles de Jésus, d'Élie et de Moïse atteignirent une telle intensité que le lin ou la laine qui recouvrait le Christ vit ses propres vibrations s'élever aussi et devenir lumière.

Il est, dès lors, très facile de comprendre comment une telle personnalité (« Je suis la lumière du monde », saint Jean, VIII, 12) put se faire obéir des éléments, calmer la tempête, marcher sur les eaux, multiplier les pains, transformer l'eau en vin, etc.

On a peut-être aussi dans la phrase de Louis de Broglie l'explication de la montée au ciel du Christ, sur laquelle les évangélistes sont très brefs : « Sous leurs regards, il s'éleva et une nuée le déroba à leurs yeux » (Actes des apôtres, I, 12).

Quoiqu'il en soit, là encore les témoins de l'invisible ont le dernier mot. Roland affirme en effet :

> La science sera le véhicule emprunté pour redonner au monde l'idée que l'impensable est une réalité. Ce n'est que par la voie scientifique parfaite que l'homme se convertira au mystère... La science pure en ses prolongements les plus hauts peut parfois expliquer le monde invisible. Déjà les savants ont prouvé la dématérialisation de la matière ; magiciens sans le savoir, ils ont surmonté des difficultés incroyables, dissocié l'atome, conçu la réalité d'une substance intermédiaire entre les corps et l'éther.

Qui en effet se serait imaginé, voici un siècle, la radio, la télévision, les voyages aériens et la marche sur la lune ? Jules Verne faisait figure d'illuminé, de doux rêveur. Et pourtant, il n'avait jamais osé imaginer qu'un élément puisse, selon les dispositions de son observateur, devenir corpuscule ou onde, comme le peut le photon, nous le savons. Il n'avait jamais supposé l'existence même de corps radioactifs, qui ridiculisent la sacro-sainte loi de Lavoisier qui voulait que « rien ne se perd, rien ne se crée, tout se transforme ». Or, du point de vue strictement physique, objectif, l'uranium et le plomb sont une même substance. Mais leur « essence » est bien différente ! Que dire alors du temps et de l'espace, immiscés dans un *continuum* !

Et Roland poursuit :

> Mais les savants n'étendent pas leurs recherches à l'âme et ne font pas porter sur elle leurs investigations... L'analyse des radiations humaines les intéresse mille fois moins que celle des radiations lumineuses, l'attraction des particules de la matière les captive plus que celle du rayonnement fluidique de l'homme. Qui orientera la curiosité vers ces horizons inexploités ?

Si l'« ère du verseau » doit être l'ère des connaissances dévoilées, peut-être le vœu de Roland sera-t-il exaucé : les *polter-*

geists, ces étranges manifestations médiumniques, seront alors reconnus puisque expliqués. De même que tous les phénomènes de psychokinésie. Le scepticisme triomphant sera alors vaincu par la recherche réelle... de l'autre, tel qu'il est vraiment... et non tel qu'on voudrait qu'il soit ! Et cela s'applique aussi bien au domaine des choses qu'au domaine des personnes.

Pour conclure, ce premier royaume, pour minéral qu'il soit, n'est ni noir, ni froid, ni inerte. C'est, au contraire, le royaume de la lumière, de la chaleur où, dans les températures de plusieurs millions de degrés, *tout commence*. C'est le royaume où *tout s'organise*. C'est le royaume où n'existe encore nulle hiérarchisation car *tout est à sa phase de début, en magma universel.*

C'est le royaume de *l'amour ardent, exalté, impétueux, passionné, qui brûle tout*. C'est le *premier amour, celui des néophytes, des prosélytes, des convertis, des convaincus*. Il lui faudra se canaliser et s'épurer. Il le fera dans les autres Royaumes.

CHAPITRE 2

LE DEUXIÈME ROYAUME, VÉGÉTAL

« Dieu dit : “Que la terre verdisse de verdure, des herbes portant semence et des arbres fruitiers donnant sur la terre selon leur espèce des fruits contenant leur semence.” Et il en fut ainsi. La terre produisit de la verdure : des herbes portant semence selon leur espèce, les arbres donnant selon leur espèce des fruits contenant leur semence, et Dieu vit que cela était bon. Il y eut un soir et il y eut un matin : troisième jour » (Genèse, *I*, 11-13 [52]).

Le texte biblique déclare ce deuxième royaume contemporain du premier puisqu'il les inclut tous les deux dans le même troisième jour de la Création. Ce point sera repris dans notre troisième partie.

Deux autres remarques doivent être faites : le texte, par deux fois distingue l'herbe et l'arbre, ce dernier possédant l'élément supplémentaire qu'est le fruit ; surtout, insiste sur la « semence » que les uns et les autres doivent posséder.

Ce deuxième royaume comprend quatre parties :

– Herbe et arbre ont le caractère commun qui explique leur nature spécifique, leur évolution distincte et leur pouvoir de reproduction : la *cellule végétale*. La première partie concernera donc cette unité fondamentale de l'organisme vivant, qui apparaît pour la première fois dans la genèse du monde.

– De cette unité que la cellulose enclôt, jaillit le brin d'herbe ou le tronc de l'arbre, poussant vers le ciel, luttant et vainquant la pesanteur. Cette *force antigravitationnelle* formera la deuxième partie.

– Le développement végétal se poursuit dans un processus biologique extraordinaire. Ce *pouvoir trophique de synthèse* sera relaté dans la troisième partie.

– J'aboutis à tout ce que peut représenter cette fameuse « semence » dont il est, par quatre fois, question dans le texte biblique. La quatrième partie traitera de tout ce qui se rattache au processus générateur et même régénérateur. J'intitule d'ailleurs cette dernière partie l'*action régénératrice.*

Chacune de ces quatre parties contient son commentaire scientifique ainsi que l'enseignement des témoins de l'invisible qui s'y rapporte. La conclusion sera donc brève.

LA CELLULE VÉGÉTALE

On connaît le cadre rigide cellulosique qui l'entoure et, de ce fait, lui retire toute mobilité. Elle est, en effet, fixe, alors que les cellules animales ou humaines, au protoplasme libre de toute clôture, pourront présenter un certain tropisme, une mobilité puis une diversification liée à leur trajet et à leur siège final.

Ainsi, dès son tout premier stade, le monde végétal se montre *statique, fixe, agrippé* à sa terre nourricière comme le placenta humain au chorion utérin maternel. Cellule rigide d'une entité biologique rigide, où la vie coule sous forme de *sève* dans un environnement figé de :

– respiration sans mouvement d'aspir et d'expir,
– circulation sans battement vasculaire,
– mouvements passifs sans contractions musculaires,
– et même de sexualité sans coït, puisque le vent ou l'insecte sont ses seuls vecteurs.

Pourtant une circulation liquidienne s'établit, avec un tropisme net, des racines aux feuilles, dans un cycle perpétuel mais engendré par un simple processus physique : la pression osmotique oblige à monter dans des canalicules une « sève brute », de plus en plus concentrée, que les feuilles vont transmuter en « sève élaborée » qui redescend alors…

Ce monde végétal est cependant *sensible.* Cette propriété biologique, « vivante », englobe des domaines bien différents. Nous savons certes, tous, que les photons sont les éléments inducteurs d'une forme quotidienne d'excitabilité qui fait ouvrir puis fermer les corolles, tordre les tiges. Mais il ne faut pas croire que les photons solaires sont les seuls à posséder ce pouvoir. La moindre visite de grottes souterraines où ne pénètre aucun rayon du jour montre une végétation ténue mais toujours bien verte et tournée vers la lampe qui l'éclaire et la chauffe.

Une autre forme de sensibilité est marquée par la brusque rétraction des « sensitives », justement, au moindre contact. Ou du mouvement des « mâchoires » des plantes carnivores qui se referment sur l'insecte qui s'y pose, dès lors irrémédiablement emprisonné, puis digéré.

Des preuves d'un tout autre type de sensibilité démontrent (cependant) que ce monde sans violence (sinon sans poison), sans passion apparente, peut présenter des signes évidents d'affectivité :

– Tous les jardiniers affirment qu'une plante ou qu'une fleur que l'on aime et que l'on caresse pousse mieux, développe de plus beaux pétales et exhale un parfum plus suave.

– Nos témoins de l'invisible ratifient cette affirmation. Max-Getting dit en effet : « Les plantes très cultivées, celles dont on s'occupe et qu'on se plaît à embellir, produisent, grâce aux soins qui leur sont prodigués, des fleurs magnifiques, comparables aux sentiments de l'âme humaine. »

– Les travaux de Cleve Backster [15] semblent bien confirmer tout cela. Il utilisa un « détecteur de mensonge », c'est-à-dire un oscillomètre un peu spécial couplé à un galvanomètre, sur plusieurs plantes, en 1966. Il eut la surprise d'y lire un tracé de type émotionnel alors qu'il venait d'arroser des plantes. Il entreprit une série d'expériences qui prouvèrent que non seulement la plante réagit à son arrosage, mais peut même déjà réagir à la seule formulation, chez l'expérimentateur, de l'intention d'arroser, voire à la pensée d'arroser, comme si un contact télépathique avait été établi.

– Pierre confirme la possibilité de tels rapports par l'affirmation suivante : « J'ai déjà dit que les pensées, ou plutôt les pensées-forces, sont une puissance répartie par Dieu dans toute la Création. Cette affirmation te surprendra peut-être, mais j'insiste : tout être vivant pense, car l'instinct qui se révèle chez les êtres involués, voire chez les végétaux, n'est autre chose que la pensée encore obscure et inconsciente. »

– Lorsque Jean Prieur écrit : « Les végétaux ont reçu l'âme. Ils n'ont pas reçu l'esprit [38] », je complète : du moins ont-il reçu « une pensée encore obscure et inconsciente », comme l'affirme Pierre. Et cette affirmation semble renforcée par les travaux du docteur Jean Barry et ses collaborateurs, à Bordeaux [15]. Leur expérience est simple et particulièrement facile à réaliser : pendant un quart d'heure, chaque expérimentateur « se concentre » face à des boîtes de Pétri. On appelle ainsi les récipients de laboratoire où l'on cultive, sur milieu nutritif spécifique et stérile, tel ou tel germe, en l'occurrence ici des champignons de deux variétés, *Stereum Purpureum* et *Rhizoctonia Solani*. Chaque expérimentateur, sans s'approcher des boîtes à moins d'1,50 m, essaye, par sa volonté, de s'opposer au développement des champignons. Un lot témoin sert naturellement de moyen de comparaison. Toutes les précautions sont prises pour que la pureté génétique de ces cryptogames, la température ambiante, le milieu nutritif, l'hygrométrie, l'éclairage, etc., soient identiques. Quand la tentative d'action psychique est accomplie, donc au bout d'un quart d'heure, on trace le contour de la colonie sur un papier calque, on pèse et on dégage la signification mathématique des résultats... et on se rend alors compte qu'ils sont significatifs ! Répétées de nombreuses fois, en variant les expérimentateurs, en notant leur état psychologique et physique du moment, en modifiant chaque paramètre, de telles expérimentations semblent confirmer l'action psychokinésique.

Il faut bien qu'il y ait psychisme de part et d'autre pour qu'une quelconque action psychokinésique puisse être réalisée !

Concluons donc que le végétal possède une *pensée encore obscure et inconsciente.*

LA FORCE ANTIGRAVITATIONNELLE

Le premier royaume est soumis à la pesanteur, qui l'écrase et le soumet. La caractéristique évidente du deuxième royaume est de vaincre cette pesanteur, de lui échapper pour grimper, grimper sans cesse.

Qui ne s'est amusé, enfant, à retourner le pot dans lequel pousse un haricot ? On voit, au bout d'un peu de temps, sa tige se courber et reprendre derechef sa progression ascensionnelle initiale. Une nouvelle orientation du support voit survenir le même phénomène : la reprise constante d'une poussée verticale. On peut même, en variant la position du récipient, obtenir un haricot à tige ondulée.

Cette force antigravitationnelle invincible trouve son origine dans la *nécessité du captage énergétique des photons solaires.*

Eux seuls permettent l'évolution vitale et les synthèses biologiques. Cette « course au soleil » est impérative et se manifeste dans toute son ampleur dans les forêts vierges : la flore qui gît sous la voûte feuillue recourt au parasitisme pour survivre. Le lierre, les fougères et les orchidées sont bien obligés d'emprunter aux troncs des grands arbres ce qu'ils ne peuvent obtenir par leurs propres moyens.

L'énergie vitale, qui pousse ainsi le végétal à s'élever toujours davantage, ainsi que le cycle ascendant et descendant de la sève, ont conduit les philosophes à comparer ces phénomènes avec l'existence humaine et tout ce qui s'y rattache. Jean Prieur l'exprime avec beaucoup de poésie et de justesse. Je le cite donc :

> Les arbres sont les plus belles, les plus exactes des similitudes. Symboles d'évolution et de l'alternance analyse-synthèse, ils nous offrent tout un programme de vie. Comme eux, monter des racines multiples à l'unité du tronc, et de l'unité du tronc à la diversité des branches tendues vers toutes les directions de l'espace. Comme eux, recueillir les sucs d'une terre souvent ingrate et les projeter vers le ciel en fleurs, en feuilles, en fruits. Comme eux, se rassembler dans la nuit souterraine, s'élever avec des torsions d'athlète, se développer avec une puissante lenteur, se cuirasser chaque année d'une nouvelle écorce, tendre vers l'éther sans jamais ici-bas l'atteindre, s'épanouir à l'assaut de l'éternel matin, dans l'espoir que l'oiseau-esprit vienne habiter parmi nos roseaux et que le vent-esprit fasse chanter notre feuillage [38].

Cette similitude arbre-homme est loin d'être simplement symbolique. Il est étrange de faire pratiquer le *test de l'arbre* à n'importe qui. Du temps de ma pratique psychiatrique sur des enfants, j'ai utilisé ce procédé avec un intérêt et des résultats jamais démentis.

On demande au patient de bien vouloir dessiner un arbre, celui qu'il veut, comme il le veut ou le peut ; simple ébauche chez celui qui sait mal reproduire, ou qui est trop jeune pour crayonner avec habileté ; véritable œuvre d'art chez le plus doué ; arborisations fantasmagoriques des psychotiques ; arborescences évanescentes, irréelles, répétitives et très belles du schizophrène…

Le plus extraordinaire est que la mensuration exacte, rapportée à l'échelle, effectuée avec minutie, permet de retrouver les différentes étapes de la vie du sujet, avec ses chocs affectifs – même inconscients ! – représentés par des branches coupées ou des cassures du trait. Il est même arrivé à ma femme, lorsqu'elle rendait compte du test, de pouvoir corriger la date d'un événement, au grand étonnement des parents. Je me souviens précisément d'une maman qui m'avait conduit son fils de treize ans pour des troubles caractériels. Elle prétendait que l'origine en était probablement son divorce, trois années auparavant. « Non, madame, lui répondit mon épouse-collaboratrice, la cause déclenchante est plus ancienne car elle eut lieu alors qu'il avait sept ans et quatre mois. » (La précision temporelle est proportionnelle à la précision du rapport de la taille totale de l'arbre à la hauteur de la branche coupée ou de tout autre accident remarquable.) La mère réfléchit et admit : « Effectivement, mon mari a commencé à me battre à cette époque ! »

Cela peut sembler inconcevable, mais cela est : l'homme (et l'enfant, naturellement) se projette en entier dans l'arbre qu'il dessine ; il y imprime sa propre chrono-pathologie. Qu'il dessine à main levée, n'importe comment, ou que l'arbre soit une série de « tubes » rattachés, sur lesquels se greffent des feuilles, ou bien un arbre artistiquement fignolé ou encore péniblement reconstitué.

POUVOIR TROPHIQUE DE SYNTHÈSE

Du point de vue biologique, trois pouvoirs bien distincts sont à envisager :

– L'*assimilation*, somme toute banale pour un être vivant, puisqu'elle lui permet d'utiliser des éléments étrangers à lui pour les transformer en sa propre substance. Les racines et radicelles effectuent le captage extérieur, dans la terre nourricière. Un processus biochimique interne métamorphose et élabore la sève nutritive.

– La *synthèse alchimique* est très impressionnante lorsqu'on y réfléchit. Il est en effet courant de constater la présence intracanaliculaire d'éléments chimiques dont le sol est pourtant totalement dépourvu. Des expériences ont été effectuées dans différents laboratoires, sur milieux strictement définis, et avec surveillance de tous les paramètres. Elles débouchent sur une conclusion identique : les végétaux sont capables d'opérations de nature alchimique puisqu'ils opèrent des transmutations.

– La *photosynthèse* est connue de tous. Il s'agit de la capacité végétale de « respirer normalement » la nuit, c'est-à-dire de consommer l'oxygène et de rejeter du gaz carbonique. Le photon – de quelque origine qu'il soit – transforme totalement cette réaction : à la lumière, la chlorophylle utilise le gaz carbonique, assimile le carbone et rejette l'oxygène. Ou encore, en retenant l'hydrogène ionisé de l'eau, rejette un oxygène ionisé négativement et nécessaire à la vie de tous. Nous reviendrons plus loin sur ce que sont, et ce qui caractérise, les « ions négatifs ». Pour en rester à la photosynthèse, on pense que c'est grâce à elle que l'oxygène terrestre a pu atteindre une proportion considérable aux premiers âges de notre monde. On compte sur cette fonction pour l'approvisionnement oxygéné des capsules et satellites spatiaux, dans un proche avenir. On sait enfin combien préoccupantes pour notre propre avenir sont la pollution maritime, qui anéantit le plancton, et la destruction des immenses forêts amazoniennes.

Du point de vue pragmatique et expérimental, deux autres pouvoirs peuvent être décrits, que la science n'a pas complètement élucidés, mais que nos témoins de l'invisible, eux, confirment.

La *mystérieuse rosée* est le premier. Nous connaissons tous ces gouttelettes qui se forment à l'aube sur les feuilles. On les décrit comme liées au rayonnement de la terre, et elles apparaissent claires comme le cristal de roche. Or, si on recueille la rosée par le biais d'un linge blanc, qu'on traîne sur l'herbe et qu'on essore en le tordant, elle montre une couleur verdâtre qui accrédite la thèse de son origine végétale : elle serait en effet exsudée de la feuille.

Elle semble douée de facultés aussi puissantes qu'énigmatiques. Rappelons que, pour l'alchimiste, en fonction du carré traditionnel

R O S

O R A

S A L

elle a le pouvoir de brûler le « sel », le constituant de la trilogie « paracelsienne » soufre-sel-mercure, tendant ainsi à la réalisation du Grand Œuvre.

Sans m'être pour autant engagé dans la « voie royale de l'adeptat », je puis cependant indiquer une thérapeutique très imple à pratiquer et qui donne d'excellents résultats : la marche matinale, pieds nus, sur une pelouse ou dans une prairie, non seulement ne déclenche pas de rhume, mais vivifie l'organisme, en particulier le système nerveux central, de façon parfois considérable. Toujours davantage que ne permet de le prévoir la déperdition de l'électricité statique. On sait en effet que le frottement permanent des tissus synthétiques, dont sont constitués nos vêtements, engendre une électricité statique que trahit la brutale étincelle qui jaillit du doigt que l'on approche d'un robinet, des lèvres qui effleurent un autre visage, etc. Or, une « mise à la masse » plus prolongée se traduit toujours par un sommeil plus récupérateur, une nervosité moins à fleur de peau et la disparition – ou au moins, une nette amélioration – des phénomènes neurovégétatifs d'accompagnement.

Cette « décharge » existe de façon certaine lors de la marche, pieds nus, sur la rosée matinale. Mais les résultats thérapeutiques, surtout dans la sphère neurologique, sont bien supérieurs à ceux obtenus par la simple « mise à la masse » quotidienne, par l'intermédiaire d'un fil de cuivre, – simple fil électrique dénudé à ses deux bouts –, entourant le poignet ou la cheville, et relié à un tuyau métallique de descente.

Roland de Jouvenel le confirme à sa mère : « La rosée du matin possède beaucoup de pouvoirs », et il ajoute : « Fais des cures d'imprégnation dans la nature. »

L'*action trophique psychique* est le second pouvoir expérimental !

Roland le déclare tout net : « Les heures de méditation sous les arbres sont particulièrement bénéfiques, parce que l'arbre est une sorte d'aimant qui capte les fluides surnaturels. Spécialement le sapin. »

Il est bien certain que, comme je l'indiquais dans mon ouvrage sur l'aéro-iono-négativation [6], d'une part la photosynthèse que nous venons d'évoquer, d'autre part la « tribo-électricité » créée par le passage du vent dans les feuilles – et surtout les aiguilles de pin et de sapin – contribuent à la création accrue d'*ions négatifs*. Je rappelle que l'ion négatif est un atome, ou un groupe d'atomes, qu'une collision ou qu'une altération électromagnétique a « surchargés » d'un ou de plusieurs électrons périphériques. Ils possèdent dès lors une charge électrique négative, d'où leur nom, et acquièrent des propriétés biologiques remarquables :

– augmentation de tous les phénomènes d'oxydation cellulaire, c'est-à-dire du métabolisme général du sujet qui les respire,

– et surtout oxygénation de la sérotonine. La dégradation de ce médiateur chimique des voies neurologiques cérébrales entraîne des actions physiologiques et psychologiques exceptionnelles.

Roland signale ce dernier fait : « Auprès des arbres, une clairvoyance supérieure était donnée à l'homme, et il aimait rendre la justice sous ces ombrelles de feuilles, car il communiquait plus facilement avec l'harmonie divine. Ce n'est pas en vain que saint Louis s'asseyait sous un chêne pour rendre la justice. »

Il doit cependant exister un facteur supplémentaire à la production accrue des ions négatifs par les végétaux. Je pense qu'il est d'ordre tellurique. Roland le dit expressément : « Le bois est un propulseur de vibrations. » On pense tout de suite à la fameuse baguette de coudrier du sourcier, dont l'objectivité continue d'opposer les scientifiques. Mais, là encore, les jugements les plus péremptoires proviennent toujours de ceux qui en possèdent le moins l'expérience.

Une fois de plus Roland insiste sur l'harmonie que ressent celui qui est immergé dans la nature :

> L'aura d'un champ d'œillets peut se répercuter en vous aussi intensément que ses couleurs ou qu'un son. Empruntez les chemins fleuris pour vous promener ; reposez-vous à côté des plantes ; observez-les patiemment pousser ; elles vous seront une leçon. N'allez au-devant d'aucune concrétisation, car vous êtes là dans un état impondérable qui ne comporte aucune définition. Gardez seulement votre esprit libre, ouvrez toutes les fenêtres de votre âme, afin que l'infini puisse s'y précipiter. Ainsi confondus au psychisme qui œuvre en masse dans le calice des fleurs, vous serez remis dans votre psychisme.

On ne peut pas mieux dire.

ACTION RÉGÉNÉRATRICE

La Bible et le Nouveau Testament font très souvent référence aux végétaux. Et nombre de paraboles s'y rapportent.

Certains exégètes ont voulu voir dans le figuier improductif et, par ce fait, désséché, une confirmation de la condamnation biblique de la femme stérile. Saint Matthieu relate en effet :

« Comme Jésus rentrait en ville de bon matin, il eut faim. Voyant un figuier près du chemin, il s'en approcha, mais n'y trouva rien que des feuilles. Il lui dit alors : "Jamais plus tu ne porteras de fruit !" Et à l'instant même le figuier devint sec. » (XXI, 18-19). Je ne le pense pas, et ne crois pas non plus à un sentiment de dépit animant le Christ.

Saint Marc présente les faits d'une autre façon, et indique clairement qu'il n'y avait pas de figue sur le figuier tout simplement parce que ce n'était pas la saison des figues (XI, 13) ! Le commentaire de la Bible de Jérusalem [52] indique qu'il s'agit ici d'une parabole où le figuier représente Israël n'écoutant pas la voix du Christ : il est donc châtié par ce dépérissement. Jésus n'a-t-il pas dit : « Le pain de Dieu, c'est celui qui descend du ciel et donne la vie au monde... Je suis le pain de la vie » (Marc, VI, 32-35) ? Et surtout : « Je suis la vigne véritable et mon père est le vigneron. Tout sarment en moi qui ne porte pas de fruit, il l'enlève, et tout sarment qui porte des fruits, il l'émonde pour qu'il porte encore plus de fruits » (Marc, XV, 1-2).

Il existe, je pense, deux raisons principales qui expliquent ce recours symbolique au monde végétal : le cycle annuel de renaissance et le cycle évolutif de renaissance.

Le cycle annuel de renaissance

C'est le plus évident. Tout le monde connaît ce cycle, chaque année renouvelé, des quatre phases successives :

– la *montée printanière* de sève, avec apparition du vert bourgeon ou du tendre brin d'herbe. L'impétuosité du phénomène joint à sa fragilité est à l'image de l'enfance, puis de l'adolescence, exubérante mais instable et influençable ;

– la *plénitude estivale*, avec la fleur écarlate au parfum pénétrant, comparée à la maturation intellectuelle et physique, au parler sonore, à l'allure décidée, aux premiers travaux, à la tonicité de l'adulte jeune, entreprenant et enthousiaste ;

– la *récolte automnale*, avec le fruit que l'on cueille, le grain que l'on bat et qu'on engrange, analogues à la situation « assise » de l'adulte « mûr » (comme le fruit !), qui peut, alors, jouir du « fruit » de son travail, de son expérience, de ses efforts ;

– la *décrépitude et la mort hivernales*, où les feuilles de l'arbre tombent comme les cheveux ou les dents du vieillard ; où la sève de l'un se ralentit comme les ardeurs de l'autre. Et la neige recouvre les rameaux nus comme le linceul le cadavre.

Mais, au printemps suivant, tout recommence, avec une nouvelle montée de sève qui fait grossir, verdir puis éclater les bourgeons… et l'homme voudrait bien être, lui aussi, assuré de cet « éternel retour ».

Le cycle évolutif de renaissance

Dans le magnifique *Her Bak* de Isha Schwaller de Lubicz, le prêtre explique à l'enfant le symbolisme du lin qu'il compare à l'homme.

Dans son état de végétal vivant, rien de spécial ne distingue le lin d'un autre végétal… les fleurs bleues, peut-être ! Mais pas plus que la chevelure ou la silhouette d'un individu ne diffèrent de celles d'un autre, demeurant toujours dans le cadre de l'humain global. Mais tout va changer avec la mort, car le lin va avoir, lui, une destinée spéciale… comme l'homme. Qu'on en juge : sitôt coupé, on le « teille », en séparant les parties ligneuses de la tige qui sera, seule, conservée... comme la mort décompose le cadavre en squelette et chairs qui vont pourrir. Car on va effectivement faire pourrir le lin en le laissant macérer, croupir, dans une eau stagnante, où les bactéries vont effectuer un travail similaire à celles qui décomposent les tissus humains. On bat ensuite le lin, avant de le faire sécher au soleil brûlant qui le déshydrate, comme le natron le fait pour la momie – car n'oublions pas que nous sommes en Égypte pharaonique. Alors, après toutes ces tribulations, après un peignage, puis un filage, le lin devient ce fil que le tisserand utilise pour fabriquer le linge (oui, linge provient de lin) éclatant de blancheur, que chacun admire et veut posséder. Et le maître de préciser à l'enfant que la mort est nécessaire pour l'obtention d'une nouvelle vie faite de lumière et de félicité, à l'image du lin qui, de simple plante, est devenu parure éblouissante.

On retrouve ce même symbolisme dans l'Évangile. Saint Jean relate la parabole de Jésus se qualifiant de « vigne véritable » (XV, 1). Car, là encore, la mort de la grappe, cueillie du cep, foulée au pied, mise en cuve sombre et chaude, va déclencher le processus de fermentation qui métamorphosera le moût en vin divin. Encore une fois, la mort est nécessaire pour accéder, après des épreuves peut-être pénibles mais obligatoires, à la seconde vie. Je crois que c'est à ce symbolisme particulier que pensait Roland lorsqu'il prévenait sa mère : « Si tu voulais observer la vie des plantes avec ton sixième sens, tu découvrirais là un grand nombre de mystères. »

CONCLUSION

Le deuxième royaume, végétal, est celui, avant tout, de la *transformation énergétique* qui permet, seule, la lutte contre la pesanteur, et les cycles de renaissance, par l'acquisition d'une sève et de processus biochimiques. C'est par leur intermédiaire que tous ces efforts, tous ces phénomènes sont possibles.

CHAPITRE 3

LE TROISIÈME ROYAUME, ANIMAL

Le terme même d'« animal » suggère, conformément à l'étymologie, l'être « animé », donc en mouvement. C'est là son caractère essentiel. Le troisième royaume est celui de la *motilité*. Tout est mis en œuvre pour cela. Ce qui va soulever bien des problèmes, en fonction de la vitesse et de la complexité des organismes mis en jeu pour l'acquérir.

D'ailleurs, le texte de la Genèse est bien long pour présenter la création de ce règne. Le temps de cette création le fut aussi, puisqu'il est le seul à s'étendre sur deux jours : « Tous les êtres vivants qui glissent et qui grouillent dans les eaux selon leur espèce, et toute la gent ailée selon son espèce » (I, 20) dépendent du cinquième jour ; « Les êtres vivants de la terre selon leur espèce » dépendent, eux, du sixième (I, 24), et sont créés le même jour que l'homme, juste avant lui. La richesse, la diversité et le nombre de tout ce qui vit et se meut sur terre, en terre, dans l'eau ou dans l'air depuis les temps préhistoriques expliquent une lente adaptation de tous ces biodynamismes aux conditions climatiques diverses dans lesquelles ils furent plongés.

Des êtres monocellulaires comme l'amibe, à la complexité des singes ou du dauphin, le cheminement évolutif est considérable ! Une organisation viscérale va ainsi se définir et se préciser pour ajuster les besoins énergétiques biologiques aux conditions extérieures de vie. La motricité évolue parallèlement, puisqu'elle permet à l'animal de se porter au-devant de ce qui doit assurer sa subsistance. Commandée par un système nerveux central qui, peu à peu, se hiérarchise et se perfectionne, elle ne peut en être détachée. Comme le système nerveux central conditionne, lui, l'individu à un comportement objectif spécifique, ma première partie concernera de ce fait la *motricité comportementale* : j'y étudierai le caractère à la fois moteur et psychique de chacune des espèces animales.

Il existe cependant un second parallélisme, moins évident, mais tout aussi important à définir : la diversification des espèces et leur précarité. Plus l'animal est proche du minéral et plus il se montre résistant aux conditions climatiques extérieures ; plus il est évolué et plus il est fragile. Mais aussi plus accessible au monde de l'esprit. Ma seconde partie sera ainsi consacrée à l'*individualité évolutive*. Nous verrons en effet que, plus un animal est avancé dans l'évolution générale des espèces, plus il est dépendant des conditions extérieures ; plus il est différencié de ses congénères, plus ses sens s'affinent et plus ses facultés se développent. Les témoins de l'invisible nous enseignent, de surcroît, que leur immixtion dans le cercle affectif humain leur permet d'acquérir certaines qualités supplémentaires que je définirai alors.

Puisque j'inclus leurs messages dans les considérations scientifiques, la conclusion sera, ici aussi, très brève.

LA MOTRICITÉ COMPORTEMENTALE

Un animal ne pouvant qu'être mobile, cette faculté, je l'ai dit, domine tout le règne. Il existe donc toute une organisation centrale qui enregistre, analyse et exécute.

Cependant la diversification du règne est telle qu'une hiérarchisation y existe. On peut schématiquement en définir cinq degrés : celui des protozoaires ; celui des invertébrés ; celui des poissons ; celui des batraciens, reptiles et oiseaux ; celui des mammifères enfin.

Les protozoaires

Qu'il s'agisse :

– de monocellulaires qui, telle l'amibe, se déplacent par déformations, avec avancées puis rétractions, de leur propre substrat (« pseudopodes protoplasmiques ») – on appelle d'ailleurs cette motilité le « mouvement amiboïdien » ;

– ou d'animaux munis d'un système de progression, tels le flagelle unique du spermatozoïde, les huit flagelles du giardia, les cils vibratiles des infusoires ou la membrane ondulante des trypanosomes ; l'orientation de leurs déplacements s'effectue par le biais d'agents physiques ou chimiques qui déterminent des réactions biochimiques.

L'organisme central qui commande cette motilité (le « tropisme ») est le « corpuscule basal » ou « kinétosome », *conglomérat cellulaire* spécifique situé à la base des flagelles, des cils ou de la membrane ondulante.

À ce stade, l'information cellulaire qui préside aux *besoins énergétiques* de l'organisme vivant est l'indice d'un degré particulièrement peu élevé de son psychisme, et d'un niveau de conscience virtuel.

Les invertébrés

Qu'il s'agisse :

– des insectes ou crustacés, avec armature périphérique (cuticule) de chitine dure qui englobe et protège les organes internes, empêche toute déformation somatique et s'articule avec des pattes munies de crochets, de pinces, de ventouses ou de formations spécifiques à leur espèce ;

– des cœlentérés aquatiques (corail, méduses) ;

– des mollusques ;

– de vers, segmentés ;

un système nerveux existe avec des amas de cellules nerveuses, ou *ganglions*, qui servent à la fois de condensateurs d'influx nerveux, de relais sur une voie réflexe et de centres moteurs.

Il existe donc une spécification qui va de pair avec une organisation viscérale comprenant un appareil respiratoire (branchial ou pulmonaire), digestif, cardiaque et génital.

Du point de vue réactionnel, on peut objectiver un comportement certain, individuel et social, à type de *réflexes conditionnés* : les formations ganglionnaires répondent à certains stimuli par la mise en route de circuits nerveux, ce qui aboutit à une réponse motrice donnée. Tout le monde connaît, à ce sujet, les exemples fournis par le monde social extraordinaire des fourmis et, surtout, des abeilles. Le poulpe est capable de discerner les coloris de façon assez stupéfiante. Enfin, les témoins du spectacle donné par un dresseur de puces ne peuvent douter de la qualité et du brio réactionnels que permet cette organisation ganglionnaire.

Elle a cependant ses limites. Les ouvrages du professeur Rémi Chauvin regorgent d'anecdotes passionnantes qui, pour ne concerner que les insectes dits sociaux, n'en sont pas moins pleines d'enseignement. Ainsi, nous explique-t-il, l'extraction d'une brindille intentionnellement enfoncée dans un lieu gênant l'activité d'une colonie de fourmis ne dépend pas d'une action concertée, mais bien de la multiplication de chocs et de tractions inefficaces opérés successivement par la théorie d'individus se suivant à la queue leu leu, conditionnés à s'opposer à tout obstacle placé sur un cheminement défini par la trace odoriférante de leurs congénères.

Je me souviens également avoir lu, toujours chez Rémi Chauvin, je crois, le cas d'un insecte bien particulier placé dans un tube à essai et soumis au rayonnement implacable d'une source de chaleur : on voit ce pauvre coléoptère « pédaler » désespérément jusqu'à la mort, ses pattes égratignant les parois de verre, puisque l'extrémité fermée du tube ne lui permet plus d'avancer. La raison de cette inutile « fuite sur place » est qu'il n'a jamais été conditionné à inverser la commande de ses extrémités : il ne sait pas reculer. Et il en meurt.

Il faut néanmoins convenir qu'il existe de nombreux cas limites ou un invertébré présente un comportement qui sort du cadre des réflexes conditionnés, pour relever d'une sphère psychique incontestable. Les œuvres de Rémi Chauvin et son admirable *Dieu des hommes, Dieu des fourmis*... en « fourmillent ».

De toute façon, Pierre Monnier ne nous a-t-il pas prévenus : « À toutes les créatures, Dieu a donné une âme » ?

LES POISSONS

Une expérience m'a beaucoup marqué et a probablement revêtu une grande importance dans le choix de ma carrière : celle du comportement de requins à Moorea, en Polynésie française.

J'ai toujours éprouvé une fascination pour ces squales, leur aérodynamisme, leur vitesse d'attaque et leur férocité. Me trouvant en 1947 en vacances dans cette île du Pacifique, je suivais la vie indigène et participais à toutes les activités, dont la pêche dans les fameuses pirogues à balancier latéral, rythmée par le célèbre « Oé ana » des pagayeurs.

Un jour, il me fut donné d'observer un requin solitaire qui évoluait lentement, juste en dehors du lagon, par une belle matinée où la vague transparente était assez calme pour permettre de tout voir. Alors qu'il longeait notre barque, à une certaine profondeur, le piroguier jeta dans l'eau le contenu d'un flacon plein de sang, qu'il avait apporté à cet effet. J'ai alors assisté à la brutale transformation d'un paisible squale en monstre furieux qui tournoya, et alla mordre à pleines dents le massif coraliforme. Au bout d'un certain temps, il se calma et reprit ses ronds. L'expérience fut renouvelée. Le même scénario se répéta. J'étais très surpris, car je savais que le requin est exclusivement carnivore. Bien que faisant partie de l'embranchement des cœlentérés, ces « animaux » ne sont pas de ceux qui donnent les meilleures entrecôtes !

Je ne compris ce comportement aberrant que bien plus tard, lors de mes études en neuro-anatomie. Ce qui différencie les invertébrés des vertébrés consiste en l'existence d'un *cerveau* qui s'effile en moelle et que protègent des formations osseuses : crâne et vertèbres. Les ganglions des invertébrés existent toujours, mais ils sont relégués à des fonctions secondaires. Le cerveau prime.

Celui des poissons est particulier. Il est formé de structures diverses, que recouvre un cortex composé de trois assises de neurones :

– l'une, la couche réceptrice, est chargée de recevoir les stimuli ;

– l'autre, la couche intermédiaire, se borne à les transmettre à

– la troisième, qui, en tant que couche émettrice, se charge de la réponse motrice.

L'influx nerveux n'a donc qu'un trajet restreint à effectuer au niveau cérébral : aller de la couche réceptrice à la couche émettrice. Le comportement induit est ainsi des plus réduits et tient davantage du réflexe conditionné que du raisonnement intelligent : Jojo-le-mérou n'a jamais reconnu le moindre équipier du commandant Cousteau, mais a obéi à un simple conditionnement alimentaire.

Ce cortex porte un nom : archi-cortex. Ce cerveau, phylogénétiquement le plus ancien, se nomme : rhinencéphale *.

Revenons à notre requin de Moorea. Il est conditionné à tuer et attaque dès que le stimulus olfactif sanguin lui parvient. Son odorat est extrêmement développé. Il attaque, alors le sujet blessé, qui a une caractéristique commune, à quelque espèce qu'il appartienne : il se débat, il gesticule. Toute l'extrémité céphalique du squale est, du reste, bardée de récepteurs spécialisés dans le captage de tels mouvements désordonnés : les ampoules de Lorenzini. Le requin nage donc tranquillement. Il perçoit le sang que le piroguier verse dans l'eau. Son comportement agressif se déchaîne immédiatement : il cherche ce qui bouge dans son environnement. Il n'y a que les éléments coraliens qui créent des remous en s'opposant à la houle : il les attaque donc. C'est un comportement stupide du point de vue nutritionnel, absurde pour l'observateur non averti, logique et obligatoire pour celui qui connaît l'organisation corticale du requin.

Notons trois faits importants avant d'aller plus loin :

– tous les poissons possèdent également un organe central d'équilibration (archéocerebellum *) qui leur permet de se maintenir nageoire dorsale vers le haut tant qu'ils sont en vie. On sait que le poisson mort flotte ventre en l'air, ce centre ne contrebalançant plus désormais la vessie natatoire, reliée à l'œsophage, donc ventrale et toujours emplie de gaz ;

– dauphin, baleine, marsouin, etc., ne sont pas des poissons, mais des mammifères. Leur conduite est tout autre, comme nous le verrons ;

– tous les vertébrés – et même l'homme – possèdent ce cerveau ancien. Il est enfoui sous une masse cérébrale à six couches de neurones, elle, qui se développe en fonction de l'évolution de l'espèce. Puisque son apparition est plus récente, on la nomme « néencéphale * ».

En conclusion, le poisson, avec son rhinencéphale limité, ne peut pas prétendre à une intellectualité bien évidente. On l'a vu avec le requin de Moorea.

Batraciens, reptiles et oiseaux

Le *néencéphale* apparaît chez eux et se développe au fur et à mesure de l'évolution. Parallèlement à lui se développent des qualités psychiques qui rendent le comportement de ces animaux moins mécaniquement déterminé par les conditions extérieures.

Une seconde organisation nerveuse se manifeste également dans deux domaines bien différents :

– n'étant plus exclusivement aquatiques, ils ne bénéficient plus du principe d'Archimède et sont soumis à la pesanteur. Un centre de contrôle antigravitationnel réflexe leur permet de s'en accommoder : c'est le « paléocerebellum » qui sera d'autant plus important que la masse somatique sera plus importante à gérer ;

– possédant un système nerveux et fonctionnel axial, avec des membres qui fonctionnent de façon bilatérale, un système, lui aussi réflexe, d'intégration motrice se met en place et se développe. Il est encore rudimentaire dans ce groupe : c'est le « néocerebellum ».

Archéocerebellum d'équilibration, paléocerebellum antigravitationnel et néocerebellum d'intégration forment le *cervelet* *. Lui aussi est spécifique de tous ces animaux. *Néencéphale* et *cervelet* forment ainsi les caractéristiques de ces espèces. Nous les verrons se développer encore chez les mammifères, pour atteindre leur apogée chez l'homme.

L'oiseau occupe cependant une place spéciale. Elle est certainement en rapport avec son pouvoir d'évoluer dans les airs. Et on en saisit tout le symbolisme.

On trouve dans l'ouvrage de Jean Prieur [38] le message d'un jeune marin anglais, tué dans un accident... de voiture, Philip, qui dit : « Les oiseaux sont une partie du monde intérieur. Ils ont de petites âmes qui peuvent évoluer. » Et, plus loin : « L'amitié avec le monde des oiseaux est, semble-t-il, le signe d'une âme qui se développe et apporte du bien, dans la longue course, à la personne qui la ressent. »

Pierre, lui, reprend la parabole de l'Évangile en dictant : « Pas un passereau ne tombe sans la volonté de Dieu... Je te l'ai déjà dit, ces modestes amis si fidèles ne restent pas non plus dans leur tombeau. »

Roland explique à sa mère que certains oiseaux peuvent être pris dans des courants que les trépassés peuvent parfaitement contrôler, voire diriger. Et il fait écrire : « À l'aube, le matin de ma mort, un pigeon est venu se poser sur ma fenêtre, souviens-toi ! »

Moi, je me souviens de Colombine de ma tante Renée, qui a suivi le corbillard, qui s'est posée sur la croix de la chapelle funéraire, qui n'a obéi ni à la voix de ma grand-mère, ni à celle de mon grand-père, ni à celle de mon père, et qui a disparu à tout jamais. « Dieu envoie des présages à ceux qui savent les lire », dit Paqui. Les enfants relèvent-ils d'une colombe ?

Les mammifères

Leur nom provient du fait que les femelles possèdent des mamelles pour allaiter leurs petits. Les zoologistes les classent en trois groupes d'inégale valeur :

– le groupuscule australien des prothériens, tel l'ornithorynque, qui pondent des œufs, présentent un bec sans dents, mais allaitent leur progéniture ;

– les marsupiaux, tel le kangourou, dont la femelle porte une poche munie de mamelles, destinée à recevoir les petits après leur naissance ;

– les mammifères dit « supérieurs », qui comprennent toutes les espèces que nous connaissons, avec les ordres des insectivores, rongeurs, carnassiers, cétacés, etc.

Du point de vue qui nous intéresse, je les divise en deux groupes : d'une part, les macrosmatiques, c'est-à-dire ceux qui sont pourvus d'un appareil olfactif important, tel le chien ; d'autre part, les microsmatiques (tel le singe) et les anosmatiques, totalement dépourvus d'olfaction, tels les cétacés.

Les macrosmatiques

Nous savons que le cerveau des poissons possède un cortex à trois couches de cellules. Ce rhinencéphale demeure durant toute l'évolution, mais voit son importance volumétrique décroître, alors que celle du néencéphale, au contraire, croît dans des proportions telles qu'il culmine chez l'homme en représentant vingt-cinq trentièmes de la masse cérébrale.

Cependant le terme « rhinencéphale », utilisé chez tous les neurologues de langue française, est mal choisi. Le terme grec *rhinos* signifie « du nez ». Certes, toutes ces structures sont en relation avec l'odorat, comme nous allons le voir. Mais aussi avec le goût et toutes les réactions émotionnelles, surtout dépendant de la sphère sexuelle. J'ai consacré ma thèse de doctorat en médecine [4] à ce cerveau phylogénétiquement ancien. Et j'avais présenté sa physiopathologie sous le néologisme de « prosphérencéphale », pour mieux souligner la part importante qu'il prenait dans le comportement : *phrosphéromaï*, en grec, signifie en effet « je me comporte ».

Les rapports du rhinencéphale et de l'odorat sont magistralement relatés dans l'*Ouvrage des sens* [24] de G. Lazorthes. Plutôt que le plagier, je préfère recopier ici son texte :

> La vie des premiers mammifères au secondaire, dans un monde où régnaient les énormes reptiles, fut d'abord nocturne et donc réglée plus par l'odorat que par la vue. Plus tard, lorsque les

grands reptiles disparurent et que les mammifères menèrent une vie diurne, ils firent appel à leur vue autant qu'à leur odorat. L'olfaction connut son apogée avec les rongeurs. Grâce à elle, ils découvrent leur nourriture, leurs congénères, leurs ennemis. Les rats vivent en bande et chaque individu de la bande a l'odeur spécifique du groupe qui lui permet d'être reconnu ; s'il est introduit dans un autre groupe, il est rejeté et parfois tué. Un congénère peut provoquer une réaction agressive s'il a été badigeonné de l'urine d'un étranger...

Après les rongeurs, l'olfaction commença à involuer et à perdre son rôle vital. De nombreux mammifères, comme le loup, le bouquetin, l'ours, « marquent » toutefois leur territoire sur des étendues considérables par les sécrétions odoriférantes de leurs glandes. Les petits mammifères carnivores appelés mustélidés (le putois, la mouffette) vident leurs glandes anales pour se défendre ; il en sort un liquide fétide d'odeur tenace qui fait fuir tous les animaux : ours, serpents, chiens... et l'homme.

L'olfaction compense parfois la médiocrité d'un autre type de sensibilité : le cheval a un sens olfactif très développé et une vue mauvaise, il a peur des objets mal définis ; il lui arrive de faire un écart ou de s'arrêter brusquement et les cavaliers le savent bien ; s'il s'approche de ce qui lui a fait peur, il le sent et constate qu'il s'agit d'un objet inoffensif, son inquiétude disparaît et il poursuit sa route comme si rien ne s'était passé. L'éléphant, qui a aussi mauvaise vue, se sert de sa trompe, organe de l'odorat et de préhension, pour reconnaître les lieux et les animaux.

Une fois cette importance de l'olfaction constatée, il me faut insister sur les rapports particuliers existant entre son aire de réception corticale, celle du goût, et des zones cérébrales particulières : l'aire gustative est située juste au pôle temporal, c'est-à-dire l'endroit le plus antérieur du lobe temporal. Juste en arrière et en dedans de lui se trouve l'aire olfactive. Et ces deux aires sont complémentaires car, en dépit de ce que l'on pourrait supposer, l'aire gustative permet uniquement de reconnaître quatre qualités : le sucré, le salé, l'amer et l'acide. Le reste, tout le reste, dépend de l'aire olfactive : il n'est qu'à se souvenir du caractère insipide de la nourriture lorsqu'on souffre d'un bon rhume !

Ce complexe olfacto-gustatif (ou aire entorrhinale) est le tout premier qui fonctionne chez le nourrisson, tant animal qu'humain, et le « petit » reconnaît dès sa naissance sa mère et sa nourriture adéquate. Ce qui motive un comportement particulier immédiat en leur présence.

Car, là est l'essentiel, cette aire entorrhinale est le point de départ d'influx qui se cantonnent dans tout le territoire cortical à trois, quatre ou cinq couches de neurones, bref à tout ce qui n'est pas néencéphalique. Et ce territoire, situé surtout à la base du cerveau, ainsi qu'à sa partie interne, inter-hémishérique, est celui du comportement. Nous allons l'étudier dans la sphère sexuelle qui le concerne plus spécifiquement.

Au moment physiologique voulu, les fonctions chronobiologiques de l'hypothalamus * (c'est la partie « centrale » qui règle tout le fonctionnement hormonal et automatique d'un individu) déterminent chez la femelle, avec l'ovulation, d'une part un comportement « amoureux » particulier, tant émotionnel (recherche du mâle) que physique (cambrure excessive de l'arrière-train, par exemple), d'autre part l'émission d'exhalaisons odorantes que le mâle perçoit et qui vont provoquer, chez lui également, une série de réactions caractéristiques : plus rien n'existe que l'objet du désir, à tel point que, parallèlement à un désintérêt du monde extérieur, une agressivité se développe avec réactions de provocation et d'attaque envers tout intrus qui s'approche du couple. Celui-ci demeure en général soudé après la copulation et, sinon toute leur vie, du moins jusqu'à l'indépendance matérielle et la « maturité » de leurs rejetons.

Le recours aux aires gustatives est important pour le choix d'un habitat susceptible de délivrer la nourriture la meilleure pour la femelle et les petits.

L'agressivité défend le territoire. Tout est douceur, tendresse, quiétude et jeux dans l'enceinte familiale. Mais malheur à celui qui approche. Et fuite avec les petits si le visiteur est le plus fort.

Le territoire : concept essentiel de l'animal, qui y appose sa signature, en le marquant... encore olfactivement. C'est en effet au moyen de substances odoriférantes qu'un mâle le marque pour chaque espèce :

– le plus souvent en urinant, comme le chien ;

– quelquefois d'une manière plus originale, tels les lémuriens qui enduisent leur longue queue du produit des glandes situées au poignet, ou encore urinent sur leurs mains et leurs pieds pour marquer leur domaine ;

– les grands singes présentent des glandes sudorales très développées sur leurs paumes, qui « impriment » leur signature. Il est possible que la transpiration des paumes et des plantes podales relèvent chez l'homme d'un même processus primitif.

Les macrosmatiques, donc, possèdent une aire entorrhinale très développée, et un comportement émotionnel et sexuel très réactionnel : ils ne « font jamais l'amour » mais s'accouplent lorsque la femelle est en rut.

Pour montrer la toute-puissance de l'odorat chez ces macrosmatiques, l'exemple de la recherche des truffes par les truies est édifiant. La truffe a toujours été réputée pour ses propriétés aphrodisiaques. Or des recherches biochimiques ont montré qu'elle possède un alcool volatil proche de l'hormone mâle (testostérone). Cette molécule se retrouve également dans l'urine du verrat : ainsi s'explique l'avidité avec laquelle la truie déterre le tubercule noir, dans lequel elle reconnaît l'odeur du porc adulte ! On comprend que, dans ces cas-là, l'Amour, avec un grand A, soit des plus réduits...

Et pourtant Pierre dicte : « Le chien, dès que son intelligence est assez développée pour cela, commence à réaliser des motifs qui se concluent par le sacrifice. Il y a des chiens qui, par amour, refusent toute nourriture et meurent. Il y a aussi, dans toute l'animalité, des mères qui s'immolent pour leurs petits ; faible et pâle aurore du grand soleil de l'amour universel, souvenir de la parcelle divine répandue dans toute la création. »

Nous avons tous pu en effet vérifier maintes fois ces deux comportements animaliers :

– d'amour maternel défendant la « chair de sa chair », au prix même de sa vie, soit en combattant, soit en détournant l'attaque, dans une fuite vaine et sans espoir, dans le seul but de protéger les nouveau-nés et les jeunes sans défense ;

– voire d'amour conjugal. Les gardiens de zoo relatent souvent la mélancolie réelle qui s'empare d'un animal au décès de sa compagne.

Mais ce fait est beaucoup, beaucoup plus rare que l'amour extraordinaire que certains animaux portent aux humains. Et dans toutes les catégories de mammifères. L'attachement du chien à son maître est bien connu. Certains de mes malades, dompteurs ou gardiens de zoo, me racontaient la réelle affection qui les unissait à leurs bêtes, et qu'ils ressentent comme un sentiment beaucoup plus intense que ne l'exige le dressage, toujours conditionné. Ma propre fille benjamine, Geneviève, a élevé des rats qui la connaissaient et lui prodiguaient, j'en fus témoin, mille petites marques d'affection particulière.

Certains experts en psychologie animale ont prétendu que cet amour envers les humains relevait davantage d'une hiérarchisation ressentie et vécue que d'un sentiment proprement dit : ils se réfèrent à l'attitude caractéristique du chien que son maître caresse et qui se couche, gorge offerte et patte levée dans la posture de soumission complète. Il est, certes, fort probable que l'on retrouve un degré certain de sujétion, surtout chez le chien. Mais, une fois de plus, nos témoins de l'invisible nous guident et sont unanimes pour nous parler, eux, d'amour.

Paqui dit en effet : « Envers les animaux, déployez toute votre pitié. Soyez pour eux des maîtres, mais aimez-les ! Ne les frappez jamais ! Ils ne sont pas que de la matière. Ils souffrent, sentent, vous aiment et vous sont attachés. Donc, ils ont en eux un sentiment, une intelligence (non point comme la nôtre, ne vous révoltez pas de mes paroles) ; observez leur regard, leur attitude, et vous aurez pitié de leur servitude, vous n'abuserez pas des supériorités qui vous donnent sur eux pleins pouvoirs. »

En conclusion, l'animal macrosmatique est incontestablement un « rhinencéphalique » qui obéit aux lois naturelles de son espèce par un comportement réactionnel à point de départ olfactif. Certains peuvent montrer cependant des qualités intellectuelles et affectives, indépendantes du volume de la matière cérébrale, comme le rat et le chien le démontrent.

Les microsmatiques et anosmatiques

Les microsmatiques sont des mammifères supérieurs qui disposent de structures olfactives réduites. Ils compensent cette régression par une excellente vue et un cortex occipital récepteur de qualité et d'étendue exceptionnelles. Représentés surtout par les singes, leurs cerveaux montrent la présence des sillons qui, au fur et à mesure de leur « montée » évolutive, se rapprochent de la cartographie humaine. Mais leur rhinencéphale demeure conséquent. Si l'aire entorrhinale est plus restreinte, l'aire gustative et les structures temporales antérieures qui groupent les noyaux maîtres de l'agressivité (« lobe piriforme ») sont toujours très bien marquées.

Les anosmatiques sont les cétacés. Aquatiques, quoique respirant par un système pulmonaire ressemblant au nôtre un air qu'ils viennent recueillir impérativement à la surface, à intervalles plus ou moins longs selon les espèces, ils « opèrent » toujours en milieu marin, ce qui rend l'olfaction inutile. Ils corrigent ce handicap sensoriel :

– par une aire gustative bien apparente, pour ce qui concerne la nutrition ;

– par une ouïe et des aires de réception auditive (gyri * transverses temporaux de Heschl) fonctionnellement très développées et efficientes.

Ils sont en effet totalement dépourvus de bulbe et de lobe olfactifs. Mais leur lobe piriforme est, lui aussi, toujours très net, et les structures rhinencéphaliques qui en dépendent toujours très apparentes.

Ces mammifères supérieurs sont vraiment ceux qui offrent à l'observateur, voire à l'expérimentateur, la gamme la plus complète de qualités intellectuelles et affectives ressemblant le plus à celles de l'homme. Sans qu'aucune d'entre elles n'arrive jamais à l'égaler ni, surtout à le dépasser.

Les singes anthropoïdes ne limitent pas leur ressemblance humaine au seul plan physique. On a pu démontrer leurs réelles possibilités de comportement réfléchi : ainsi peuvent-ils utiliser un instrument pour parfaire une tâche, voire assembler deux cannes pour s'approprier une banane placée à trop grande distance. Quant aux cétacés, tout le monde connaît les qualités affectives et intellectuelles des dauphins. Ne dit-on pas que la N.A.S.A. les utilise à des fins militaires ? Ils présentent en outre un véritable langage, non seulement pour communiquer entre eux, mais pour pouvoir même s'exprimer à notre niveau. Ceux qui ont vécu dans l'intimité des grands singes (gorilles) ou des dauphins sont unanimes à affirmer qu'ils peuvent « dialoguer » ensemble. Des chercheurs ont même réussi à correspondre avec eux « en clair » par l'écriture traditionnelle : c'est le cas de la célèbre Lucie.

Voilà pour leurs qualités intellectuelles. Ils sont donc, réellement, « pré-humains ».

Quant à leurs qualités affectives, comment ne pas s'émouvoir devant le naturel des poses du petit dans les bras maternels, des jeux du rituel de l'épouillage, de la fidélité conjugale ou du désespoir manifesté devant la mort d'un rejeton ou du conjoint ? Là encore leur ressemblance humaine est flagrante.

Sont-ils donc, réellement des « pré-humains » ? Descendons-nous des singes, comme Darwin le supposait ?

Les messages de l'au-delà, encore une fois unanimes, sont formels : les animaux sont, restent et demeureront toujours des animaux. Phylum animal et phylum humain sont distincts, aussi bien sur cette terre que dans l'éternité. Ainsi Max-Getting :

Les âmes des hommes, seules arrivent à l'astral ; celles des animaux évoluent dans les sphères inférieures. Le regard de certains animaux prouve combien leur âme est arrivée à la perfection dans leur race.

Ainsi Albert Pauchard :

Là où je me trouve à présent, les animaux ne semblent avoir possibilité d'accès et de séjour qu'en dépendance de leur relation avec quelque personne qui les a aimés sur terre. Je veux dire par là que ce n'est pas ici leur monde normal. Ils ne s'y trouvent élevés que par suite de leur attachement à un être humain. Car l'homme (par son affection et par l'action chimique, en quelque sorte, qu'elle exerce sur les êtres qui viennent à son contact) élève l'âme de l'animal à un plan supérieur de vie et de conscience. C'est là un vivant exemple du miracle de l'Amour.

Ainsi Pierre qui affirme :

C'est notre ressemblance avec Dieu qui n'atteindra jamais l'animal, malgré les partisans illusionnés de la métempsycose. Le chien, par exemple, qui est certes le mieux préparé aux émotions affectives, les ressent dans son âme sensible, mais primaire. Cependant, le chien reste un animal jusque dans la vie supérieure où il pénètre à sa mort.

Il indique, dans un autre message, le « devenir » des animaux

Les animaux qui ont traversé la sphère terrestre ont ici une vie supérieure à celle de leur première existence. Ils perdent l'asservissement de la matière, c'est-à-dire, tout comme nous, le besoin de se nourrir et d'engendrer. Ils gagnent de pouvoir s'entretenir avec nous, puisque les animaux pensent (beaucoup plus que nous ne le savons sur terre) et que la pensée est le langage des esprits libérés. Cela leur permet de nous comprendre et de se faire comprendre. Ils entourent notre société de leur affection simple, tout comme sur la terre. Ils évoluent eux aussi et réalisent que l'amour est le but essentiel à atteindre... De ce côté-ci, ils connaissent des satisfactions nouvelles, et vivent un peu comme de jeunes enfants, dont la conversation est élémentaire. Ils nous apportent leur modeste amour comme une offrande. [...]

Je te l'ai déjà dit, ces modestes amis si fidèles ne restent pas dans leur tombeau. S'ils n'arrivent jamais aux hautes sphères spirituelles, ils ont, cependant, ce que vous pourriez appeler un paradis qui est fait pour eux. Leurs évolutions successives les maintiennent toujours dans une place seconde, mais le fait nouveau de pouvoir communiquer leurs pensées est pour eux un incomparable bonheur. Le sommeil qui suit leur mort est d'ailleurs très court, car il y a pour eux une autre conception de la destinée. Ainsi, le petit chien dont, près de toi, j'ai assisté à la séparation du corps infirme, est déjà tout joyeux à mon côté.

Il s'agit là d'un petit chien mort du vivant même de Pierre et qu'il déclare avoir ainsi retrouvé de l'autre côté des voiles.

Cette idée de l'évolution de l'animal par les liens affectifs qu'il tisse avec l'homme se retrouve chez Max-Getting et chez Roland de Jouvenel. Max-Getting :

On peut faire évoluer les animaux en les éduquant, car on éveille leur intelligence et on développe en eux des sens latents. On ne s'occupe pas suffisamment de l'âme des êtres inférieurs et de celle des plantes, que l'on martyrise ainsi que les animaux. Et les hommes osent se plaindre de la vie, eux qui sont parfois si cruels !

Et Roland :

Tu as bien fait de relire saint François d'Assise. Imprègne-toi de ses aspirations ; elles te seront très bénéfiques. Dieu s'est révélé à lui par des façons simples ; ses agents ont été assortis à la candeur de ce cœur pur. Dieu s'est servi de colombes, d'oiseaux pour le toucher. [...]

Protège et aime les animaux ! Oh oui, aime-les ! Dieu magnifie tous ceux qui s'aime et fait croître Ses grâces en proportion de leur amour.

C'est Pierre qui met le point final, en rappelant l'existence à ses côtés, dans l'au-delà, du petit chien qu'il avait possédé sur terre :

Le petit chien, qui est venu me rejoindre, n'avait jamais perdu réellement le contact avec moi, puisqu'il me voyait bien souvent ; en effet, leurs sens psychiques sont très développés. Tout ce que je te dis ici te fera comprendre que Dieu ne permet jamais la disparition absolue de l'étincelle d'amour. Une âme évoluée ou non, qui renferme l'essentialité immortelle, l'amour, ne périra point.

J'emprunte la conclusion de ce paragraphe à celle de Jean Prieur pour ce même royaume :

> L'animalité, ce monde innocent, nous aime obscurément et voudrait avoir part à notre âme. Toute la création aspire à un surcroît d'âme, donc à un surcroît d'amour. L'évolution est une montée de l'amour, et l'animal est entraîné dans la pulsion d'amour universel.

Le comportement des mammifères, surtout microsmatiques ou anosmatiques, s'éloigne ainsi du strict réflexe rhinencéphalique pour s'intégrer dans un régime affectif et intellectuel plus proche du nôtre, humain.

L'INDIVIDUALITÉ ÉVOLUTIVE

Sans être antinomiques, esprit et matière sont absolument opposés en ce qui concerne leur résistance temporelle… du moins sur cette terre : la matière dure alors que l'esprit semble « brûler » le temps.

– Les *ères géologiques* s'étendent sur des millions d'années ; et les aires précambriennes sur des milliards d'années…

– Le découpage des côtes maritimes, le *creusement des vallées*, les modifications de massifs montagneux, exigent des milliers d'années.

– Les diverses fossilisations, la *production pétrolière* ou *houillère*, s'effectuent sur des milliers d'années également.

– Certaines constructions humaines bravent le temps : les *pyramides d'Égypte* datent de près de cinq mille ans, celles du Mexique sont fort anciennes. Mais ce sont des exceptions : les monuments terriens dépassent rarement le millénaire, lorsqu'ils mêlent bois et pierre.

– Car le végétal apporte, dans la construction, une brièveté très importante. Les arbres peuvent, certes, recevoir des soins particuliers qui accroissent leur résistance et leur longévité : ainsi effectuait-on, au Moyen Age, des coupes à une certaine période de l'année ; puis on transportait de nuit – donc à l'abri de tout photon énergétique – les troncs, que l'on immergeait au plus profond d'un lac ou d'une lagune, toujours à l'abri des photons. Des portes de château-fort, fabriquées avec du bois ainsi traité, remplissent toujours parfaitement leur rôle au bout de sept siècles d'usage.

– Certains arbres dépassent largement le siècle. Seule la tortue peut venir quelque peu rivaliser avec le monde végétal.

– La période séculaire correspond à la durée de vie maximale de la plupart des végétaux, mais seulement de rares vertébrés, tel l'éléphant.

– La majorité des grands animaux vivent une à plusieurs décennies.

– La majorité des petits animaux, une à plusieurs années.

– Les insectes présentent l'existence la plus brève : l'éphémère mérite bien son nom, puisqu'il ne vit que quelques heures à l'état adulte.

En gros, donc, les minéraux ouvrent de très loin un ban que les invertébrés ferment.

Cette constatation est intéressante. En effet, toute forme animale proche du stade végétal, voire minéral, présente une extraordinaire résistance au facteur temps : ainsi la spore bactérienne résiste longtemps même dans des conditions externes défavorables. On connaît des exemples d'apparition de cas de tétanos bien après la disparition des écuries qui occupaient le lieu de contamination. De même l'amibe, sous sa forme kystique, voit son pouvoir pathogène mis en sommeil durant de très longues années. Très amusante, l'amibe : on peut en effet soit prétendre qu'elle est immortelle, soit que toutes les amibes ne sont que l'expression de l'amibe primordiale, « essentielle », sans se tromper : puisque cet être monocellulaire se reproduit toujours en se scindant en deux, chaque amibe maintenant rencontrée est une partie de cette amibe initiale.

Cependant la longévité des animaux de ce troisième royaume n'est pas l'indice d'une obligatoire récession spirituelle : l'éléphant en fournit l'exemple. En revanche, nous avons vu que l'évolution des espèces s'accompagne d'une libération progressive des contraintes rhinencéphaliques. Sans jamais aboutir à la spiritualité, qui est l'apanage de l'homme, on peut dire que toute transformation phylogénétique s'effectue toujours dans le sens d'une acquisition psychique.

Mais cela ne va pas sans ennuis. En étudiant plus à fond ces quelques constatations, on aboutit à la reconnaissance de deux lois : celles qui régissent la fragilité et la différenciation des animaux, en fonction de leur cadre phylogénétique.

L'évolution fragilise, certes, le sujet en lui ôtant certaines possibilités ; mais aussi en le rendant plus vulnérable, car déclenchant plus de convoitise de la part des humains. Nous étudierons à tour de rôle ces deux aspects de la fragilisation.

Fragilité intrinsèque

Je la dénomme ainsi parce que l'évolution ôte certaines possibilités au sujet qui dépend d'une espèce supérieure. Ainsi :

– qui, en essayant de prendre un petit lézard, n'est-il pas resté stupide, un petit bout de queue entre les doigts, alors que le reptile s'enfuit, sans la moindre trace de sang et de mal apparent ? Le monde des reptiles est étonnant, si l'on considère les mutilations que peuvent subir sans dommage certains de ses représentants. On connaît en effet les pouvoirs miraculeux des salamandres qui voient leur membre coupé… repousser ;

– les insectes font preuve d'une capacité de résistance surprenante. Pour cette raison, ils furent les tout premiers cosmonautes ;

– les animaux à sang froid s'accommodent de conditions climatiques que les animaux à sang chaud ne peuvent pas supporter. En effet, toute contrainte trop exigeante les conduit à vivre de façon purement végétative, et à hiberner.

Je rappelle que toutes les formes kystiques ou sporulées résistent à des conditions extérieures qui les feraient périr sous leurs forme de vie relationnelle. De même, les formes larvaires se montrent toujours plus résistantes que l'adulte achevé. Ainsi, si l'éphémère ne vit que quelques heures, sa larve, elle « dure » plusieurs jours, voire plusieurs années.

Tout se paie, dans la nature. L'acquisition de qualités psychiques coûte cher.

Fragilité extrinsèque

J'appelle ainsi le tribut que l'évolution lève sur les sujets de ce troisième royaume, en les dotant de qualités qui les font apprécier du prédateur majeur qu'est l'homme :

– il dépeuple les mers par des pêches « scientifiques » où le poisson est traqué par des sonars. La détection est fonction de la masse à détecter : aucune baleine ne peut désormais y échapper ;

– sa convoitise envers la fourrure lui fait exterminer les bébés phoques, les panthères, les ocelots, les visons, etc.

– la recherche d'ivoire décime éléphants et morses ;

– les vertus magiques de la corne de rhinocéros risquent d'anéantir cette espèce.

Je pourrais multiplier les exemples où la cupidité, la bêtise ou l'incurie humaine se soldent par une multitude de méfaits et de morts. Il est facile de prétendre que le responsable est l'« autre ». Chacun est responsable dans la mesure où il ne dénonce pas et ne s'oppose pas.

Évolution et différenciation

Les fourmis, les abeilles, les hirondelles, les rainettes se ressemblent toutes. La distinction d'un individu au milieu du groupe de ses congénères commence à pouvoir s'effectuer au niveau des rongeurs : ma fille Geneviève reconnaissait chacun de ses rats à des caractéristiques tant physiques que comportementales. J'avoue que j'avais, moi, quelque difficulté à faire de même : il faut, à ce niveau phylogénétique, une certaine habitude pour définir les critères de différenciation.

C'est d'ailleurs toujours le problème : un animal est d'autant plus individualisé qu'il est connu et aimé. Ma tante Renée reconnaissait sa Colombine d'entre toutes les colombes, comme je reconnais mon Nox d'entre tous les chiens labradors.

Mais la différenciation ne se limite pas à des traits singuliers de tête, de silhouette, d'expression ou de comportement. Est différenciation toute acquisition de propriété fonctionnelles nouvelles à partir d'éléments embryologiques qui, curieusement, fragilisent considérablement, sinon le fœtus, du moins le tout-petit. Comme je l'écrivais plus haut : tout se paie dans la nature ; l'acquisition de qualités psychiques coûte cher.

Ne pouvant tout passer en revue, je m'en tiens à trois secteurs particuliers pour illustrer mon propos : la précarité du jeune est le premier que j'aborde ; elle s'oppose à l'éclosion des cinq sens pour une meilleure défense vitale, qui est le second secteur étudié, avant de relater, en troisième lieu, l'évolution sexuelle et la naissance de la tendresse et de l'amour.

La précarité du jeune animal

La durée de la gestation augmente proportionnellement au stade phylogénétique de l'animal, mais aussi en fonction de sa masse : elle va de 21 jours chez la souris à 640 jours pour l'éléphant.

Ce qui frappe le plus est le parallélisme étroit qui existe entre le degré d'évolution et la précarité du jeune à sa naissance :

– Le poulain reste un bon quart d'heure à « récupérer » de son passage par la filière génitale. Puis, très vite, il va caracoler auprès de sa jument de mère.

– Le souriceau met, lui, un peu plus de temps pour courir deci de-là.

– Le chiot ou le petit chat de quelques mois est déjà un adulte en réduction, du point de vue physique s'entend.

– La précarité s'accentue avec les singes, surtout avec les anthropoïdes, qui sont dépendants de leurs parents durant quelques années. Nous retrouverons ce fait chez l'homme : le petit chimpanzé et le nourrisson humain présentent une progression comparable les trois premières années. Puis le jeune chimpanzé dépasse son concurrent humain jusqu'à l'âge de cinq ans, où le petit de l'homme comble son retard et « décolle ».

La durée et la complexité de l'éducation dépendent de la précarité, donc du stade phylogénétique. Même la puberté se présente à un âge d'autant plus reculé que le degré évolutif est important.

Un dernier caractère doit être relevé : la limitation du nombre des petits est également un élément marquant ce degré évolutif. Au grand nombre d'alevins qu'un poisson pourra engendrer s'oppose les quelques portées du chien ou du chat, et les quelques rejetons du chimpanzé.

La sélection coûte également cher.

L'éclosion des sens

La « sélection naturelle » ou la « loi du plus fort », selon votre optique oblige l'animal à être d'autant mieux armé que la lutte pour survivre doit être âpre.

Avec l'évolution, on assiste au lent déclin de l'olfaction au profit de la vision.

La vie et les mœurs des insectes sont exclusivement gouvernés par des messages olfactifs que des glandes animales ou végétales exhalent. Ces réelles substances chimiques se nomment « phérormones » (du grec *phéro* : je porte et *hormon* : exciter) et son assimilées à une émission hormonale parce que :

– elles ont une origine glandulaire, nous l'avons dit ;

– elles agissent à distance, quelquefois énorme. Ainsi la femelle du bombyx du mûrier peut attirer un mâle distant de 16 km ;

– elles sont actives en quantité infime. Deux cents molécules suffisent pour « mobiliser » le bombyx du mûrier ;

– elles déclenchent enfin des réactions rhinencéphaliques automatiques et spécifiques pour tout animal de même espèce.

Les poissons possèdent, eux aussi, des récepteurs olfactifs spécialisés dans leurs fosses nasales. Rappelons que l'eau n'y pénètre pas, uniquement filtrée par le système branchial. Il s'agit donc d'un processus biochimique utilisant le flux sanguin : on parle alors de chémorécepteurs. Ces chémorécepteurs sont particulièrement efficaces pour les poissons migrateurs : saumon, truite, esturgeon, lamproie, anguille, etc. On connaît l'impérieuse nécessité qui pousse ces animaux à revenir accomplir l'acte de reproduction dans leur ruisseau natal. Peut-être la migration lointaine n'a-t-elle d'autre but que la constitution de réserves. Cependant, pour compenser une vision défectueuse, du fait de l'obstacle que constitue l'élément aqueux pour le photon, d'autres récepteurs sensoriels s'organisent pour diriger et assumer la garde de l'environnement :

– le goût est très développé. En outre, les récepteurs gustatifs ne siègent pas dans la bouche, ou autour de la bouche, au niveau des barbillons. On les trouve très curieusement disséminés à la surface de la tête et même sur les nageoires !

– ils n'ont pas d'appareil auditif. Mais ils possèdent un système particulier dit « de la ligne latérale », enfoui au niveau des lignes sombres qui soulignent le milieu du corps, et qui sont des « baro-récepteurs » : ils transmettent toutes les vibrations et changements de pression, courants, etc. Les poissons peuvent ainsi se diriger grâce à la réflexion sur des obstacles des vibrations qu'ils émettent eux-mêmes ;

– ils semblent pourtant être pourvus de capteurs électromagnétiques qui les « orientent » par rapport à l'axe magnétique terrestre. Ce seraient des récepteurs analogues aux « ampoules de Lorenzini » du requin.

Le passage de la vie aquatique à la vie terrestre est marqué par des modifications importantes. Ainsi, chez le batracien :

– l'audition apparaît. Elle dérive très curieusement de la vessie natatoire des poissons, non seulement en ce qui concerne les voies de l'équilibration (ce qui est logique puisque c'est cette vessie natatoire qui permet les évolutions de « montée » et « descente » des poissons tout en demeurant « droits »), mais aussi pour l'appareil cochléaire qui est celui, spécifique, de l'audition. En réalité l'étonnement cesse si l'on songe que l'oreille moyenne est, comme la vessie natatoire, un « barrage » indispensable qui évite que l'onde sonore ne se transmette directement de l'air, compressible, à un liquide de transmission, incompressible ;

– l'œsophage se développe... en poumons ; le goût se restreint à la cavité bucco-pharyngienne ; et l'émission de sons apparaît ;

– leurs yeux doivent participer de la vie aquatique et aérienne. Pour empêcher leur dessication, les glandes lacrymales et les paupières apparaissent. S'ils n'ont probablement pas la perception des couleurs, leurs voies optiques présentent un pouvoir de régénération exceptionnel : le nerf optique sectionné est capable de « repousser » et de reprendre sa fonction sans aucun déficit.

Et, comme nous l'avons déjà mentionné, l'aire olfactive des fosses nasales se réduit au profit de la surface respiratoire. Les batraciens terrestres n'utilisent dorénavant leur odorat que pour chasser.

C'est la langue des reptiles qui recueille les particules odorantes et les porte au contact de cellules très sensibles qui tapissent leur palais. Les bourgeons gustatifs reculent pour se concentrer dans la région pharyngienne.

Ils sont sourds aux sons aigus, mais particulièrement sensibles aux sons graves, comme savent l'exploiter les charmeurs de serpents. Leur reptation au sol leur permet de percevoir les vibrations telluriques : ainsi peuvent-ils à la fois fuir les pas de l'homme, les tremblements de terre ou les éruptions volcaniques.

Leur vision est bonne. Mais elle est suppléée par des fossettes spécialisées dans la détection des rayonnements infrarouges :

– les crotales sont munis de capteurs susceptibles de réagir à des variations de un cinq centième de degré. Mis dans une cage de verre avec des souris, il ne les touche pas si ces fossettes thermosensibles sont bouchées. En revanche, si elles sont libres, il les décèle et les capture, même si ses yeux sont obturés et son odorat annihilé par une substance chimique ;

– les pythons et les boas possèdent également de tels récepteurs, situés sur leurs écailles labiales : elles leur permettent de détecter des variations de un dixième de degré. Rendus aveugles, ils décèlent une ampoule allumée à 25 cm.

Grâce à ces fossettes thermosensibles, ces serpents peuvent détecter et attaquer dans le noir les petits rongeurs à sang chaud qui sont leurs proies favorites.

Les oiseaux ont un odorat quasi atrophié. Leur goût est concentré dans la muqueuse buccale, et non sur leur langue, souvent cornée. Ce sont surtout de grands « auditifs » et de grands « visuels » :

– Cris et chants forment un contexte de connaissance varié et utile : cris d'appel, d'alerte, de ralliement, pépiements de becquée. Le mâle utilise son chant pour délimiter son territoire ;

– mais c'est la vue qui revêt le rôle essentiel. Leur acuité visuelle est très grande. La rétine de certaines espèces (rapaces, hirondelle, martin-pêcheur, etc.) possède même deux centres optiques (une fovea centrale et une autre fovea latérale) : ils disposent ainsi de deux images précises par œil, ce qui accentue le relief et la précision de la prise alimentaire. Leur pouvoir d'accommodation est exceptionnel : en une fraction de seconde, ils peuvent accommoder de l'infini à 2 cm. Chez les oiseaux plongeurs, qui passent constamment du milieu aquatique au milieu aérien, ce pouvoir atteint 40 à 50 dioptries !

Il existe donc chez l'oiseau un comportement élaboré à partir de plusieurs stimuli, surtout visuels et auditifs, qui déterminent à leur tour des réponses adaptées à la situation présente.

Le dressage et l'apprivoisement sont possible, comme le démontrent les fauconniers… ou Colombine, la petite colombe de ma tante.

J'ai déjà assez longuement développé les qualités macro, micro et anosmatiques des mammifères pour ne plus y revenir ici.

Le goût chez eux se concentre sur la langue. Mais il existe quelques capteurs disséminés sur le pharynx et l'épiglotte. Leur sensibilité et leurs préférences naturelles diffèrent grandement d'une espère à l'autre.

Leur audition est d'une extrême finesse et, en général, d'une grande étendue acoustique : tous peuvent entendre une gamme de fréquences plus grande que celle qu'ils peuvent émettre. Tout le monde connaît la capacité des chiens à entendre les ultra-sons, inaudibles pour nous. C'est grâce à l'émission d'ultrasons (130 000 hertz) que les chauves-souris se dirigent dans l'obscurité qui est leur domaine. De même, les cétacés anosmatiques se dirigent grâce à leur pouvoir auditif, le milieu aqueux ne convenant guère à la propagation des photons ! Ainsi les dauphins, capables de filer à plus de 30 km/h émettent des « clics », au rythme de 120 par seconde, qui sont des ultrasons qui les renseignent pour la localisation par écho. Tout autres sont les sifflements et miaulements qu'ils produisent pour communiquer avec leurs congénères.

La vue demeure cependant le sens le plus utilisé. Pour la première fois dans l'évolution animale, on trouve chez le mammifère la conjugaison du regard : jusque-là, les yeux sont indépendants et peuvent se mouvoir de façon différente. Il existe chez les mammifères un système qui, automatiquement, permet de diriger chaque axe visuel sur un même point précis : le relief est alors obtenu. L'acuité est excellente et permet la perception de quelques photons seulement. Ce qui souligne la sensibilité rétinienne.

Il faut insister sur le fait que, plus le stade phylogénétique est élevé, plus l'olfaction perd son importance. Surtout chez les microsmatiques. Et tout particulièrement chez les singes anthropoïdes.

Mais, plus encore que chez les oiseaux, on assiste à des échanges émotionnels et affectifs, non seulement avec les congénères, mais aussi avec les humains. C'est ce que nous étudierons au prochain paragraphe.

L'essor psychique

Si, après la copulation, toutes les femelles invertébrées ne se régalent pas en dévorant tout vif leur conjoint encore cramponné à elles, on ne peut pas dire pour autant que les noces soient joyeuses et l'union pérenne. Tout se passe comme chez les mouches, que l'on voit se chevaucher n'importe où, et puis, zou ! le mâle s'envole tandis que la femelle se lisse les ailes…

Le poisson n'est guère mieux loti : sa femelle pond les œufs que le mâle, après coup, vient recouvrir de sa semence. Il n'existe ainsi aucun contact physique dans le couple. Et on dit : « Heureux comme un poisson dans l'eau » !

Chez les batraciens et les reptiles, les effusions ne sont guère plus démonstratives, et le mâle est toujours aussi peu préoccupé de ses rejetons et de leur mère. On est à la fois très chaste et peu galant chez les animaux à sang froid, les « poïkilothermes ».

L'amour commence seulement chez les oiseaux, avec le sang chaud, avec les « homéothermes ». Si tous n'offrent pas la célèbre parade des coqs de bruyère, ils présentent un rituel précis de courtoisie mutuelle. Le couple se forme au moins jusqu'à l'achèvement de l'apprentissage des petits. Là où le bât blesse est que l'amour « vertical », celui qui unit parents et progéniture, n'existe pas : les oisillons sont certes nourris, mais sans tendresse, sans discernement. Tant pis pour ceux qui sont frêles et que leurs frères repoussent : ils périront faute de nourriture. On peut même être assuré que les parents ne reconnaissent pas leurs petits. Tout le monde connaît en effet l'aventure du coucou qui, à l'éclosion de son œuf dans un nid étranger, vide instantanément tous les occupants légitimes, usurpe sans vergogne leur place, et se laisse gaver par des parents nourriciers qui s'épuisent devant sa voracité, ne remarquant pas sa taille disproportionnée à la leur !

Il faut attendre les mammifères pour assister enfin à l'établissement d'une famille et à un comportement individuel qui n'est plus seulement réflexe, automatique, rhinencéphalique, mais chaleureux et impromptu, comme les jeux ou les facéties des jeunes envers leurs procréateurs. Jean Prieur l'exprime avec justesse : « L'amour vient divinement compenser l'angoisse qui grandit avec la conscience et la liberté [38]. »

En effet, avec ses six couches de neurones, le néencéphale offre une possibilité de circuits nerveux quasi illimitée. Son accroissement progressif chez les mammifères détermine une conduite de vie qui se perfectionne de plus en plus. S'il est difficile de distinguer un lézard ou un oiseau d'un de ses congénères de même espèce – à moins d'une anomalie physique accidentelle –, en revanche chaque souris blanche, chaque cobaye, chaque rat présente – même jeune – des caractères affectifs objectifs, ainsi que des facultés qui l'individualisent dans son groupe.

Il existe une hiérarchie. Elle ne fait jamais défaut : chaque mammifère est dominant ou dominé. Il n'y a pas d'autre issue. Mais la lutte est permanente et les contestataires nombreux. L'émulation incite à la recherche de nouvelles possibilités, dans la sphère des activités tant physiques que psychiques et affectives : la femelle, la meilleure part de nourriture sont à ce prix. D'où un était de tension permanent.

Or toute tension est génératrice d'angoisse. Celle-ci est d'autant plus ressentie que l'état de conscience est manifeste : fourmis ou abeilles ne se posent aucun problème au sein de leur société. Il n'en va pas de même dans une meute, une harde ou un troupeau. Et surtout chez les primates.

L'amour est la contrepartie nécessaire, obligatoire, de ce constant dépassement de soi-même et de l'angoisse qui en résulte. On comprend alors la portée du message de Max-Getting : « On peut faire évoluer les animaux en les éduquant car on éveille leur intelligence et on développe en eux des sens latents. » Nous verrons par la suite que la réciproque est également vraie.

Dons « paranormaux » et corps animique

On a souvent parlé des dons paranormaux que semblent posséder certains animaux. Ces dons sont très souvent « paranormaux » comparativement à nos possibilités humaines. Ils peuvent être expliqués de façon toute naturelle et toute scientifique.

En 1954, nous fûmes réveillés en pleine nuit par un vacarme étourdissant venu de l'écurie : les chevaux et mulets hennissaient, piaffaient, raclaient leurs chaînes contre les mangeoires, ruaient contre les bat-flanc.... Nous nous retrouvâmes tous dans la cour, tâchant de voir si aucun animal n'avait pénétré, pour semer une telle terreur. Mais nous ne trouvâmes rien... Et le chahut continua... jusqu'au tremblement de terre qui, une première fois, s'abattit sur Ech-Chéliff, autrefois Orléansville, distante d'une centaine de kilomètres de notre petit village de Rivoli, proche de Mostaganem.

De nombreuses observations de faits identiques corroborent la mienne, mettant en cause serpents, oiseaux, chats ou chiens ayant pressenti ou fui un cataclysme de cette nature. La raison en est simple et réside dans l'audition particulièrement étendue de ces animaux. J'ai déjà signalé l'acuité particulière des serpents pour les sons graves. Les oiseaux, eux, peuvent discerner des vibrations comprises entre 40 et 25 000 hertz, les mammifères entre 30 et 50 000 ; le chien, entre 15 et 50 000 ; le chat, de 60 à 65 000 hertz. Tous perçoivent ainsi les convulsions et vibrations telluriques, annonciatrices de la catastrophe.

De même, le chien possède, on le sait, d'étonnantes capacités olfactives. Mais, alors que notre perception est toujours strictement cantonnée au présent, il peut l'étendre au passé. Quand on le voit découvrir le coupable après avoir flairé le contenu d'un récipient contenant de l'air recueilli sur les lieux d'un crime [24], on crie au miracle. Alors qu'il s'agit, une fois encore, d'un simple fait physiologique…

Et même des cas qualifiés de « mystérieux » sont maintenant tout aussi explicables. Ainsi arrive-t-il qu'un chien – toujours lui ! – se mette à hurler à la mort au moment où son maître, loin de lui, succombe dans un accident de voiture (j'en ai été témoin). Ou encore, qu'il quitte une maison où quelqu'un d'encore vivant va bientôt mourir (je l'ai aussi constaté). L'explication réside dans l'interférence survenue entre son corps animique et les vibrations anormales, funestes, du corps animique libéré de son support matériel, ou s'apprêtant à s'en libérer.

Une expérience de Robert Morris nous apporte des précisions intéressantes à ce sujet : en 1969, ce parapsychologue américain voulut tester certaines aptitudes animales dans une maison hantée du Kentucky, dans laquelle un meurtre avait été commis. Il promena un chien, un chat, un rat et un crotale de pièce en pièce. Les animaux ne manifestèrent aucune réaction particulière jusqu'au moment où ils pénétrèrent dans la chambre où l'on savait que le crime s'était déroulé. Alors :

– le chien grogna, se montra agité et nerveux, voulant sortir de la pièce, alors que son maître tâchait de le calmer en le caressant ;

– le chat bondit vers une chaise et, s'arrêtant à deux mètres d'elle, se mit à se hérisser, miauler et cracher, tout en ne la quittant pas des yeux ;

– le crotale se mit en position d'attaque, la tête dirigée vers cette même chaise ;

– seul le rat ne manifesta rien.

Nous pouvons tirer de cette expérience un détail très intéressant sur la constitution et la manifestation du corps animique. Puisque le comportement du rat a montré qu'il ne ressentait rien, nous pouvons supposer que seuls les mammifères supérieurs seraient susceptibles de percevoir le corps animique. Cette supposition est conforme aux enseignements de Pierre Monnier.

Mais, dans ce cas, le crotale ? Ne pouvant prétendre à cette élite, il faut dès lors convenir que ses fossettes thermo-réceptrices ont tout bonnement détecté une source de radiations électromagnétiques dans le domaine de l'infrarouge, c'est-à-dire compris entre 10 et 100 µm.

CONCLUSION

Ce troisième royaume, « animal » est avant tout celui de la *motilité*. C'est le caractère essentiel qui distingue cette sphère, et que ni le monde végétal ni le monde minéral ne possèdent.

Cette faculté demande toute une *évolution*. C'est le second mot clé. En effet toutes les structures qui autorisent l'exploration tous azimuts de notre monde exigent une organisation neurologique que j'ai longuement détaillée, non pour faire preuve d'érudition, mais pour mieux faire ressortir, parallèlement à l'*évolution* d'un système nerveux ganglionnaire, puis rhinencéphalique et, enfin, néencéphalique, permettant l'élaboration de réactions moins stéréotypées, l'*évolution* spirituelle, consistant en un dégagement progressif d'un système purement énergétique, de type « végétal », donc « neuro-végétatif » aboutissant à des comportements réactionnels *évoluant* en attitudes psycho-émotionnelles qui annoncent leur apogée dans l'homme, et assurant une *évolution* spécifique dans l'au-delà.

L'acquisition de ces attributs s'accompagne, certes, d'une fragilité tissulaire et organique accrue, d'une prolificité moins grande, mais – ce qui compense tout – d'une individualisation qui annonce, elle aussi, la dissemblabilité humaine.

CHAPITRE 4

LE QUATRIÈME ROYAUME, HUMAIN

La constatation des formes animales a conduit le monde scientifique du XIXe siècle à penser que l'homme en était l'aboutissement logique. Je montre le caractère erroné de cette théorie dans la première partie de ce chapitre, consacrée au *phylum humain* spécifique. Je décris, dans la deuxième partie, la *réalité humaine* dans sa dualité « constitutionnelle » et « tempéramentale », telle que mes recherches l'ont induite, et mes résultats thérapeutiques confirmée. Puis, dans la troisième partie, j'explore la plasticité et la sélectivité exceptionnelles du *cerveau humain*, qui lui donnent toute son originalité et expliquent la dissemblabilité de chaque homme. Je consacre la quatrième partie aux problèmes multiples qui dépendent de l'*esprit humain*, avec ses facultés intellectuelles et psycho-émotionnelles si riches et si diverses. Cet esprit humain est le phénomène le plus représentatif de ce quatrième royaume, ce qui explique l'importance du texte que je lui consacre. Une brève conclusion termine ce chapitre.

LE PHYLUM HUMAIN

Tout affirme son originalité.

J'en prends successivement comme preuve la Genèse, les messages des témoins de l'invisible, pour m'appuyer enfin sur les dernières données des préhistoriens.

J'en donne enfin l'origine en fonction de l'enseignement des messagers de l'au-delà et des diverses traditions, que mes propres recherches corroborent.

Le texte de la Genèse

Il est d'autant plus clair que, par deux fois, à quelques précisions supplémentaires près, il répète le même message sur la création exclusive, unique, propre, de l'homme :

– d'une part : « Dieu dit : "Faisons l'homme à notre image, comme à notre ressemblance, et qu'il domine sur les poissons de la mer, les oiseaux du ciel, les bestiaux, toutes les bêtes sauvages et toutes les bestioles qui rampent sur la terre." Dieu créa l'homme à son image, à l'image de Dieu il le créa, homme et femme il les créa » (I, 26-27) ;

– d'autre part, « Alors Yahvé-Dieu modela l'homme avec la glaise du sol, il insuffla dans ses narines une haleine de vie et l'homme devint un être vivant » (II, 7). Ce second texte explicite la dualité humaine en un corps matériel issu de la glaise, « poussière » humidifiée et ainsi rendue compacte, et le principe qui l'anime, le *nephesh* hébreu. Ce principe vital, en se retirant à la mort, restitue « la poussière à la poussière ». Mais il n'est pas question, ici, de l'« Esprit », ou *ruah* hébreux.

Rappelons que cette création s'effectue le sixième jour, donc le même jour que la création des autres mammifères. Mais postérieurement à eux, et distinctement d'eux.

Les témoins de l'invisible

Pierre insiste beaucoup sur la singularité de la création humaine. Il dicte :

> L'homme n'a jamais été un singe, ni aucune autre créature inférieure. Mais, au moment de la naissance de la race, l'homme, comme toute la création, fut un être rudimentaire. Il a évolué, il évolue encore. Vous pouvez vous en rendre compte en voyant la beauté toute spirituelle de certains regards, et la bestialité matérielle de certains autres. [...]
>
> Je t'ai déjà dit que l'humanité évoluait longuement au-dessus de l'animalité dont elle avait toujours été distincte par essence. Lorsque l'homme que vous appelez Adam reçut le souffle spirituel de Dieu, il fut réellement le premier homme. Mais une ascendance avait existé, et cet être primaire qui précédait Adam avait peu à peu pris connaissance d'une force toute-puissante qui le dominait : Dieu. La certitude de l'existence de Dieu fut toutefois la naissance spirituelle de l'homme en Adam.

Voilà qui est net.

La préhistoire

En 1856, dans un petit village proche de Düsseldorf, Neandertal, fut exhumée une calotte crânienne, que les autorités scientifiques compétentes purent dater de la toute première période préhistorique, ou ère paléolithique, ou âge de la pierre taillée, en pleine glaciation terrestre, aux alentours de 400 000 ans avant Jésus-Christ. La capacité restreinte du crâne, jointe au front fuyant, et, surtout, les énormes arcades orbitaires, saillantes fournirent la certitude que l'on tenait là un des maillons intermédiaires entre le singe et l'homme, selon la fameuse théorie darwinienne de l'évolutionnisme, un des dogmes de l'époque.

En 1868, en Dordogne cette fois-ci, dans la grotte de Cro-Magnon, des fouilles mirent à jour des squelettes où le crâne s'apparentait davantage, tant du point de vue de la capacité crânienne que de la morphologie externe, à celui de nos contemporains. On fut convaincu néanmoins de l'ancienneté de la découverte, sans se douter le moins du monde que de récentes études permettent actuellement de dater ces structures osseuses de la même ère paléolithique.

En 1891, à Java, la découverte du fameux pithécanthrope, avec sa mâchoire projetée en avant (« prognathisme ») et ses grosses arcades sourcilières, convainquirent les préhistoriens qu'ils détenaient enfin le chaînon intermédiaire entre le singe et l'homme. La datation ne montrait-elle pas que ces vestiges remontaient à un million d'années ?

Les recherches les plus récentes par radio-isotopes démontrent qu'il s'agit en réalité de *complexes raciaux*, comme le prouva la découverte, dans plusieurs autres parties du monde, de restes fossilisés possédant des caractères crâniens et faciaux peu ou prou identiques, qu'il s'agisse :

– du sinanthrope déterré près de Pékin, le « jeunot » du groupe avec ses 500 000 ans ;
– des africanthropes d'Éthiopie ;
– de l'atlanthrope de Mascara, en Algérie ;
– ou du zinjanthrope de Tanzanie, l'« ancêtre », avec ses 1 900 000 ans.

Il s'agit, à n'en pas douter, des « êtres rudimentaires » révélés par Pierre – comme on peut s'en convaincre en constatant leur

« civilisation » et les outils précaires dont ils disposaient. Les conditions climatiques – si l'on tient à la théorie déterministe – ou des mutations raciales primitives expliquent leurs minimes différences faciales ou staturales, comme il en est actuellement entre le prognathisme nègre et l'élévation des pommettes (« protrusion malaire ») avec front fuyant spécifique de la race jaune. La capacité plus réduite du crâne va également dans le sens du message posthume, qui insiste sur l'évolution qui a marqué notre propre espèce.

Origine de l'homme

Dans les conclusions qui suivaient l'exposé du *Livre des morts tibétain*, j'avais exprimé ma conviction de la triple constitution humaine, consistant en :
– un corps physique, soumis à toutes les lois physiques de conception, puis de développement embryologique, d'expansion et de plénitude somatiques, de décrépitude et de décomposition finale ;
– un corps animique sur lequel j'ai, depuis, suffisamment insisté pour ne plus avoir à le faire ici ;
– un esprit, enfin, qui était, est et sera.

Encore une fois, Pierre est fort explicite : « L'origine de l'humanité n'est pas la terre, dicte-t-il, car le corps n'est pas l'être créé par Dieu, mais c'est l'esprit. Or l'esprit de l'homme préexistait, en Dieu, à la terre et à la chair. » Une autre fois, il est encore plus clair et nous indique un processus fort proche des traditions extrême-orientales, sur lesquelles nous reviendrons ultérieurement. Il dit en effet : « A toutes les créatures, Dieu a donné une âme. Mais l'homme seul pouvait faire fructifier spirituellement cette âme, parce qu'il était esprit avant son stade terrestre : une épreuve qu'il a sollicitée et dont Dieu lui a démontré les dangers, en l'assimilant, pendant de nombreux siècles, à l'animalité qui l'a précédé dans la matière. »

Ainsi donc, l'esprit était préexistant « à la terre et à la chair ». L'homme sollicite de Dieu l'épreuve de s'incarner en un être évoluant sur terre depuis l'origine du monde et soumis à toutes les vicissitudes et à tous les désirs rhinencéphaliques de cette vie terrestre, « animale ». A la mort, l'esprit est libéré de sa gangue physique. Il rend compte de la façon dont il a affronté les épreuves sollicitées. Et poursuit son évolution en fonction du résultat acquis.

C'est toute la loi du karma que nous retrouvons ici. Mais elle n'a rien pour nous surprendre. Car, à tous ceux qui lui opposent la fameuse dualité chrétienne « âme-corps », je réponds :

– saint Matthieu, en relatant la mort de Jésus, dit : « Or Jésus, poussant de nouveau un grand cri, rendit l'esprit » (XXVII, 50) ;

– saint Luc précise : « ... et, jetant un grand cri, Jésus dit : “Père, en tes mains je remets mon esprit.” Ayant dit cela, il expira » (XXIII, 46) ;

– saint Jean : « Quand il eut pris le vinaigre, Jésus dit : “C'est achevé” et, inclinant la tête, il remit l'esprit » (XIX, 30).

Saint Marc s'étant borné à écrire : « Or Jésus, jetant un grand cri, expira » (XV, 37), on peut conclure qu'aucun des quatre évangélistes n'a une seule fois évoqué l'âme.

Mais il y a mieux ! Dans la première épître aux Thessaloniciens, saint Paul, énonce sa dernière prière de la façon suivante : « Que le Dieu de la paix lui-même vous sanctifie totalement, et que votre être entier, l'esprit, l'âme et le corps, soit gardé sans reproche à l'Avènement de notre Seigneur Jésus-Christ » (V, 23). La triple constitution est ainsi énoncée.

LA RÉALITÉ HUMAINE

La vie humaine ressemble à un bateau qui appareille d'un port donné, la naissance, pour aller rejoindre la destination ultime, la mort. Trois facteurs sont à considérer :

– le bateau lui-même est un élément important : une felouque ne tiendra pas la mer comme un paquebot de plusieurs milliers de tonneaux. Ces qualités physiques entrent dans le cadre de ce que l'on peut s'accorder à appeler la *constitution* ;

– la classe dans laquelle on voyage est également à considérer : on peut voyager en classe luxe, avec tout le confort désirable. On peut aussi être au fond de la cale, soumis aux conditions les plus triviales et les plus désespérantes ;

– la valeur du capitaine, essentielle pour trouver le meilleur cap, contourner les tempêtes ou les affronter avec détermination et lucidité, choisir les meilleures escales, etc.

Le dernier facteur relève tout bonnement de l'*esprit* lui-même, tel qu'il fut, est et sera. Avec ses qualités spécifiques et sa subtilité évolutionnelle. Reste le second facteur. Très fluctuant, il dépend d'événements fortuits, impondérables, jamais définitifs : on peut commettre une énorme bêtise qui, des premières classes, vous fait mettre aux fers dans la cale ; ou, au contraire, bénéficier de circonstances favorables qui vous propulsent des étages les plus bas vers le luxe des cabines du pont supérieur. Je l'ai nommé *tempérament*.

Ne pouvant rien sur l'esprit lui-même, définissons mieux ces deux entités que sont la constitution et le tempérament.

La constitution humaine

En partie héréditaire, elle se forme dès nos premiers stades embryologiques, et va dès lors rester fixe ou, plus exactement, n'évoluer que dans la direction imposée par le vecteur déclenchant.

Nous allons d'abord voir en quoi consiste le développement embryologique. Nous envisagerons ensuite les développements anormaux.

Le développement embryologique

La cellule originelle est l'œuf maternel dont le noyau reçoit, grâce au spermatozoïde paternel, le matériel chromosomique nécessaire d'une part à la fixation de l'hérédité, d'autre part à la division du noyau puis de la cellule. Le processus de division cellulaire par scissiparité est enclenché : chaque cellule fille est semblable à la cellule mère qui lui a donné naissance. Une petite boule de cellules toutes semblables est le premier aspect de l'embryon, qu'on appelle « morula » car il ressemble effectivement à une petite mûre.

Apparaît alors un événement inexpliqué que, faute de mieux, on a, au moins, baptisé du nom de « force intégratrice ». Cette force intégratrice, donc :

– effectue une « poussée » périphérique qui creuse l'agglomérat cellulaire d'une cavité (elle deviendra par la suite la fameuse « poche des eaux » qui entoure l'embryon, et dont la rupture annonce l'imminence de l'accouchement) ;

– entraîne une migration cellulaire coordonnée vers la cavité amniotique qui vient de se creuser. Deux couches de cellules s'étagent alors : c'est le « disque embryonnaire didermique », d'où vont dériver tous les tissus, les structures et les organes humains.

Cette force intégratrice est l'élément primoridal qui créé les « lignes de force » que vont suivre les diverses cellules, ce qui leur permet de se modifier, de se différencier, de se hiérarchiser. C'est l'*induction* même du mécanisme biologique intime qui aboutit à la constitution spécifique de l'individu. Je pense qu'il s'agit de la « prise en charge » par le corps animique, qui va imprimer sa marque particulière, en fonction des impératifs dictés par l'esprit.

Revenons à notre développement embryologique. La couche cellulaire la plus profonde, l'endoblaste, va commencer immédiatement son travail, qui est de nourrir l'embryon. Chaque cellule se transforme, s'organise en un tissu qui se spécialise de plus en plus dans son rôle trophique, qui se soumet à un contrôle central de coordination, et s'organise en systèmes de captage alimentaire, d'assimilation cellulaire, de réserve énergétique et de rejet des déchets. Peu à peu, l'endoblaste se transforme en viscères, et le système central qui le coordonne en système parasympathique.

La couche cellulaire la plus superficielle ne reste pas inactive, loin de là. Les divisions cellulaires sont telles que cette couche se dédouble en :

– un « mésoblaste » médian, qui grossit démesurément et est à l'origine de tout le système somatique d'os, de ligaments et de muscles ; mais aussi du système cardiaque et sanguin, et du système qui coordonne toutes ces activités musculaire, articulaire, cardiaque, veineuse et artérielle, le système orthosympathique ;

– un « ectoblaste » superficiel qui est à l'origine de la peau, des organes cutanés, récepteurs, de tous les sens... et de tout le système nerveux, quel qu'il soit, y compris l'encéphale !

Tout l'être humain dépend de la maturation de ces trois tissus :

– endoblastique viscéral et parasympathique primitif,

– mésoblastique somatique, sanguin et orthosympathique,

– ectoblastique cutané, sensoriel et purement nerveux.

Mais il existe toujours une double « filiation » :

– paternelle et maternelle, donc héréditaire, apportée par les chromosomes dans le noyau cellulaire initial, bien sûr ;

– mais aussi, toujours dans cette fameuse force intégratrice qui est, je le répète, l'apport personnel, « karmique » du corps animique, et qui va devenir le principal facteur du développement équilibré ou non de ces trois feuillets embryologiques.

Si tout se passe bien, comme c'est statistiquement le cas dans nos milliers d'observations cliniques, les trois feuillets se développent harmonieusement, on dit que le sujet est *normosome*, il ne présente pas de dispositions morbides particulières, ni sur le plan physique, organique, ni sur le plan affectif, ni sur le plan intellectuel. Ses ennuis ou ses maladies seront accidentels, dépendant du milieu dans lequel il vit et contre lequel il réagit : on dit que sa pathologie est « sociogénétique ».

Les développements anormaux

Ils proviennent de l'exagération du développement d'un tissu (« maturation élective ») avec freinage réactionnel du développement des deux autres (« hypogénésie » ou « inhibition » réactionnelle). Puisqu'il existe trois tissus, nous trouverons trois « biotypes » constitionnels.

– Le *pycnosome* (du grec *pucnos*, épais, rond), est lié à la maturation élective de l'endoblaste. Pourvu d'un système viscéral excellent, il s'agit d'un bon vivant, mangeant bien, buvant sec, digérant « des briques », rigolard, extraverti. Mais enclin à l'embonpoint, au diabète, à la goutte.

Son agénésie réactionnelle ectoblastique lui donne une peau malsaine, à la transpiration facile et aux mycoses variées. Il a une mauvaise dentition. Ses pertes de cheveux le conduisent à la « calvitie en boule de billard » très précoce. Il présente, sur le plan nerveux, des crises d'angoisse. Et en vieillissant, des dépressions. Alors, partagé entre des moments d'excitation extravertie, puis de dépression, il entre dans la psychose maniaco-dépressive.

Son agénésie réactionnelle mésoblastique en fait un pépère à gros ventre mais à poitrine aplatie, à petits biceps et à petits mollets sur de grosses cuisses bien graisseuses, mais peu musclées. Le cœur ne suit pas.

Comme personnages pycnosomes, citons le maréchal Joffre, Jean XXIII, Mazarin, Khrouchtchev, Raymond Barre, Gérard de Nerval, Raymond Devos, Menahem Begin.

– Le *leptosome* (du grec *leptos*, mince, élancé) est un longiligne à poitrine étroite, peu musclé, raide, maigre, « la peau sur les os », à l'abondante chevelure, au long nez et au menton rétréci, « rétracté », pointu, ou franchement effacé.

C'est l'introverti, silencieux, sérieux, solitaire. Il peut être intellectuel brillant ou artiste aux dons éclatants. Mais il est bien souvent coupé du réel, schizothyme. Souvent « original » : manquant de « ballant » somatique, son cerveau « tourne souvent à vide ».

Comme personnages leptosomes, notons Chopin, Jules II, le Grand Condé, Pie XII, Bernard-Henri Lévy. Leur caractère commun est la maturation élective de l'ectoblaste.

– L'*athlétosome* provient de la maturation élective du mésoblaste. Ce biotype a deux particularités :

D'une part on ne le trouve jamais chez l'enfant. Un enfant, en effet, est pycnosome, leptosome ou normosome. Il ne devient athlétosome qu'après la puberté, lorsque les hormones sexuelles ont façonné le développement des ceintures pelvienne et scapulaire (bloquant celle-ci chez les filles et celle-là chez les garçons) et tonifié les muscles. Il est donc rare de trouver des athlétosomes purs : puissants, agressifs, résistants, solides, ils se caractérisent par un esprit batailleur, sourcilleux, oscillant de la tendresse exclusive et jalouse à la haine furieuse et brutale. Versatiles, ils souffrent, au déclin, de troubles cardiaques ou circulatoires cérébraux. Parmi les athlétosomes purs, nous pouvons citer Che Guevara, Georges Marchais, Ben Gourion, Mangin, Weygand.

D'autre part, à cause de leur apparition tardive, les athlétosomes se mélangent souvent aux pycnosomes ou aux leptosomes « primitifs », dont ils modèrent un peu le côté extra ou introverti, en leur procurant une pugnacité certaine. Parmi les athléto-pycnosomes, ont peut citer Murat, von Moltke, Foch, Bismarck, Jean-Paul II, Churchill, Jacques Chirac. Parmi les athléto-leptosomes, Richelieu, Guynemer, de Gaulle, Valéry Giscard d'Estaing.

Voilà donc le « bateau » que l'esprit emprunte. Il possède des caractéristiques précises. Mais rien n'est jamais définitif, car voici le *tempérament*.

Le tempérament humain

L'esprit trouve donc son véhicule. Ce peut être un frêle esquif ou un navire de ligne. Il peut être en excellent état ou présenter un état de dégradation, voire de délabrement ou, déjà, de vétusté (le corps peut être celui d'un infirme !). Or, comme on le dit chez le ferrailleur : « Faut faire avec ! » Donc l'esprit va « faire avec » : selon son stade évolutif, il s'en accommode, s'en contente ou se forge un « moral » qui cherche tous moyens pour pallier les avanies, pannes ou détériorations.

Ce sont ces réactions de l'esprit – dans son état d'évolution actuel – sur la matière qui lui est ainsi opposée que je groupe sous le terme de « tempérament ». Il s'agit donc des qualités ou des défauts aléatoires qui vont moduler l'implacable évolution déterminée par la constitution. Ce sont ces réactions, spécifiques d'un individu, qui modifient les données d'un événement, venant en quelque sorte équilibrer, contrebalancer l'atavisme, le « donné », le « reçu ».

C'est Beethoven sourd qui compose la *Neuvième Symphonie* avec chœurs, ou Eleuthère Irénée Dupont de Nemours qui, menacé par la Révolution française, émigre aux États-Unis pour fonder une poudrerie, point de départ de la firme mondialement connue.

Le tempérament d'un Paul Scarron peut faire d'un paralytique un homme d'esprit et un écrivain de comédie fort apprécié, alors que la paralysie survenant sur un tempérament anonyme, avachi et veule, débouche sur un tableau navrant de déchéance physique et morale. Le tempérament « forge sa force » ou « laisse tomber ». Il fait d'un bossu un Ésope ou un souffre-douleur ; d'un bègue, un Démosthène ou un objet de dérision ; d'un boiteux, un Talleyrand ou un pauvre hère. Je pourrais multiplier les exemples…

Selon la qualité de l'esprit, le tempérament peut « surcompenser » un individu et transformer une disgrâce physique en une qualité psycho-intellectuelle éblouissante : nulle tare n'est fatale, mais peut, au contraire, se révéler la cause profonde d'un destin exceptionnel. Pierre l'affirme : « Oh ! chère maman, il est, parmi ces ouvriers du Ciel, un laboureur inestimable : c'est la souffrance. Dieu l'envoie à ses privilégiés. » Ainsi peuvent-ils « sublimer » – à tous les sens du terme – leurs tourments en victoire karmique absolue.

Comment tout cela se passe-t-il ?

L'esprit est une essence subtile, une énergie sans substrat matériel, exactement superposable au photon, et aussi immortelle que lui. Elle s'apparente aux ondes électromagnétiques :

– comme le suggèrent certaines découvertes effectuées au même moment dans diverses parties du monde, par des individus qui s'ignoraient totalement ; ou bien certaines convergences inopinées entre personnes d'une même compagnie à propos d'une idée que tous expriment en même temps ;

– comme l'affirme, entre autres, Roland de Jouvenel : « Vous ne voyez pas les pensées à cause de la vitesse de leurs vibrations » et « chaque intelligence a sa longueur d'ondes ».

Cette essence énergétique agit sur le neurone comme le photon sur la rétine : on sait qu'il y détermine « des réactions photochimiques génératrices d'influx nerveux qui, par les voies optiques, aboutissent aux centres cérébraux de la vision » (Lazorthes [24]). On pourrait en dire autant de toute autre voie sensorielle.

Il n'existe aucune raison qui empêche l'essence énergétique spirituelle de réagir d'une façon identique. Une activation spécifique se manifeste ainsi sur l'aire sensorielle sollicitée. Elle engendre un influx nerveux. Le processus biochimique que nous connaissons prend alors le relais, avec ses neuro-médiateurs. Et *ce sont ces neuro-médiateurs qui réalisent le tempérament.*

Nous en avons deux sortes de preuves :

– D'abord l'action des drogues pharmacologiques (tranquillisants, anxiolytiques, antidépresseurs, neuroleptiques, thymo-analeptiques, etc.) dont l'ingestion objective des modifications comportementales recherchées en clinique humaine.

– Ensuite la détection cutanée précise, qualitative et quantitative, par recherche électrique, de points correspondant à des projections médicamenteuses homéopathiques « points de Weihe », que mes travaux ont permis, toujours dans le cadre du G.E.M.M.E.R., de décrire dans un cadre topographique neurologique strict (« dermatome »), et dont là encore, des milliers d'observations cliniques ont permis de vérifier l'authenticité, l'objectivité et la valeur.

Pour résumer, il existe donc deux « plans », deux processus distincts :

– un plan « spirituel », de type ondulatoire, qui interfère sur un récepteur donné qu'on nomme « protoneurone » (*protos*, en grec, signifie premier) ;

– un plan « matériel » de neuro-transmission chimique, définissant le cadre tempéramental.

Remèdes constitutionnels et tempéramentaux

La dualité de l'objectivation humaine est illustrée par la découverte, l'expérimentation et les résultats thérapeutiques de deux types bien distincts – quoique complémentaires – de remèdes homéopathiques énergétiques : les « constitutionnels » et les « tempéramentaux ».

– Les remèdes constitutionnels sont tous minéraux, « chimiques ». À la suite d'études effectuées par d'autres chercheurs (Vannier, Zissu, Bernard), d'hypothèses embryologiques et neurologiques, de considérations biochimiques récentes, je synthétisai des composés acides-métaux que mon G.E.M.M.E.R. expérimenta. Voici dix années que « cela marche », au plus grand contentement des malades et de leurs thérapeutes. Prescrits d'une façon très stricte, selon la technique dite « en escalier », ils tendent à freiner ou exalter la croissance de tel tissu embryologique et de ses dérivés.

– Les remèdes tempéramentaux sont tout différents. D'origine minérale, végétale ou animale, ils s'opposent point par point aux remèdes constitutionnels : ces derniers sont fixes et constants, alors que les tempéramentaux répondent à des indications particulières et ont des effets variables selon l'individu et le moment. Aléatoires, ils viennent moduler l'implacable évolution déterminée par la constitution. Ils possèdent, en outre, une projection cutanée spécifique qui permet leur détermination objective, dans le cadre neurologique et embryologique du « dermatome », c'est-à-dire du territoire de peau dépendant d'un seul étage nerveux sensitif médullaire.

Tous ces remèdes agissent sur et par l'intermédiaire du cerveau humain, dont je vais maintenant aborder deux aspects très particuliers.

LE CERVEAU HUMAIN

Diverses sources, dont les témoins de l'invisible et les paléontogues, nous l'ont enseigné : il a évolué et il évolue encore.

Ce n'est pas tellement une question de volume de masse cérébrale : à ce critère, l'éléphant nous surpasserait. Ce n'est pas non plus une question de surface corticale : le dauphin nous dépasse encore. Notons que nous sommes en présence des animaux que l'on considère comme « les plus intelligents ».

Le professeur G. Lazorthes évalue le nombre des neurones qui tapissent notre seul cortex cérébral à cent milliards [24]. Ils se groupent en « aires » fonctionnelles, que je décris d'abord, avant d'en venir à la plasticité et à la sélectivité exceptionnelles qui résultent de leur agencement.

Les niveaux fonctionnels du cortex cérébral

Le cortex est divisé en aires fonctionnelles particulières, sensitives, sensorielles ou motrices. Mais il existe, en réalité, quatre niveaux fonctionnels différents à la surface de nos hémisphères cérébraux : les aires primaires anatomiques, les aires secondaires fonctionnelles, les aires tertiaires associatives et, enfin, les aires quaternaires d'intégration.

Les aires primaires anatomiques sont bien connues : l'aire motrice pré-centrale, avec sa cartographie de l'être humain renversé ; l'aire sensitive post-centrale, avec cette même somatotopie inversée ; l'aire visuelle calcarine, l'aire auditive des gyri transverses de Heschl, l'aire olfactive entorrhinale, l'aire gustative du pôle temporal, l'aire des muscles émotionnels rhinencéphaliques du « gyrus cinguli », etc.

Chaque point de ces aires correspond à un point de la surface cutanée, rétinienne, musculo-tendineuse, etc. Elles sont directement reliées à l'organe périphérique, qu'il s'agisse d'un récepteur sensitif, d'un capteur sensoriel ou d'une plaque motrice. Elles sont ainsi qualifiées d'« anatomiques » et on les nomme : somato-motrice, somato-sensitive, visuo-sensitive, audito-sensitive, etc.

Ce sont soit l'aire d'arrivée au cortex d'un message, soit le départ du cortex d'un ordre moteur.

Les aires secondaires fonctionnelles bordent les aires primaires. Comme elles, elles offrent une somatotopie, une cartographie grossière. Comme elles, elles sont spécialisées. Mais elles commandent non plus à un muscle, mais à une fonction : par exemple, l'extension ou la flexion d'un membre, ou encore la coordination des mouvements de rotation associée de la tête et des yeux (« oculocéphalogyrie »). Au point de vue sensitif ou sensoriel, elles synthétisent les sensations élémentaires en provenance de l'aire primaire pour en donner forme, couleur, poids, température, etc.

Elles contribuent, donc, soit à définir les « fonctions » d'une série complexe de stimuli pour en définir l'objet final, soit à faire « fonctionner » un ensemble. On les nomme donc « fonctionnelles » et on parle d'aires somato-psychique, visuo-psychique, audito-psychique, etc.

Ce sont des aires de synthétisation sensitivo-sensorielle et de groupement moteur dans un but final défini.

Les aires tertiaires associatives ne possèdent plus aucune somatotopie. Elles président en effet à la coordination fine, précise des gestes, avec le « fini » que la longue pratique ou l'habitude font acquérir : ce sont les aires des « praxies ». En ce qui concerne la sensitivo-sensorialité, elles permettent la reconnaissance – ou « gnosie » – des informations recueillies. On les nomme somato-gnosique, visuo-gnosique ou somato-praxique, etc.

Mais l'habitude et la longue pratique ne sont pas innées. De même, pour « reconnaître » quelque chose, il faut auparavant l'avoir « connu ». Ces aires ne sont donc pas fonctionnelles à la naissance : le nourrisson offre des aires tertiaires parfaitement vierges. C'est l'éducation qui les objectivera.

Elles associent donc l'événement vécu à l'expérience. D'où leur qualificatif d'« associatives ».

Les aires quaternaires d'intégration sont qualifiées de « muettes » ou de « silencieuses » par les neurochirurgiens qui les stimulent. En effet, ils n'obtiennent jamais de réponse motrice ou sensitive lorsqu'ils explorent ces aires au niveau frontal ou temporal.

Au départ, chez le nourrisson, elles sont également vierges, et particulièrement sensibles à toute empreinte émotionnelle, sensitive ou motrice. « Équipotentielles » au départ, elles se « polarisent » très vite en fonction de l'apprentissage, là aussi, là surtout. Mais leur fonction est globale : elles sont, pourrait-on dire, les « bonnes à tout faire » de la connaissance. Comme l'écrit Lazorthes : « L'environnement, l'enseignement, parfois l'endoctrinement les conditionnent. » C'est la rigidité d'esprit des fanatiques, qu'il s'agisse de l'Inquisition, des Hezbollahs, des S.S., des Khmers rouges ou autres Gardes rouges…

Mais c'est aussi, heureusement le lieu d'impact de l'esprit, de cette essence spirituelle vibratoire que nous venons de définir plus haut. Et c'est de là, de ces aires, que partent les influx qui synthétiseront les concepts, les abstractions, le raisonnement, etc. D'où le terme d'« intégration » que nous leur appliquons, puisque c'est là que s'élabore la coordination ou l'interdépendance des éléments psychiques qui déterminent la pensée.

Ces aires d'association et d'intégration expliquent la supprématie de l'esprit humain :

– elles sont beaucoup plus étendues que chez tous les animaux ;

– certaines, tel le lobe frontal, présentent un développement électif, le « pré-frontal », que nous avons évoqué au tout début de cet ouvrage, et qui nous permet de projeter dans le temps nos désirs, décisions et actes. L'animal ne le possède pas : il vit toujours au présent ;

– elles autorisent enfin la dissemblabilité humaine.

APPRENTISSAGE ET PLASTICITÉ CÉRÉBRALE

J'ai montré que le jeune animal est d'autant plus fragile, inoffensif, et incapable d'effectuer un acte quelconque, que son stade phylogénétique est avancé, qu'il est plus évolué.

Le bébé est encore plus tardif que le plus tardif des petits d'animaux : ses aires associative et intégratrice corticales sont plus étendues, donc exigent davantage de temps pour devenir opératives. Elles sont très sensibles et impressionnables, comme les travaux des psychanalystes l'ont dévoilé, et comme on peut le penser d'après le fait que c'est toujours le rhinencéphale qui s'éveille en premier.

On peut en effet parler d'« empreinte olfactive » : quelques heures après sa naissance, un nourrisson tourne la tête du côté où l'on place un mouchoir imprégné de la transpiration maternelle. Quelques jours après, il connaît l'odeur du sein maternel, s'oriente vers tout tissu imprégné de cette odeur… et le porte à la bouche. Mais il n'agit pas ainsi avec un linge portant l'odeur d'une autre personne.

Or on connaît les rapports existant entre l'olfaction, le goût, les aires rhinencéphaliques et le comportement réactionnel. Cela se traduit par une évolution psycho-affective que les psychanalystes scindent en trois « stades » successifs.

Le premier stade, *oral*, marque la prévalence de la bouche sur tous les autres centres sensoriels. On sait en effet que toute la sensibilité du nourrisson se concentre sur la région buccale : tout stimulus porté dans son environnement immédiat détermine la rotation céphalique du côté de ce stimulus péribucal. Freud a donc déduit que toute frustration ressentie plus ou moins inconsciemment à cet âge pouvait induire des troubles comportementaux ultérieurs à type de gros appétit (« boulimie »), ou de très forte attirance pour tout ce qui est nourriture ou boisson. Corollairement se développera un tempérament avide, insatiable, exigeant, et ce dans tous les domaines, avec deux possibilités extrêmes :

– soit le besoin de se sentir affectivement « nourri » par l'autre, d'où dépendance et soumission pour se concilier l'autre. C'est la fameuse tendance « masochiste », d'infériorité, de passivité, d'assujettissement, voire d'humiliation ;

– soit la soif de revendication et d'exigence sur tous les plans, affectif, intellectuel, professionnel. C'est la tendance « sadique » de supériorité, de paranoïa.

Le second stade, *anal*, est plus tardif, apparaissant vers la deuxième année : le bébé porte son attention sur l'autre extrémité nutritive : il découvre le plaisir de la défécation, mais aussi les sensations complexes de la rétention des matières fécales. C'est le moment où il s'oppose aux parents qui veulent l'obliger à « être propre » et à « aller au pot ». La récompense lorsqu'il s'exonère « quand il le faut » et la réprimande, voire la fessée, qui sanctionnent le « caca partout », lui font considérer l'excrément comme produit que l'on peut donner ou conserver.

Toute frustration ou contrainte risque de déterminer par la suite un comportement entêté, méticuleux, avaricieux, étriqué. J'avais envie d'écrire « constipé ». C'est fait !

Le troisième stade est le *génital*. Il est encore plus tardif, mais toujours en période pré-pubertaire, aux environs de six-sept ans. C'est toujours le sexe masculin, le phallus, qui est l'élément de référence. Le garçon joue avec, ressent une certaine sensation. La fille, elle, se reporte au clitoris. Et cet organe saillant est alors vécu comme présent… ou absent, donc châtré !

Toute déviation peut se traduire, là encore, par deux comportements opposés :

– féminoïde passif, narcissique, artiste rêveur mais non agissant ;

– viriloïde téméraire, agressif et dominateur,

bien sûr, que l'on soit homme ou femme.

J'ai l'impression que beaucoup de « célébrités » actuelles ont dû présenter des frustrations lorsqu'ils avaient sept ans !

Ces trois stades sont l'expression psychanalytique de la participation rhinencéphalique à l'âge où les aires associative et intégratrice étaient totalement inconnues. Ils conservent par la suite une valeur certaine, mais doivent néanmoins être complétés par les interactions des autres aires sensorielles, par l'enfouissement temporal des acquisitions et par l'organisation du pré-frontal. C'est dans cet ordre que je les exposerai.

La bouche du nouveau-né est entièrement tapissée de papilles gustatives, qui se sont formées dès le quatrième mois de la vie intra-utérine. L'embryon peut donc percevoir des sensations de saveur. Voilà qui renforce le stade oral !

Mais, quelques mois après la naissance, ces papilles buccales s'atrophient et disparaissent. Seules demeurent celles de la langue. Et, comme nous l'avons dit plus haut, c'est l'olfaction qui supplante tout. Avec les réactions que l'on sait.

Au deuxième mois, le nourrisson commence à percevoir ce qui est étranger à lui dans un champ visuel assez restreint. Il commence alors à « emmagasiner », à « connaître ». Le stade de « reconnaissance » sera ultérieur.

Les sons lui sont déjà familiers. Dès le septième mois de sa vie embryonnaire, il possède les structures nerveuses suffisantes pour « capter » son environnement. De nombreux chercheurs, dont A. Tomatis, ont effectué des expériences très significatives sur la perception auditive intra-utérine. Il suffit, pour s'en convaincre, d'enregistrer au magnétophone le bruit du cœur maternel et de faire passer la bande lorsque le nouveau-né hurle : il se calme aussitôt. C'est également très tôt qu'il reconnaît la voix maternelle.

Le goût se développe ultérieurement, pas avant le sixième mois.

On voit donc que, dans notre espèce humaine, c'est l'olfaction et l'audition qui priment… si nous nous comparons aux espèces animales. Car il y a encore un sens que je n'ai jamais évoqué, parce qu'il n'est guère à l'honneur chez nos « frères inférieurs » : le *toucher*. Il est concentré dans la main. Et l'on connaît l'importance qu'acquiert la main chez l'homme. Ceci explique cela.

Observons le nourrisson : il dort « à poings fermés » seize à dix-huit heures par jour, et ne commence à ouvrir la main qu'après le deuxième mois. Vers trois mois, il fixe et suit le mouvement réflexe de ses mains. Ce n'est qu'après le septième mois que la pince pouce-index devient efficace et voulue. Dès lors, les progrès s'enchaînent : dès que l'enfant se met à marcher, c'est par les mains qu'il prend contact avec les personnes comme avec les choses… et avec lui-même. Remarquons que, sans exploration manuelle, les stades anal et, surtout, génital ne pourraient pas se faire.

Donc, le jeune enfant prend connaissance de lui-même et de ce qui l'entoure avec tous ses sens, au fur et à mesure de leur possibilité d'acquisition. Comme je l'écrivais plus haut, il « emmagasine » goulûment toutes ses nouvelles acquisitions dans une zone très précise du lobe temporal, l'hippocampe, repliée dans la corne temporale du quatrième ventricule. Chaque nouvelle connaissance dépose son cryptage électro-magnéto-chimique dans une couche corticale grise, nommée « corne * d'Ammon ». C'est l'*aire de la mémoire*.

Les souvenirs s'entassent les uns sur les autres, comme les tuiles d'un toit ou un empilement d'assiettes : les plus anciens sont le plus profondément enfouis. L'hypnose ou des procédés pharmacologiques, voire psychanalytiques, seront les seuls pouvant les faire resurgir à la conscience de l'intéressé.

À chaque situation, à chaque stimulus qui lui parvient, l'enfant effectue une comparaison entre cette nouvelle sensation et ce qu'il avait déjà emmagasiné. Il confronte le fait à son expérience. Si rien ne répond, il emmagasine cette nouveauté. Mais si la comparaison donne un résultat positif effectif, alors il reconnaît l'affect.

Tous ces influx empruntent des circuits complexes, mais nécessitant des passages d'un hémisphère cérébral à l'autre, par l'intermédiaire d'un système particulier nommé « corps calleux » que je vous présente ci-dessous. Et ces circuits viennent se terminer dans les aires associative et intégratrice que nous connaissons. Ils aident à rendre fonctionnelles ces plages qui font la caractéristique de l'être humain, sa richesse et sa diversité.

Mais il existe un facteur supplémentaire que l'animal ne possède pas : celui du temps. Très vite l'enfant apprend à compter avec cette nouvelle dimension : on rythme les repas, les bains, les couchers et les réveils ; on fait patienter quand on a faim ; etc.

Le *pré-frontal* commence à fonctionner. Oh, il mettra du temps à s'organiser de façon cohérente et ordonnancée ! Comme le décrit Dominique Laplane dans *La Mouche dans le bocal* [21], après avoir évoqué le cas des malades psychiatriques atteints, justement, dans cette région anatomique :

Distractibilité, imitations perturbatrices peuvent coexister plus ou moins avec des persévérations stéréotypées poussant à la reproduction du même comportement : par exemple, dessiner un cercle plusieurs fois, et même des dizaines de fois, alors qu'un seul était demandé. Le « frontal » a parfois autant de mal à changer son programme qu'il peut en avoir à ne pas l'abandonner. Le lecteur tant soit peu intéressé par la psychologie de l'enfant aura d'ailleurs reconnu là des comportements infantiles : difficultés à changer de programme ou persévération dans le geste, souvent interprétées comme un entêtement ou une bravade vis-à-vis de l'interdiction, utilisation de tout ce qui tombe sous la main, imitation, et tout ceci sans grande persévérance.

Et c'est ainsi que l'éducation forme le petit d'homme.

Mais cette plasticité cérébrale, cette possibilité d'organiser les aires associative et intégratrice corticales ne s'arrête pas avec l'enfance. Elle continue toute la vie. Certes, il y a certaines destructions neuronales, certaines dégénérescences inter-synaptiques qui en ralentissent l'exécution et l'élaboration. Mais, sauf gâtisme, maladie dégérative cérébrale ou accident encéphalique, ces aires spécifiques peuvent être cultivées jusqu'au moment ultime de quitter ce monde.

Sélectivité cérébrale et commissures inter-hémisphériques

Faut-il *tout* conserver ? Et *tout* faire fructifier ?

Il existe, heureusement, une *sélectivité cérébrale*. Comme l'écrit G. Lazorthes [25] :

> Nos organes des sens sont comparables à des fentes : ils ne laissent passer qu'une étroite bande d'effluves, de radiations lumineuses, d'ondes sonores. Les aires sensorielles primaires et secondaires de l'écorce cérébrale constituent une barrière supplémentaire qui filtre et sélectionne l'énergie absorbée et évite à notre esprit d'être assailli par une multitude de sensations.

Il existe en réalité deux plans distincts, qu'il nous faut maintenant explorer : le plan conscient et celui qui ne l'est pas.

Notre cerveau est en état de réception sensorielle constante. À chaque minute, à chaque seconde, nos différents capteurs sensoriels fonctionnent et envoient leurs influx aux centres cérébraux supérieurs. Et pourtant, notre sélectivité cérébrale va permettre de ne pas remarquer et de ne retenir que ce qui présente un certain intérêt. L'utile est mis en réserve ; l'inutile est écarté. N'a-t-on pas dit que la culture est ce qui reste quand tout le reste a été oublié ?

En réalité, n'est retenu que ce qui *requiert notre attention.* Combien de fois certaines personnes se plaignent de manquer de mémoire, alors que c'est l'attention qui leur fait défaut ! Il faut que nous prenions *conscience* du fait extérieur (ou intérieur) qui survient pour que, en analysant ses caractéristiques, nous les comparions avec nos acquisitions antérieures. C'est ce cheminement supplémentaire qui, empruntant le corps calleux, fait prendre conscience du fait et le mémoriser.

Pour expliquer le corps calleux, il me faut auparavant revenir à l'embryogenèse, et expliquer la dominance cérébrale.

Nous sommes de faux symétriques. Ou, plus exactement, nous ne sommes vraiment symétriques que jusqu'au premier mois de notre conception, au moment où notre cœur se forme par union et repli de deux artères dorsales embryonnaires. Une aorte unique en découle, avec une magnifique crosse vers la gauche : à chaque contraction cardiaque, le sang chassé se trouve donc détourné du côté gauche. Les lois hémodynamiques favorisent ainsi l'artère de l'hémisphère cérébral gauche (carotide). *Possédant de ce fait une irrigation préférentielle durant tout le développement fœtal, le cerveau gauche est avantagé dès sa constitution.* C'est lui qui est le réceptacle naturel de tout l'inné, de tout ce que le fœtus peut déjà emmagasiner : en tout premier lieu, la langue maternelle et des souvenirs. Il est dominant dès la naissance, même chez le gaucher, toutes nos expériences du G.E.M.M.E.R. le prouvent.

Chacune des sensations que le nourrisson éprouve pour la première fois est ainsi « projetée » vers le lobe temporal gauche, où se situe la corne d'Ammon, pour y être « inscrite ». Et c'est toujours vers cette même corne d'Ammon gauche que seront dirigées toutes les autres sensations pour y être comparées… ou « engrammées ».

Le corps calleux se charge de ces passages : il est en effet composé de fibres nerveuses qui réunissent chaque neurone de l'hémisphère droit à son symétrique gauche, pour tout ce qui concerne les structures néencéphaliques. C'est la « commissure interhémisphérique » majeure. C'est le corps calleux qui réalise l'unité corticale, qui permet de convoyer les influx sensitifs ou sensoriels de n'importe quelle aire corticale pour les grouper, les « décanter » et les projeter sur l'hémisphère gauche, qui les confrontera à sa connaissance foncière. Le corps calleux, toujours, reprendra ces influx pour les conduire jusqu'à l'aire motrice adéquate, si celle-ci siège sur l'autre hémisphère. Il est l'agent de liaison droite-gauche et gauche-droite. Mais aux seules conditions suivantes :

– que l'influx possède une certaine puissance pour forcer le barrage qu'il constitue. Il fait donc fonction de filtre, en ne laissant passer aucune information banale ;

– que l'influx passe par les centres corticaux de praxie ou de gnosie, par ces aires tertiaires, associatives, dont il connecte les neurones symétriques. Pour que ces aires soient stimulées il faut :

– *que la conscience du sujet ait été sollicitée*. D'où la nécessité du phénomène de l'attention pour que la programmation soit effectuée, tout ce qui est mécanique et qui devient régulier est ainsi éliminé. L'influx viscéral ne devient conscient que si son péristaltisme est perturbé ; de même, la sensation permanente de nos vêtements ne sera perçue que si un événement vient en déranger l'organisation, etc. Sinon, toutes ces sensations tombent dans le domaine de l'inconscient ;

– que ces influx intéressent les seules structures néencéphaliques.

En effet, toutes les structures qui ne sont pas constituées de six couches de neurones corticaux ne participent pas du corps calleux. Le rhinencéphale possède son propre système inter-hémisphérique : la commissure blanche antérieure. Tout ce qui relève donc du comportement affectif, réactionnel, sexuel échappe à ce circuit calleux pour constituer une voie totalement différente, qui aboutit logiquement à la même corne d'Ammon, pour y déposer les affects qui serviront ensuite de référence. C'est cette voie de la commissure blanche antérieure qu'empruntent les réactions affectives et réactionnelles infantiles qu'expliquent les trois stades psychanalytiques précédents.

Nous aurons toujours deux étages :

– conscient, si ces influx possèdent une intensité assez puissante,

– sinon subconscient. C'est le « dépotoir » où se collecte tout ce qui est flou, vague, conflictuel, contradictoire...

Donc, par le biais de ses diverses commissures, le cerveau humain possède un pouvoir de sélectivité qui « désencombre » ses circuits mnésiques conscients... au profit (si l'on peut dire) de son subconscient et de son inconscient.

L'ESPRIT HUMAIN

Nous l'avons évoqué à plusieurs reprises. C'est maintenant le moment de l'étudier à fond.

Un appareil de télévision est totalement étranger à l'événement qu'il diffuse. Il est cependant indispensable à la réception chez soi des images qui forment cet événement. Sans le poste, on ignore tout du programme. Le cerveau est à l'esprit ce que l'appareil de télévision est au programme télévisé : il capte cette essence énergétique vibratoire que nous avons définie antérieurement, et la transforme en influx nerveux.

Pierre Monnier nous confirme ce schéma en faisant écrire : « Le processus par lequel la pensée se manifeste ne change pas avec la destruction du cerveau, puisque ce n'est pas le cerveau qui pense, mais l'action de l'esprit qui se prolonge en pensée. »

Existe-t-il un endroit où le cerveau capte l'esprit ? Je pense au *lobe pré-frontal* pour, au moins, les quatre raisons suivantes :

– il n'existe pas, ou très peu, chez l'animal. Nous savons en effet que celui-ci est dépositaire d'une « âme », comme sont unanimes à l'affirmer tous nos témoins de l'invisible ;

– il est le pôle où néencéphale et rhinencéphale divergent, le premier en s'épanouissant au-dessus et en arrière, le second en se glissant au-dessous (« aire orbitaire ») puis en dedans. L'esprit peut ainsi activer en même temps les deux structures ;

– il nous inculque la notion de temps, qui nous différencie de l'animal. De plus, il nous « donne la capacité de mener à bien une série d'actions physiques ou intellectuelles conformément à une fin, selon un programme ordonné » (D. Laplane [21]), ce qui est le propre de l'esprit logique et coordinateur ;

– il est enfin clairement désigné par Roland de Jouvenel dans son message suivant : « Le ciel ne s'infiltre pas en vous par l'un de vos cinq sens, mais au contraire par l'ultime point de votre cerveau. »

Nous conserverons cette phrase de l'au-delà pour notre plan. Je montrerai d'abord que nos cinq sens ne peuvent en aucun cas représenter notre esprit. Je décrirai ensuite les pouvoirs de l'esprit, avant de prouver qu'il nous laisse totalement libres, donc pleinement responsables.

Un passage précédent nous montrait le nourrisson acquérir sa connaissance par l'usage progressif de ses cinq sens.

Pauvre connaissance, si elle ne devait résulter que de ces cinq sens ! Car ils sont prodigieusement exigus, comme va le démontrer la liste suivante des comparaisons entre nous et le monde animal du troisième royaume, pourtant « inférieur » au nôtre :

– En ce qui concerne l'olfaction, il faut bien se persuader que nous sommes incapables de capter – donc d'objectiver – tous les effluves odorants qui parviennent à nos 6 millions de cellules olfactives, quand le chien en possède 35 fois plus avec ses 220 millions ! Il nous faut environ 200 molécules odorantes pour « sentir » quelque chose. Il en faut 30 au chien et… 1 seulement aux insectes.

– Nous sommes encore plus ridicules en ce qui concerne la vision : pensez que notre centre optique, sur la rétine (la fovea), contient 1 000 capteurs spécifiques (les cônes) au millimètre carré. Le passereau en a, lui 12 000. Quant au rapace, il en possède un million.

– Notre spectre auditif est étroit : nous allons de 16 hertz pour le son le plus grave à 20 000 hertz pour le plus aigu. Aucun animal ne descend guère au-dessous, dans le domaine des infrasons : 15 hertz sont le minimum qu'entend, par exemple, le chien. En revanche, ils nous ridiculisent dans le domaine des ultrasons : le chien perçoit 50 000 hertz ; certains rongeurs, ainsi que les sauterelles, 100 000 hertz ; la chauve-souris, 120 000 hertz, et le dauphin culmine à 150 000 hertz ! Notons que 250 000 hertz émis dans l'eau tuent les poissons.

– Du point de vue sensibilité cutanée, nous sommes très mal protégés contre la chaleur. On connaît, certes, le danger de trop couvrir les nouveau-nés, parce que leurs centres nerveux ne sont pas encore efficaces, mais il faut bien se convaincre que, même adultes, notre sensibilité thermique est rudimentaire et n'intervient que lors de situations extrêmes.

Est-ce à dire que toute la connaissance nous serait accessible si nous étions dotés de l'odorat du chien, de la vue de l'aigle, de l'oreille de la chauve-souris, ou du pouvoir de détecter l'infrarouge comme le serpent à sonnette, le fameux crotale ? Certes pas. Et ce, pour les deux raisons que nous n'intercepterions qu'une toute petite frange des vibrations terrestres, et que, d'autre part, nos sensations ne sont jamais le reflet fidèle au réel.

– Dans le domaine visuel, seule une toute petite bande de fréquences électromagnétiques nous est perceptible : nous allons des radiations infrarouges de 7 000 angströms (Å) aux ultraviolettes de 4 000 Å. Mais l'univers électromagnétique est infiniment plus vaste. D'autres radiations photoniques transportent à la fois un champ électrique et un champ magnétique, mais échappent à notre rétine. Des plus basses aux hautes fréquences, elles comprennent :

– les ondes hertziennes (ou ondes « radio »), dont la longueur va jusqu'à plusieurs milliers de kilomètres, et qui se propagent dans le vide à la vitesse de 300 000 km/s ;

– les rayons infrarouges, dont la longueur d'onde est comprise de un micron à un millimètre, et que l'atmosphère arrête presque complètement ;

– nos radiations visibles ;

– les rayons ultraviolets, dont la longueur d'onde est inférieure à 1 000 Å, traversent toute l'atmosphère en ionisant les cristaux de glace en haute altitude, mais sont arrêtés par toute mince couche de n'importe quelle matière. Pour contrer leur pouvoir ionisant, nos mélanocytes s'hypertrophient et s'étalent sur la couche basale épithéliale, conférant le bronzage si recherché ;

– les rayons X, d'une longueur d'onde inférieure à 10 Å, dont on connaît le pouvoir pénétrant sur nos tissus humains ;

– les rayons gamma des isotopes radioactifs et des réacteurs nucléaires, de longueur d'onde inférieure à 0,1 Å, et qui traversent tout, même les métaux les plus lourds.

– Même si nous pouvions posséder une perception étendue des ondes électromagnétiques, serions-nous plus avancés pour autant ? Certainement pas, car nos sensations ne sont jamais le reflet fidèle du réel : ainsi, au cinéma, alors que les images se succèdent à une cadence de dix-huit à vingt-quatre par seconde, notre cerveau les interprète comme des scènes continues. Et l'on peut même « voir », à certains moments, des roues tourner en sens inverse, alors que la voiture avance.

De même, si nous plaçons une main près de notre visage et l'autre au bout du bras tendu, notre cerveau n'enregistre aucune différence entre les images des deux mains. Une photographie ou un reportage filmé nous rend mieux les proportions vraies en fonction des distances. Une autre illusion d'optique explique la vision d'un soleil ou d'une lune de taille plus importante à l'horizon qu'au zénith. Bien d'autres exemples peuvent être donnés.

Nous ne percevons pas le réel mais la « composition » que notre cerveau en fait.

Il existe en outre une autre distorsion : nos sensations ne nous révèlent que les objets ou les êtres qui sont à notre mesure. Pour nous en convaincre, il suffit de penser aux diverses conceptions de l'atome, puis de sa composition intime... qui n'en finit pas d'être scindée en éléments de plus en plus réduits, mais toujours scissibles en deux autres encore plus réduits...

Nous « sentons » sous la main un objet solide... que nous savons être, en réalité, composé de corpuscules énergétiques s'agitant dans un vide immense (pour leur échelle) !

Que dire, alors, de l'univers ! Des milliards d'autres soleils nous entourent. Les étoiles les plus proches se trouvent à quelques années-lumière de distance ; les plus lointaines visibles à l'œil nu à quelques milliers ; celles que le téléscope nous permet d'apercevoir, à plusieurs milliers ! Rappelons qu'une année-lumière est la distance que parcourt la lumière en un an. On se rend compte de l'importance du chiffre lorsque l'on sait que cette lumière parcourt 300 000 kilomètres en une seconde ! Chaque année-lumière est égale à 9 461 kilomètres suivis de neuf zéros ($9,461 \times 10^{12}$).

Et nous nous croyons le centre du monde !

Comme l'écrit G. Lazorthes en conclusion de son *Ouvrage des sens* [24] : « Le propre de l'homme est sa pensée et non ses sens, qui ne sont pas parmi les meilleurs. Le raisonnement et l'imagination suppléent à leur insuffisance. Ils découvrent progressivement le “comment” du monde, mais n'espérons pas qu'ils puissent atteindre un jour le “pourquoi”. »

Du moins dans ce monde-ci. Paqui a en effet transmis, rappelons-le : « Les grandes vérités vous seront révélées plus tard, lorsque vous serez en mesure de les comprendre. »

Contentons-nous, pour l'instant, du « comment ».

Les pouvoirs de l'esprit sur le corps

Il n'est pas question de reprendre ici ma conclusion antérieure des messages écrits de l'au-delà. Je ne reviendrai donc pas sur le concept *pensée-vibration* tel qu'il fut défini par les données électro-encéphalographiques, l'effet Kirlian et le halo vital. Je veux simplement insister sur trois aspects assez extraordinaires du pouvoir de l'esprit sur les qualités physiques les moins contestables de notre corps, à savoir l'anesthésie volontaire, la psychocinèse et la bilocation.

L'anesthésie volontaire

Au Moyen Age, une pratique relativement fréquente est rapportée par différents chroniqueurs concernant la « justice de Dieu ».

Lorsqu'un homme suspecté de quelque grave méfait voulait se disculper, il pouvait faire appel à cette justice de Dieu. Il était donc conduit, en présence de la prévôté, devant une épée plongée jusqu'à la garde dans un brasero allumé. Lorsque l'arme devenait incandescente, après avoir déclaré son innocence et sa décision de se soumettre « à la justice de Dieu », il devait prendre la lame à deux mains, la présenter ainsi devant lui, bras tendus, aux juges présents, puis replacer l'épée dans les braises et montrer ses paumes :

– si elles étaient brûlées, Dieu désignait ainsi son imposture, et il était immédiatement mis à mort ;

– si, au contraire, elles étaient intactes, Dieu manifestait ainsi son innocence, et il était définitivement lavé de tout soupçon.

Le plus extraordinaire est que, en général, les sujets ne présentaient aucune trace de brûlure. Seule une foi inébranlable, celle qui « aplanit les montagnes », peut expliquer à la fois l'anesthésie complète et l'intégrité cutanée.

De telles expériences sont pratiquées de nos jours par les « marcheurs sur le feu ». Une secte indienne l'accomplit régulièrement chaque année à l'île Maurice, entre autres contrées. Qui plus est, elle accepte tout postulant, même étranger à ses croyances et à ses rites, à la condition expresse de suivre aveuglément la préparation rituelle. Celle-ci consiste en un jeûne strict, des exercices de purification physique et mental et la récitation de formules particulières (« mantras »). On voit alors des gens de tous âges et de toutes conditions marcher lentement pieds nus sur un tapis de braises incandescentes placées dans un bassin long de plusieurs mètres. Sans présenter la moindre appréhension (il paraît qu'ils éprouveraient alors l'horrible brûlure), yeux levés au ciel, psalmodiant leurs mantras, ils traversent le bassin dans toute la longueur, et ne présentent aucune rougeur, aucune cloque plantaire… alors que la chaleur dégagée par le lit de charbons ardents incommode les spectateurs !

Un journaliste de l'hebdomadaire *V.S.D.* qui a pratiqué cette marche relate deux faits intéressants :

– il ne se souvient pas du tout avoir marché sur les braises : seule sa photographie prise par des amis (et que le journal publiait) a pu le convaincre de la réalité de l'exploit,

– il ne se rappelle, lui, que d'une certaine impression de fraîcheur au niveau de la plante du pied.

Nous savons, pourtant, que notre protection contre la chaleur est décevante ! Alors ?

Le professeur Arlette Beaumanoir de l'université de Genève, a présenté au Congrès international d'électro-encéphalographie de 1973, des enregistrements effectués sur de tels « marcheurs sur feu » : ils produisaient un type d'ondes à un rythme très particulier pour « entrer dans la fournaise sans s'y brûler. En dehors de ce rythme, ils n'étaient plus immunisés » (Jacobson [15]).

Il faut donc une activité psychique particulière, donnant un tracé électrique spécifique, pour que l'homme possède au niveau plantaire :

– une anesthésie totale au chaud,

– une protection cutanée extraordinaire à l'incandescence.

Certaines vibrations émises par le sujet lui-même (mantras) arrivent à produire ces états. Par phénomènes de résonance avec le corps animique, certainement. Mais on ne peut aller plus loin.

La psychocinèse

On appelle ainsi l'action, uniquement d'ordre psychique, qui affecte des objets ou des organismes vivants, sous forme de déplacement.

Chacun a entendu parler des « exploits » d'Uri Geller. Pour les uns il s'agit d'un escroc ; pour les autres, d'un remarquable « médium ». Je ne trancherai pas, n'ayant jamais assisté à une expérience de ce sujet israélien, doué, de toute façon.

Des travaux ont été menés dans divers laboratoires sur des médiums :

– Anne-Marie Roseheim, par l'équipe du professeur Binder à l'Institut parapsychologique de Fribourg-en-Brisgau, dans les années 1967 ;

– Jean-Pierre Girard, par l'équipe scientifique de la Société Péchiney Ugine-Kuhlmann, dirigée par Charles Cussard ;

– divers sujets par le Suédois Hakon Forvald ;

– divers sujets par l'Anglais Matthew Manning qui, en 1974, trouva chez eux un rythme cérébral très étrange qu'il baptisa la « fonction rampe ».

Donc, encore un rythme électro-encéphalographique particulier !

Ce rythme imposé au cerveau (ou le cerveau qui impose ce rythme) détermine une « onde de choc » qui peut, à travers un verre, ou dans un tube fermé :

– soit faire fondre de la glace (Forvald),
– soit déplacer un objet (Cussard, Binder),
– soit dévier un rayon infrarouge émis entre deux cellules photoélectriques (Manning).

Il s'agit là, je le répète, d'expériences effectuées en laboratoire, sous le contrôle de praticiens sérieux, avec toute l'objectivité scientifique nécessaire. Cela accrédite les phénomènes de psychocinèse (poltergeist : esprit frappeur) apparus spontanément devant des témoins dignes de foi.

Nils O. Jacobson dans son ouvrage *La Vie après la mort* [15] dit que tous ceux qui présentent de telles manifestations – très souvent à leur insu – possèdent « un niveau intellectuel normal, mais avec évolution émotionnelle retardée et mauvaise tolérance à la frustration. Les agents réagissaient rapidement à des stimuli, avec plutôt des réactions hystéroïdes… Le conflit entre les ambitions et les ressources limitées, entre les besoins émotionnels de contact et le sentiment d'être abandonné, ainsi qu'une évolution psychosexuelle retardée, pourraient expliquer la "décharge psychokinétique" de tension agressive visant des objets. »

Résumons : ce sont des névroses aux structures rhinencéphaliques très perturbées. Je pense que, là encore, les formations frontales sont intéressées, puisque l'élément dominant de ces manifestations est moteur. Mais, bien sûr, je ne puis aller plus loin.

La bilocation

Il s'agit de l'apparition témoignée par plusieurs personnes d'un sujet dont le corps se trouve dans un autre lieu, souvent fort éloigné du lieu d'apparition.

Tout le monde a lu ou entendu un témoignage d'apparition à distance :

– soit d'une personne décédée (j'ai moi-même eu la vision, à Paris, de ma tante, vêtue d'une tenue mortuaire dont j'ignorais le détail et qui fut cependant authentifiée) ;
– soit d'un vivant. Certains sorciers africains semblent avoir une possibilité ahurissante d'apparaître ainsi.

Jacobson [15] cite les recherches effectuées par Hornell Hart :

– 99 cas de bilocation rapportés avant d'en avoir prévenu le récepteur et d'avoir été confirmés par celui qui tentait l'expérience ;

– 164 cas de bilocation répondant aux deux critères d'être, d'abord, décrits à une tierce personne avant que l'expérience ne commence, ensuite d'être décrits de façon identique par le sujet récepteur.

Hart conclut en affirmant la réalité de ce phénomène et ajoute les commentaires suivants :

– en ce qui concerne les apparitions de sujets décédés, plusieurs témoins peuvent convenir d'une même objectivation « matérielle », puisque pouvant se cacher ou cacher un objet derrière elle, pouvant communiquer et même – en cas de mort accidentelle – donner des renseignements qui se révéleront réels après enquête ;

– en ce qui concerne les bilocations de sujets vivants, elles se produisent brusquement, comme la « sortie du corps » que nous avons observée lors du « passage ». Le sujet émetteur peut, soit être inconscient, soit continuer son activité normale. Dans ce dernier cas, il « sait » et « voit » *et* par son corps *et* par son double.

Ces phénomènes relèvent de la matérialisation du corps animique.

Conclusion

Nous savons que le cerveau humain est un *récepteur* de toutes sortes de vibrations électromagnétiques, sonores, voire d'origine encore inconnue et que j'ai nommées « pensées-vibrations ».

Nous nous rendons compte qu'il peut être aussi *émetteur* dans des domaines aussi variés que les domaines :

– électromagnétique, puisque capable de dévier un faisceau d'infrarouge,

– chimique, pouvant délivrer des enképhalines qui empêchent de ressentir la brûlure ;

– antigrativationnel, mis en évidence par les phénomènes de psychocinèse ;

– voire « corpusculaire », comme le démontre le phénomène de bilocation.

Il est fort possible qu'en cette ère du Verseau toutes ces possibilités soient expliquées. C'est ce que nous prédit, d'ailleurs, Pierre : « Ce que la science vous révélera, c'est la matérialité de l'effluence spirituelle et la spiritualité de la matière, qui suppriment, de fait, toute frontière entre les deux mondes, dissemblables dans leurs résultats apparents, mais identiques en somme. La matière et l'esprit étant une même chose un degré différent de condensation, l'être spirituel peut les percevoir également et aussi positivement l'une que l'autre. » J'ajoute que l'on pourrait adjoindre à « percevoir » le verbe « appréhender » : le message serait conservé dans toute sa pureté. Et nous aurions, ainsi, les deux possibilités réceptrice et émettrice...

Mais toute liberté nous sera toujours laissée d'utiliser ou non ces nouveaux pouvoirs.

Notre liberté totale

J'en ai déjà parlé, mais il est bon de le répéter : toutes nos aires effectrices, motrices, possèdent une *aire suppressive* qui les jouxte et qui peut inhiber leur fonctionnement. Ainsi :

– sur le cortex néencéphalique, juste en avant de l'aire motrice primaire, dite pyramidale ou « aire 4 de Brodman », se trouve une étroite bande corticale, dite « aire 4S » (S voulant dire suppressive). L'excitation d'un point de cette aire empêche la réalisation du mouvement, induit par l'excitation du point correspondant de l'aire motrice ;

– sur le cortex rhinencéphalique, sur la face interne et postérieure du lobe frontal existe une zone, ou « aire 24 » dont l'excitation annihile toute expression émotionnelle, « pétrifiant » le sujet.

Nous avons de ce fait toujours la *possibilité d'empêcher le passage à l'acte.*

Certes, « l'intention vaut l'action » dit le proverbe. Mais il est également possible, par contrôle de ses expressions motrices, d'intervenir sur la sphère psycho-émotionnelle. Les exercices de relaxation, le « training autogène » de Schultz, les disciplines yogiques en sont l'illustration. Et, sans aller jusque-là, qui d'entre nous n'a pas, un jour, « retenu son souffle » pour effectuer une prise de conscience difficile, ou « ralenti sa respiration » pour calmer une colère ou des battements cardiaques désordonnés ? L'explication en est qu'il existe toujours un rapport entre le rythme respiratoire, le rythme cardiaque, l'état de contraction ou de relâchement d'un muscle et l'activation d'une masse de petits neurones disséminés dans le tronc cérébral et le cerveau, la « substance réticulée ». Toutes ces cellules recueillent, à chaque instant, une partie de tous les influx sensitifs, sensoriels ou moteurs, conscients ou inconscients, volontaires ou réflexes. Ils sont en effet connectés à chaque faisceau neurologique qui monte ou qui descend dans le tronc cérébral. Cette substance réticulée se « charge » ou se « décharge » en fonction de l'activité nerveuse du moment. Comme elle soustrait une part énergétique qu'elle « rend » lorsque cette énergie décroît, elle joue le rôle de volant de sécurité, de régulateur central. Par le biais de cette substance réticulée, on peut donc, en raréfiant les impulsions nerveuses qui résultent de la vitesse de notre respiration ou de la contraction de nos fibres cardiaques ou musculaires, agir directement sur notre nervosité interne. Donc sur notre réception corticale, qui en dépend.

Il est bien certain que, comme tout système neurologique de « dérivation », on peut arriver, par entraînement volontaire ou par habitude – que cette habitude soit le résultat d'une éducation ou non –, à maîtriser cette substance réticulée et les aires suppressives qui en dépendent : c'est le but de tous les entraînements martiaux ou de toutes les retraites méditatives.

Le tout est, bien sûr, de le vouloir. Alors, on le peut.

Roland l'affirme quand il proclame : « Chaque être a une grande marge de liberté. Il ne faut pas croire que nous vous tenons au bout de fils comme des marionnettes. »

Et Paqui renchérit : « Dieu par amour a laissé le libre arbitre s'agiter dans les esprits et les cœurs des hommes pour que, de cette lutte, de cette victoire remportée un jour sur soi-même, la lumière divine jaillisse. »

Notre responsabilité totale

Pouvoir sur notre substance réticulée, possibilité d'utiliser des aires suppressives motrices, notre liberté potentielle est totale.

Même notre pauvre archencéphale à trois couches de cellules, notre rhinencéphale émotionnel et réactionnel possède son aire 24 capable d'interdire toute manifestation répréhensible… ou jugée telle par la morale, la religion ou/et les lois de notre société.

Ergoter et ratiociner ne servent à rien. Il nous faut prendre nos responsabilités.

D'ailleurs, le jour où Mme de Jouvenel demande à son fils ce qu'elle doit faire dans un cas précis, Roland répond : « Ce n'est pas à moi de t'indiquer la route. C'est à toi de la découvrir. Quand un explorateur part à la conquête d'une terre inconnue, personne ne peut l'aider. Tu dois trouver toi-même les chemins de ta conquête spirituelle… Ta vie est construite de toutes pièces par toi puisque c'est toi qui la penses. »

Roland nous donne la clé : *trouver nous-même les chemins de notre vie spirituelle*.

Paqui s'exclame : « Les hommes font de multiples efforts pour augmenter leur bien-être, leur fortune, mais très peu pensent à progresser dans la voie spirituelle et la compréhension de la vie. » C'est bien là, en effet, la tendance matérialiste forcenée de notre époque, qui axe l'éducation sur des acquisitions intellectuelles où la course aux honneurs et l'amour du pouvoir masquent à peine la cupidité sous-jacente. L'orgueil luciférien veut le triomphe du matériel sur le spirituel… comme si la substance pouvait triompher de l'essence !

On marche sur l'autre pour monter plus vite. Au nom de grands principes et de grands sentiments, comme dans la chanson de Guy Béart. On se fourvoie. Pierre, une fois encore, nous le dit en nous indiquant les deux voies du salut : « Il faut opter entre le Bien et le Mal et vous rappeler la solidarité de tous les fils de Dieu, qu'ils soient dans la chair ou hors de la chair… Votre liberté d'action peut modifier, pour votre bien ou votre mal, les événements matériels de votre existence. »

Je vous laisse méditer ces deux phrases.

CHAPITRE 5

RÉFLEXIONS SUR CES ROYAUMES VISIBLES

Nous terminons ici l'étude des royaumes visibles, c'est-à-dire ceux qui décrivent les trois grandes divisions de la nature (le règne minéral, le règne végétal et le règne animal), auxquelles j'ai joint le « règne » humain. Le terme « visible » s'explique par le fait que chaque constituant de ces quatre règnes est une entité matérialisée objective.

Il est bien certain qu'en tant que médecin, c'est le quatrième royaume qui relève le plus de ma compétence. En tant qu'homme, c'est également ce même royaume qui me concerne le plus. J'y ai, de ce fait, consacré beaucoup d'attention et de soin.

Mais, ne nous leurrons pas : les trois règnes précédents se retrouvent en nous, bien que nous n'en émanions pas.

Avant d'aborder les royaumes invisibles où notre esprit devra obligatoirement s'aventurer à la fin de notre existence terrestre, je désire insister une fois encore sur les qualités qui nous distinguent des autres règnes ainsi que de nos propres congénères : nos sentiments et notre pensée.

Ce chapitre comprend deux parties :

– dans la première, je traite des applications pratiques que nous pouvons tirer de l'enseignement des témoins de l'invisible pour notre édification et notre évolution d'homme, de citoyen, de participants à un égrégore ;

– dans la seconde partie, je démontre une fois de plus la justesse et la profondeur de l'enseignement de l'au-delà, en exposant les applications médicales que j'y ai découvertes.

LES APPLICATIONS PRATIQUES DE L'ENSEIGNEMENT DES TÉMOINS DE L'INVISIBLE

Comme je l'ai déjà fait remarquer, les deux termes qui se dégagent des divers messages sont *amour* et *pensée*.

Je réserve l'amour à la conclusion générale de cet ouvrage. C'est lui qui, plus que tout, nous le verrons, détermine notre destinée future. Pierre le dit, d'ailleurs : « Nous apprenons dès notre arrivée dans la sphère qui succède à la vie terrestre que le but de toute évolution est l'amour. » Il est donc logique de reprendre ce sentiment après l'étude des royaumes invisibles.

Je ne traite donc ici, dans ce chapitre, que de la pensée.

Dans ce monde-ci, elle est notre arme absolue car, nous allons le détailler, elle nous permet de nous libérer de la matière, et, nous unissant sans nous aveugler, elle doit nous transcender.

Les quatre verbes employés indiquent le plan que je vais suivre.

NOUS LIBÉRER DE LA MATIÈRE

Attention ! La matière ne doit pas nous être indifférente. Nous savons en effet qu'elle est vivante. Quelle différence existe-t-il entre un atome de carbone de la chaise sur laquelle je suis assis, et celui qui se trouve dans ma main qui écrit ? N'oublions pas, en outre que : « La matière et l'esprit sont une même chose à un degré différent de condensation, a dicté Pierre. La matière a reçu la vie comme l'esprit. »

Il convient donc de ne point négliger notre support matériel. Encore une fois, je fais appel à Pierre : « Si le semeur détériore la semence, l'épi sera pauvre, ou peut-être se perdra-t-il pour toujours. Prenez donc un soin légitime et pur de votre corps, de ses facultés appelées à disparaître avec la chair, mais qui sont les moyens voulus par le Père généreux pour préparer la beauté de l'épi futur. »

Lors de notre enterrement, notre corps a droit aux honneurs et à la bénédiction liturgiques, pour avoir été le réceptacle de notre âme et de notre esprit. A l'instar des Évangiles, nos messagers nous enseignent les devoirs que nous devons à notre support matériel somatique, afin qu'il accomplisse au mieux les tâches que l'esprit lui assigne.

Mais la pensée est d'un tel autre niveau ! Roland l'affirme : « Si vous découvriez un rayon qui vous la rende perceptible, vous pourriez mesurer votre puissance psychique. Des forces herculéennes vivent emprisonnées dans votre corps comme l'énergie dans l'atome. » D'ailleurs, la pensée ne transmute-t-elle pas tout ce qu'elle atteint ? Les expériences de Jean Barry et celles de Cleve Backster [15] démontrent que la pensée humaine possède une action que l'on a pu mesurer sur les végétaux, on l'a vu. Max-Getting va beaucoup plus loin lorsqu'il assure : « On peut faire évoluer les animaux en les éduquant, car on éveille leur intelligence et on développe en eux des sens latents. On ne s'occupe pas suffisamment de l'âme des êtres inférieurs et de celles des plantes. »

Reste le premier royaume.

Nous savons, certes, que l'intelligence humaine a dominé la matière : toute la science nous le montre et nos mass-media le ressassent à longueur d'articles ou de reportages radio-télévisés. Après avoir vaincu la pesanteur et avalé les distances, le mur du son est dépassé en aviation. La fission nucléaire, la greffe cardiaque ou l'exploration radiographique des constituants charnels sont également entrées dans le domaine du quotidien.

Nous savons aussi, par Roland, que « la pensée peut influencer la matière ». Et Roland ne pense pas seulement à la psychocinèse, la bilocation, la lévitation ou les poltergeists que nous avons étudiés ; mais à la transformation même énergie/matière, comme dans la célèbre formule d'Einstein. Car elles sont liées, comme esprit et matière le sont. Et la formulation n'en doit pas être très différente.

Pierre nous prévient : « Il m'est bien difficile de vous expliquer, sans trop le matérialiser, un phénomène exclusivement psychique. Vous comprenez imparfaitement la délimitation entre la matière et l'esprit, parce que vous ne vous représentez pas que toute manifestation matérielle est en quelque sorte la *reproduction* des manifestations spirituelles... leur *doublure.* » (C'est lui qui a souligné les deux mots.)

Nos messagers de l'invisible nous avaient enseigné que la matière vit. Pierre va encore plus loin puisqu'il assure que la matière devient, en quelque sorte, une production de l'esprit. Certes, nous savions, par la Genèse, que Dieu, l'Esprit suprême, la créa. Nous savons également que la statue répond à la forme que le sculpteur conçoit d'abord en lui ; que le bâtiment est pensé avant d'être construit. Il en est apparemment ainsi pour *tout*, et pas seulement pour ce qui concerne l'œuvre humaine.

Quel enseignement de valeur !

Dominer la matière a toujours été le rêve opératif de l'alchimiste. L'adepte savait que c'était *lui* qu'il devait transmuter en premier avant de pouvoir transmuer le métal vil en or.

Dès lors, réaliser l'harmonie en soi doit préluder à tout désir d'équilibre et de calme autour de soi. Dire : « Que la paix soit avec nous ! », le souhaiter de tout son cœur et le ressentir permet de la réaliser autour de soi. Nous le comprenons, en voyant l'instabilité cupide et l'intolérance actuelles, les guerres « idéologiques », les révolutions, les exactions… commises au nom des « grands principes », et les convulsions qui secouent notre planète…

La leçon est là : commençons doucement, tout doucement en nous-même, sans bruit, sans ostentation, à créer, bien au chaud de notre cerveau, des pensées constructives d'amour, de paix, de calme. Appliquons-nous à employer toute notre énergie mentale à ne pas laisser distraire notre pensée de ce but tout simple… Et la pensée va créer une vibration spécifique, qui en rejoindra d'autres, comme on va l'étudier ci-dessous, maintenant.

Nous unissant…

Nous avons en effet vu, en conclusion de notre première partie, la conjonction des pensées et des corps animiques se réaliser en un *égrégore* d'une puissance difficilement imaginable pour celui qui n'en a pas pris conscience. Jean Prieur nous indique qu'un médium britanique, Mary Bruce Wallace, a entendu : « Ceux qui, dans les jours futurs, s'assembleront pour adorer dans une conscience spirituelle d'unité, seront des foyers de puissance [38]. »

De même que des pas cadencés arrivent à détruire un pont si la cadence s'accorde à la fréquence naturelle du pont (c'est la raison pour laquelle on fait « rompre le pas » à toute troupe qui traverse un pont), de même les vibrations « en phase » émises par un groupe peuvent déterminer des phénomènes étonnants. Je suis convaincu que les chants patriotiques qui rythmaient leur ardeur et leur exaltation expliquèrent pour une bonne part les succès des sans-culottes républicains sur les troupes aguerries des monarchies européennes. De même, quelle autre explication que l'énorme enthousiasme chiite devant le retentissant échec de la libération manquée des otages américains, près de Téhéran, en 1980 : sinon, comment concevoir qu'aucun des membres de l'état-major pentagonal n'ait songé un seul instant que poser des hélicoptères en plein désert était les exposer à l'anéantissement des turbines par les tourbillons de sable que les pales soulèvent !...

N'oublions pas que, « émanés de l'Esprit de Dieu », comme l'exprime Pierre, nous sommes, de ce fait, frères en esprit. C'est d'ailleurs l'enseignement de toutes les religions, quelles qu'elles soient.

Il s'ensuit que les nations sont à l'image de ceux qui y vivent. L'insouciance, la futilité, l'incurie, le bouleversement des valeurs morales, la perte de tout sens hiérarchique traditionnel ont réduit notre pays au rang d'une petite puissance bafouée, ridiculisée et abâtardie. Même ses enseignants demandent l'abandon d'une orthographe millénaire, logique, admirable ! Au nom du moindre effort !

En revanche, une poignée de jeunes « sabras » a fait d'un désert de sable et de vestiges bibliques un pays que certains qualifièrent de « dominateur et fier ». Il faut comparer les deux côtés du Jourdain pour vite comprendre ce qu'égrégore peut signifier.

La leçon est encore là ! Pas de grands discours-fleuves-programmes ! Plus de phraséologie si redondante, trop naturelle à nos politiciens ! Mais, de bonne volonté à bonne volonté, de cœur fidèle à esprit pondéré, des pensées-vibrations saines et simples, altruistes et ardentes, peuvent et doivent créer, par phénomène de résonance, une matérialisation de l'idéal transmis par ces vibrations. Commencez donc, simplement dans votre cadre familial. Et vous ne serez pas long à être convaincu !

A vous ensuite de savoir étendre le cercle...

Sans nous aveugler

Ne nous laissons pas emporter par nos passions. Elles proviennent, nous le savons, de notre rhinencéphale, de ce fichu cerveau à couches réduites de neurones. Ce qui ne permet guère à la raison de s'immiscer dans le processus créateur.

Ne nous laissons pas emporter par l'orgueil. C'est plus une opinion qu'un sentiment. Et lui aussi est du domaine rhinencéphalique, car très souvent lié aux premiers âges de la vie, à ce « stade oral » que nous avons décrit sur les pas de Freud. « Passions aveugles, orgueil stérile sont ce qui vous éloigne le plus de toute évolution », écrit Pierre.

Ne nous laissons pas emporter par la routine. Sortons du cadre de nos habitudes, de tout ce qui nous ligote et nous empêche d'agir consciemment ; de nos préjugés qui nous privent de toute émancipation psychologique et affective. Là encore, Pierre nous enseigne : « Une routine néfaste, et souvent mortelle, vous aveugle. »

Restons simples, sincères.

Elle doit nous transcender

Pierre, toujours, déclare : « Nous ne cherchons pas à vous donner la preuve que Dieu a confié à l'humanité une puissance formidable ; voulue et créée par Lui, mais encore ignorée, critiquée, repoussée. Comment veux-tu faire comprendre que ce que vous appelez le surnaturel est simplement l'utilisation de cette force, connue de certains hommes, qui se laissèrent guider par les esprits envoyés par Dieu pour les éclairer ? Dans l'état actuel de vos connaissances, on répondra toujours : illusion, imagination, hallucination, démence ! Et cependant, relis l'Ancien Testament d'abord, tu verras que tous les miracles qui y ont été rapportés ont été accomplis sous la direction des esprits célestes. Tous sans exception ! »

Cette « puissance formidable », c'est notre pensée. Celle dont, dans une autre lettre, Pierre dit : « Vous pressentez l'infini de la pensée en durée. Pourquoi la limitez-vous en puissance ? » Capable de faire des « miracles », lorsque « accomplis sous la direction des esprits célestes », nous affirme-t-il.

Le miracle c'est de *refaire l'unité en nous*. Roland l'énonce avec sobriété, mais autorité : « L'homme n'est jamais moins seul que lorsqu'il est un. » Il insiste beaucoup sur cette synthèse nécessaire : « Il faut travailler à reconstituer l'homme primordial, c'est-à-dire celui de l'âge d'or. » Or quel est l'homme de l'âge d'or ? Ou, ce qui revient au même qu'est-ce que le péché originel, qui a fait disparaître l'homme primordial ?

Les exégètes de la Bible de Jérusalem pensent que Dieu condamna Adam et Ève pour avoir voulu décider par eux-mêmes de ce qui était bien ou mal, et agir en conséquence. Donc pour avoir créé leurs propres échelles de valeurs. C'est la condamnation de la « revendication d'autonomie morale par laquelle l'homme renie son état de créature [52] ». Cette faute d'orgueil est, en même temps, une imposture.

D'où proviennent nos jugements opinatifs, ceux qui déterminent nos notions actuelles de valeur ?

Le bien est devenu, dans nos sociétés, ce qui est avantageux, agréable, social, profitable… et non plus ce qui possède la valeur morale et transcendante pour l'évolution de l'homme. Le mal a également changé de registre : au lieu d'être ce qui empêche l'épanouissement de la réalisation de l'être, il est devenu ce qui est contraire à l'intérêt ou aux vœux d'un individu, d'une société, d'un peuple… mais en ce qui concerne, toujours, le côté matériel et jouisseur plus ou moins immédiat.

Le péché originel, c'est d'avoir abaissé le spirituel au niveau du besoin, du désir, de l'exigence.

L'homme n'est plus *un* à l'image de Dieu. Il est devenu un être constitué de besoins énergétiques inconscients, de désirs subconscients, et d'exigences tellement conscientes qu'il se met en grève dès qu'il estime ne pas obtenir ce qui lui est dû ! L'homme est une entité triple, avec ses « tripes » neuro-végétatives, son rhinencéphale psycho-réactionnel passionnel, et son néencéphale plus ratiocineur que raisonnable.

L'homme nouveau doit refaire son unité.

Comment ? En remontant patiemment chacun de ses plans de conscience pour « renaître » à la lumière spirituelle qui, seule, pourra éclairer et guider son évolution ultérieure.

Il lui faut faire remonter l'inconscient viscéral, de transformation énergétique, chimique, mécanique ou pulsionnel primaire et refoulé :

– à l'étage de la subconscience.

Les adeptes du hatha-yoga pratiquent cette « remontée » grâce aux asanas (postures) et aux bandhas : contractions musculaires abdominales ou diaphragmatiques qui ont pour but de mobiliser et de mieux sentir les viscères ainsi massés et remués en tous sens. Mais ce stade peut être obtenu par tout autre moyen : concentration d'esprit du dyanah ou du rajah yoga ; méditations sur les chakras et récitations de mantras, prières ou invocations répétitives et vibratoires, exercices de jeûne contrôlé ; techniques de relaxation, etc. La montée du plan inconscient au plan subconscient peut être aussi effectuée par procédés psychanalytiques ou psychothérapiques ; ou en utilisant l'hypnose, la sophrologie ou une médication légère pour vaincre la résistance consciente. Un parcours initiatique sous la direction d'un vrai maître peut aboutir à un résultat identique. Car la montée effectuée seul, même avec prières et bonne volonté évidente, n'est pas toujours couronnée du succès auquel on pense avoir droit. Là encore *vae soli*, malheur à celui qui s'aventure seul !

Arrivé à ce stade, il faut continuer l'ascension, pour débarrasser tout le plan rhinencéphalique des « scories » affectives et, surtout, comportementales plus ou moins réactionnelles. On doit en effet accéder :

– au plan conscient.

Toutes les situations sont alors vécues « de plein fouet ». Toutes les sensations sont analysées de façon spécifique, immédiate. Elles sont confrontées à des souvenirs précis qui les identifient, les reconnaissent ou les engramment. Elles empruntent alors des circuits nerveux hiérarchisés, qui les décantent, les purifient, les rapportent à leur juste valeur et déterminent la réponse motrice toujours adaptée. Cet art de tout relier de façon formelle et logique s'appelle l'*intelligence*. C'est la qualité du quatrième royaume.

Mais, si elle est nécessaire, elle n'est point suffisante. Pour notre évolution, il nous faudrait accéder :

– au plan hyperconscient.

Roland le définit ainsi : « L'éveil de cette conscience supérieure peut communiquer avec le monde du royaume ultime. C'est sous cette forme qu'il convient d'en parler... Les êtres qui vivent au niveau de l'ultra-conscience ont des émergences qui se répercutent sur le plan concret. Leurs esprits influent sur la matière d'une façon parfois si éclatante que l'on pourrait dire qu'ils ont une sorte de pouvoir hypnotique sur la marche des événements. »

Les élus y parviennent. C'est le but que nous devons nous fixer. Avec détermination, patience et constance. Et foi.

D'ailleurs, Roland l'affirme : « Être raisonnable, c'est avoir la foi. »

LES APPLICATIONS MÉDICALES DE L'ENSEIGNEMENT DES TÉMOINS DE L'INVISIBLE

Dès la fin de notre première partie, dans la conclusion que je tirais des messagers par enregistrement, j'indiquais comment le phénomène du halo vital, cette manifestation énergétique de notre corps animique, m'avait conduit à envisager une « spirale des fréquences » à la fois diagnostique et thérapeutique. En effet, Roland affirmait : « Chaque intelligence a sa longueur d'onde » et « Vous ne voyez pas les pensées à cause de la vitesse de leurs vibrations ». Je rapportais alors ses propos pour les confirmer aux travaux que j'avais menés à la suite de la découverte de réactions objectivales concernant des fréquences électromagnétiques régissant certaines parties du corps et certaines affections morbides. Je montrais que l'étude de ce halo vital permettait de définir trois spirales successives : une cellulaire, la seconde organique et la troisième psychique. Chacune permet de découvrir l'étiologie profonde des divers syndromes neuro-végétatifs « fonctionnels », de la ou des maladies organiques ou des atteintes psycho-émotionnelles, et de les traiter en même temps. Toutes ces données ont toujours découlé de facteurs expérimentaux.

Lorsque toutes les fréquences furent définitivement mises au point puis vérifiées dans mon groupe du G.E.M.M.E.R., je me rendis alors compte de certaines particularités curieuses que je vais rappeler ci-après, me proposant de démontrer une fois de plus – mais c'est le but de cet ouvrage – la véracité des messages parvenus de l'au-delà.

Je vais donc, après avoir indiqué ce que Paul Nogier et moi avions nommé la « fréquence U (universelle) de base », décrire chacune des quatre premières fréquences dans les trois spirales biologiques.

La fréquence U de base

Elle est proche du hertz, c'est-à-dire de l'unité même de fréquence, qui est de un cycle par seconde.

Je rappelle que le point de départ de toutes ces fréquences a été la constatation par le docteur Paul Nogier, à Lyon, d'une fréquence de 5 hertz, spécifique de la conque, que j'ai pu alors rattacher à l'élément vagal, parasympathique, viscéral, etc., que nous allons étudier. Ceci afin de bien montrer que c'est *après coup* que nous nous sommes rendu compte de tout ce dont il est maintenant question ici.

En réalité, je me suis rendu compte que cette fréquence U correspondait au *rythme cardiaque de chaque sujet* tel qu'on peut le fixer le matin au réveil, encore allongé dans son lit, après une bonne nuit de repos. Il est logique qu'elle figure le « point de départ » de tout son cycle biologique. Mais, je le répète encore une fois, tout cela a été déduit des valeurs que, avec Paul Nogier, nous avons progressivement dégagées de centaines d'expérimentations.

Elles reposent maintenant sur des milliers d'observations.

La fréquence A

La fréquence A de la première spirale correspond à l'*élément cellulaire de base*, plein de l'énergie de sa nature naissante, et encore non différencié puisque embryonnaire. Nous retrouvons là les caractéristiques mêmes du premier royaume, avec le magma énergétique lui aussi tout exubérant et éclatant de jeunesse, lui aussi homogène et non différencié dans son incandescence initiale.

Tout comme les matières en fusion qui dégageront secondairement les roches, sédiments et conglomérats terrestres, la masse cellulaire indistincte répondant spécifiquement à cette fréquence A est l'origine de toutes les « races » cellulaires que nous trouverons dans les autres cycles, différenciées selon leur rôle physiologique et, bien sûr hiérarchisées, puisque obéissant à un système nerveux central particulier.

Mais tous les éléments qui dépendront de cette fréquence A, à quelque spirale qu'ils appartiennent, auront toujours cette double caractéristique : d'être *indifférenciés*, et de ne jamais être soumis au *contrôle central.*

Ainsi, la deuxième spirale correspond à l'élément cancéreux, où, effectivement, toutes les cellules sont indifférenciées, indépendantes du milieu dans lequel elles vivent, ne ressemblant à aucune autre cellule de leur entourage, et, surtout, n'obéissant point au contrôle du système nerveux central. C'est d'ailleurs ce qui fait toute la gravité du syndrome cancéreux : les métastases « fusent », emportées par le courant sanguin et lymphatique, sans provoquer le moindre trouble, sans créer la moindre alerte. Et la « colonie » se développe, insoupçonnée puisque non douloureuse. Les douleurs surviendront lorsque la masse cellulaire cancéreuse viendra écraser les organes voisins, innervés, eux !

Seconde ressemblance de ces cellules anarchiques de la seconde spirale A avec les éléments hautement énergétiques de la genèse terrestre : la vigueur, la puissance envahissante du processus cancéreux.

Quant à la troisième spirale A, psychique, elle correspond, avec ses 40 960 hertz, aux atteintes psychiatriques mal systématisées, tels que les troubles de pensée schizothymiques, où les malades présentent un comportement « stéréotypé », c'est-à-dire toujours identique, figé, répétitif, où plus rien n'est hiérarchisé : on retrouve les mêmes mots ! Et les mêmes dangers « explosifs », car ces sujets peuvent effectivement présenter des « bouffées paroxystiques », dangereuses pour eux-mêmes ou pour autrui et que, telles les émissions de lave d'un volcan furieux en brusque éruption, on ne peut prévoir…

Les mêmes termes d'exubérance, de vigueur, de non-hiérarchisation et d'indifférenciation, vous le voyez, peuvent être utilisés pour définir le premier royaume ou l'un des tableaux dépendant de la fréquence primaire A, quelle qu'en soit la spirale.

La fréquence B

La fréquence B de la première spirale a été la première fréquence que Paul Nogier a isolée dans la conque de l'oreille. Il s'était en effet rendu compte que chaque passage d'une petite lampe clignotant au rythme de cinq éclairages par seconde (5 hertz) déterminait une modification du pouls du sujet, lorsque ce dernier présentait une affection digestive quelconque.

Dans l'étroite collaboration qui était alors la nôtre et qui dura une bonne dizaine d'années pour la création de l'auriculothérapie, j'effectuais les synthèses et les recherches neurobiologiques annexes. J'établis donc les rapports de la conque, de sa fréquence spécifique et de ses relations embryologiques, neurologiques et pathologiques. Je pus induire que cette fréquence B était celle de toutes les réactions touchant la *trophicité énergétique* :

– le tissu endoblastique apparaît le premier dès le stade « morula » où toutes les cellules, on s'en souvient, se ressemblent. Ces cellules sont donc les premières à se différencier, tout comme la fréquence B est la première à se manifester dans la spirale des fréquences ;

– les formations digestives en dérivent, qu'il s'agisse des organes de malaxation, assimilation ou excrétion ;

– le système lymphathique lui est associé ;

– le parasympathique le contrôle du point de vue nerveux.

Le deuxième royaume végétal possède, lui, aussi, la première différenciation cellulaire. La transformation énergétique des substances « minérales » étrangères en sève trophique biologique, ainsi que l'assimilation chlorophyllienne, sont ses attributions les plus évidentes. La sève circule dans des travées aux parois immobiles comme des vaisseaux lymphathiques qu'aucun cœur ne fait battre. Et il existe un contrôle central indéniable.

La fréquence B de la deuxième spirale « organique » concerne le processus « rhumatismal », en entendant par ce terme toutes les affections touchant la « nutrition » articulaire (où rougeur, chaleur et douleur sont, justement, la triade dite « parasympathique » de l'inflammation). Tout le système qui permet la lutte contre la pesanteur, ce système antigravitationnel propre au deuxième royaume, est touché, douloureux, enflammé et raide. C'est la pelvispondylite rhumatismale ou la polyarthrite rhumatoïde.

– La fréquence B de la troisième spirale concerne la dépression mélancolique, ce trouble qui « sape » toute l'énergie psychique, et dans lequel le système parasympathique domine le tableau avec tous les « freinages » qu'il induit dans toutes les sphères.

N'est-ce pas assez impressionnant de voir le parallélisme des syndromes fréquentiels retrouvés par l'expérimentation clinique et de tout ce qui découle des messages de nos témoins de l'invisible ?

Il est bien évident que l'on retrouve dans toutes ces pages les caractéristiques qui figurent dans mes ouvrages médicaux antérieurs, et qui sont délivrés aux nombreux médecins qui suivent mon enseignement au C.I.E.M. [5,7].

La fréquence C

La fréquence C de la première spirale, 10 hertz, est celle que l'on recueille sur le pavillon auriculaire où se projettent les membres. Bien entendu, cette fréquence est retrouvée dans toute la sphère où la *cinésie* est manifeste. Elle est en effet spécifique :

– du tissu mésoblastique, seconde formation embryologique à se différencier, comme la fréquence C est la seconde à se manifester dans la spirale des fréquences ;

– de tous ses dérivés, toujours concernés par ce qui touche au domaine du mouvement : pas seulement os, cartilages, muscles, tendons et ligaments, mais aussi cœur (qui bat !), vaisseaux qui lui sont associés et sang qui y circule. Les formations rénales qui expulsent les liquides en dérivent aussi ;

– du système orthosympathique qui est le vecteur de tout ce qui contrôle les fonctions cinétiques : muscles, cœur, mais également éveil, travail, période diurne, tout ce que l'on appelle le processus « ergotrope », du grec *ergon* : travail ;

– et, bien sûr, de toute la pathologie motrice et cinétique.

Est-il utile de rappeler ici que la cinésie est justement, le caractère le plus original de ce troisième royaume ?

C'est également chez lui que va naître et s'organiser, d'espèce en espèce, le système de relation orthosympathique qui « règle » l'arc réflexe moteur.

– La fréquence C de la deuxième spirale, « organique »,

1 280 hertz, concerne toutes les atteintes mésoblastiques dégénératives : myopathies, myasthénie, scoliose idiopathique pour les affections musculaires ; chondrocalcinose, pour les affections articulaires ; maladies dites du « collagène » pour d'autres affections d'étiologie inconnue mais touchant toujours le système moteur volontaire humain. Et l'on retrouve toujours les maîtres mots : mésoblaste et système moteur.

La fréquence C de la troisième spirale touche des affections psychiatriques dites « maniaques », où le processus moteur tant physique que cérébral et idéatif est mis en hyperactivité : le malade ne tient pas en place, marche et gesticule sans arrêt, parle tout le temps, de n'importe quoi et à toute allure, fait des jeux de mots plus ou moins approximatifs dont il est le premier à rire aux éclats, ne peut pas dormir, ni se reposer, trouve que le temps va trop vite, qu'il a trop à faire, etc. Le malade peut même devenir de moins en moins homme et de plus en plus bestial. Dans le langage psychiatrique un « maniaque » est ce que tout le monde appelle le « fou furieux ».

On voit, là encore, le parallélisme du troisième royaume et des spirales des fréquences.

La fréquence D

Dans la première spirale, la fréquence D, 20 hertz, fut trouvée sur le tragus, là où se projettent sur l'oreille ce que nous appelons les « commissures inter-hémisphériques » :

– le corps calleux étant la commissure qui réunit chaque cellule néencéphalique droite à sa symétrique gauche, permettant ainsi le passage d'une information raisonnée d'un côté du cerveau à l'autre ;

– la commissure blanche antérieure étant la commissure du rhinencéphale, unissant le paléocortex droit au gauche et permettant ainsi le passage des informations psycho-émotionnelles de droite à gauche et de gauche à droite ;

– le trigone étant la commissure des seuls souvenirs pouvant être engrammés ou, par la suite, évoqués, de quelque côté que porte l'attention ou la sensation, convoyant l'influx nerveux qui en résulte du côté droit au côté gauche, et vice versa.

On voit que cette fréquence est spécifique aux mouvements d'influx nerveux à l'intérieur de l'encéphale, déterminant la prise de conscience, la comparaison avec l'acquis, la mémorisation, la hiérarchisation, puis la synthèse finale préludant à la décision et au passage à l'acte. Ce sont tous ces processus psychiques qui constituent ce qu'on appelle *l'intelligence*.

Mais, par le biais du rhinencéphale, c'est aussi le monde des sensations multiples et de *l'affectivité*.

Intelligence et affectivité sont les deux pôles de l'esprit humain, et la caractéristique du quatrième royaume.

– Dans la seconde spirale, la fréquence D, 2 500 hertz, est celle, spécifique, des troubles de la latéralité et de tous les syndromes neurologiques où l'incoordination et la désorientation spatiale sont présents.

Aucun animal ne présente jamais de tels troubles. Nous restons bien dans le domaine strictement humain, même pour ce qui concerne la spirale « organique ».

– Dans la troisième spirale, psychiatrique, de 327 680 hertz, nous sommes alors dans les affections qui touchent l'unité même de l'esprit : les troubles de dissociation schizophréniques.

L'homme n'est même pas une bête... il n'est plus homme, il n'est plus rien ! Il est un être indiciblement malheureux et « muré » dans une incompréhension totale de lui-même et des autres, dans une incommunicabilité tragique et permanente...

Voilà !

Bouleversant, non ?

TROISIÈME PARTIE

LES MESSAGES DE L'AU-DELÀ : LES ROYAUMES INVISIBLES

Cette troisième partie concerne les trois royaumes invisibles : celui, intermédiaire du passage ; celui, inférieur, des ténèbres infernales ; celui, supérieur, des félicités éternelles.

Il est bien certain que ma science médicale ne sera que d'un piètre secours dans les royaumes ultimes. En revanche, elle conserve tout son intérêt pour le passage, afin d'en démontrer, une fois encore, toute la logique neurologique.

Cet ouvrage ne se veut pas médical. Son sujet ne pouvait cependant être écrit que par un médecin. Il faut en effet que tous les messages de l'au-delà puissent être crédibles quant à leurs affirmations, si l'on veut qu'ils aient quelque utilité pour les futurs trépassés que nous sommes tous. Le rôle du neuro-physiologiste est donc de démontrer la vraisemblance, sinon l'exactitude, des processus mis en œuvre par notre extinction terrestre. Nous ne pouvons en effet admettre les thèses d'évolution éternelle que dans la mesure où tout ce qui y achemine a entraîné notre conviction.

J'ai fait de mon mieux pour vous faire partager ma certitude en la valeur profonde, en la véracité des messages recueillis de l'au-delà. Je les ai confrontés au maximum du possible avec des textes similaires traités par des personnalités de croyance, d'ethnie et d'époque différentes. Je me suis efforcé de tout rapporter aux données scientifiques les plus actuelles en ma connaissance.

Absolument certain que le moment suprême :

– n'est pas pénible, grâce aux enképhalines morphiniques que notre cerveau sécrète alors,

– et qu'il peut même être exalté tant par les vertus de cette « drogue » biologique que par la connaissance exacte de ce qui nous attend... ou la reconnaissance de ceux qui nous attendent, il me reste maintenant à vous conduire dans mes trois derniers chapitres.

Le premier se rapporte, je l'ai dit, au royaume intermédiaire du passage. Le second, au royaume inférieur des ténèbres infernales. Le troisième, au royaume supérieur des félicités éternelles. Une conclusion générale termine alors cet ouvrage.

CHAPITRE 1

LE CINQUIÈME ROYAUME, INTERMÉDIAIRE

Ce chapitre est divisé en trois parties qui sont le passage, l'arrivée et le purgatoire. Une conclusion le clôt.

Puisqu'il s'agit, dans toute cette troisième partie, de messages émis par des trépassés et retransmis, sous leur dictée, par des vivants, je m'abstiendrai le plus possible :

– de tout commentaire scientifique, qui serait sans objet ;
– de tout commentaire religieux, qui serait superfétatoire.

LE PASSAGE

Je le répète pour les pauvres humains que nous sommes : soyons convaincus que, physiquement parlant, il est *indolore*. Tous les médecins sont d'accord sur la sérénité ultime de la délivrance ; tous les « rescapés de la mort » sont unanimes pour le spécifier dès leur retour parmi nous. Et je répète que les tout derniers mots de ma petite tante de quatorze ans furent : « Il est si bon de savoir mourir. »

Il peut cependant en aller tout différemment sur le plan psycho-animique. Tout dépend en effet de la *spiritualité* du sujet : plus elle est élevée et pure, plus le passage sera bref et radieux.

Nous étudierons tout d'abord les divers messages qui nous permettent cette constatation. J'indiquerai ensuite l'« état » dans lequel tous les témoins de l'invisible nous disent effectuer ce passage, et quel est l'« aspect » qu'ils revêtent et que présente ce cinquième royaume.

La qualité du passage

Dans leurs *Récits d'un voyageur de l'Astral* [29], Anne et Daniel Meurois-Givaudan relatent leurs excursions transcendantales de type psychédélique.

Ils sont accueillis et initiés par l'« ami des mille et un réveils », au visage oblong et bleuté, qui n'a jamais été incarné sur terre, dit-il, comme le « technicien » conseiller du Cercle d'études sur la transcommunication du Luxembourg. Une des premières scènes que leur commente ce guide est, justement, celle du passage. Et je cite ce qu'ils en rapportent dans leur livre :

> Le passage de la vie terrestre à cet état-ci est tout de même une épreuve, dit l'homme au visage oblong, en lisant dans ma pensée. Bien des êtres, en réalité plus des neuf dixièmes, n'ont aucune idée de ce qu'ils peuvent trouver après le passage de la mort.
>
> L'imagination est toujours la plus forte ! C'est elle qui dirige l'homme partout où il va. Ainsi, dans les premiers instants qui suivent la mort, l'âme du défunt entre dans le monde qu'elle s'attendait à trouver. Si le défunt était athée de son vivant, il restera, aussi longtemps que la lumière ne se fera pas jour dans son esprit, dans une espèce de bouillie noire, indéfinissable, pas forcément désagréable, symbolisant le néant qu'il pensait trouver après sa mort.
>
> Chacun doit franchir les barrières que lui a élevées sa religion ou son athéisme !
>
> Plus l'être est spirituellement évolué, plus l'adaptation est rapide, plus rapide est le passage dans la zone d'incertitude ou dans le royaume de l'imagination qui suit l'instant de la mort.
>
> Le *Livre des morts tibétain*, ou *Bardo Thödol*, résume symboliquement les différentes étapes que suit l'âme après la mort ; les hommes devraient y étudier de plus près le symbolisme des lumières.
>
> Lorsque le défunt s'est ouvert à la vraie réalité, lorsqu'il a chassé les nuages de son imagination, résultat de son éducation terrestre, il découvre ce monde dans lequel nous nous trouvons. Ses parents et amis morts avant lui l'y attendent et l'aident à se remettre de l'épreuve.
>
> Cette épreuve n'a cependant rien de terrible. Aucune souffrance physique. Seules existent les souffrances morales dues aux incertitudes des êtres qui ont la conscience bien noire…

Cependant, comme je l'ai déjà dit, pour eux comme pour les autres, cet état est passager.

En fait, comme tu le vois, la mort est une naissance dans un autre monde.

Sur terre, la religion orthodoxe l'a résumée en une petite phrase très juste. Elle ne dit pas de quelqu'un qu'il est décédé, mais qu'il est « né au ciel », ce qui est à la fois poétique et vrai.

Les messages des témoins de l'invisible confirment en tous points les paroles de ce guide. Laissons d'abord s'exprimer Albert Pauchard qui relate à sa sœur comment « tout s'est passé » :

> J'étais conscient de me retirer de mon fourreau physique. C'était un petit moment plus ou moins désagréable. Tout comme si le sang se retirait des membres d'abord, puis du reste de mon corps pour se concentrer au cœur. Un petit moment d'angoisse toute corporelle. Ensuite la sortie du fourreau et... un immense soulagement. « Ça y est ! » me suis-je dit. Pardon de ne pas avoir pensé à toi tout de suite. Mais tu comprends combien mon attention tout entière était dirigée vers ce monde nouveau qui a toujours eu tant d'intérêt pour nous.

Passons maintenant à Pierre Monnier. J'ai déjà donné le récit de sa mort, relatée par lui-même, lorsqu'il fit savoir à sa maman : « Je suis vivant ! », ces trois mots qui formèrent d'ailleurs le titre de la première édition de ses messages. Je préfère maintenant vous donner le contenu d'un assez long texte qu'il transmit à sa mère et où il explique parfaitement ce qu'est ce fameux passage.

> Chère maman, lorsque l'esprit quittera définitivement son enveloppe inutile, il ne sera pas aussitôt dégagé de la matière ; le sommeil sera nécessaire... sorte de gestation qui précède la nouvelle naissance de l'âme.
>
> Mais nous serons là, veillant sur ce sommeil avec la tendresse d'une mère, d'une infirmière vigilante, guettant chaque mouvement annonciateur du réveil, prêts à lui tendre les mains, à le rassurer, à lui faire comprendre qu'il est entouré d'amour, de bienveillance et de sympathie.
>
> Petit à petit les yeux spirituels s'ouvrent à la lumière. Le premier sentiment qui suit ce réveil est mélangé du regret de l'irréparable accompli (la mort). L'âme se souvient de tout ce qu'elle a quitté, de ceux qu'elle aimait sur la terre, et ne se rend pas compte encore qu'elle n'en est pas séparée. Déjà, elle retrouve les bien-aimés qui l'attendent et qu'elle reconnaît : elle se sent accueillie avec une joie

réconfortante ; l'ambiance de lumière et de sérénité la réchauffe, la rassure. La bonté de Dieu permet que le souvenir de ses fautes, de son péché, ne vienne pas la troubler dès son réveil. C'est peu à peu, progressivement, que l'âme coupable réalise quel bagage avarié elle porte avec elle. Il semble que ce soient les « charbons ardents » amassés sur sa tête par son Bienfaiteur méconnu, dédaigné et offensé, mais resté miséricordieux et aimant, qui graduellement font éclater son endurcissement.

Au premier abord, le Père, pour recevoir son enfant, envoie à sa rencontre les messagers de son amour. L'âme, dans son nouveau corps spirituel, s'éveille donc dans une atmosphère inconnue, où toutes ses aspirations semblent se délecter, comme les poumons après avoir respiré un air chargé de miasmes se dilatent au contact d'une brise pure et vive. C'est un soulagement, une sensation de contentement intense, intraduisible, et qui dure plus ou moins longtemps selon la volonté de Dieu. L'âme, ayant fait à ce moment l'expérience d'une joie infinie et incomparable, conservera le désir intense du retour d'un tel sentiment, que nous pourrions appeler « la possession de l'âme altérée d'amour, par un Dieu qui seul peut la désaltérer ». Nous n'oublions jamais cette première impression de ce qu'est le *bonheur du Ciel* [souligné dans le texte] ; et c'est une grâce de l'amour divin ! car ce souvenir est le plus puissant stimulant pour nous aider à l'évolution indispensable, au retour persistant de cette « volupté de l'esprit », si ces mots pouvaient s'associer.

Ainsi la première impression de l'âme à son réveil est le bonheur… le bonheur sans mesure et sans ombre.

Mais ensuite, la Terre, les affections de la chair s'emparent à nouveau de cette âme. Elle veut revoir les siens et chercher à les consoler, de la seule manière qu'elle eût connue : par des paroles, des gestes. Elle souffre de voir que ceux à qui elle voudrait prouver sa présence ne s'en rendent pas compte. Pourtant, lorsque ceux qui partent comprennent l'inutilité de leurs efforts, ils retrouvent promptement la paix. S'ils peuvent pénétrer dans l'esprit de ceux qui les pleurent, « communier » par leur âme consolatrice et aimante, ils sentent, avec un soulagement et une joie sans mesure, le courant psychique s'établir. Ils s'en servent aussitôt pour apporter l'acceptation et l'amour à ceux qui souffrent de la pensée qu'ils sont « morts ».

Je pense que tout commentaire est superflu.

Il est bien certain que, lorsque « les affections de la chair s'emparent à nouveau de cette âme », comme l'écrit Pierre, elles peuvent occasionner de bien pénibles tourments. Surtout lorsque de très forts liens affectifs les attachent à un être particulier. C'est la raison pour laquelle des messages nous parviennent, nous demandant de ne pas accroître encore ces états tensionnels par des invocations intempestives ou un chagrin manifesté de façon excessive. Ainsi Albert Pauchard :

> Pour quelqu'un qui commence à vivre ici d'une vie intensifiée et qui, naturellement, désire en faire part aux êtres aimés qu'il a laissés derrière lui, il est plutôt décourageant de se voir ainsi déclaré mort par eux. Quelquefois, il lui arrive de se heurter à des brouillards épais et noirs engendrés par le regret et le chagrin des siens.

De même, Paqui, parlant d'un jeune mort, demande qu'on ne le trouble pas par des manifestations intempestives de chagrin ; mais qu'au contraire on couvre son souvenir de pensées chaleureuses et calmes, le confiant à l'amour divin et le laissant ainsi dormir « avant le réveil dans les sphères blanches ».

Surtout si le trépassé n'accepte pas son trépas. Pierre le dit :

> Je me souviens *avec* toi, car sans toi, je ne me rappelle pas une date ou un anniversaire. Mais, avec toi, en accordant ma pensée à la tienne, je me souviens.
>
> Il y a quatre années terrestres, j'ai ressenti une des plus vives émotions de ma vie dans ma chair. Mais oui, chère maman, je me rendais très bien compte de l'existence rude et périlleuse qui m'attendait : la mort était pour moi une minute terrible à traverser, surtout à cause du renoncement qu'elle impliquait. Cependant, c'était avant tout à vous deux que je pensais. Cher papa, pauvre petite maman. Je vous voyais dans mon cœur et je souffrais pour vous. Pourtant, avec quelle délectation morale je réalisais mon triomphe, ma victoire sur moi-même. Le sentiment du sacrifice consenti, accepté d'avance dans toutes ses conséquences, est d'une puissance qui vous soulève au-dessus de la chair, et vous introduit dans un monde déjà nouveau. Voilà ce que tous doivent comprendre : ceux qui partent – pour ne plus reprendre la vie de la terre à leurs foyers –, ceux qui restent, dans l'angoisse et dans la douleur. L'*acceptation* [souligné dans le texte] c'est l'obéissance ! Je te l'ai dit hier : l'obéissance c'est la *foi*.

Et si le trépassé, non seulement n'accepte pas son trépas parce qu'il ignore qu'il est mort, mais encore éprouve des sentiments violents qui le « rattachent » à la terre, le passage devient une réelle épreuve pleine d'angoisses et de tribulations. Paqui déclare :

Les âmes lourdes, sans bonne volonté, forgent des sphères épaisses où elles souffrent et où tout est chaos. Toutes leurs tares s'agrippent à eux, les encerclent et leur arrachent des cris de désespoir. Et je ne trouve pas de mots qui rendent ce que je ressens de pitié pour ces âmes ainsi chargées.

Max-Getting énonce :

L'appât du gain et les appétits matériels forment de lourdes chaînes qui entravent l'évolution de ceux qui les ressentirent sur une terre qu'ils ne veulent pas quitter, à laquelle ils s'accrochent désespérément. Ce qui multiplie les épreuves qu'ils endurent actuellement.

Albert Pauchard relatait un cas (que j'ai cité antérieurement) d'hallucination permanente *post-mortem*. Un décédé, de quelque côté qu'il tournât son regard, voyait toujours le spectre de sujets qu'il avait détestés durant sa vie passée. Excédé, il appelle à l'aide et entend ces paroles : « Cesse de projeter ainsi ton image sur un autre et de le condamner. Regarde bien qui sont ces fantômes ! » Obéissant, il aiguise son attention et se reconnaît dans toutes ces apparitions. Comme l'écrit Jean Prieur dans l'ouvrage duquel je retire cet exemple, « ces formes exaspérantes étaient enfantées par son attitude envers les personnes qu'il n'avait pas aimées ».

Nous retrouvons les descriptions hallucinatoires du *Bardo Thödol* :

À ce moment-là, quand les cinquante-huit déités buveuses de sang sortant de ton cerveau même viendront briller sur toi, si tu ne les reconnais pas comme des radiations de ta propre intelligence, tu te fondras en union instantanée… Si tu ne sais pas cela, les déités buveuses de sang te faisant peur, tu seras fasciné, terrifié, et tu t'évanouiras. Tes propres formes-pensées se tourneront en apparences illusoires et tu erreras dans le Sangsara [14].

Le passage est fonction de la spiritualité du sujet. Pierre, Roland, Paqui, Pauchard le franchirent, on l'a vu, sans aucun problème. Mais ils témoignèrent tous de cas plus angoissants, voire tragiques. L'explication la plus claire est, à mon avis, celle qu'Anne et Daniel Meurois-Givaudan, dans leur ouvrage *Terre d'émeraude* [28], placent dans la bouche de leur initiateur :

Nous sommes les seuls artisans des œillères que nous portons.

Plus nous voudrons voir et plus nous verrons. L'espoir qui naît au fond des cœurs a toujours fait découvrir des univers... La mort, dites-le bien à tous ceux qui vous écouteront, n'est *rien d'autre* que ce que chacun de nous en fait. Un corps astral qui n'espère pas est une énergie qui se dépense en pure perte, une vibration qui refuse d'accroître son rythme.

Qu'une âme ne croie en rien d 'autre que le néant, et elle créera sa propre obscurité jusqu'à ce qu'elle n'en puisse plus d'attendre. Qu'une âme croie en quelque chose, n'importe quoi, ne serait-ce qu'en une petite flamme éternelle, et rapide sera son voyage vers le pays de la Lumière blanche !

Être raisonnable, a dit Roland de Jouvenel, c'est avoir la foi. »

L'ASPECT DU PASSAGE

Roland nous relate ce passage avec beaucoup de détails :

Quand nous quittons la terre, nous arrivons tout de suite dans une sorte de bulle close. Après notre dernier soupir humain, nous n'entendons plus rien. Sans ligne de conduite, ayant perdu le sens de l'orientation, nous voletons dans des nuées, toujours sans rien reconnaître. Ceci est notre première étape.

Puis, peu à peu, nous apprenons à discerner les courants divins, et des routes célestes s'ouvrent à nous.

La première couche qui surplombe le monde et par laquelle nous devons passer est comme un ciel entier à parcourir. Cet espace est sillonné de comètes. Nous sommes tout dépaysés dans l'inconnu de cet univers. Sans ailes ou presque, nous voltigeons dans cet éther aussi maladroitement que des oiseaux nouveau-nés. Péniblement nous visons des courants supérieurs, que nous ne pouvons pas toujours atteindre, et nous retombons. Enfin, des rayons de plus en plus clairs nous apparaissent, et nous reconnaissons les voies triomphales qu'il s'agit d'emprunter pour arriver jusqu'à Dieu.

À plusieurs reprises, il évoque une zone de ténèbres à traverser. Et cette zone est tellement glaciale qu'il prévient sa mère :

Pour ne pas avoir trop froid lorsque tu quitteras la terre, il faut que ta vie intérieure soit torride. Les steppes de glace dans lesquelles tu seras prise fondront si ta ferveur est chaude comme un brasier. Ta ferveur dissoudra le gel.

Ces ténèbres glaciales présentent donc un double aspect, à la fois physique et spirituel. D'ailleurs Roland ajoute : « Le jour de ta mort... je t'emmitouflerai de toutes tes prières pour traverser les zones froides qui précèdent le paradis. » Paqui parle aussi de « sphères froides » dès le début de la « montée ». Pierre, lui, note des nuages, de la brume et du brouillard :

> Peu à peu, fait-il écrire, le souffle spirituel balaie les brumes. Nous nous élevons graduellement au-dessus de ces obscurités, qui ne recouvrent que les vallées du monde nouveau où nous pénétrons par la mort. Je pourrais comparer ce phénomène psychique à celui que vous appelez la mer de nuages. Lorsque vous dépassez les premiers plans de la montagne, tout enveloppée de brouillard, vous découvrez soudain un ciel immaculé, un soleil lumineux et réchauffant.

Albert Pauchard se trouve sur un sentier aride et solitaire, dans des régions marécageuses qui ressemblent fort au texte du papyrus d'Ani égyptien et au *Livre des deux chemins*, comme nous l'avons mentionné alors.

Les images du passage se présentent donc aux trépassés comme des formes réelles que chacun relate à sa façon. Là encore, ce sont leurs sentiments, leurs pensées terrestres qui créent leurs nouvelles conditions. Comme le dit justement Jean Prieur : « Tout le subjectif devient objectif en traversant le voile. » On comprend les prières de Roland à sa mère :

> Le voyage de l'au-delà est long. Sois prévoyante ! Emplis tes mains du pain des anges, sinon tu mourras de faim. [...] C'est dans la qualité de tes pensées que tu seras projetée dès l'instant de ta mort. Si vous gagnez votre vie avec vos mains, vous gagnez votre éternité avec vos pensées. Accrois chaque jour le champ de tes ravissements, car après ta mort, c'est en eux que tu rentreras. Le point que tu auras atteint sur terre sera ton point de départ pour ici.

Nous voilà prévenus.

L'ARRIVÉE

Voici nos témoins de l'invisible arrivés dans le cinquième royaume. Quelle est leur impression ? A quoi ressemblent-ils lors de cette arrivée ? A quoi ressemble ce cinquième royaume intermédiaire ? Est-ce que tous les trépassés y arrivent ? Voilà les quatre questions auxquelles je vais répondre successivement, en me basant sur leurs messages.

Leurs impressions d'arrivée

Roland, Pauchard et Paqui parlent d'extase. Ainsi Roland :

> La mort, quand elle est attendue et préparée, ne peut signifier qu'une sensation de dégagement, de libération et d'envol qui vous projette à la cime des points ultimes de vos extases les plus hautes.

Et Pauchard :

> Je vis dans un monde bienheureux et je vous ai une fois offert comme comparaison ce qu'est sur terre, pour les grands mystiques, la transe religieuse ou l'*extase*. Seulement la transe religieuse, sur terre, est un état supranormal. La différence est qu'elle est normale ici. Je ne puis donc, en ce qui nous concerne, parler de transe. Non, c'est une sérénité au-dessus de toute compréhension, et qui est faite d'une directe certitude que l'essence de toute chose est amour et joie.

Paqui :

> On est en *extase* et si c'était possible d'expliquer ces joies célestes à ceux d'en bas, le Ciel alors habiterait la terre.

Pierre, lui, « n'en revient pas » !

Ce à quoi ils ressemblent

C'est Pierre qui nous donne la description la plus complète :

> Nous n'avons pas perdu l'apparence humaine, mais nous laissons à la terre les infirmités de notre chair...
>
> Nos yeux voient comme autrefois, et ressemblent à ceux que vous avez aimés...
>
> C'est en effet une évolution ascendante, qui concorde avec le plan général adopté par le Créateur. Ce qui donne à notre nouveau corps des facilités d'action si grandes, c'est une transformation magnifique et non pas le renouvellement intégral...

Nous restons nous-mêmes en définitive. La mort est une transsudation dans laquelle notre corps, glorifié par l'amour du Christ et par le don de la vie éternelle, passe au travers du corps matériel, dont il épouse la forme et conserve la personnalité tout entière.

Paqui s'exclame :

Je suis toujours ta Paqui, pareille, exactement comme tu l'as aimée. Seulement tes sens humains ne te permettent pas de voir mon corps spirituel, incomparablement plus beau que celui que j'ai laissé sur terre.

À son habitude, Roland est très poétique :

Je voudrais te donner une description d'un être après sa mort. Mais, hélas ! je ne le puis, car tu n'as pas étudié la vie de tout ce qui vit sur terre. Pour avoir la synthèse d'un corps astral, il faudrait commencer par le chant d'un rossignol, finir par la luminosité d'une étoile. Pour définir un être astral, il faudrait faire une synthèse de tous les systèmes nerveux, de toutes les vibrations, de toutes les couleurs.

Chacun décrit le corps animique à sa façon.

À QUOI RESSEMBLE CE CINQUIÈME ROYAUME INTERMÉDIAIRE

Roland s'écrie :

Aujourd'hui tu ne peux plus rien imaginer des zones que je viens d'atteindre : je suis dans un plan où ton monde n'a plus rien de semblable avec le mien… Ce qui n'a plus ni corps ni figure, ni rien de sensible, échappe à la conception humaine. Cesse donc de vouloir penser Dieu à travers des images… Là où je suis, il n'y a ni forme, ni contour, ni expression, ni mot. Il y a l'Infini dans l'Infini. Par delà les rivières et les plaines, par delà les collines et les monts, par delà le soleil et la lune, là où le pied ni l'esprit ne peuvent se poser, il y a le « Tout » dans le « Tout ».

Totalement différent est le cinquième royaume de Georges Morrannier. Il s'agit d'un jeune homme qui s'est suicidé après avoir pénétré sans gourou dans la voie du rajah yoga. Le père François Brune en parle assez longuement dans son magnifique ouvrage *Les morts nous parlent* [9], dont je tire les extraits suivants :

Dites-vous bien que nous ne vivons pas « là-haut » dans un endroit indéterminé, mais que nous vivons avec vous, dans vos demeures... Je voudrais t'expliquer ce que beaucoup de terrestres ne comprennent pas, c'est que nous vivons avec vous. Vous avez tellement l'habitude de répondre aux enfants qui s'inquiètent d'une personne décédée : elle est dans le ciel, elle est près de Dieu, que vous nous croyez flottant dans l'atmosphère au milieu des nuages. Il faut revoir cette opinion. Nous vivons ici-bas et non là-haut. Nous vivons dans vos appartements et vos maisons, nous nous allongeons sur vos lits quand cela nous convient et que vous n'y êtes pas... Nous nous asseyons dans vos fauteuils ou sur vos chaises, et nous tenons de joyeux conciliabules surtout pendant que vous dormez, ce qui nous laisse toute liberté d'agir... Nous vous écoutons discuter. Nous vous regardons vivre avec une joie sans mélange. Nous vous aidons par la pensée, parfois par une intervention inaperçue de vous, mais effective... Notre nouveau corps passe à travers les murs, les portes et tous les objets du monde terrestre. Par contre, et cela est curieux, il ne passe pas à travers les êtres vivants de la terre. Quand l'un d'entre vous vient s'asseoir sur nos genoux, nous nous écartons aussitôt. Nous n'apprécions pas tellement !

Albert Pauchard va nous donner la clé de l'énigme. Voici son message :

C'est curieux, mais je ne te vois pas très bien dans ton nouvel appartement. Quand je suis avec toi, c'est toujours rue C... J'ai cherché la cause de ce fait, et ce que j'ai trouvé c'est que je ne me déplace pas localement pour être avec toi, mais j'emploie (si je puis m'exprimer ainsi et j'hésite presque à me servir de ce mot), une « télépathie » plus intime que la télépathie ordinaire. Je deviens comme *un* avec ton sentiment et ta pensée.

Mais ton image est encore, pour moi, entourée du décor familier. Aussi ai-je toujours notre maison de la rue C... ici – et c'est toujours ma demeure à certains moments. Car, à nos moments passifs, notre ancien entourage se forme autour de nous automatiquement. Il n'y a rien d'étrange à cela, et c'est bel et bien une réelle demeure. Nous sommes encore si près de la terre, là où je suis, que nous avons besoin d'un monde objectif.

Si ce n'est pas notre propre volonté positive qui le crée, et si notre curiosité ne nous mène pas dans les mondes créés par autrui, alors nous rentrons généralement dans le monde créé par nos habitudes.

Il s'agit donc d'un monde entièrement « pensé ».
Pierre parle, d'ailleurs, de ses nouvelles « occupations » :

Je t'ai très peu parlé des conditions de la vie dans le Ciel : elles sont infinies et difficiles à raconter car elles varient avec chaque esprit. Les occupations (celles de l'agrément comme celles de l'étude), les choses qui nous entourent, tout cela, étant devenu spirituel, se déplace ou se transforme par l'effet de notre pensée… Vous songez à un palais – il s'édifie ; à un temple – vous pouvez y prier ; à un océan – il vous est possible d'y naviguer. C'est ce qui fait que, lorsque vous interrogez vos amis des plans qui succèdent à celui de la terre, ils répondent parfois d'une manière très différente… Nous nous entourons de « réalités irréelles », s'il est possible d'ainsi dire, qui répondent à notre degré d'évolution.

On y revient toujours.

a

Y ARRIVENT-ILS TOUS ?

Oui, bien sûr. Mais plus ou moins vite et plus ou moins bien.
C'est le moment d'expliciter en quoi consistent ces aléas du passage. Il en existe deux catégories : les pensées-forces émises par les hommes du quatrième royaume ; les pensées-forces émises par les sujets des trois premiers royaumes.

– Chaque pensée, chaque désir, chaque idée qui, dans le cerveau humain, se traduit par un circuit nerveux générateur d'ondes, est à l'origine d'énergies induites qui conservent la polarité affective et morale particulière au sujet au moment de son émission. Les pensées-forces positives, bienveillantes ainsi créées protègent l'individu durant sa vie et favorisent son passage. Elles forment ce que l'on a nommé soit les « anges gardiens » ; soit, au moment du passage, les « êtres de lumière ». Voici ce qu'en dit Pierre :

Il existe des esprits admirables, des esprits lumineux, dont les vêtements blancs resplendissent comme la neige sous le soleil, et qui ne sont pas des anges, bien qu'ils n'aient jamais vécu dans la chair. Ils planent comme un élément protecteur. Ils sont nés des grandes pensées qui ont germé dans le cœur et le cerveau des peuples. Ce qui est consolant et beau, chère maman, c'est que les « parfums des âmes », qui ont acquis une vie indépendante et durable, sont le plus souvent, ces entités royalement pures dont je te parle… Dieu accorde le souffle de vie (je veux dire une âme) à cette

« énergie » sortie de l'humanité. Elle devient, en vérité, une force indépendante, qui a pour personnalité celle de ses parents innombrables, et elle est chargée de veiller sur le lieu qui fut son berceau et sa patrie [...]

Je t'ai dit que vos pensées se prolongent en ondes vibrantes et animées. Or ces effluves ont une composition analogue à celle de la matière, elle aussi vibrante et animée. Ils agissent et se comportent de la même façon. Ils contiennent la vie immanente. De ceci résulte que vos pensées vivent et propagent la vie... Elles peuvent faire naître des « entités spirituelles » (émanations de leurs forces psychiques), des « énergies » qui prennent un corps, et peuvent être bonnes ou perverses.

– Toutes différentes sont les pensées-forces issues des trois premiers royaumes. Je cite ici un long passage des *Récits d'un voyageur de l'Astral* [29], d'Anne et Daniel Meurois-Givaudan. C'est toujours leur guide qui parle :

Comme tu l'as supposé, il existe dans le monde de l'astral un lieu caractérisé par la très basse fréquence de ses vibrations : tu y as rencontré des créatures monstrueuses mais tu aurais pu aussi y voir bien d'autres êtres. Certains portent le nom d'« élémentals » : ce sont des projections astrales des forces de la nature et plus spécialement des quatre éléments fondamentaux qui la constituent : la terre, l'eau, le feu et l'air. On leur a donné des noms et ce sont eux qui peuplent les contes pour enfants : lutins, ondines, dryades et elfes. En soi, ils ne sont orientés ni vers le bien ni vers le mal. Ils se caractérisent avant tout par leur docilité envers la volonté qui sait les dominer. Je peux t'affirmer qu'ils n'agissent que selon deux critères : le dévouement ou la crainte. Ils circulent sans répit dans l'astral inférieur, qui est en contact avec le plan physique.

Sourciers et magiciens entrent en contact avec eux au moyen de rituels appropriés et peuvent, s'ils ont suffisamment de force, en obtenir des services sur lesquels ils fonderont leur puissance et leur renommée terrestres. Mais malheur à celui qui n'a pas assez de force intérieure ni assez de savoir pour dominer les élémentals. Les puissances qu'il déchaîne se retournent contre lui : c'est le fameux « choc en retour » dont on parle dans les traités de magie.

– À vrai dire, lorsqu'au début de ce paragraphe j'assurais que tous les trépassés parvenaient à ce cinquième royaume, j'ai omis d'envisager les cas limites où l'homme se rapproche davantage de l'animal-le-plus-bestial que de l'être humain : je veux parler des sujets tarés, à quotient intellectuel ridicule, qui servent aux coups de main et dont chaque film policier ou chaque polar dépeint en détail toutes les turpitudes. Aucun de nos messagers habituels n'en parle. Du moins à ma connaissance. Anne et Daniel Meurois-Givaudan les évoquent. L'extrait que j'en donne suit d'une page le texte précédent :

> Encore un dernier mot sur l'astral inférieur, car, décidément, il est très peuplé ! Tu aurais pu y rencontrer des entités douées de conscience, ce que les anciens Grecs ou Romains appelaient les « ombres ». Ce sont les corps astraux des êtres qui viennent de mourir et qui passent d'un plan à l'autre assez lentement faute d'élévation spirituelle suffisante. Ce sont aussi les derniers reflets physiques des corps vivant déjà dans l'astral. C'est ici que se trouve l'origine des « fantômes ».

Pierre, à la demande de sa mère, condescend à en dire un mot : « ce sont des camarades et non pas des amis. Parfois, hélas ! des ennemis de vos âmes ».

Toutes ces « idées-forces » sont certainement celles qui « répondent » aux sollicitations spirites. Mais ce sont malheureusement ces dernières entités qui se manifestent le plus volontiers et le plus facilement. Il faut donc savoir s'en méfier.

LE PURGATOIRE

Albert Pauchard le dit très nettement :

> Le purgatoire n'est pas une fantaisie, mais une réalité. En venant ici, je m'imaginais que je n'y trouverais que gloire et enchantement [il était protestant, ne l'oublions pas. Or, je crois que les protestants n'y croient pas]. Mais une fois le premier moment de bienheureuse délivrance et de joyeux revoirs passé, nous descendons dans une région plus ou moins obscure où nous rencontrons le fameux gardien du seuil. A vrai dire, ce n'est pas un être ayant une individualité propre. Il en a pourtant une dans une certaine mesure : celle que nous lui donnons, en nous identifiant avec lui. C'est de là qu'il tire sa vitalité et son pouvoir. Mais par lui-même, il n'est que la localisation de toutes les forces non régénérées de notre passé. Ces forces ne sont pas mauvaises en soi. Mais elles engendrent de la souffrance par le simple processus de leur transmutation.

Il nous donne le plan que je vais suivre : définir le purgatoire, puis le « gardien du seuil ».

Ce qu'est le purgatoire

Roland le catholique est concis :

> Le purgatoire n'est pas autre chose qu'un stage que doivent faire les êtres pour apprendre la pureté.

Paqui en parle, elle, au pluriel :

> Oui, les purgatoires existent, ces laps de temps douloureux durant lesquels l'âme se détache, s'épure, se dépouille de tout ce qu'elle a emporté de mauvais en quittant la terre, cela existe bien. Il ne faut pas croire que, bon ou mauvais, lorsque vient le dernier soupir, ce qui ne meurt pas, l'âme, s'envole vers la béatitude éternelle sans payer la rançon.

Pierre découvre et s'étonne :

> Le salut peut être acquis après la mort. Pourquoi l'éducation protestante a-t-elle étouffé une vérité aussi nécessaire, et seule d'accord avec la justice de Dieu ? [...]
>
> Ce que l'homme a semé, il le moissonne. Et le remords est un puissant moyen au purgatoire. Je ne parle pas d'un lieu de châtiment, mais d'un état propice à la purification qui fait évoluer... Le passage des âmes sur un plan d'amélioration et d'épreuves peut se comparer au purgatoire enseigné par l'Église romaine. Il n'y a pas, à proprement parler, d'autre châtiment que le remords, la honte, presque le dépit, d'avoir tant reçu et si peu fait fructifier les largesses de Dieu.

Albert Pauchard, une nouvelle fois :

> On rencontre de tout ici. On y voit chacun tel qu'il est, et chaque individu passe un temps plus ou moins long dans son propre purgatoire. Vous serez les premiers à comprendre combien, en voyant tout cela, on désire avertir ceux de la terre. Car un peu de bonne volonté, le moindre effort, même sans succès, fait une si énorme différence dans les effets ici.

Le cinquième royaume est donc un transit de purification. Et comme Pierre nous prévient que « le but de l'évolution, c'est l'Amour », il est normal, il est logique qu'il ajoute : « Le jugement du Christ ne s'exerce pas contre les ignorants, mais contre les indifférents égoïsés. » Quel magnifique néologisme !

Nous allons donc voir ce qu'est ce jugement.

CE QU'EST LE GARDIEN DU SEUIL

Tout ce que fut notre vie, tous les plus petits désirs, les plus infimes pensées se projettent devant les yeux du moribond, nous le savons depuis l'exposé des N.D.E. de notre première partie.

Je fais encore appel aux *Récits d'un voyageur de l'Astral* [29] des Meurois-Givaudan :

> Sais-tu qu'après la mort physique, chaque individu… voit ainsi se dérouler le film de sa vie ? C'est elle qui va, selon l'expression « en son âme et conscience », être juge de l'existence qu'elle a menée et fait mener à ses semblables.
>
> Ne t'est-il jamais apparu comme bizarre et absolument illogique que Dieu puisse juger et punir ses créatures ? Dieu ne juge pas et pardonne tout. C'est nous qui jugeons et qui ne nous pardonnons aucune de nos défaillances.

Tous nos témoins de l'invisible confirment ce texte. Comme l'écrit Jean Prieur : « Nous repassons de l'autre côté l'examen auquel, par négligence ou par indifférence, nous avons échoué ici-bas. » Nous ne passons pas comme l'Égyptien ou le sculpteur des cathédrales au Moyen Age le croyaient. Mais devant notre propre intransigeance, ce qui est certainement pire.

CONCLUSION

La conception de ce cinquième royaume est éminemment logique. Je parle ici en médecin et non en croyant catholique.

Nous savons que toute notre vie psycho-émotionnelle donne naissance à des circuits énergétiques, nerveux. Ils se confondent en une « masse » qui dépasse quelque peu les limites du corps physique, et que j'ai nommée halo vital. Nous avons vu qu'il pouvait être assimilé au corps animique. Et nous savons l'objectiver, le quantifier en le mesurant. Sous ma direction, mon groupe d'études, le G.E.M.M.E.R., travaille actuellement à en définir les qualités intrinsèques.

Mais nous n'avons pas besoin d'en connaître davantage pour comprendre que la « charge », intellectuelle et affective, qu'un individu effectue sur son corps animique tout au long de sa vie, puisse affecter ses caractéristiques. Tout ce que nous révèlent nos témoins de l'invisible s'explique dès lors aisément, comme on va le voir ci-dessous, en quatre étapes.

– D'une part, au moment du passage, le corps animique du trépassé apparaît « paré » de ce que valut son existence. Pierre nous le dit :

> Lorsque vous arriverez dans nos sphères où la sincérité est inévitable, vous comprendrez la laideur des demi-teintes morales. Ici certains esprits cherchent à tromper leurs compagnons de travail, mais, bien vite, ils restent confus en découvrant les taches visibles que leur hypocrisie imprime sur leurs vêtements. Ces vêtements sont, en quelque sorte, partie de nous-même. Ils varient à l'infini avec la qualité spirituelle de chacun de nous. C'est pour cela que nous sommes environnés de couleurs diverses, qui vous sont inconnues pour la plupart. Vous pouvez voir certains bleus ou mauves, les gris et les bruns, couleurs indicatrices d'évolution très imparfaite. Et puis toutes les gammes de rose. Enfin le blanc, de plus en plus pur et lumineux à mesure que l'âme s'élève…
>
> La couleur n'est pas réservée exclusivement à notre état d'entité spirituelle, car les voyants terrestres discernent l'aura des vivants. La couleur est le signe de l'évolution atteinte par l'âme, puisque l'âme sécrète, si je puis dire, ces vibrations intimes. Un esprit rouge, ou un esprit bleu, ou un esprit blanc ne sont pas au même degré d'évolution. Je n'entends point par là que nous sommes réellement rouges, bleus ou blancs ; mais je dis que notre radiance se traduit en telle ou telle de ces couleurs et de leurs dérivés. Tout comme la lumière projetée par différents produits éclairants : gaz, électricité, acétylène, a un reflet particulier personnel : plus jaune, plus blanc, plus bleuté. Notre richesse spirituelle est l'huile qui alimente notre lampe. Selon sa qualité, la lueur qui nous révèle sera d'une teinte plus ou moins épurée, et dénonciatrice de bien ou de mal.

– D'autre part, les interférences de ces radiances avec celles des êtres chers permettent l'établissement d'une correspondance. On comprend alors les raisons qui font demander aux messagers des circonstances particulières pour leurs communications. Ainsi, Paqui :

Un grand calme est nécessaire pour que les âmes messagères puissent arriver jusqu'à vous. Dieu agit dans le silence ; il est tout repos, tout calme, toute pureté. Pour le bien goûter et sentir sa présence, il est nécessaire de s'éloigner du monde fuyant et futile, de rentrer quelques instants dans son jardin secret.

Roland : « Comment veux-tu que je me pose sur des remous ? Quand les mouettes viennent sur l'eau, c'est que l'eau est calme. » Pierre : « Nous ne sommes plus bourrasques. Nous sommes souffles de l'aube. » Roland, encore : « Allez dans la nature. C'est là que les vivants et les morts se rejoignent le mieux. »

– Les résonances de ces vibrations animiques sur les zones astrales les plus basses peuvent, de surcroît, assurer la concrétisation des élémentaux, ces idées-forces en provenance des trois premiers royaumes, et dont parlent Anne et Daniel Meurois-Givaudan :

> Au moment où elle trouve son développement dans l'univers intérieur d'un individu humain, animal ou autre, chaque pensée se fond avec un élémental qui est, je te le rappelle, une puissance semi-intelligente de la nature, pour former une entité capable d'actions dans le monde de la matière. Sa durée de vie est proportionnelle à l'intensité primitive de l'action cérébrale qui l'a engendrée… Je te le répète cependant, tout être en crée à chaque instant de sa vie. Voilà une des raisons pour lesquelles nous devons nous efforcer d'avoir des pensées élevées, guidées par l'Amour et la Bonté.
>
> Sans le savoir, nous nous entourons d'entités qui sont le reflet de ce que nous sommes et qui interviennent dans notre propre espace physique et mental.

– Enfin, de même que la bande magnétique d'un magnétoscope restitue fidèlement tout ce qu'on y a enregistré, de même le corps animique restitue fidèlement tous les états affectifs et pensées qui ont pu se graver en lui. C'est le fameux « déroulement du film de sa vie ».

Ce sont toutes ces données que l'hindou inclut dans le karma.

On en conçoit l'« effet boomerang » : ce qui a sali le corps animique doit absolument être nettoyé par le trépassé lui-même, s'il veut évoluer en s'accordant sur une fréquence plus pure et plus élevée.

Cela se passe, certes, comme dit Pierre, « sous le regard clair et pénétrant de Jésus », mais celui-ci préside un peu comme les Égyptiens imaginaient Râ présider le tribunal divin lors de la « pesée du cœur » par Anubis.

L'homme se juge de lui-même et par lui-même, comme il exécutera la sentence qu'il prononcera lui-même. Tout n'est-il pas mieux, plus logique ainsi ?

CHAPITRE 2

LE SIXIÈME ROYAUME, INFÉRIEUR

Toute religion, vertueuse et moralisatrice possède son lieu de damnation éternelle. L'Église catholique reste étymologiquement fidèle à ce sixième royaume puisque son « enfer » vient des *inferi*, ou « lieux inférieurs » latins. Cependant, la traduction par « les enfers » serait plus fidèle puisque reflétant le pluriel latin. Elle serait également plus juste sur le plan épistémologique, comme nous allons le vérifier.

Ce chapitre n'est pas très long. Et ce, pour les trois raisons suivantes :

– le sujet est déjà connu en lui-même et ne donne lieu à aucune discussion quant à sa logique ;

– nos témoins de l'invisible ne sont guère prolixes à son égard. Ils n'ont pas connu ce royaume et n'en parlent donc que par ouï-dire, si je puis m'exprimer ainsi ;

– je ne vois enfin pas pourquoi nous nous attarderions sur un séjour que ni vous ni moi ne hanterons jamais. Du moins, je l'espère.

Il comprend quatre parties. La première est la description que nous pouvons en retirer des messages reçus. La deuxième partie traite des puissances du mal qui induisent cette descente infernale. La troisième traite du problème de la « seconde mort ». Dans la quatrième partie nous envisageons le problème de la rédemption des damnés. Une brève conclusion termine ce deuxième chapitre.

Paqui insiste bien sur le fait que ce royaume inférieur est une création de l'esprit désincarné, et non un lieu précis :

> Je vous répète que ce sont les âmes lourdes qui forgent leurs souffrances, et non Dieu lui-même qui est toute bonté, toute justice. Pour l'enfer, ce sont aussi les âmes qui le créent, le forgent avec leur passé horrible, leurs mauvaises actions, la haine qui les anime encore. Ces âmes couvertes de fange ne veulent pas reconnaître leurs fautes, refusant de s'humilier, de se repentir et de demander pardon. L'obscurité qui les entoure, les ténèbres où elles se débattent voilent la lumière que les anges essaient cependant de leur adresser pour qu'elles s'y accrochent.

Nous pouvons tirer de ce message trois enseignements :
– ce sont les « âmes lourdes » – et non Dieu – qui forgent les chaînes de leur destin infernal,
– en refusant toute contrition,
– en refusant même toute aide extérieure, en l'occurrence celle des anges.

Pierre, à son habitude, est beaucoup plus précis :

> L'âme coupable se trouvera dans une atmosphère qui lui rendra la vie impossible, répond-il à sa mère qui lui avait posé une question à ce sujet. L'obscurité l'enveloppera de plus en plus et, comme rien dans la nature ne demeure stationnaire, n'ayant pas avancé, elle rétrogradera et tombera dans le néant. Le feu auquel Jésus fit allusion est l'élément qui détruit. Comprends bien ce terme ! Craignez celui qui détruit l'âme et le corps, dit le Christ, faisant allusion à une désintégration de l'âme, qu'il comparait à celle du corps charnel après la mort. Dans cet anéantissement réside toute la justice de Dieu.

C'est la « seconde mort ». Nous y reviendrons.

Roland, lui, distingue deux sortes d'enfer : un enfer passager, de récupération ou de rattrapage, donnant « droit » à une autre vie ; et puis, un enfer définitif, qu'il nomme « enfer clos ». Il dit : « Les pécheurs mourront une deuxième fois, après keur mort et ressusciteront une deuxième fois, s'ils ne sont pas précipités dans l'enfer clos. »

Dieu, dans son Amour, donne donc une seconde chance avant de damner. C'est toujours bon à savoir, ne trouvez-vous pas ?

LES PUISSANCES DU MAL

Elles sont de deux sortes : le manque total d'amour qui entraîne l'égoïsme et la haine – c'est le cas humain ; l'orgueil et la révolte d'êtres spirituels qui n'ont jamais été incarnés – c'est le cas des anges déchus.

LE MANQUE TOTAL D'AMOUR HUMAIN

Nous avions déjà remarqué que l'on peut décomposer la traduction latine du mot amour, *amor*, en un *a* privatif grec placé devant le nom *mor*, venant de *mors*, la mort. L'amour devient donc le contraire (ou le vainqueur) de la mort. Ou ce qui revient au même, *la mort est l'absence d'amour*.

C'est particulièrement vrai pour ce qui concerne les causes premières de notre damnation éternelle. Pierre, ce soldat, combat toujours : « La tiédeur, dit-il, est un péché qui mène à la mort. Plût à Dieu que vous fussiez froids ou bouillants, mais vous êtes tièdes ! Et c'est la plus grande erreur de l'après-guerre que cette aboulie générale qui a succédé au généreux enthousiasme d'une époque tragique ! »

LES ANGES DÉCHUS

Les amis de Paqui lui avaient demandé pourquoi le mal existait. Elle répondit : « Les orgueilleux se sont imaginé avoir la puissance du Créateur, parce que le Créateur les avait faits beaux et leur avait donné certains pouvoirs. »

Il existe des êtres spirituels qui n'ont jamais été incarnés, ni sur terre, ni ailleurs sur d'autres planètes. Dans le mystère de leur liberté, ils ont choisi la révolte. Tout le monde connaît celle de Lucifer, le prince du monde, celui qui refuse d'aimer. Leur génie est de se fondre dans l'anonymat…

J'ai trouvé dans *Les Témoins de l'Invisible* [38] de Jean Prieur, un texte d'Alfred de Vigny que je ne connaissais pas. Il est tellement extraordinaire de vérité que je ne puis que vous le livrer comme je l'ai lu. Il exprime en effet toute… l'« indicibilité » du pouvoir et de la séduction sataniques.

Dans *Eloa*, Vigny fait dire à Satan : « Je suis celui qu'on aime et qu'on ne connaît pas. Sur l'homme j'ai fondé mon empire de flamme. » Cet empire de flamme est surtout un empire de contradiction. Il est celui qui dit et qui se contredit.

« Rien n'a de sens. Tout est injuste, laid et absurde. Ce monde ne saurait provoquer que la nausée. » Il contredit : « C'est moi qui sais, c'est moi qui suis le sens. Si je ne t'ensemence pas, tu es une terre stérile. Moi seul saurait te faire porter des moissons. »

Il dit : « Tu es une larve. Ton travail, ton existence ne servent à personne, pas même à toi. Tu nais par accident, tu vis par accident, tu meurs par accident. » Il contredit : « Tu es un dieu, le seul dieu qui soit car Dieu, s'il existait, ne serait que ton fils. L'humanité est la grande Mère des Dieux. »

Il dit : « Identifie-toi aux végétaux, aux pierres. Redescends l'échelle de l'évolution. Ne bouge plus, ne pense plus. Ne désire plus puisque, déçu ou accompli, le désir est souffrance. » Il contredit : « Profite, jouis ! Le plaisir est le seul Au-delà. Jouis avant de descendre vers le néant. La jouissance démesurée te donnera ta vraie mesure. »

Il dit : « Il n'est pas une minute de ta vie qui ne soit prévue. Tout est décidé, machiné d'avance. Les jeux sont faits depuis toujours. Tu es un automate déterminé par tes chromosomes. Dans le bien, dans le mal, tu es irresponsable. D'ailleurs, il n'y a ni bien ni mal ; ni bons ni méchants. » Il contredit : « Tu peux faire et être n'importe quoi. Tout est permis. Tout est possible. Souviens-toi de la parole de mon disciple Néron : "Nul avant moi n'a su tout ce qui est permis." Tu ne sauras jamais à quel point tu es libre. Suis-moi, je te montrerai les chemins de la liberté.

« Je ne te demande pas de tuer, de voler, de violer. Simplement de me rendre l'hommage qui m'est dû en tant que Prince de ce Monde. Simplement de reconnaître l'évidence : ma toute-puissance. Je t'en donnderai une part, si tu me donnes ce que je n'ai plus : l'âme, ton âme. Je te demande aussi ton âme visible : ton sang. J'ai besoin de ton sang, car je veux m'incarner moi aussi. Cependant, je ne te demande pas de confesser mon nom. Le négateur demande qu'on le nie. J'aime qu'on ne croie pas en ma réalité. C'est sur ceux qui me nient que ma puissance est la plus grande. »

Nous avons dans ce texte admirable tout ce qui nous permet de reconnaître et de vaincre Satan. Sept points doivent être soulignés.

– *Il est celui qui dit et contredit.*

C'est le caractère essentiel de cet être duel, de ce maître de l'équivoque, de la duplicité, de la fourberie, de l'ambiguïté. Il ne connaît ni la vérité, ni la justice, ni la certitude, ni l'authenticité, qui sont, toutes, vertus premières et monovalentes. C'est le serpent à langue bifide, bien sûr, qui rampe, ondule et se love ; la Genèse l'a immortalisé en tant que tentateur suprême et combien efficient !... la tradition chrétienne l'écrase sous le talon virginal. C'est la canne qui casse et blesse la main quand on s'y appuie. C'est l'arbre mirifique aux fruits vénéneux. C'est le brillant manieur de paradoxes, le champion toutes catégories du sophisme, le jongleur applaudi de palinodies...

– *Le mal n'existe pas.*

C'est l'argument-massue de tous les tentateurs, de tous les corrupteurs. Ils s'ingénient à parfaire leurs démonstrations de raisonnements alambiqués, toujours admirablement construits et apparemment inductifs, mais spécieux et foncièrement captieux.

– *Vive la liberté !*

C'est le cri de ralliement. Mais il faut traduire ce cri, par : « À bas les contraintes, Mort à toute hiérarchie, Plus d'astreinte, L'anarchie au pouvoir »... C'est cette volonté biologiquement contraire au génie humain... puisque le processus cancéreux en dérive...

– *Rends-moi hommage !*

Il est, certes, surprenant de lire cet ordre après la déclaration de « liberté ». L'« hommage » n'est-il pas le fait du seul vassal envers son suzerain ? C'est à la fois un nouvel exemple de « celui qui dit et contredit » et l'affirmation de la plus authentique paranoïa !

– *Donne-moi ton âme !*

C'est-à-dire : donne-moi ton corps animique, cet ensemble de vibrations qui transportent ton esprit éternel, qui est le support de ton évolution, de ton karma. Car, sans corps animique, tu te dissous dans le néant. Donc, au mieux, tu deviens un élémental ; au pire, tu connais la « seconde mort »...

– *Donne-moi ton sang.*

On sait que le sang est, traditionnellement, le véhicule de l'âme. Ainsi n'est juif que celui dont la filiation maternelle a permis au sang de véhiculer l'hérédité sacrée. Quant aux chrétiens, qu'ils songent à la Consécration : « Ceci est mon corps... Ceci est mon sang. » On comprend, dès lors, pourquoi se déchaînent actuellement toutes ces guerres, ces révolutions, ces meurtres, voire ces accidents de la route ou ces catastrophes dites « naturelles » ! Que de flots de sang versés ainsi...

– *Nie-moi !*

Je n'ai pas besoin d'insister sur ce dernier point. Regardez donc autour de vous...

Vous pourrez dorénavant reconnaître le prince de ce monde. Satan ? Lucifer ? Belzébuth ?... Disons l'*adversaire*... Un ange déchu ? Pas seulement !... Un *égrégore* !

C'est Pierre qui le dit :

Satan ne peut être une personne, mais un égrégore du mal ayant de la conscience. C'est un centre de désagrégation, un ventre intelligent. C'est pourquoi les hommes disent souvent qu'il existe comme personnalité ; on peut le considérer comme une personnalité ; il peut même en prendre la forme. Plusieurs esprits du mal peuvent revêtir cette forme vis-à-vis des hommes. C'est un égrégore humain. Ce sont les émanations du mental humain qui arrivent à condenser cette force ! Les hommes le créent, il n'a pas de vie concrète. Il n'y a que Dieu qui vit. Satan a une vie éphémère que les hommes pourraient anéantir à l'instant même, si seulement ils voulaient penser dans la pensée de Dieu. Le mal ne durera pas toujours, tandis que Dieu existera éternellement...

Et l'*antéchrist* ? Pierre répond :

L'antéchrist existe et prend possession de certains hommes, de certains peuples qui, de ce fait, deviennent des émanations corrompues et corruptrices. Mais il y a plus d'un antéchrist. Vous avez donc pu le voir dans le passé. Vous le verrez reparaître dans l'avenir. Et vous en avez une formidable représentation dans le moment actuel.

Je rappelle que Pierre communiqua par l'écriture avec sa mère jusqu'au 9 janvier 1937.

L'égrégore, toujours ! Et Pierre nous prévient :

Les dominations et les puissances, auxquelles Paul fit allusion pour vous avertir de leur danger, sont en grande partie filles de vos œuvres mauvaises. Elles sont nées de vous, elles se nourrissent de votre méchanceté, elles luttent contre votre âme pour ne pas perdre le bénéfice que leur apporte votre lâcheté devant le mal ! Vampires des âmes, elles en sucent la vie spirituelle, et renaissent toujours des principes de vie qu'elles vous arrachent. Ces adversaires vous dominent avec puissance, si vous ne vous révoltez pas contre leur emprise. Il nous est bien difficile de vous faire pénétrer, sans une nuisible épouvante, dans cette société terrible, dont les occultistes vous entretiennent à tort, car ils devraient vous dire, en même temps, que rien ne vous empêche de détruire ces effluences morbides.

Nous reviendrons plus loin sur ces possibilités de « contrer » l'adversaire et de s'opposer à ses desseins. Pour l'instant, nous allons nous intéresser au problème de la « seconde mort ».

LA SECONDE MORT

Ce terme peut revêtir deux significations opposées.

Je commence par rester dans le contexte de ce chapitre en envisageant cette seconde mort comme l'anéantissement définitif de tout ce qui a pu faire l'unité apparente du trépassé lors de sa vie terrestre. Je poursuis et termine avec la seconde mort des alchimistes et des mystiques, totalement différente.

LA SECONDE MORT DES RELIGIONS

C'est en effet celle qui est enseignée dans le cadre d'un enseignement « global » de sujets qui ont, en commun, des aspirations religieuses identiques. D'où le qualificatif que j'ai employé dans le titre.

– Le premier peuple à craindre cette seconde mort est l'Égyptien des ères pharaoniques.

Nous avons vu que, dans leur conception, le corps humain est animé par un *Kâ* identique à notre corps animique, alors que l'esprit, le *Bâ*, est représenté par un oiseau à tête humaine. C'est lui qui doit, seul, effectuer le voyage *post-mortem*, alors que des rites magiques et des amulettes sacrées « forcent » le Kâ à demeurer dans un corps préservé de toute corruption par la momification.

Si donc,

– soit le Bâ s'égare dans les marécages ou dans les labyrinthes, est capturé par les singes porteurs de filets, ou dévoré, ou brûlé,

– soit le Kâ se disperse, mal contenu par un rituel déficient,

– soit le corps momifié se corrompt ou disparaît de quelque façon que ce soit,

le mort ne peut plus être « réuni » comme Osiris le fut par Isis. La réincarnation ni la déification ne peuvent donc s'effectuer. Et la seconde mort survient, par dispersion et dissolution finale de toutes les particules physiques ou énergétiques qui firent son unité vivante.

Ce phénomène est totalement inconnu chez les bouddhistes.

La *Bhagavad-Gîta* [44] dit en effet : « A l'instant de la mort, l'âme revêt un corps nouveau, l'ancien devenu inutile, de même qu'on se défait de vêtements usés pour en revêtir des neufs » (II, 22). Et « ce sont les pensées, les souvenirs de l'être à l'instant de quitter le corps qui déterminent sa condition future » (VIII, 6).

Bien sûr, en vertu de la loi de réincarnation, le mort peut parfaitement se réincarner dans une toute autre espèce que celle qu'il vient de quitter. Tout est fonction du karma. Mais il ne risque pas la seconde mort.

Disons immédiatement que nos messagers ne parlent pas de réincarnation. Lorsque Mme Monnier interroge son fils à ce propos, Pierre se montre réservé : « Oui, la réincarnation existe, mais il nous est impossible d'expliquer son système. » Il ajoute cependant : « Contente-toi de savoir que notre trio n'est pas appelé à disparaître… Quand nous nous retrouverons ici, ce sera bien ton Pierre qui tombera dans tes bras. Ne cherche pas à comprendre. Crois ! »

Il déclare, une autre fois, qu'il s'agit là d'un moyen exceptionnel d'évolution : « C'est en général par humilité, par repentir, par pénitence que l'âme demande à recommencer l'œuvre charnelle, afin de prouver son désir sincère de progrès et sa douleur d'avoir été jugée indigne… » Et encore une fois : « Je t'ai déjà dit que vous ne sauriez comprendre la réincarnation, c'est une obligation exceptionnelle. Notre tendresse est un lien indissoluble, et voilà ce qui dément la réincarnation obligatoire. »

« Le seul texte sacré où ce terme de seconde mort existe, tant dans l'Ancien que dans le Nouveau Testament, est, à ma connaissance, l'Apocalypse [52]. Au chapitre XX, les versets 4, 5 et 6 disent :

> Puis je vis des trônes sur lesquels ils s'assirent, et on leur remit le jugement ; et aussi les âmes de ceux qui furent décapités pour le témoignage de Jésus et la Parole de Dieu, et tous ceux qui refusèrent d'adorer la Bête et son image, de se faire marquer sur le front ou sur la main ; ils reprirent vie et régnèrent avec le Christ mille années. Les autres morts ne purent reprendre vie avant l'achèvement des mille années. C'est la première résurrection. Heureux et saint celui qui participe à la première résurrection ! La seconde mort n'a pas pouvoir sur eux, mais ils seront prêtres de Dieu et du Christ, avec qui ils régneront mille années.

Deux courants se manifestent alors :

– le premier suit la traduction littérale qui voit les premiers martyrs « participer à la première résurrection ». Ils attendent donc le Christ, une nouvelle fois, pour un règne heureux de mille ans... avant le second combat eschatologique où Satan, de nouveau libéré, reprendra l'avantage avant d'être définitivement vaincu et anéanti ;

– le second se veut plus historique. La première résurrection représente le renouveau de l'Église triomphante après la persécution romaine. Nous serions donc à la veille d'un conflit avec les nations païennes, qui nous envahiraient et seraient bien près de triompher, avant d'être définitivement vaincues à leur tour. Ces exégètes se rapprochent fort des prophéties de Nostradamus.

Nous ne sommes guère avancés en ce qui concerne notre seconde mort.

De toute façon, dans la tradition judéo-chrétienne, le problème ne se pose pas : l'homme vit, meurt et est jugé en fonction de ce que fut son existence. Et la sentence est immédiatement exécutoire. Mais on ne parle pas d'« anéantissement » :

Dans le livre de la Sagesse, il est écrit :

> Les âmes des justes sont dans la main de Dieu et nul tourment ne les atteindra. Aux yeux des insensés ils ont paru mourir, leur départ a été tenu pour un malheur et leur voyage loin de nous pour un anéantissement, mais eux sont en paix. S'ils ont, aux yeux des hommes, subi des châtiments, leur espérance était pleine d'immortalité (III, 1-4.) Mais les impies auront un châtiment conforme à leurs pensées (III, 10). Et quand s'établira le compte de leurs péchés, ils viendront pleins d'effroi ; et leurs forfaits les accuseront en face (IV, 20). Oui, l'espoir de l'impie est comme la balle emportée par le vent, comme l'écume légère chassée par la tempête ; il se dissipe comme la fumée au vent, il passe comme le souvenir de l'homme d'un jour (V, 14).

Dans la deuxième épître aux Corinthiens, saint Paul affirme :

> Car il faut que tous nous soyons mis à découvert devant le tribunal du Christ, pour que chacun recouvre ce qu'il aura fait pendant qu'il était dans son corps, soit en bien, soit en mal. (V, 10).

Aucune équivoque n'est possible. Le trépassé est récompensé ou bien puni. Mais, en aucun cas, il n'est anéanti.

– En revanche, il semble bien que ce soit le cas des musulmans, si l'on en croit la sourate qui décrit le sort des chamelles d'Allah : « Leur seigneur les maudit pour leur péché et les anéantit sans craindre la suite de leur disparition. » (XCI, 15-51). « Anéantissement » est bien noté.

– Je crois personnellement à une possibilité restreinte de seconde mort. Mon côté scientifique me la définit comme un amortissement progressif des vibrations déjà faibles d'un corps animique. Mais, je le répète, il doit s'agir de cas exceptionnels,

– soit d'êtres incultes et de spiritualité quasi inexistante ; il ne faut pourtant pas oublier que l'animal n'est pas anéanti, mais participe à une évolution spécifique ;

– soit, plus volontiers, d'êtres dotés d'un caractère nihiliste, négatif ou désespérément destructeur.

Ils pourraient rejoindre, en quelque sorte, le monde des élémentaux.

La seconde mort des alchimistes et des mystiques

C'est la « mort initiatique » de l'alchimiste qui réalise, en lui et par lui, son Grand Œuvre.

C'est la « mort du vieil homme » que le mystique réalise lorsqu'il se sait le grand héritier de l'amour divin.

Vaincre la seconde mort n'est pas qu'un ouvrage très étrange de Jacques Breyer [8], c'est également le but ultime de tout initié qui, ayant d'abord subi l'obligatoire descente dans la matière intime pour mieux la connaître et pouvoir la dominer, doit « renaître » spirituellement en sublimant cette matière, par progressions successives dans ses trois plans de conscience... jusqu'à l'obtention de ce que Roland de Jouvenel appelle l'« ultra-conscience », qui donne aux élus des pouvoirs apparemment surnaturels puisque, dit-il, « l'éveil de cette conscience supérieure peut communiquer avec le monde du royaume ultime. C'est sous cette forme qu'il convient d'en parler... Les êtres qui vivent au niveau de l'ultra-conscience ont des émergences qui se répercutent sur le plan concret. Leurs esprits influent sur la matière d'une façon parfois si éclatante que l'on pourrait dire qu'ils ont une sorte de pouvoir hypnotique sur la marche des événements. » Nous retrouverons tout cela dans notre prochain chapitre concernant le septième royaume, supérieur.

LA RÉDEMPTION DES DAMNÉS

Nous venons de voir, dans l'Apocalypse [52] que Satan doit être très prochainement libéré (s'il ne l'est déjà !) puis définitivement vaincu. En effet, au chapitre XX, on peut lire : « Les mille ans écoulés, Satan, relâché de sa prison, s'en ira séduire les nations des quatre coins de la terre, Gog et Magog, et les rassembler pour la guerre, aussi nombreux que le sable de la mer ; ils montèrent sur toute l'étendue du pays, puis ils investirent le camp des saints, la Cité bien-aimée. Mais un feu descendit du ciel et les dévora. Alors, le diable, leur séducteur, fut jeté dans l'étang de feu et de soufre, y rejoignant la Bête et le faux prophète, et leur supplice durera jour et nuit, pour les siècles des siècles. » (XX, 7-10).

Tous nos messagers confirment non seulement la victoire finale du bien sur le mal, mais ils vont encore plus loin, nous prévenant que, même maintenant, nous pouvons agir efficacement en faveur des damnés.

Ce sera mon plan.

LA VICTOIRE FINALE DU BIEN SUR LE MAL

Il ne faut pas croire que notre vie se déroule sous le regard indifférent des royaumes invisibles. Forces du bien et forces du mal se livrent en nous des combats acharnés et des assauts incessants. Paqui le déclare :

> Toutes les pensées, bonnes ou mauvaises, forment des ondes qui s'en vont dans l'espace. Selon leur nature, elles se rejoignent, s'assemblent et constituent des légions qui se heurtent les unes contre les autres. Comme dans toutes les batailles, l'issue de la rencontre dépend du plus fort. Si l'élément mauvais triomphe de l'élément bon, c'est tout le mal qui retombe sur la terre. Au contraire, si c'est la force bienfaisante, le bonheur, la paix descendent sur les hommes.
>
> Les sentiments de jalousie, de vengeance, d'orgueil, à plus forte raison de haine, créent des tourbillons qui expliquent ce qui se passe en ce moment sur terre… Peuplez de pensées pures, de

rayons charitables, les champs de bataille spirituels des troupes ailées.
Pierre confirme :

Les batailles formidables dont vous êtes témoins ne sont qu'une répercussion de celles qui se livrent entre les esprits. Je n'entends pas exclusivement les esprits des sphères extra-terrestres, je parle aussi des esprits qui vivent dans la chair humaine... les forces rivales et ennemies de l'Amour, qui ont provoqué la bataille, s'organisent et se comptent. Ces forces émanent de régions invisibles aussi bien que des régions terrestres. Les unes et les autres se dressent dans les deux camps. Chère maman, la victoire doit appartenir aux armées du Christ ! [...]

Nous nous efforçons d'influer sur la destinée de la terre, mais nous soutenons une lutte tragique contre les esprits mauvais qui sont dans les régions spirituelles, car vous leur avez abandonné vos armes. Ils sont vos maîtres incontestés. Ils vous conduisent, troupeau indiscipliné mais contraint à l'obéissance, dans ces vallées voluptueuses et perfides, dont le terme est la seconde mort.

Mais, dans un message adressé à Jean Prieur [38], il précise et prédit :

Il n'y a que Dieu qui vit et peut créer. Il n'y a que Dieu qui vit. Satan a une vie éphémère que les hommes pourraient anéantir à l'instant même, si seulement ils voulaient penser dans la pensée de Dieu. Le mal ne durera pas toujours, tandis que Dieu existera éternellement. Le mal, cette contrepartie de la lumière, perd de sa force au fur et à mesure que les humanités avancent vers leurs intégration en Dieu. Un monde qui arrive à cette fusion d'unité avec le divin ne connaît plus le mal, ni la présence de cet être qui en fut le symbole. Tout cela se dissout, n'a plus de prise, n'a plus de vie.

Qu'il en soit ainsi !...

Nous pouvons agir dès maintenant en faveur des damnés

Paqui nous relatait sa vision des âmes des damnés qui, par leur aveuglement dans les ténèbres infernales de ce sixième royaume, ne peuvent apercevoir « la lumière que les anges essaient cependant de leur adresser pour qu'elles s'y accrochent ». Car même les damnés ne sont pas abandonnés. Bien sûr, le Christ lui-même en a donné l'exemple. Dans sa première épître, saint Pierre révèle :

> C'est en lui qu'Il [le Christ] s'en alla même prêcher aux esprits en prison, à ceux qui, jadis, avaient refusé de croire lorsque se prolongeait la patience de Dieu, aux jours où Noé construisait l'Arche, dans laquelle un petit nombre, en tout huit personnes, furent sauvées à travers l'eau (III, 19-20).

Pierre n'omet pas de mentionner ce fait :

> Lorsque Pierre, l'apôtre, vous parle de la mission de son maître spirituel au séjour des morts, ce n'est pas un mythe, comme le prétendent certains théologiens – prétention gratuite qui trouble la foi. C'est la vision glorieuse de la miséricorde de Dieu envers les pêcheurs. [...]
>
> Comme Jésus dépouillé de la chair, nous allons, nous aussi, ses missionnaires célestes, vers nos frères désolés ou coupables, et nous leur apprenons l'Évangile.

Le jour de la Toussaint, il affirme : « Le salut peut être acquis après la mort. » Et il exprime alors un certain mouvement d'humeur en ajoutant : « Pourquoi l'éducation protestante a-t-elle étouffé une vérité aussi nécessaire, et seule d'accord avec la justice de Dieu ? »

Pourtant, il y croit, lui, à la seconde mort, à l'anéantissement. Il le dit et y insiste :

> L'âme coupable se trouvera dans une atmosphère qui lui rendra la vie impossible. L'obscurité l'enveloppera de plus en plus et, comme rien dans la création ne demeure stationnaire, n'ayant pas avancé, elle rétrogradera, et tombera dans le néant. Le feu auquel Jésus fit allusion est l'élément qui détruit ! Craignez celui qui détruit l'âme et le corps, dit le Christ, faisant allusion à la désintégration de l'âme, qu'il comparait à celle du corps charnel après la mort. Dans cet anéantissement réside toute la justice de Dieu.
>
> Mais, ajoute-t-il dans plusieurs messages, l'Amour est toujours plus fort que la mort... et les ténèbres sont réservés à ceux *qui ne veulent pas aimer*... uniquement à ceux-là... Il faut prier pour leur permettre d'être enfin éclairés et alors sauvés.

Une certaine rédemption est toujours possible. Dans l'ouvrage capital de Jean Prieur, *Les Témoins de l'Invisible* [38], il est question d'un être spirituel ayant vécu au pays de Galles, Bertha, qui correspond avec une certaine miss Alice Mortley. Or cette Bertha déclare : « Il existe au-dessous de votre niveau humain des sphères où l'on est parfois totalement inconscient de la présence divine. Chaque fois que vous remportez une victoire dans le monde matériel, vous améliorez les conditions d'existence de ceux dont le niveau est inférieur au vôtre. Je le répète : chaque conquête individuelle est une victoire pour la race entière. »

Ce message est important. Il rejoint l'enseignement que Madeleine Weill reçut qui lui enjoignait de bien vite effectuer une action bienfaisante dès qu'elle pouvait constater un méfait dans son entourage, afin d'effacer immédiatement cette manifestation négative par une contre-action positive : les égrégores bienfaisants pouvaient ainsi bénéficier d'un appui nouveau. Tout effort spirituel positif concourt au mieux-être de toute communauté [48].

En somme, même à l'ultime moment, on peut intercéder en faveur de quiconque pour l'amener à un peu plus d'amour... et le faire ainsi évoluer... même des plans les plus bas. Rien n'est jamais perdu. Le « Retirez-vous, maudits ! Allez au feu éternel ! » peut n'être pas exécutoire, par le biais de prières, d'effluves bénéfiques, de « vibrations d'amour » qui peuvent engendrer une réaction positive... même dans l'âme la plus sèche et dans le corps animique le plus inerte.

CONCLUSION

Ce sixième royaume est celui de la chute ultime par non-amour. C'est celui de la seconde mort, de celle où s'amortissent progressivement toutes les vibrations animiques, et où se dissout l'esprit dans un *égrégore maléfique.*

Celui-ci préexiste à l'homme puisque :

– comme l'enseigne la Genèse, l'arbre de la science est une entité provenant du second royaume et le serpent, du troisième ;

– comme l'enseigne notre tradition judéo-chrétienne, la révolte luciférienne préfigure la crédulité adamique et tout ce qui en a découlé.

Mais, depuis, cet égrégore est nourri, entretenu par tout ce qui, dans le cœur et l'esprit humains, répond aux exigences de la *trinité satanique : ignorance-égoïsme-orgueil.*

Cet égrégore, de quelque nom qu'on le désigne, est conscient, intelligent mais collectif, même s'il peut sembler autonome au point de paraître se « concentrer » dans une personnalité. C'est par le biais de cette constitution polyvalente que nous pouvons – et que nous devons – l'affaiblir et en limiter l'emprise sur nos pauvres royaumes visibles. Pour ce faire, nous pouvons utiliser trois procédés principaux :

– la prière, dont le pouvoir transcendantal bien connu s'explique en partie par les vibrations transmises aux sphères supérieures pour exalter la puissance des « forces du bien ». D'où l'intérêt des prières en commun et de l'utilité des « chaînes » lorsqu'on désire une accentuation vibratoire par syntonisation ;

– les pensées et actions individuelles répétées, altruistes, positives, bienfaisantes, bénéfiques, afin de contrebalancer la puissance diabolique par l'élaboration patiente et progressive d'un égrégore d'amour de plus en plus confirmé et souverain ;

– la dénonciation de toutes les ruses, embûches et tentations « rhinencéphaliques » du Malin, par une meilleure connaissance de son caractère mouvant et contradictoire. C'est, ne l'oublions pas, celui qui médit, dit et se contredit.

Ne nous leurrons pas, la lutte est dure. Bien que se sachant perdu à la longue, cet égrégore pervers et maléfique mène un combat d'autant plus âpre que désespéré : dans sa haine, il veut nous entraîner avec lui dans son anéantissement ultime. Il espère en une « seconde mort universelle ». L'arsenal atomique terrestre est fichtrement bien tentant !

Il nous faut donc livrer un combat permanent. Mais qu'il faut mener le plus précocement et le plus ardemment possible. Même si nous ne progressons qu'à très petits pas...

CHAPITRE 3

LE SEPTIÈME ROYAUME, SUPÉRIEUR

Quel que soit le nom qu'on lui donne : Paradis, Walhalla, Samhadi, Souarga..., ce septième royaume, supérieur, est celui auquel nous aspirons tous, dans lequel nous avons d'ailleurs pensé commencer à vivre à certains moments de notre existence, et où je souhaite nous retrouver réunis un jour. Ses limites sont en effet imprécises puisque, à la fois, il peut être en nous et être très loin de nous. Dans ce royaume, le corps animique épuise ses composantes encore matérielles, pour conserver et sublimer les seules qualités de son « essence ». L'esprit peut alors y manifester sa puissance, sa pureté et son absoluité.

Nous n'avons pas la fortune du bon larron qui se repentit sur la croix : sa montée fut merveilleusement rapide puisque Jésus lui promit : « En vérité, je te le dis, aujourd'hui tu seras avec moi dans le Paradis » (saint Luc, XXIII, 43). Nos témoins de l'invisible nous invitent à penser que notre évolution sera certainement plus longue : elle dépend en effet de plusieurs facteurs, qu'ils nous enseignent, tout en continuant à évoluer eux-mêmes en suivant d'autres enseignements. Plus ils s'élèvent, plus leur mission terrestre diminue, au bénéfice d'une progression spirituelle encore plus intense. Il en sera de même pour nous.

Ce troisième chapitre nous invite à reconnaître le début de cette voie triomphale, éclairés par ceux qui nous y ont précédés et qui nous guident. Je scinde leurs messages en cinq groupes, qui formeront les cinq parties de ce chapitre :

– la première partie concerne la *conservation des qualités de notre esprit* dans ce royaume ultime. Liens affectifs, acquis spirituels et mémoire continuent à exercer leurs fonctions, sans faille ni hiatus. Seul le temps et les motivations diffèrent ;

– la deuxième partie nous décrit la *nouvelle condition « physique »* qui y règne. Nous nous rendons compte que l'amortissement puis la disparition de nos vibrations animiques induisent des apparences distinctes ;

– la troisième partie dévoile la *mission des élus*, qui est d'aider et d'enseigner les terrestres que nous sommes ;

– la quatrième partie se rapporte à l'*enseignement spécifique donné aux élus*. Ils progressent et évoluent encore à ce prix ;

– la cinquième partie intéresse les *premiers paliers de l'évolution des élus*, tels que nos messagers nous les décrivent. Nous y retrouvons, bien sûr, le pouvoir rédempteur de la souffrance et celui de la repentance. Mais aussi et surtout la puissance infinie et sublime de l'amour.

Une conclusion termine ce chapitre. J'y tente une synthèse personnelle de tout cet enseignement.

CONSERVATION DES QUALITÉS DE NOTRE ESPRIT

Une assez longue lettre de Pierre nous donne toutes les précisions, que les autres messagers confirmeront. La voici, datée du 25 septembre 1919 :

> Petite maman, bonjour ! Bonjour, petite maman !... Mais oui, comme autrefois, ton grand garçon te dit : « Bonjour ! » Réalisez donc que la mort n'amène point un changement tel que le passé terrestre soit complètement aboli. S'il en était ainsi, nous n'aurions par la *résurrection*, mais exclusivement une « nouvelle naissance ». Ressusciter veut dire *faire revivre ce qui a été*. Voilà ce que l'amour parfait est venu annoncer à la terre douloureuse : « Vous ne mourrez pas ! Votre être spirituel subsiste au-delà du tombeau. » La mort est une *nouvelle naissance* dans le sens suivant : l'âme qui habitait le corps charnel habite dorénavant le corps spirituel ; c'est bien une nouvelle naissance. Toutefois, ce terme très exact vous induit en erreur si vous concluez à la nouvelle naissance de l'*âme* ; celle-ci *ressuscite* ; ce n'est pas la même chose.
>
> L'âme ressuscitée demeure elle-même, responsable devant Dieu de toute son œuvre terrestre. C'est pourquoi elle comparaît devant le regard absolument pur et pénétrant du Christ. C'est pourquoi elle subira le jugement de l'humanité qui souffre par elle dans la solidarité voulue de Dieu.

L'âme traverse les évolutions qui la conduisent à Dieu *sans perdre aucune parcelle de son individualité spirituelle* [c'est moi qui souligne ici]. Ce n'est pas une âme amoindrie de son passé, qui sort du tombeau où les frères ont couché sa dépouille, son enveloppe. L'âme *ressuscite*. Elle est elle-même, avec ses taches, ses fautes, ses ombres mais aussi avec sa lumière, le bien accompli, les victoires remportées ; elle est elle-même avec ses haines et ses rancunes, hélas ! mais avec ses tendresses, sa fidélité, ses pardons ! L'âme ressuscite ! Donc elle n'est changée que pour de nouveaux efforts vers la perfection, qui lui sont facilités par les conditions de sa nouvelle naissance dans l'esprit. Oh non ! l'âme n'est pas *une autre*, chère maman.

Dans ces conditions, vous comprendrez que la barrière qui nous sépare est subjective. Je veux dire que c'est uniquement les impedimenta de vos sens matériels qui la produisent. En réalité, *rien* ne nous sépare, et ton Pierrot peut te dire : « Bonjour, maman chérie ! » aussi facilement qu'autrefois.

Je te dis tout cela, chère aimée, dont le cœur désolé réclame la présence de ton « petit », pour que tu le saches bien *tout près de toi* ! Tu es aveugle, dearest ! Mais c'est une infirmité qui n'a jamais empêché la proximité fidèle et d'autant plus tendre de ceux qui vous aiment !

Notre âme habite un corps nouvellement né, qui lui permet une liberté d'action et un envol spirituel supérieur, ce dont nous ressentons un bonheur insoupçonné. Il nous fait éprouver plus encore le désir de porter secours aux frères demeurés dans les liens de la chair ; et d'autant mieux que *le souvenir demeure présent à notre âme* [c'est encore moi qui souligne] ressuscitée mais non pas autre.

Que cette certitude vous soutienne et vous console ! Toutefois, vous devez y trouver aussi toute la gravité de votre responsabilité : ce que vous semez, vous ne l'abandonnerez pas dans le tombeau avec votre corps mortel. Ce que vous semez fait partie de votre âme et *ressuscitera*... ce qui signifie : « se perpétuera » avec elle.

Semez de l'« esprit ».

Ton petit Pierre.

Tout y est dit ! Et nous allons reprendre ensemble certaines parties de cette lettre pour, soit laisser Pierre encore mieux préciser sa pensée, soit laisser d'autres témoins de l'invisible confirmer ses propos.

Nous commencerons par la mémoire, la constance de leurs sentiments, la conservation de toutes leurs acquisitions psychiques et, enfin, les transformations « temporelles » de leur nouvel univers.

« Le passé terrestre n'est pas aboli » et « Le souvenir demeure présent à notre âme » montrent bien que la mémoire est parfaitement conservée après le passage. Une autre lettre de Pierre le confirme, dont j'extrais les passages suivants :

> Les dates ne passent pas inaperçues pour nous, aussi longtemps qu'une pensée tendre nous évoque, sur la terre, plus spécialement un jour qu'un autre. La division du temps n'existe plus dans les sphères où Dieu nous a rappelés, mais le souvenir fidèle reste rempli de l'acuité visuelle des sens spirituels et, mieux que sur la terre, nous *éprouvons* ce souvenir. Je veux dire que ce n'est pas seulement une impression qui nous ramène au passé devenu pour nous l'équivalent du présent éternel, mais bien réellement le « revivre », puisque la vie de la pensée est maintenant notre vie [...]
>
> Souvenez-vous que la vie de la pensée a pris pour nous une forme objective. Nous avons donc la possibilité de nous reporter au passé, bien plus parfaitement que sur Terre ; de sorte que les impulsions données à notre conscience spirituelle par tel ou tel événement (même fugitif), qui mit en nous son empreinte, se rappelle à notre souvenir psychique, non plus semblable à un pâle fantôme ainsi qu'il arrive sur Terre, mais extériorisé et *vivant*... C'est par cette prolongation, infinie dans un sens et dans l'autre, d'un hier se fondant en un aujourd'hui qui est déjà demain, que se manifestent la possibilité du repentir, la décision de l'amendement, la réalisation du pardon... me comprends-tu ? Sans cette distinction dans l'unité du temps, l'évolution de l'âme serait irréalisable.

Mais il ajoute, néanmoins : « Je me souviens *avec* toi, car, sans toi, je ne me rappelle pas une date ou un anniversaire. Mais avec toi, en accordant ma pensée à la tienne, je me souviens. »

Cette remarque est importante. Elle distingue le souvenir émotionnel qui se rattache à un événement du souvenir patent d'un fait, d'un acte :

– le souvenir émotionnel, plus labile, n'est obtenu que par résonance des fréquences mentales trépassé – vivant, le temps différent, comme le signale déjà Pierre – et comme nous le verrons ultérieurement –, ne permettant plus de « jalonner » cet événement ;

– en revanche, le souvenir patent d'un fait ou d'un acte, puisque créateur d'un nouveau maillon de la chaîne karmique, reste intact, et même supérieur à celui de la terre puisqu'il permet de réobjectiver les scènes vécues, de les faire revivre, afin de pouvoir en tirer toute leçon susceptible d'induire réparation, ou décision de toute autre nature visant à en transformer les conséquences.

LA CONSTANCE DES SENTIMENTS

Tous les messages en sont une preuve évidente. On la retrouve, bien sûr, dans la longue lettre de Pierre transcrite ci-dessus, où il emploie, entre autres, les mêmes petits mots d'affection qu'autrefois, ici le *dearest* anglais. Cependant, c'est Roland qui avoue la peine qu'il ressent de la séparation maternelle : « Il ne faut pas croire, déclare-t-il, que vous soyez seuls à souffrir de la séparation. Elle nous est également une privation, une peine qui n'est pas du même ordre, mais qui existe. Tu me manques beaucoup. Il ne faut pas croire que nous soyons sans tourment. Ma présence te manque, ta présence me manque. »

Paqui avoue vibrer également au chagrin de sa mère. Elle dit : « La seule chose qui puisse ternir ma félicité, c'est de savoir que tu souffres. Et si tu t'abandonnes trop à la douleur, cela me fera beaucoup souffrir aussi. » Je rappelle que c'est elle qui demandait à ce que l'on ne montre pas de désespoir trop vif au décès d'un jeune homme : ces manifestations intempestives l'« attachaient » encore davantage à la terre en lui faisant regretter son trépas trop cruel.

LA CONSERVATION DE TOUTES LES ACQUISITIONS PSYCHIQUES

J'ai souligné cette conservation dans la longue lettre de Pierre : « L'âme traverse les évolutions qui la conduisent à Dieu sans perdre aucune parcelle de son individualité spirituelle. » Il le redit ailleurs : « L'individualité est respectée éternellement. L'acquis d'un esprit est définitif. » Albert Pauchard l'assure aussi : « Rien n'est perdu de ce qui a été acquis en bas. » Et Roland le confirme avec concision mais détermination : « Tout l'acquis sert ici. »

Cette conservation des acquisitions psychiques pousse les témoins de l'invisible à nous engager à « engrammer » tant que nous le pouvons sur cette terre. Pierre l'exprime poétiquement :

> La vie qui suit la mort du corps est comme un champ où nous cueillons les fleurs que nous avons semées sur la Terre. Nous n'y plantons point de fleurs *nouvelles* (réfléchissez bien à cela !). Ce sont toutes celles que firent naître nos semailles durant notre vie terrestre qui composent notre jardin céleste… Voilà pourquoi ces semailles sont si importantes. Au ciel, nous cultivons, nous arrosons les belles fleurs que le Soleil divin fait croître. Mais nous détrui-

sons, en les arrachant patiemment, les herbes folles qui les étouffent. C'est donc bien sur Terre, uniquement sur Terre, que nous préparons la moisson éternelle.

Travaillons donc à ensemmencer ici-bas, en nous souvenant que « le souvenir, la fidélité et l'amour sont les fruits de la vie spirituelle » (Pierre).

La transformation du temps

Dans la lettre dont j'ai extrait le passage consacré à la mémoire, Pierre déclare : « La division du temps n'existe plus dans les sphères où Dieu nous a rappelés. » Il le redit : « Nous n'avons plus la sensation du "temps qui passe". Nous faisons partie de "l'éternel qui demeure". Tout ceci reste difficilement concevable pour vos possibilités spirituelles. » Alors, il explique :

> Le passé, le présent et l'avenir sont placés pour nous sur un plan très différent de l'échelle terrestre. Cependant, je ne veux pas prétendre à l'annulation absolue du temps, bien qu'en ce qui nous concerne il n'existe plus. Ceci semble un paradoxe, et je m'explique : il n'y a plus de division infranchissable entre le passé, le présent et l'avenir, puisque nous avons la possibilité de passer sans transition d'une période à une autre. Toutefois, pour nos âmes (restées humaines, ne l'oublie pas), le passé terrestre existe, le présent transitoire existe, et l'avenir glorieux vers lequel nous évoluons existe. Il existe même avec une inconnue, puisque Dieu ne nous est pas encore intégralement révélé.

Nous reprendrons cette dernière phrase plus loin.

Pour en finir avec cette transformation du temps, il est relativement simple de nous la représenter : c'est un peu comme dans nos rêves où les séquences ne présentent plus obligatoirement l'ordre chronologique (ni spatial) habituel : le pré-frontal manque !

Mais il existe tant d'autres structures plus extraordinaires pour le compenser !

LA NOUVELLE CONDITION PHYSIQUE DES ÉLUS

La transformation du temps revêt ici un aspect des plus sympathiques : quel qu'ait pu être leur âge au moment fatal, ils se retrouvent toujours à celui qui leur permet d'être le plus efficace et dynamique. L'enfant comme le vieillard apparaîtra sous les traits de l'adulte jeune qu'il aurait pu être ou qu'il a été.

Quant à leur état, il dépend de leur degré d'évolution. Puisque le corps animique doit dissoudre progressivement tout son composant matériel, ses vibrations spirituelles seront d'autant plus élevées que le sera le degré de l'élu. Ils sont d'abord « double » animique fidèle ; puis vibrations, pensées ou sentiments ; puis lumière, avant de s'affiner encore pour des sphères encore plus sublimes... mais dont nous ne savons rien, puisque nul esprit n'en descend plus vers les pauvres humains vivants que nous sommes.

Reprenons donc la progression dans l'ordre logique que je viens d'indiquer.

Double animique fidèle

Cette première « présentation » est la simple « translation » du corps animique dans l'au-delà. Mais la nouvelle définition du temps permet aux élus de demeurer en un impérissable printemps. Pierre le dit : « Tous jeunes, car les vieillards ont acquis la jeunesse en laissant tomber le vêtement usé de leur chair. Tous prêts à l'action, car les petits enfants ont atteint l'adolescence de l'esprit, bien que certains conservent encore l'aspect de l'enfance. »

Albert Pauchard explique que chaque élu se trouve sous l'aspect qu'il souhaite avoir : « Souvent, dit-il à sa sœur, quand le passage a été comme une réelle délivrance, l'individu se sent soulagé et passe par une véritable renaissance. Il se sent, il paraît, pour tous ceux qui le voient, rajeuni de dix, vingt, trente ans. » Et lui se revoit en uniforme, donc au temps de toute sa « verdeur », tant physique que psycho-émotionnelle ! C'est également ce que laissent entendre Anne et Daniel Meurois-Givaudan, lors de leurs « excursions » psychédéliques [29].

Mais ceci n'a qu'un temps. Avec l'évolution, l'état s'épure.

L'état vibratoire

« Nous ne sommes plus que vibrations », dit Paqui. Et elle explique : « Nos corps n'existant plus, nous n'avons plus besoin de mots pour nous exprimer. Nous sentons, nous voyons tout par fluides, par rayonnements, par vibrations. »

Pierre, qui est déjà plus évolué, le confirme, mais d'une toute autre façon : « Tu seras surprise de savoir que nous percevons le bruit du canon et les voix humaines, tous les sons divers qui entourent la terre. Tu oublies que ce sont là des vibrations et que nous ressentons les vibrations mieux encore qu'autrefois. Nous ne pouvons pas dire que nous entendons, car les sens en réalité n'existent pas pour nous. Mais nous avons conscience de ces vibrations, et nous associons cette impression avec les bruits venus de l'humanité, ce qui équivaut à les entendre. »

Ils ne possèdent pas, en effet, de récepteurs : ni rétine pour la vision, ni organe de Corti pour l'audition, ni cortex de réception... Leur connaissance s'effectue par les résonances vibratoires, comme je l'ai mentionné plus haut. Cet état vibratoire peut même engendrer des phénomènes bien différents selon les sujets et – toujours – leur progression spirituelle. Ainsi Pierre proclame d'une part : « Les morts sont pensées » et, d'autre part : « Nous sommes un hymne au Dieu d'Amour. »

L'ÉTAT DE LUMIÈRE

Cet état est le plus subtil. Du moins pour notre connaissance : n'oublions pas que chaque élu est d'autant moins attiré vers le « bas », que nous représentons, que vers le « haut », que représente la sublimité divine, au fur et à mesure que son propre processus d'élévation spirituelle s'effectue. Ils nous laissent donc dans l'ignorance de leur nouvel état. Le comprendrions-nous, d'ailleurs ? « Les grandes vérités vous seront révélées plus tard, beaucoup plus tard, lorsque vous serez en mesure de les comprendre », nous dit Paqui.

Mais revenons à la radiance que tous nos messagers finissent par décrire. Albert Pauchard le dit : « Chaque être et chaque chose sont ici une lumière. Et non pas une lumière dans les ténèbres qu'elle éclairerait. » Le protestant genevois retrouve le Credo catholique, et en latin de surcroît, avec son *lumen de lumine* ! Paqui s'exclame : « Je suis comme une lumière et je suis éblouie de moi-même. Je ne peux imaginer comment j'ai mérité semblable diadème. Je suis blanche, blanche ! Oh ! mais d'un blanc que tu ne connais pas. » Je pense que ce blanc doit être le même « blanc comme la lumière » par lequel saint Matthieu définit la Transfiguration de Jésus (XVII, 2). Et nous comprenons maintenant la signification de cette radiance, seul procédé qui puisse permettre à

Moïse et à Élie de s'entretenir avec le Christ : leur état vibratoire commun les unit !

Roland jubile : « Si tu pouvais me voir, tu serais ravie ! Je suis dans des irradiations. Des pastilles de toutes couleurs m'encerclent, mille symphonies éclatent autour de moi. Je suis très, très heureux. » Rappelons-nous que, dans l'Apocalypse, les apôtres sont décrits comme des gemmes ruisselant de mille feux et de mille couleurs, formant les douze assises du rempart de la Jérusalem céleste : « La première assise est de jaspe, la deuxième de saphir, la troisième de calcédoine, la quatrième d'émeraude, la cinquième de sardoine, la sixième de cornaline, la septième de chrysolithe, la huitième de béryl, la neuvième de topaze, la dixième de chysoprase, la onzième d'hyacinthe, la douzième d'améthyste » (XXI, 19-20).

Pierre comme toujours, se montre le plus précis. Il dit : « Notre richesse spirituelle est l'huile qui alimente notre lampe. Selon sa qualité, la lumière qui nous révèle sera d'une teinte plus ou moins épurée… Dans la sphère où je me trouve, selon l'avancement qu'ils ont obtenu par leurs efforts persévérants, les esprits sont enveloppés d'un rayonnement bleu ou blanc. Mais, plus nous nous élevons, plus la hauteur de ce rayonnement s'accentue. Et la vision de nos maîtres nous rappelle les paroles d'un apôtre : "Il n'est point de foulon qui puisse blanchir de cette blancheur qui est plus blanche que neige". »

A la Transfiguration, nous pouvons adjoindre, de nouveau, l'Apocalypse, le « fils d'homme […] au milieu des candélabres […] clame comme une trompette » le texte au voyant de Patmos. Et celui-ci le décrit ainsi : « Sa tête, avec ses cheveux blancs, est comme de la laine blanche, comme de la neige. » De surcroît, il se proclame : « Le Premier et le Dernier, le Vivant ; je fus mort, et me voici vivant pour les siècles des siècles » (I, 14 et 17, 18).

Tout se recoupe, n'est-ce-pas ?

Pierre et Roland donnent une même valeur au blanc. Pierre précise : « Le blanc devient de plus en plus pur et lumineux à mesure que l'âme s'élève. » Roland, après avoir spécifié : « Le blanc, contrairement à ce que disent les hommes, est la super-couleur. Il est au-delà des sept teintes qui servent à composer les rayons lumineux », ajoute : « La fête des anges est blanche comme la tombée de la neige ».

Rappelons-nous enfin la parole divine transmise par saint Jean : « Je suis la lumière du monde. Qui me suit ne marchera pas dans les ténèbres, mais aura les lumières de la vie » (VIII, 12).

LA MISSION DES ÉLUS

Pierre explique comment s'effectuent les transmissions entre trépassés et vivants : « Notre procédé est toujours le même : nous influençons directement vos cerveaux par l'intermédiaire de votre esprit qui, lui, communique directement avec nous. Le cerveau est un instrument : il rend le son qui lui est propre. Le *la* d'un piano n'a pas la "même voix", puis-je dire, que le *la* d'un violoncelle ou d'un violon. Cependant il émet la même quantité de vibrations : par conséquent, il "prononce le même mot". La pensée dont nous transmettons le sens aura la même signification, mais, suivant l'accord de l'instrument atteint par l'impulsion donnée, le mot se traduira dans l'une ou l'autre langue humaine. » Il s'agit bien de phénomènes de résonance et d'interférences vibratoires entre corps animiques.

Et Pierre, dans d'autres lettres, précise que « c'est bien avec la subconscience la plus évoluée, celle de l'esprit, qu'il lui est possible d'entrer en contact » avec sa mère. Ces contacts font partie de la « mission » des élus. Venir aider les vivants est leur première tâche. Leur enseigner l'amour est la seconde. Je conserve cet ordre dans le passage suivant.

L'aide aux vivants

Pierre dévoile :

Les maîtres qui nous transmettent les ordres du Roi de Gloire (nos chefs, pourrions-nous dire, car il s'agit bien là d'une armée), nous recommandent d'« environner les âmes », puisqu'elles n'ont pas notre privilège, de l'atmosphère pleine de tendresse dans laquelle se dilatent, avec tant de joie, nos esprits délivrés. Je veux dire que si nous vous réapprenons les promesses bénies du Parfait-Amour, si nous vous incitons au renoncement et à l'exclusif altruisme, c'est aussi pour vous conduire au bonheur, que vous trouverez uniquement dans cette satisfaction de vos consciences… je dirai plus, de vos âmes qui sauront bien découvrir en cela les raisons secrètes de la vie sur Terre. Cependant notre mission est tout spécialement une mission de consolation et d'amour. Tout esprit libéré, rempli de l'influence spirituelle du Christ, peut retourner dans vos demeures, en vous parlant de la vie du Ciel et de l'amour du Père. Ils y vinrent maintes fois pour rassurer le monde. Les anges, évidemment, eussent pu relever votre courage : Dieu veut davantage ! Dieu veut vous *consoler*... La somme des souffrances humaines fait déborder la coupe d'Amour divin ! Il se répand, généreux et fort, en gestes consolants. *Nous sommes ces gestes* !...

Je suis envoyé par Dieu pour vous porter à tous deux les preuves de la vie et de la tendresse victorieuses. Si je ne venais pas moi-même essuyer vos yeux, fortifier vos cœurs, seriez-vous consolés ? [...]

Nos maîtres nous chargent parfois de donner un avertissement, une consolation prévoyante. Mais, pour cela, il est nécessaire que nous recevions, nous aussi, l'explication de cette mission surérogatoire, puisque nous n'avons pas encore obtenu la vue nette de votre avenir, et que, le plus souvent d'ailleurs, Dieu ne nous permet pas de vous en révéler tout. Pourtant que de fois, chère maman, le Père, plein de tendresse et soucieux de ne pas accabler son enfant, nous commande de vous prévenir d'une épreuve menaçante. Vous ne savez pas vous en rendre compte parce que, pour la plupart, vous n'êtes point préparés aux conversations des sphères spirituelles. Alors vous ressentez une indéfinissable impression d'angoisse et d'inquiétude, qui vous semble incompréhensible et exagérée, mais que l'avenir justifie. Rappelez-vous telle nuit sans sommeil, telle tristesse sans cause apparente, telle tendresse pour l'un des vôtres qui semblait soudain presque douloureuse... autant d'efforts tentés infructueusement pour vous avertir que l'un de vos amis spirituels s'ingéniait à vous faire parvenir, le plus nettement qu'il le pouvait, un avertissement voulu par Dieu. Ne sent-on point là les signes faits devant un sourd-muet ? La main charitable qui guide un aveugle ?... Lorsque vous éprouvez ainsi ce que vous appelez maladroitement un « pressentiment », et que vous vous déclarez incapables de lui donner une explication valable, arrêtez-vous sur le bord de la route qui se déroule sous vos pas, et dites : « Un messager de Dieu me parle ! » [...]

Je voudrais te faire parvenir, dans sa pureté, la lumineuse instruction que je reçois ici : mille difficultés m'en empêchent ! Toutefois, le découragement est une lâcheté inconnue dans nos sphères. Je ne me lasserai pas ! Ces moments de communion sont si doux !... Mais en profiter seulement pour notre tendresse n'est pas leur but : ils sont *voulus* (je ne dis pas seulement *permis*, mais aussi *voulus*) par Dieu, pour le bien de tous. La loi de répercussion des conséquences subséquentes à tout acte, même mental, est une des lois établies par Dieu. Elle agit dans le cas présent comme dans les autres, et elle agit *pour l'éternité*. Je veux dire que tout élan, spirituel ou physique, issu de vous, se perpétue de proche en proche, en trouvant toujours... éternellement, le contre-choc dans d'autres âmes. Rien n'arrête plus sa course qui renaît sans cesse. Nous ne pouvons pas échapper à cette responsabilité, qui est un encouragement ou un châtiment selon notre volonté productrice.

C'est ce que je nomme la « loi des chaînes » ou des « cercles » qui, comme chaque « maillon » ou « onde », voit croître ou diminuer la cause première. Cet enseignement conjugue la loi des « causes-effets » à celle du karma. Il est primordial. Et on comprend que Pierre insiste tellement sur son importance et sur celle de ses effets. Nous y reviendrons dans la conclusion.

Mais tous nos messagers sont unanimes sur la suprématie absolue de l'amour. Comme le dit encore Pierre : « Nous apprenons, dès notre arrivée dans la sphère qui succède à la vie terrestre, que le but de toute évolution est l'amour. » Cet enseignement fait tout particulièrement partie de la mission des élus à notre égard. Nous allons immédiatement nous en rendre compte.

L'enseignement de l'amour

Pierre continue :

La magnifique mission qui nous est confiée, chère maman, c'est d'affirmer l'immortalité de l'Amour. Et ceci contient la réponse à toutes les anxiétés des hommes. Nous venons, prenant la Croix pour drapeau, combattre les erreurs d'un Socin et proclamer la vérité des révélations de l'Apôtre bien-aimé du Parfait-Amour. Nous venons, chère maman, entourer votre chemin du battement de nos ailes spirituelles, remplir le silence de vos cœurs désolés par la mort, en chantant les cantiques de l'amour *plus fort que la Mort*…

Dans une autre missive, il dit :

Le Ciel est une radiation d'Amour et ses habitants spirituels une radiance d'Amour… Quand l'Amour sera réalisé sur terre, sans ombre, sans défaut, sans bornes, ce sera alors la nouvelle Jérusalem, ainsi que l'ange de Dieu a désigné l'Église, corps du Christ Parfait-Amour… Le nom unique vous garantit trois fois l'amour Père, Fils, Esprit… L'égoïsme, c'est l'homme en l'homme. L'Amour, c'est Dieu en l'homme, sous la loi sainte du Christ Parfait-Amour. En vérité, en vérité, l'Amour c'est Dieu… Dieu est Amour et que sommes-nous, sinon les étincelles jaillies de ce brasier qui se consume sans se détruire ? Il n'est pas d'étincelle qui ne se survive.

On retrouve les mêmes expressions chez Paqui : « Paqui voudrait soulever le monde pour l'élever vers le bonheur, la paix, l'amour, car l'amour, c'est Dieu... Soyez les témoins du Parfait-Amour ! »

Roland évoque, lui aussi, ce brasier mystique : « L'amour divin est ce brasier intérieur qui s'allume aux étoiles et réchauffe votre misère. Il est ce qui vous perpétue à travers l'infini. Il est ce feu qui brûle vos mauvaises herbes... Celui qui a aimé de cet amour-là est un privilégié, car il a reçu la graine qui lèvera un jour à la chaleur divine. Les grands mystiques sont pris dans un rayon surnaturel d'adoration. »

Albert Pauchard s'y met à son tour : « L'amour est le fondement même de l'univers et de tout ce qui vit dans l'univers... C'est dans ce sentiment d'amour que nous trouvons tous notre substance vitale. »

Laissons, pour une fois, le dernier mot à Paqui : « Dans nos sphères de lumière, communique-t-elle, nous *travaillons* intensément pour influer sur la destinée de la terre, en vous environnant de nos rayons d'amour. »

Je vous l'avais bien dit : ils sont tous unanimes. La raison en est qu'eux-mêmes reçoivent un enseignement. Nous allons nous y intéresser.

L'ENSEIGNEMENT SPÉCIFIQUE DONNÉ AUX ÉLUS

Pierre nous renseigne :

Dans nos sphères les plus hautes, nous continuons l'étude des secrets divins appliqués aux manifestations créées. Ce n'est pas là une vaine curiosité, qui équivaudrait au sisyphisme le plus puéril ! C'est l'effort justifié et fructueux de l'âme vers la totalité de la connaissance de Dieu... Tu m'as demandé, un jour, qui étaient *nos maîtres* : ce sont des esprits humains, arrivés à un grade supérieur, et qui sont chargés de nous donner la lumière. Ils nous montrent en même temps les erreurs du passé et le but à atteindre pour l'avenir. Ces maîtres changent, car ils appartiennent toujours à la sphère supérieure à celle de leurs élèves. Quand ceux-ci sont arrivés à franchir cette étape, les enseignements viennent une fois de plus de la sphère qui est au-dessus d'eux. Mais, à leur tour, ils peuvent enseigner ceux qu'ils ont laissé derrière eux. Naturellement, certains de nos maîtres franchissent, eux aussi, une étape, et se retrouvent ainsi à même de continuer leur enseignement pour ceux qu'ils éclairaient dans la sphère qu'ils ont quittée, tous ayant franchi une étape à la même période. Tu comprends bien que ceci ne peut pas être mathématique, car tous les esprits n'avancent pas à la même allure. Mais tel est le principe.

En un mot, l'enseignement que nous recevons est absolument gradué par les connaissances auxquelles nous sommes parvenus. De là, aucune confusion : la nourriture est d'accord avec l'âge spirituel de celui qui la reçoit.

Il est donc certain que l'enseignement donné est conforme aux talents et aux aspirations des élus. Du moins dans un premier temps. On s'en rend compte chez Pierre. En effet, ses premiers messages datent d'août 1918, donc avant l'armistice. Le 11 août, il transmet :

Nous avons ici un grand travail, et tu serais confondue si tu pouvais réaliser l'immense activité de notre sphère. Une activité de tout ordre et de tous genres. Dieu nous a confié de grandes missions à remplir auprès de vous, chefs, soldats, civils, femmes !... Mais tu comprendras que chacun a une tâche différente. En ce moment, les hommes aident ceux qui luttent, quelle que soit la lutte : intellectuelle, morale, matérielle. Les femmes consolent, entourent, aiment, sympathisent de toute façon.

Le 24 août, il complète :

Tu veux savoir ce qui m'occupe en ce moment ? La grande bataille, naturellement. Nous y prenons part, et je t'assure qu'elle est aussi terrible dans notre sphère que dans la vôtre. Je suis responsable d'une petite partie de cette lutte ; j'en remercie Dieu. Je ne suis pas seul, oh ! non ! J'ai même près de moi mon cher commandant ; nous sommes si heureux de collaborer dans notre grande tâche. Dieu a été bien bon de nous rappeler ensemble. Nous ne nous sommes pas quittés, et actuellement je suis, comme il y a quatre ans, son adjoint... nous prions ensemble, nous luttons ensemble...

Le 3 septembre, il communique :

La lutte se poursuit ici aussi, âpre, terrible. L'adversaire recule : le lion n'a pas fini de rugir... certainement pas ! Mais ses terribles griffes se desserrent ! Il chancelle !... Je ne te quitte pas, mother dearest, mais l'œuvre qui s'accomplit est tellement immense que je suis obligé de m'y adonner absolument. Tu ne marchandais pas avec la patrie, il y a quatre ans. Maintenant, il doit en être de même. Notre activité est différente, mais ne nous empêche pas d'aller vers ceux que nous aimons sur la Terre. Pourtant, il faut *surtout* nous consacrer à l'œuvre de Dieu : la grande bataille contre le Malin.

Et les missions, comme l'enseignement qui y prépare, changent ainsi chaque fois. Il existe une progression incontestable, quelquefois en rapport avec ce qui se passe ici-bas. Mais l'actualité terrestre perd de son importance avec l'élévation spirituelle de Pierre. Ainsi, dès le 28 novembre, ne parle-t-il plus de guerre ni de lutte, mais d'une « internationale dans l'amour, non plus entourée de rivalités, de haines, d'incompréhension mutuelle... mais dans l'amour qui a fait dire au Christ, rappelant le commandement initial : "Tu aimeras ton prochain comme toi-même". »

On le voit, le ton change. Leur évolution ne fait pas de doute.

Eux-mêmes avouent qu'ils sont encore loin de la connaissance :

Paqui : « Nous sommes faibles malgré notre force et ne sommes rien encore à côté de ce que nous serons au fur et à mesure de notre compréhension. » Ou encore : « Je ne possède pas encore toute la lumière. Paqui ne connaît point les desseins de Dieu. » Et surtout : « Votre erreur est de croire que, dès que nous sommes partis de la terre, dès que nous avons laissé nos corps pour aller vers des sphères plus légères, nous devenons savants et puissants ; et que nous pouvons, si nous le voulons, vous diriger, vous avertir et vous prédire l'avenir. Si vous parliez de l'avenir, du seul qui compte, nous pourrions déjà mieux vous répondre. Mais votre avenir à vous, celui qui vous intéresse et vous préoccupe le plus en ce moment, est composé des quelques années qui vont suivre celles que vous vivez. Et pour nous, il nous est impossible de vous les prédire. »

– Max-Getting : « Être un esprit libéré ne confère pas la science infuse, la connaissance totale de tout ce qui existe sur le monde Terre et dans tous les autres mondes. Le savoir intégral n'appartient qu'au Créateur. » Et, au sujet du spiritisme : « Si quelquefois un médium prédit l'avenir, c'est qu'il est inspiré par l'esprit auquel il s'adresse qui, lui, possède ce don. Mais, en général, on a tort de croire que les désincarnés deviennent des devins, parce qu'esprits purs. Dans les cas où ils donnent des conseils pour l'avenir, c'est qu'ils en reçoivent l'autorisation. Mais souvent on nous pose des questions au sujet desquelles nous ne pouvons, pas plus que vous, répondre. »

Et puis, il y a notre pauvre compréhension, avec ses limites humaines !

– Paqui : « Il nous faut faire une vraie gymnastique avec nos fluides et nos rayons pour percer vos carapaces. »

– Roland : « Comment veux-tu que ce soir nous traitions de grands problèmes, puisque tu n'as fait aucune étude préparatoire ? Sur terre, tu n'oserais pas te présenter devant un maître, avec une connaissance si mince des sujets mis en question. »

– Pierre : « Pourquoi vous entraîner vers ces hauteurs encore inaccessibles où tout est, pour vous, obscur et troublant ? Vous vous sentez gagnés par le vertige et, loin de vous instruire, nous jetons les ombres du doute et de l'incompréhensible sur vos âmes, cependant bien disposées à recevoir des richesses nouvelles. »

Alors ?

« Nous ne sommes pas chargés de vous apprendre le point culminant de la "Science de Toutes choses". D'ailleurs nous n'en connaissons nous-même qu'une ligne lumineuse qui entoure le manteau infrangible dont Dieu, en Père conscient de la faiblesse de ses fils, ne soulève que lentement les plis. » Après avoir dicté ces deux phrases, Pierre reprend : « La magnifique mission qui nous est confiée, chère maman, c'est d'affirmer l'immortalité de l'Amour. Et ceci contient la réponse à toutes les anxiétés des hommes. »

Répétons-le une fois encore, puisque « le but de toute évolution est l'Amour » (Pierre), le but suprême de l'enseignement qu'ils reçoivent et qu'ils nous délivrent c'est *toujours l'amour*.

LES PREMIERS PALIERS DE L'ÉVOLUTION DES ÉLUS

Il existe deux traductions de la parole de Jésus concernant le royaume de Dieu, telle que la rapporte saint Luc (XVI, 21) :

– certains veulent lire : « Car voici que le royaume de Dieu est au-dedans de vous », ce qui signifierait que c'est en notre âme, en notre cœur et, surtout, en notre esprit que résiderait déjà ce septième royaume suprieur ;

– d'autres – et c'est le cas de l'école biblique de Jérusalem – lisent : « Car voici que le royaume de Dieu est au milieu de vous », c'est-à-dire comme une réalité déjà agissante sur terre.

Je pense que, non seulement chaque traduction est valable, mais que, surtout, elles se complètent l'une l'autre. C'est en effet sur terre *et* en nous que s'effectue le tout premier palier de notre évolution spirituelle dans le royaume divin. Je m'appuie pour cela sur l'enseignement des témoins de l'invisible :

Tous nous préviennent : c'est sur terre que l'esprit doit effectuer le plein de ses acquisitions scientifiques, pragmatiques, ésotériques, affectives et morales. Pierre a bien insisté sur le fait qu'on ne « plante pas de nouvelles fleurs » dans l'au-delà : « Ce sont toutes celles que firent naître nos semailles durant notre vie terrestre qui composent notre jardin céleste. »

Tous nous supplient de parfaire nos connaissances de notre vivant et, ce, dans tous les domaines, car la rapidité et le degré de notre évolution future en dépendent directement :

– Roland : « Ceux qui sur la terre n'auront pas fait naître leur âme auront des cycles à traverser... Dans le domaine spirituel, il y a aussi des races, mais le classement se fait d'après les évolutions » ;

– Max-Getting : « L'âme, durant son existence dans le monde spirituel, a une vie en concordance avec celle qu'elle vient d'achever parmi les mortels. De cette vie dépend la rapidité de son ascension dans les hautes sphères de l'espace » ;

– Paqui : « Pensez que la vie terrestre n'a d'importance que par son évolution, son ascension spirituelle, seule raison, but essentiel de vos épreuves, de vos souffrances... Je voudrais que vous compreniez que ce voyage terrestre est une étape parmi les étapes, indispensable pour vous conduire, après les évolutions nécessaires, vers notre but : Dieu Tout-Amour » ;

– Albert Pauchard, enfin : « Sur terre, on vit et on se développe surtout par les contacts et les frictions avec le non-moi. C'est, si je puis m'exprimer ainsi, la période de dégrossissement. Après quoi, nous venons ici... et nous récoltons notre moisson personnelle dans le domaine des sentiments et des imaginations... Nous sécrétons nous-même nos conditions, tout comme l'escargot sécrète lui-même la matière qui devient sa coquille. »

Le premier palier est donc terrestre. Tous les autres se situent dans l'au-delà.

La « loi des cercles » est inexorable ; chaque pensée, chaque sentiment, chaque action – quelle que soit sa polarité bonne ou mauvaise – détermine une onde vibratoire qui s'auto-entretiendra définitivement si on n'y remédie pas. Elle est semblable aux ronds qui se forment sur une surface liquide calme lorsqu'on y jette un caillou. Les cercles progressent, s'élargissent sans cesse et se réfléchissent sur tous les obstacles rencontrés. Des interférences se produisent, elles-mêmes créatrices d'autres perturbations. De réflexions en réflexions, d'interférences en diffusions ou en diffractions, de nouvelles réactions s'enchaînent et se déchaînent, avec deux pôles de directions opposés :

– d'expansion permanente, d'où naissance de nouvelles réflexions, à l'origine de nouveaux foyers,

– mais aussi en rétroaction centripète. C'est l'« effet boomerang ».

Tout cela existe dans notre monde psychique. Avec les mêmes conséquences. C'est une manifestation de la *loi du karma.*

Ce karma, ces actions, ces pensées déterminent, on le sait, notre situation dans l'au-delà. Et il faut épurer ces scories et déchets si l'on veut progresser. Mais seulement si on le veut. Car *la liberté existe toujours.* Et Pierre nous le rappelle, tout en nous décrivant l'« étroit chemin » :

Quand vous avez pénétré dans ce vestibule du Ciel, les mains de votre corps liées par les chaînes du saint esclavage volontairement choisi, vous êtes vraiment libres de suivre l'étroit chemin, dont les pierres font saigner vos pieds, et dont les épines arrachent lambeaux après lambeaux de votre chair, pour que l'esprit, qui se dérobe et se débat, trouve place nette. Oh ! marchez joyeusement sur la route meurtrissante ! A chaque pas, à chaque heurt, à chaque blessure, elle vous dégage de la matière !

Ce dégagement est le second palier.

Le troisième est la découverte de son âme. Et Pierre poursuit :

Lorsque vous aurez fait halte et plié le genou devant votre Roi dans les Cieux et sur la Terre, commencez par la sévère contemplation de votre âme… alors, oh ! alors… vous n'aurez pas de cesse que vous n'ayez tendu, vers le Sauveur de cette âme faible et coupable, vos deux mains suppliantes : « Jésus, aie pitié de moi ! »… Oh ! repentez-vous sans effroi puisque Dieu vous aime… Seuls les pécheurs sans repentance ont sujet de trembler, en songeant à l'infrangible pureté de la Perfection immantente…

Dès lors la grâce est accomplie : vous avez franchi la « porte étroite ». Vous avez reconnu que vos prétendues richesses sont « rongées par la rouille, profanées par les vers et qu'elles ne sont pas à l'abri des voleurs ». Il est vrai que, par une étrange imprudence, vous laissez les larrons subtils s'établir près de votre trésor qu'ils dilapident. Ils s'appellent convoitise, jalousie, rancune… et leur nom de famille, c'est « égoïsme ». Mais chassez-les donc ! ces vampires de l'âme, qui la vident de sa vie spirituelle !… chassez les bandits, nés de votre chair, et semez, dans les lieux secrets de votre âme qu'ils ont habités, les fleurs merveilleuses issues de l'Esprit du Parfait-Amour. Pauvre âme !… Votre âme… avec quels cantiques de louanges elle cessera d'être une caverne de brigands pour devenir un jardin céleste !

Chère maman, les hymnes de reconnaissance ressemblent aux parfums de l'encens. Ils montent jusqu'au trône de Dieu... je veux dire, jusqu'à la sublimité de Dieu qui est Esprit. Ne trahissent-ils pas des pensées d'amour (Amour sans limites, Dieu... telle est ta nourriture !) car, par un mystère encore inexpliqué dans notre sphère, pourtant si lumineuse, l'amour borné, limité de l'homme, manque à l'Amour infini de Dieu, comme le verre d'eau dont le voyageur altéré aspire au rafraîchissement indispensable à sa vie, qui le maintient, plein de désir et d'attente, quand ses lèvres l'appellent en vain.

Ces hymnes à l'amour, c'est le troisième palier. Après !...

Avant de terminer, il faut mentionner le pouvoir rédempteur de la souffrance. Pierre insiste beaucoup là-dessus :

Oh ! chère maman, il est, parmi ces ouvriers du Ciel, un laboureur inestimable : c'est la souffrance. Dieu l'envoie à ses privilégiés... à ceux que son amour attentif pressent capables de baiser la Main qui frappe. Hélas ! il en est parmi ceux-là qui ne réalisent point la prédilection du Plus Grand Amour lorsque la croix blesse leur épaule ! Il faut le leur dire, ma chère maman ! Il faut refermer leurs bras contre leur cœur révolté, pour qu'ils y maintiennent le bienfait de la croix ! Il faut les aider à porter cette croix jusqu'au Golgotha ! Il faut leur montrer comment allonger leurs membres sur le bois rédempteur ! Il faut les couronner d'épines ; il faut étancher leur soif avec le fiel des désespoirs humains... puis enfin crier avec eux le cri de victoire : « Père, je remets mon esprit entre tes mains ! » Alors... alors l'âme est libre !...

La douleur est une flamme ardente qui, de notre vivant, brûle déjà les scories et déchets que nos mauvaises pensées et actions ont déposés. Elle allège ainsi le poids du karma et nous fait gravir les degrés de l'évolution spirituelle à la fois plus rapidement et plus parfaitement.

En conclusion de ce paragraphe, nous pouvons reprendre ce texte de Pierre : « Nous apprenons, dès notre arrivée dans la sphère qui succède à la vie terrestre, que le but de toute évolution est l'amour. Ne pas aimer est aussitôt pour nous un motif de honte, et un sujet de crainte aussi... puisque l'âme qui n'apprend pas à aimer s'éloigne de Dieu, source de vie, et se prépare au néant. »

Donc : *l'amour, toujours l'amour.*

CONCLUSION

Ce septième et ultime royaume n'est pas ce que nous nommons le « Ciel ». Comme le dit Pierre, auquel j'emprunte beaucoup parce que je m'en sens fort proche : « Le Ciel est une province du Royaume de Dieu, seulement plus près du centre principal. Ce centre y rayonne mieux, et plus efficacement, jusqu'à proximité immédiate de ceux qui peuplent ses sphères. »

Compte tenu de la masse que l'univers oppose à notre minuscule terre, compte tenu des milliards de soleils identiques au nôtre, je n'ai pas l'outrecuidance de penser que nous sommes les seuls êtres évolués de la création. Pierre nous affirme d'ailleurs la pluralité des mondes, et nous assure même que notre humanité « est la plus retardée de toutes les races ».

Le septième royaume se trouve donc dans ce « centre principal » où s'effectue « la rencontre des esprits venant des mondes différents ». Pierre a écrit très justement « esprits ». Et j'ose confirmer *esprit. Pour accéder à ce « centre principal », tout ce qui fait notre caractéristique d'humain doit disparaître.*

– Notre premier attribut matériel, notre *corps*, demeure en terre et se décompose progressivement en ses constituants moléculaires puis atomiques, pour participer enfin au cycle minéral du premier royaume.

– Notre *corps animique* est le premier véhicule à se manifester, car trait d'union entre le corps et l'esprit. On connaît sa nature duelle, puisqu'il procède à la fois du monde physique et du monde spirituel. Son attribut matériel lui permet la liaison défunt-vivant. Les messages empruntent un mode vibratoire spécifique. Mais son évolution impose au trépassé de dégager son essence spirituelle de tout substrat matériel. La dématérialisation graduelle de son corps animique réduit proportionnellement ses possibilités de commmunication *post-mortem*. Voilà pourquoi les messages se raréfient d'abord, puis cessent dès que le dégagement de toute organicité est réalisé.

– L'*esprit* a, du vivant de son support terrestre, toutes les possibilités d'évolution spirituelle, même très importante : saints, bodhisattvas et marabouts en sont la preuve. Point n'est cependant nécessaire d'être « reconnu officiellement » pour acquérir, par ses mérites et ses vertus, les qualités intrinsèques qui permettent d'accéder – de son vivant – aux sphères les plus hautes, pour ne pas dire à ce que Pierre nomme le « centre principal ». Je n'en suis personnellement pas là et j'imagine que tel doit être aussi votre cas.

Nous avons donc à lutter pour essayer d'amasser ici-bas le plus de « fleurs » possibles pour notre « jardin de l'au-delà ». Pour une accession aisée et rapide, nous savons qu'il faut annihiler nos attributs humains et nous fondre dans l'amour divin. Voyons-en le programme, en en respectant les étapes.

– Annihiler nos attributs humains, c'est évidemment arriver à dominer en nous tout ce qui est matière. Or connaître, c'est dominer. Il nous faut donc apprendre à débusquer en nous les divers liens qui nous rattachent au monde terrestre, afin de les rompre patiemment un à un. C'est la raison pour laquelle, en conclusion des royaumes visibles, je vous indiquais l'obligation de *remonter nos plans de conscience* ; de l'inconscient viscéral purement substantiel, au subconscient organique, fonctionnel et passionnel ; puis au plan conscient – et c'est là notre propos actuel. Notre intelligence doit s'évertuer à connaître, puis à *re*-connaître nos diverses modalités physiques, psychiques et émotionnelles. Les ayant ainsi discernées, discriminées, différenciées, donc « identifiées », elle peut, dès lors, prendre conscience de sa véritable nature spirituelle. Délaissant dès lors les attributs non « essentiels » l'esprit peut enfin réintégrer son lieu de naissance, ce fameux « centre principal » divin.

– Nous fondre dans l'amour divin, c'est le « pendant » psycho-émotionnel qu'il nous faut également savoir dominer et épurer. Le travail est de même nature, c'est-à-dire qu'il nous faut éliminer tout ce qui est « humain ». Pierre, une fois de plus, nous indique ce qu'il faut entendre par cette épithète. Il écrit : « Nous avons reçu le privilège de nous repentir jusqu'à *détruire* avec horreur *cette personnalité égoïste, orgueilleuse et sensuelle.* » Voici donc les trois qualificatifs à faire disparaître :

– égoïste... ne jamais aimer quelqu'un pour nous, mais pour lui-même ; c'est-à-dire tel qu'il est ou, mieux, tel qu'il devrait être dans son unité et son efficacité ;

– orgueilleux... ne jamais imposer son mode personnel et aimer son prochain *pour* lui-même ;

– sensuel... ça tombe sous le sens... si l'on peut dire !

La lutte doit être dure, très dure !... Pierre nous a prévenus : « Attendez-vous à ce que la vie des sphères premières soit encore parsemée d'épreuves. » Le jeu en vaut pourtant la chandelle, ne croyez-vous pas ? Le tout est d'entreprendre la « voie étroite » d'un pas ferme et résolu... en regardant le sommet, le *but* à atteindre... pour ne pas perdre confiance en « crapahutant dans la caillasse ». Et progresser par petites étapes. Alors nous serons, selon la définition de Pierre, « un hymne vivant au Dieu d'Amour ».

Je finirai en citant l'Apocalypse : « Que l'homme de bien vive encore dans le bien et que le saint se sanctifie encore. Voici que mon retour est proche, et j'apporte avec moi le salaire que je vais payer à chacun en proportion de son travail » (XXII, 11-12).

Au travail !

Et... bon travail !

CONCLUSION

Nous voici arrivés au terme d'un ouvrage difficile, qui m'a demandé beaucoup d'études, de recherches, d'efforts.

Ai-je réussi à y faire passer tout ce que je désirais ? Il y a tant de choses que j'aurais pu mieux définir, tant de choses que j'ai omises, tant de choses que je n'ai pas osé exprimer ou pu écrire ! Non par désir de masquer ou de dissimuler, mais à cause de la difficulté du sujet traité, voire, souvent, de l'impossibilité de communiquer ce que je ressentais confusément... Je sais bien que « ce qui se conçoit bien s'énonce clairement ». J'oppose cependant à Boileau cette constatation de Pierre : « Il est difficile de tout exprimer par les mots humains. »

J'ai fait de mon mieux, je vous l'assure, pour être clair, complet et impartial – encore que nécessairement subjectif, car être humain :

– clair en tâchant, par un glossaire, d'expliquer certains termes trop techniques, de rendre plus accessible les arcanes neurophysiologiques ainsi que, par des schémas, les voies neuro-anatomiques ;

– complet autant que je l'ai pu, en m'adressant aux sources que je pense être les plus sûres et les plus sérieuses, en ne refusant aucune thèse. Je regrette cependant ne pas avoir pu m'appuyer sur des exemples et des messages émanant d'autres voies que celles, strictement judéo-chrétiennes, qui émaillent cet ouvrage. Il ne s'agit pas d'un choix, mais d'un manque de textes et de références ;

– impartial en laissant les témoins de l'invisible parler librement, sans m'immiscer dans leurs dires autrement que pour en corroborer l'exactitude scientifique.

Je me suis toujours efforcé de me tenir « au-dessus de la mêlée ».

La raison en est que cet ouvrage est, pour moi, une obligation morale. Envers mes amis et, surtout, envers mes élèves. J'enseigne en effet à des médecins, des kinésithérapeutes ou des podologues. En France, ils sont plus de trois mille, en ne comptant que ceux qui suivent l'enseignement du C.I.E.M. (Centre international d'enseignement médical) depuis dix ans ! Je ne compte ni ceux de Perpignan ou de Montpellier, ni ceux de l'étranger, Belges, Italiens ou Américains...

Je leur donne, avec le meilleur de moi-même, des armes thérapeutiques de valeur. Mais un thérapeute digne de ce nom doit aussi être celui qui console et qui, devant la mort qu'il combat, *sait*...

Voilà pourquoi je me suis efforcé d'être, là encore, leur « pilote » : on ne peut plus parler, ici, de « professeur », et encore moins du « maître » que je ne suis pas.

J'ai donc désiré leur montrer, dans un premier temps, la concordance des données neurologiques et médicales que je leur enseigne avec le processus que rapportent les « rescapés de la mort » qui ont subi une N.D.E. scientifiquement contrôlée. Puis j'ai voulu établir la similitude de ces « expériences » avec, d'une part, le propre témoignage de trépassés, d'autre part, les enseignements traditionnels d'autres contrées. Je réitère ici mon regret d'avoir restreint mon enquête au seul monde judéo-chrétien. Je n'ai pas les connaissances nécessaires pour pouvoir décrypter les communications d'autres civilisations, touchant le même problème.

Je me suis donc « borné » à souligner le caractère logique, véridique et « solide » des assertions de nos témoins de l'invisible, en ce qui concerne les trois royaumes visibles, que nous connaissons bien. J'ai tout naturellement insisté sur le quatrième, celui de l'homme... que nous sommes. Et dont les problèmes de santé nous sont quotidiens.

Lorsque j'eus – je l'espère – réussi à prouver le sérieux et la valeur des diverses communications reçues, je suis alors passé à ce qui est, je l'avoue maintenant, l'essentiel : l'étude de l'après-mort, là où nul n'a pénétré et dont nul n'est revenu, sauf le Christ et Lazare, pour les chrétiens, naturellement.

En réalité, je n'ai pas souhaité « faire un reportage » ou « préparer une documentation » pour la consolation de ceux que, en tant que médecins, nous préparons de notre mieux à affronter le moment fatal.

De tout mon cœur, de toute mon âme et de tout mon esprit, j'ai tâché de vous inciter, ami lecteur, à « remonter » vos états de conscience et à vous associer à la constitution de l'*égrégore d'amour universel et divin.*

« Que la foi en nous se fasse jour,
Qu'elle porte le flambeau de la lumière,
Qu'elle épouvante tout ce qui est vain,
Que nulle erreur ne parvienne à l'étouffer. »

Saint Ambroise [30]

GLOSSAIRE

Il comprend tous les termes de l'ouvrage qui sont marqués d'un astérisque. Classés par ordre alphabétique, ils sont succinctement définis et, pour les termes anatomiques, renvoient à des dessins dus à Cécile Guyot. Quelques préfixes, suffixes ou racines sont donnés, en outre, pour aider à la compréhension de certains mots médicaux ou peu courants.

Je rappelle ici que tous ces mots ou expressions ont été signalés par des amis lecteurs bénévoles non médecins, que je remercie encore pour toute l'aide de clarification qu'ils m'ont ainsi apportée.

A

A- ou AN- (préfixe) : c'est l'alpha privatif grec. Il indique l'idée de négation ou de privation.

ALGOGÈNE : qui provoque la douleur.

ALLO (préfixe) du grec *allos* = autre.
Ex. : l'allocortex est tout le cortex qui ne possède pas les six couches neuronales normales.

ANA- (préfixe du grec) : indique l'idée de répartition.
Ex. : l'anabolisme est tout ce qui concerne l'assimilation.

ANOXIE : diminution importante de l'apport d'oxygène.

ARCHÉO- (préfixe) du grec *arkhaios* = ancien.
Ex. : archéocérebellum, cervelet le plus ancien du point de vue phylogénétique.

ARTEFACT : perturbation ou altération artificielle, parasite.

Dessins tirés de *L'Esthétique réfléchie*, p. 231.

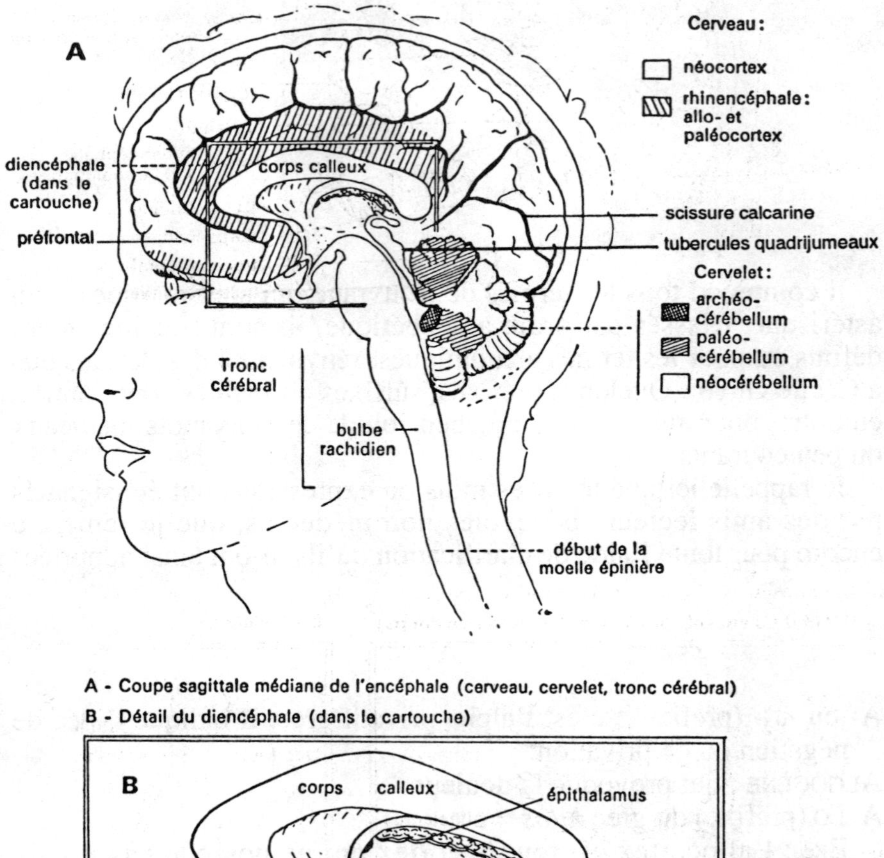

A - Coupe sagittale médiane de l'encéphale (cerveau, cervelet, tronc cérébral)
B - Détail du diencéphale (dans le cartouche)

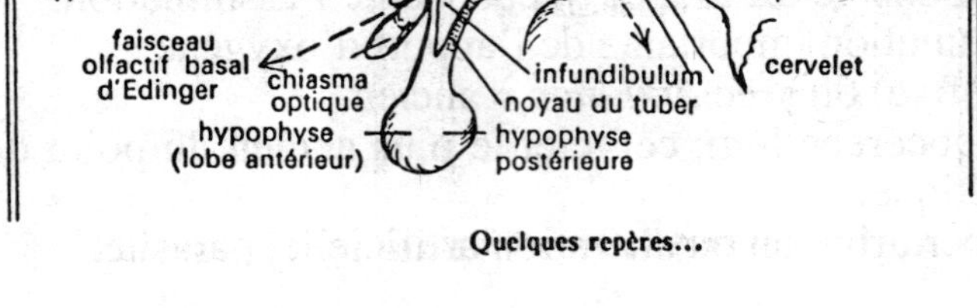

Quelques repères...

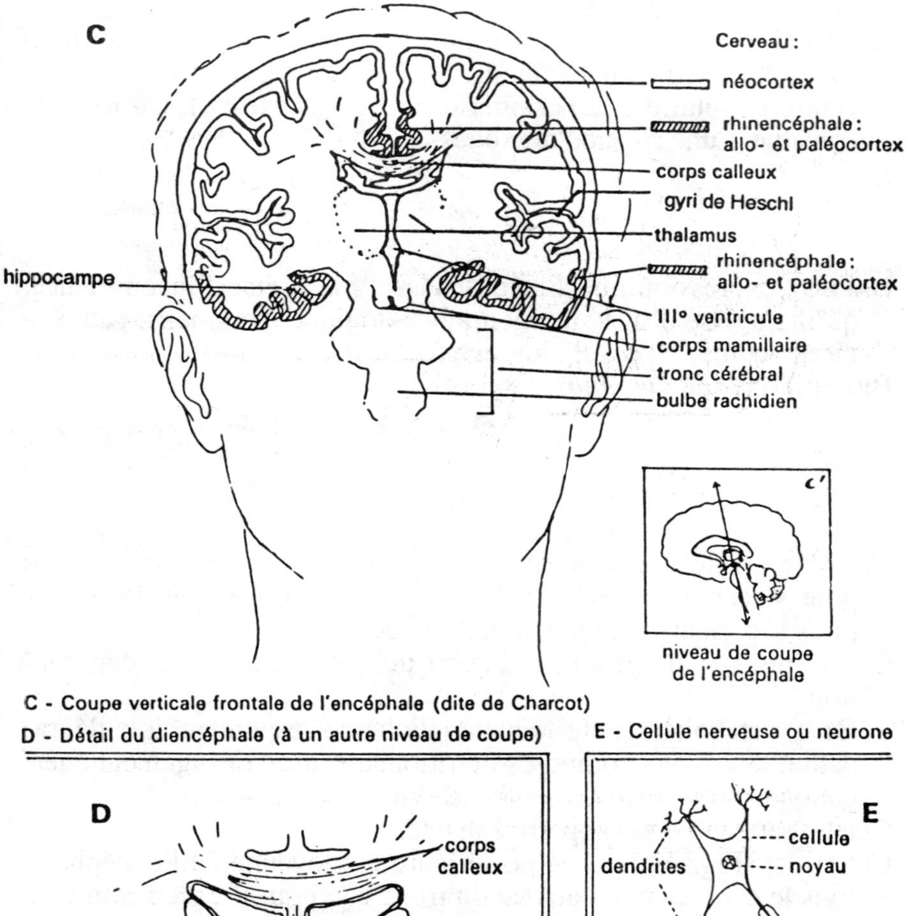

C - Coupe verticale frontale de l'encéphale (dite de Charcot)

D - Détail du diencéphale (à un autre niveau de coupe)

E - Cellule nerveuse ou neurone

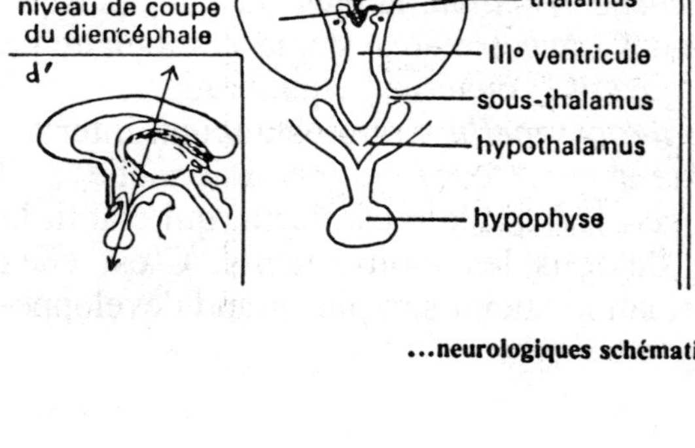

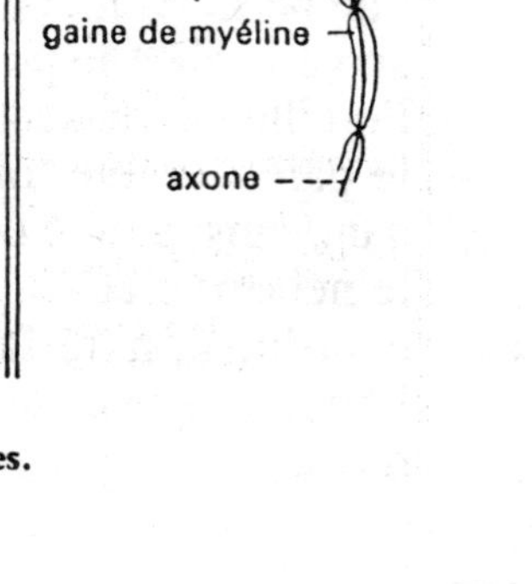

...neurologiques schématiques.

AUTOCINÉSIE ou AUTOCINÉTISME : ensemble de mouvements fixés par une longue habitude, et ne différant des réflexes que parce qu'ils ont été appris.

AUTONOME (système) : synonyme de système neuro-végétatif ou système sympathique.

AXONE (Fig. E) : prolongement plus ou moins long issu d'un neurone. Au contraire des dendrites, l'influx nerveux y circule du centre cellulaire à la périphérie (influx centrifuge). Un nerf est consitué d'une réunion d'axones.

B

BARDO : expression tibétaine définissant tout l'état d'inconscience, qu'il s'agisse d'une situation physiologique (sommeil), pathologique (coma) ou psychologique (extase).

BIO- (préfixe) du grec *bios* = vie.
Ex. : biotique, qui concerne la vie.

C

CAPTEUR : cellule spécialisée, placée en différents endroits du corps pour y recueillir des « messages » et ainsi renseigner les structures supérieures. Ils jouent un rôle de sentinelle.

CATA- (préfixe, du grec) : indique l'idée de descente, de dégradation.
Ex. : catabolisme, phase métabolique correspondant à la dégradation des divers composés nutritionnels, avec dégagement énergétique.

CÉPHALIQUE : qui se rapporte à la tête.

CERVELET (Fig. A) : partie postérieure et moyenne de l'encéphale, sous le cerveau et en arrière du tronc cérébral. Il est constitué de trois parties :

- l'archéocervelet ou *archeocerebellum*, la plus ancienne puisque apparue chez le poisson. Connectée au système vestibulaire de l'oreille interne, cette structure gouverne l'équilibration ;
- le paléocervelet ou *paleocerebellum*, moins ancien, intervenant dans la lutte contre la pesanteur (antigravitationnelle) ;
- le néocervelet ou *neocerebellum*, le plus récent, qui établit la coordination rélfexe de tous les mouvements. C'est chez l'homme que cette formation atteint son plus grand développement.

CERVICAL : qui appartient au cou.

CORDE D'ARGENT : dans la tradition védique, elle représente la voie sacrée, immanente en la conscience de l'homme, qui relie son esprit à l'essence universelle qui baigne son corps (*prahna*). Lors des « sorties » corporelles (états de *bardo*), elle raccorde le corps animique au corps physique inconscient. La mort survient lorsque la corde d'argent se rompt (accident) ou se dissout (décès).

CORNE D'AMMON : partie terminale de l'hippocampe, localisation de la mémoire. Les souvenirs récents viennent recouvrir les plus anciens. Ce phénomène explique pourquoi, lors d'un accident cérébral qui « balaie » les structures neuronales, le « gâtisme » se manifeste par le radotage d'événements passés.

CORPS CALLEUX (Fig. A, C et D) : constitué de neurones transversaux (inter-hémisphériques), il unit chaque cellule du néocortex droit au néocortex gauche, et réciproquement. Par son intermédiaire, les influx nerveux peuvent effectuer des circuits incluant cerveau – gauche – inné au cerveau droit – acquis, et réaliser ainsi un parcours neurologique spécifique débouchant sur un comportement « personnalisé ». Le corps calleux ne réunit pas les formations psycho-émotionnelles rhinencéphaliques : celles-ci ne sont donc point soumises au « raisonnement » néencéphalique.

CORPS MAMILLAIRE (Fig. B et C) : situé juste en arrière de l'hypothalamus antérieur, il reçoit le trigone, vecteur des informations mnésiques. Son atteinte se traduit par une extinction totale de toute mémoire.

CORTEX (du latin = écorce) ou ÉCORCE CÉRÉBRALE (Fig. A et C) : couche grise externe du cerveau, composée d'une superposition de neurones. Le nombre de ces superpositions détermine trois types de cortex :

- l'allocortex ou archicortex ou archipallium ou archencéphale, le plus ancien, constitué de trois couches de cellules. C'est le cerveau du poisson. Il ne permet qu'un comportement réduit au réflexe conditionné ;
- le paléocortex ou juxta-allo-cortex, de transition, constitué de quatre ou cinq couches de neurones. Allocortex + paléocortex = rhinencéphale ;
- le néocortex, le plus récent, constitué de six couches de cellules et permettant, de ce fait, l'élaboration de circuits neurologiques plus complexes et plus individualisés.

CORTEX PRÉ-FRONTAL OU LOBE PRÉ-FRONTAL (Fig. A) : cette partie, la plus antérieure du cerveau, est spécifique de l'homme. Elle lui permet l'évaluation du temps et la projection de l'action dans un futur plus ou moins immédiat.

D

DENTRITES (Fig. E) : ces ramifications du neurone s'opposent à l'axone car l'influx nerveux, centripète, les parcourt de leur périphérie au corps cellulaire.

DÉSYNCHRONISATION : désorganisation neuronale qui voit s'établir une anarchie au niveau de la liaison inter-neuronale (synapse).

DIENCÉPHALE (Fig. B) : cette partie moyenne de l'encéphale est à la jonction du tronc cérébral et du cerveau. Entourant le troisième ventricule, elle comporte cinq formations principales :

- le *thalamus*, gros noyau relais à la fois sensitif, moteur et réticulaire, qui occupe la partie supéro-latérale ;
- l'*hypothalamus*, neuro-végétatif, en bas et en avant ;
- l'*épithalamus*, en haut et en arrière, à l'origine du liquide céphalo-rachidien. Il règle, en outre, la « tonicité » du rhinencéphale ;
- le *sous-thalamus*, qui soutient une activité motrice plus ou moins réflexe. C'est cette région qui, par exemple, est touchée lors de la maladie de Parkinson ;
- l'*hypophyse postérieure*, ou neuro-hypophyse, tout en bas.

E

ÉCRITURE AUTOMATIQUE : il s'agit ici d'une activité exercée en dehors de toute intervention normale de la conscience et de la volonté. Le sujet prend un rayon ou une plume qu'il pose sur du papier. Il fait alors le vide dans son esprit et, en général, s'endort. Les messages ainsi recueillis sont le plus souvent dépourvus de toute ponctuation, voire de majuscules. De plus, les scripteurs n'en conservent aucun souvenir à leur réveil (ou au sortir de leur transe).

ÉGRÉGORE : puissance énergétique pouvant être favorable ou défavorable, en fonction des énergies psychiques ou affectives humaines qui la génèrent, la nourrissent et la développent. Elle transmet, en retour, une énergie considérable à ceux qui participent à sa constitution. En bien ou en mal, bien sûr, selon sa nature.

ENCÉPHALE : composé du cerveau, du cervelet et du tronc cérébral, c'est toute la masse nerveuse enclose dans la tête.

ENDO- ou ENTO- (préfixe) du grec *endon* = au-dedans.

ENDOMORPHINE ou ENDORPHINE : substance biologique nerveuse possédant les propriétés analgésiques et euphorisantes de la morphine.

ERGOTROPE : fonction de l'hypothalamus postérieur, catabolique, vecteur de l'activité cellulaire, tissulaire et organique (orthosympathicotonie). C'est le pôle du travail, de l'efficience, de l'effort.

G

GÈNE, -GÉNIQUE (préfixe ou suffixe) du grec *genos* = origine, formation, descendance.

Ex. : pathogène, engendrant la maladie.

GENÈSE : élaboration, formation

GÉNÉSIQUE : relatif à la génération, la sexualité.

GÉNÉTIQUE : relatif à l'hérédité.

GNOSIE : faculté de reconnaître quelque chose par les sens.

GYRI DE HESCHL (Fig. C) : aire auditive, à la face supéro-externe du lobe temporal. Cette aire sensorielle n'est pas directement visible, parce qu'enfouie dans une profonde scissure. Les sons s'y projettent selon une localisation linéaire, les graves étant internes.

H

HERTZ : unité de fréquence, égale à un cycle par seconde.

HIPPOCAMPE (Fig. C) : saillie de l'allocortex temporal interne dans le plancher des ventricules latéraux, dont la partie postérieure, ou corne d'Ammon, est le réceptacle de toutes les informations stockées dans la mémoire. Ses axones forment le trigone qui conduit au corps mamillaire du même côté. L'hippocampe gauche est dévolu à tout ce qui est inné ; le droit, à tout ce qui est acquis.

HYPOTHALAMUS (Fig. B et D) : partie la plus antérieure et inférieure du diencéphale, c'est le centre neuro-végétatif du cerveau – et donc du corps entier. Il est composé de quatre parties fonctionnellement distinctes :

– l'hypothalamus antérieur (médian), à stimulation parasympathicotonique. On dit qu'il est « trophotrope », car il préside à l'anabolisme : restauration, assimilation, nourriture et récupération des divers tissus de l'organisme ;
– l'hypothalamus postérieur (latéral), à stimulation orthosympathicotonique. On dit qu'il est « ergotrope », car il préside au catabolisme ;
– l'infundibulum, en entonnoir, bien sûr, à action gonadique ;
– l'hypophyse, enfin, tout inférieure. Seul le lobe postérieur, nerveux, fait partie de cet ensemble. Le lobe antérieur a une autre origine ; c'est lui, surtout, qui possède une action sur toutes les autres glandes endocrines.

I

IATROGÈNE OU IATROGÉNIQUE : causé par un médicament, par une drogue, ou par le médecin.

INFUNDIBULUM (du latin = entonnoir - Fig. B) : partie terminale de l'hypothalamus, à sa partie inférieure. Il est tapissé par des formations grises, les noyaux du tuber. Rattachés au rhinencéphale, ces noyaux ont une action gonadique et sexuelle déterminante.

L

LIPOTHYMIE : malaise à type d'évanouissement, mais sans réelle perte de connaissance.

LOBE PRÉ-FRONTAL : voir CORTEX PRÉ-FRONTRAL.

-LYSE (suffixe), du grec *luein* = dissoudre : indique l'idée de dissolution, de destruction.
Ex. : autolyse = suicide.

M

MACULA centre optique et discriminatif de la rétine, dans l'œil. Elle est reliée à la scissure calcarine, ou cortex visuel. On voit grâce à la macula.

MANTRA : formule de syllabes ou de mots exprimant, pour un bouddhiste, l'essence d'une divinité particulière, sa qualité ou son pouvoir. C'est une forme énergétique du « Verbe ».

MÉTA- (préfixe, du grec) : indique une idée de succession, de changement, de participation.

MÉTABOLISME : ensemble des diverses réactions biochimiques qui s'effectuent dans l'organisme afin de :
- transformer les substances nutritives en composés assimilables pour chaque cellule. C'est l'anabolisme ;
- transformer ensuite ces composés assimilables en énergie. C'est le catabolisme ;
- effectuer les réparations, reconstitutions organiques nécessaires ;
- aider à l'élimination des déchets.

MITOSE : division indirecte de la cellule, dans laquelle chaque chromosome se dédouble. Le processus cancéreux se caractérise par l'accroissement anarchique des mitoses.

N

NÉO- (préfixe), du grec *neos* = nouveau.
Ex. : néocervelet, partie du cervelet la plus récente dans l'évolution.

NÉENCÉPHALE OU NÉOCORTEX : partie de l'encéphale apparue le plus tardivement dans l'évolution (phylogenèse), après l'allocortex puis le paléocortex. Il est, chez l'homme, le support de la vie personnelle consciente et volontaire.

NEURONE : cellule nerveuse.

NEURO-VÉGÉTATIF (système) : synonyme du système autonome ou sympathique. Il est ainsi appelé parce qu'il est le soutien de la vie végétative, à savoir l'assimilation, la production énergétique et l'excrétion.

NOCICEPTEUR OU NOCICEPTIF : évoque la fonction de signal d'alarme. Il fait partie de l'extéroceptivité, mais convoie uniquement les informations signalant un danger pour l'individu.

O

ONTO- (préfixe), du grec *ôn, ontos* = l'être.

ONTOGENÈSE : développement de l'individu, depuis la fécondation jusqu'à l'état adulte (par opposition à phylogenèse : développement de l'espèce).

ORGANE DE CORTI : cellule de réception auditive. Elle est connectée aux tubercules quadrijumeaux postérieurs puis au gyri de Heschl.

ORTHOSYMPATHIQUE (système) : partie du système nerveux autonome (neuro-végétatif), antagoniste du système parasympathique. Issu de l'hpothalamus postérieur, il est ergotrope et dégrade les produits nutritionnels, les transformant en énergie. Il est le vecteur de l'activité, du travail et de l'effort. Son pôle pathologique est le spasme.

P

PALÉO- (préfixe), du grec *palaïos* = ancien. Le paléo est plus ancien que le néo-, mais moins que l'allo- ou l'archéo-.

PALÉOCORTEX : cortex constitué de quatre à cinq couches de cellules. Chez l'homme, il est surtout le siège de la commande des muscles exprimant l'émotion. Il est encore dénommé « juxta-allo-cortex ». Paléo et allocortex forment le rhinencéphale.

PARASYMPATHIQUE (système) : partie du système nerveux autonome (neurovégétatif), antagoniste du système orthosympathique. Issu de l'hypothalamus antérieur, il est trophotrope et dirige l'assimilation des matériaux nutritifs. Il est le pôle de récupération fonctionnelle de l'organisme. Son atteinte pathologique détermine la stase et la dépression.

PHILO- et -PHILE (préfixe ou suffixe), du grec = ami.

PHYLO- (préfixe), du grec *phule* ou *phulon* = tribu, espèce, race.

PHYLOGENÈSE : développement de l'espèce, au cours de l'évolution (par opposition à ontogenèse : développement de l'individu).

PRAHNA : énergie ou force vitale contenue en *tout*. Pour le bouddhiste, il est même le support de la conscience et de l'esprit.

PRAXIE : coordination des mouvements, déterminée en vue d'un but à atteindre.

PRÉ-FRONTAL : voir à CORTEX PRÉ-FRONTAL.

PROPRIOCEPTEUR OU PROPRIOCEPTIF : concerne les influx en provenance des articulations. Ces influx nous renseignent sur la position des divers segments de notre corps dans l'espace. Inconscients, ils ne sont pas perçus à l'état physiologique.

PROTONEURONE : le tout premier neurone d'une voie motrice ou sensitive.

R

RÉTICULAIRE : voir SUBSTANCE RÉCITULÉE.

RHINENCÉPHALE (Fig. A et C) : il tire son nom du cortex olfactif, auquel il est rattaché. Il possède une série de structures, apparues très tôt dans l'évolution animale : il est composé d'allocortex et de paléocortex, c'est-à-dire de tout ce qui ne possède pas six couches de cellules neuronales. Il comporte :

- un cerveau olfacto-gustatif originel ;
- un circuit émotionnel sensitif et moteur, qui commande nos muscles émotionnels (muscles de la mimique et muscles érecteurs sexuels) ;
- un circuit intégré à la mémoire (hippocampe et corne d'Ammon) ;
- une commande directe hypothalamique et réticulaire.

C'est le cerveau du comportement réactionnel intime, familial et social. Il conditionne le comportement émotionnel vis-à-vis d'autrui, le comportement sexuel, la procréation, la tendresse, la vigilance, l'agressivité contre tout ce qui menace la cellule familiale, les rapports hiérarchiques et sociaux.

S

SAMADHI : méditation profonde ou extase durant laquelle disparaît la distinction entre le sujet et l'objet. Tout se fonde alors dans l'unité primordiale.

SAMSARA : c'est le cycle védique de l'existence, basé sur l'ignorance et caractérisé par la souffrance.

SCISSURE CALCARINE (Fig. A) : profond sillon de la face interne du lobe temporal, relié à la *macula*. C'est l'aire de discrimination visuelle. On « voit » grâce à la scissure calcarine, mais on « regarde » grâce aux autres structures occipitales.

SOMA : ensemble des cellules non reproductrices de l'organisme. Par extension, on désigne ainsi le corps. Dérivé : somatique.

SOMATOTOPIE : projection cartographique du corps sur un tissu cutané ou cortical donné.

SUBSTANCE RÉTICULÉE OU RÉTICULAIRE : formation compacte de toutes petites cellules placées au centre du diencéphale et du tronc cérébral. Ces petits neurones à dendrites très courtes, dépourvus d'axones, sont connectés à tous les influx parcourant le système nerveux, jour et nuit, que le sujet soit ou non conscient. Cette « cartouche » détermine un « volant d'inertie » qui permet la conservation du rythme quotidien (rythme nycthéméral). Elle conditionne l'endormissement, les divers types de sommeil, ainsi que l'éveil.

SURRÉNALIENNE (réaction) : c'est le second mode, tardif, de réaction contre le stress. Selon l'hypothèse de Selye, une défense à la fois plus étalée dans le temps, plus profonde du point de vue réactionnel mais moins intense, succède à la première phase, sthénique, dite « thyréotrope ».

SYMPATHIQUE (système) ou nerveux autonome ou neuro-végétatif : distinct du système nerveux central (encéphale, moelle épinière et racines nerveuses), il comprend deux systèmes antagonistes :
- le système orthosympathique, d'action ;
- le système parasympathique, de restauration.

Ces deux systèmes antagonistes déterminent les modifications vasculaires, respiratoires, digestives, excrétrices, sudorales, etc., tant physiologiques que pathologiques.

T

THALAMUS (Fig. B, C et D) : ce très gros complexe diencéphalique est un réel « centre de triage ». Il reçoit en effet :
- toutes les voies sensitives du corps, qui y effectuent un relais avant leur projection dans leurs aires spécifiques corticales ;
- toutes les voies sensorielles, qui y transitent avant de rejoindre leurs aires corticales particulières ;
- toutes les fibres motrices, qui véhiculent la motricité automatique et réflexe ;
- tout le contingent réticulaire du tronc cérébral qu'il projette à la corticalité, déterminant les réactions de l'« éveil cortical ».

THANATIQUE : qui concerne la mort.

THYRÉOTROPE (réaction) : première réaction organique en présence d'un stress. Pour Selye, c'est l'activation d'hormones thyroïdiennes, responsables d'une augmentation des rythmes cardiaque et respiratoire, permettant un meilleur ajustement de défense autonome. La réaction *surrénalienne* lui succède à la longue si le stress persiste.

TRIGONE OU FORNIX : fait suite à l'hippocampe et transporte les influx de la mémoire aux formations diencéphaliques et réticulaires, pour leur laisser exprimer toute la vigueur émotionnelle.

TRONC CÉRÉBRAL (Fig. A et C) : unissant la moelle au centre du cerveau (diencéphale), il est l'élément vital, car il contient les noyaux cardiaques et respiratoires. Il est aussi le siège de toutes les formations qui commandent les nerfs de la tête : muscles de la mimique, de la mastication, de la déglutition, de la parole, des mouvements de la tête, des yeux, de la langue, etc. C'est sur sa face postérieure que vient se fixer le cervelet. C'est enfin lui qui renferme la plus grande concentration de substance réticulée. Le déclenchement des rêves dépend strictement de sa stimulation.

TROPHOTROPE : fonction de l'hypothalamus antérieur, anabolique, vecteur de l'assimilation cellulaire et de la nutrition tissulaire (parasympathicotonie). C'est le pôle du repos, de la détente, puisque c'est celui de la récupération fonctionnelle.

TUBERCULES QUADRIJUMEAUX ANTÉRIEURS (Fig. A) : situés juste en arrière du thalamus, sous l'épiphyse, ils sont le relais optique.

TUBERCULES QUADRIJUMEAUX POSTÉRIEURS (Fig. A) : situés sous le précédent, au-dessus du cervelet, ils sont le relais auditif.

V

VAGOTONIQUE : synonyme de parasympathicotonique.

VÉDIQUE : tout ce qui est relatif aux premiers documents hindouistes. « Ce qui a été perçu par les sages », première grande synthèse de la pensée hindoue.

BIBLIOGRAPHIE

A

1 – ANDREWES L., *Livre d'Heures*, Desclée de Brouwer édit., 1981, p. 33.
2 – ARIÈS P., *L'Homme devant la mort*, 2 vol., éditions du Seuil, 1985.

B

3 – BHAKTIVEDANTA SWAMI PRABHUPADA A.C., *La Bhagavad Gîtâ telle qu'elle est*, éditions Baktivedanta, 1981.
4 – BOURDIOL R.J., *Les Structures neuro-anatomiques du comportement réactionnel : le Prosphérencéphale*, thèse de doctorat en médecine, Paris, 1961.
5 – BOURDIOL R.J., *L'Auriculo-somatologie*, Maisonneuve édit., 1981.
6 – BOURDIOL R.J., *Iono-négativo-thérapie*, Maisonneuve édit., 1988.
7 – BOURDIOL R.J., *Enseignement médical prodigué au C.I.E.M. 1980-1990.*
8 – BREYER J., *Vaincre la seconde mort*, Ergonia, distrib. Dervy Livres, 1984.
9 – BRUNE F., *Les morts nous parlent*, Félin édit., 1988.

D

10 – DEGLIN, V.L., « Nos deux cerveaux », *Courrier de l'UNESCO*, janvier 1976, p. 4-16 et 31-32.

11 – DELMAS A., *Voies et Centres nerveux*, 10e éd., Masson édit., 1980.

12 – DONDELINGER E., *Papyrus d'Ani ou Livre sacré de l'ancienne Égypte*, Philippe Lebaud édit., 1987.

F

13 – FLAMMARION C., *Après la mort*, édit. J'ai lu, 1974.

14 – FREMANTLE F. et TRUNGPA C., *Le Livre des morts tibétain. La grande libération par l'audition pendant le Bardo*, Le Courrier du Livre édit., 1979.

J

15 – JACOBSON N.O., *La Vie après la mort ?*, Presses de la Cité édit., 1973.

16 – JANKÉLÉVITCH V., *La Mort*, Flammarion édit., 1977.

17 – JOSEPH P., Communication personnelle, 1988.

18 – JOUVENEL (M. de), *La Seconde Vie*, La Palatine édit., 1968.

K

19 – KÜBLER-ROSS E., *La Mort, dernière étape de la croissance*, Québec/Amérique édit., 1977.

20 – KÜBLER-ROSS E., *La mort est un nouveau soleil*, Éditions du Rocher, 1988.

L

21 – LAPLANE D., *La Mouche dans le bocal – Essai sur la liberté de l'homme neuronal*, Plon édit., 1987.

22 – LAZORTHES G., *Le Système nerveux périphérique*, 3e éd., Masson édit., 1981.

23 – LAZORTHES G., *Le Système nerveux central*, 3e éd., Masson édit., 1983.

24 – LAZORTHES G., *L'Ouvrage des sens*, Flammarion édit., 1986.

25 – LAZORTHES G., GOUAZÉ A. et SALAMON G., *Vascularisation et circulation de l'encéphale*, 2 vol., Masson édit., 1976.

M

26 – MAX-GETTING S., *Vie et Missions des envoyés de l'au-delà*, Leymarie édit., 1985.
27 – MAX-GETTING S., *Les Vies passées – Réminiscences de vies antérieures*, Leymarie édit., 1989.
28 – MEUROIS-GIVAUDAN A. ET D., *Terre d'émeraude*, Éditions Arista, 1983.
29 – MEUROIS-GIVAUDAN A. et D., *Récits d'un voyageur de l'Astral*, Éditions Arista, 1988.
30 – MIQUEL P., *Cinq mille ans de prière*, Desclée de Brouwer édit., 1989.
31 – MONNIER P., « Je suis vivant ! Lettres de Pierre... soldat de France, soldat du Christ », exemplaire privé, imprimé, non daté.
32 – MOODY R.A., *La Vie après la vie*, Robert Laffont édit., 1977.
33 – MOODY R.A., *Lumières nouvelles sur la vie après la vie*, Robert Laffont édit., 1978.
34 – MOODY R.A., *La Lumière de l'au-delà*, Robert Laffont édit., 1988.

P

35 – PAPUS, *La Réincarnation*, Éditions Dangles, 1968.
36 – PAQUI, *Entretiens célestes*, François Sorlot et Fernand Lanore édit., 1984.
37 – PRIEUR J., *Les Tablettes d'or, autour de Roland de Jouvenel et de ses messages*, Éditions Fernand Lanore, 1979.
38 – PRIEUR J., *Les Témoins de l'Invisible*, Éditions Fernand Lanore, 1986.

R

39 – RING K., *Sur les frontières de la vie*, Robert Laffont édit., 1982.
40 – ROBERT P., *Dictionnaire alphabétique et analogique de la langue française*, Société du Nouveau Littré édit., 1973.

S

41 – SABOM M., *Souvenirs de la mort*, Robert Laffont édit, 1982.

42 – SIMONET M., *À l'écoute de l'Invisible*, François Sorlot et Fernand Lanore édit., 1988.
43 – SOTTO A. et OBERTO V., *Au-delà de la mort – Nouvelles Recherches parapsychiques*, Presses de la Renaissance édit., 1978.
44 – SRI AUROBINDO, *Le Yoga de la Bhagavad-gîta*, Tchou édit., 1969.
45 – STEINER R., *Manifestations du karma*, 3e éd., Triades édit., 1965.

T

46 – TOCREAU J., communication personnelle, 1983.

V

47 – VAN EERSEL P., *La Source noire – Révélations aux portes de la mort*, Grasset édit., 1986.

W

48 – WEILL M., communications personnelles, 1974-1989.
49 – WEINBERG S.L., *Ramtha*, Astra édit., 1989.
50 – WYROBNIK B., communication personnelle, 1987.

*

51 – Le Saint Coran, traduction de M. HAMIDULLAH, 8e éd., Hilal Yayinlari édit., 1973.
52 – La Bible de Jérusalem, Éditions du Cerf, 1986.
53 – Le Roman de la Rose, Jean de Bonnot édit., 1981.

TABLE DES MATIÈRES

II
LES MESSAGES DE L'AU-DELÀ : LES ROYAUMES VISIBLES
167

CET OUVRAGE A ÉTÉ REPRODUIT
ET ACHEVÉ D'IMPRIMER SUR ROTO-PAGE
PAR L'IMPRIMERIE FLOCH À MAYENNE
EN OCTOBRE 1992

Éditions du Rocher
28, rue Comte-Félix-Gastaldi
Monaco

Dépôt légal : octobre 1992.
N° d'Édition : CNE section commerce et industrie
Monaco : 19023.
N° d'impression : 33190.

Imprimé en France